Hulle is almal in die land. Die Italianers met hulle Mafia-verbintenisse, die Chinese triades, die Nigeriërs, die Russe, Koreane, Indiërs, die hele lot, en dan natuurlik nog die plaaslike ouens ook. Niemand is hier vir die land en die Kaap se natuurskoon nie. Hulle het nie sentiment oor 'n politieke bestel of 'n reënboognasie nie. Geld is die enigste god wat aanbid word.

Toe Ellie McKenna instem om hierdie wêreld te infiltreer, het sy gedink sy weet waarvoor sy haar inlaat. Maar soos haar pa altyd gesê het, die duiwel deel nie visitekaartjies uit nie.

En nou is haar pa nie meer daar nie, en moet sy self besluit wie sy kan vertrou, en waartoe sy in staat is. Haar pa het ook gesê dis 'n job waaruit iemand dikwels nie lewend wegstap nie.

Wilna Adriaanse se *Dubbelspel* is die eerste opwindende deel van 'n beplande tweeluik.

Dubbelspel
WILNA ADRIAANSE

Tafelberg

Ander titels deur dieselfde skrywer:

'n Ongewone belegging
Alleenvlug
Die reuk van verlange
Serenade vir 'n nagtegaal
Hande wat heelmaak
Rebecca
Met ander woorde
Die boek van Ester
Vier seisoene kind
'n Klein lewe

Tafelberg
is 'n druknaam van NB-Uitgewers,
'n afdeling van Media24 Boeke (Edms) Beperk,
Heerengracht 40, Kaapstad
© Wilna Adriaanse 2014
Alle regte voorbehou

Omslagontwerp: Michelle Staples
Outeursfoto: Johan Wilke
Geset in 11.5 op 15pt Dante deur Susan Bloemhof
Gedruk en gebind deur Paar Media,
Jan van Riebeeck-rylaan 15,
Paarl, Suid-Afrika

Eerste uitgawe 2014

ISBN 978-0-624-06803-7
ISBN 978-0-624-06804-4 (epub)
ISBN 978-0-624-06805-1 (mobi)

Vir Deon

Hoofstuk 1

Dinsdagoggend 24 September 2013.

"Mac, wat maak jy hier?"

Luitenant Ellie McKenna van die polisie se misdaadintelligensie-afdeling lig haarself effens uit die stoel waar sy agter in die vertrek sit. "Ek wil help."

Die vertrek raak stil. Hier en daar kug iemand.

Brigadier Ibrahim Ahmed, hoof van die polisie se eenheid vir ernstige ekonomiese misdaad in die Kaap, skud sy kop. "Bad idea, Mac. En jy behoort dit te weet."

"Kaptein Greyling het gesê ek kan . . ."

"Dis nie sy call om te maak nie." Hy kyk in die vertrek rond. "Waar ís hy?"

"Hy het laat weet daar was 'n ongeluk op die pad, die verkeer staan stil, maar hy is op pad," antwoord een van die ander.

"Mac, gaan huis toe. Jou ma het jou nou nodig." Ahmed kyk oor sy leesbril se rand na haar. Onder sy oë hang sakke wat 'n week of twee gelede nie so prominent was nie, dink Ellie. Vir 'n man digby sestig lyk hy eintlik goed. Sy swart hare toon nog geen grys nie. Sommige spot agter sy rug en sê hy kleur sy hare. Hy is 'n netjiese man. Regop. Trots. Hy is lank en skraal en sy het al gehoor die manne wat saam met hom werk sê hy is nog besonder fiks vir 'n man wat deesdae sy dae grootliks agter 'n lessenaar deurbring.

"Dit is my pa. Hoe sal brigadier voel as dit een van jou mense was?" Sy staan nou regop, en die vertrek word nog stiller.

"Seker net soos jy, maar ek hoop ek het die verstand om na goeie raad te luister."

"Dit was nie 'n random skietery nie en as ek toegang tot sy files kan kry, sal ek dit bewys."

"Ons is nog nie seker wat dit was nie, en daarom wil ek jou nou uit die vertrek hê sodat ons ons werk kan doen."

"Ek sê vir brigadier ek kan help. Ek weet wie almal dalk betrokke kon wees."

Hy skud weer sy kop. "It's not gonna happen. En ek gaan myself nie herhaal nie."

"Ek het 'n reg om te weet."

"En sodra ons iemand aangekeer het, sal jy weet. Tot dan soek ek jou nie naby hierdie case nie. Verstaan jy my?"

Ellie sien hoe die ander se oë heen en weer draai asof hulle na 'n tenniswedstryd kyk. "Ek sal in niemand se pad wees nie, maar ek is goed in my job en ek weet waar om te soek."

"Mac, as jy jouself nie nóú verskoon nie, bel ek jou bevelvoerder en sê jy interfere met 'n saak. En as sy nie jou mind kan change nie, laat sluit ek jou persoonlik toe tot ons klaar is met die saak. Moenie dink ek sal dit nie doen nie."

Sy tel haar skouersak op en stap deur toe.

"En as ek hoor jy het met enigiemand gepraat, sal ek sorg dat jou badge gevat word."

Sy maak die deur oop, maar kyk nog 'n slag om. "Net vir die rekord, ek dink dis 'n kak besluit." Sy trek die deur agter haar hard op knip.

Buite haal sy 'n paar keer diep asem voor sy in haar motor klim en die enjin aanskakel. Onwillekeurig soek sy na sy voertuig tussen die ander, maar sy parkeerplek is leeg.

Dis waarom sy nie meer wil slaap nie. Elke oggend is daar 'n tydjie waarin jy jouself wysmaak dit was net 'n nagmerrie, voor die werklikheid in al sy verskrikking voor jou kom staan. Dis soos om elke oggend 'n roof af te trek.

Sy sien nie kans om al terug na haar ouers se huis in Goodwood te ry nie, en het ook nie lus vir haar huis nie. Nadat sy 'n entjie gery het, bel sy vir Melissa.

"Waar is jy?"

"In Tygervallei. Wat's fout?"

"Kan ons koffie drink?"

"Ja, waar sal ek jou kry? Mugg and Bean?"

"Nee, êrens stiller." Hulle spreek af waar Melissa vir haar sal wag.

Sy en Melissa Calitz is vriende vandat Melissa en haar familie in 1994 in die woonbuurt ingetrek het. Hulle twee was veertien jaar oud, en sedertdien loop hulle paaie saam. Saam matriek geskryf, daarna albei sielkunde op Stellenbosch gaan swot. Kamermaats in die koshuis. Saam hulle honneursgrade gedoen. Keuring gekry vir hulle meestersgrade. Ellie in kliniese sielkunde en Melissa in voorligtingsielkunde. 'n Huis gedeel, en met twee vriende begin uitgaan. Antonie Calitz en Chris Moolman. Melissa en Antonie is vandag getroud. Antonie is 'n internis in Durbanville. Chris het hulle verlowing drie maande voor die troue verbreek. Dit was ses jaar gelede. Sy was ses en twintig jaar oud. Hy is 'n ingenieur en sy loop hom nou en dan in 'n winkel raak. Die laaste keer was hy saam met sy nuwe verloofde.

Ellie sien hoe Melissa frons en haar mond effens oopgaan toe sy by die restaurant inkom.

"Wat de hel het jy met jou hare aangevang?" wil Melissa weet toe Ellie oorkant haar by die tafel inskuif.

"Ek het dit donker gekleur."

"Dit kan ek sien. Ek verstaan net nie waarom nie."

"Jy kleur jóú hare."

Melissa skud haar kop. "Jy kan ons nie vergelyk nie. Ek het muisvaal hare. Dis 'n blêddie sonde om jou hare te kleur. Ek het altyd gedink jy hou daarvan dat jy jou pa se pragtige bos rooiblonde hare geërf het."

Ellie neem een van die pakkies suiker uit die houertjie in die middel van die tafel en draai dit heen en weer.

"Ek wil hom nie sien elke keer wanneer ek in 'n spieël kyk nie."

9

Melissa neem Ellie se hand oor die tafel. "Sweetie, donker hare gaan nie help nie. Jy lyk soos hy. Ligte oë, beenstruktuur, wye mond . . . die hele lot. Wat gaan jy dáármee maak?"

Ellie trek haar skouers op. "Ek moes êrens begin en 'n pakkie haarkleur was die goedkoopste."

"Waarom loop jy hier rond? Ek dog jy is by jou ma," wil Melissa weet.

Die kelner kom nader en hulle bestel 'n koppie filterkoffie en 'n cappuccino.

"My tante het haar geneem om haar hare te laat knip. Ek was kantoor toe."

"Om wat daar te maak?"

Ellie haal 'n sakkie suiker uit die houertjie in die middel van die tafel en speel daarmee tussen haar vingers. "Ek het my hulp gaan aanbied. Hulle wil my nie hoor nie, maar dit was nie 'n terloopse aanval nie."

"Bedoel jy iemand wou hom doelbewus doodskiet?"

"Nee, nie noodwendig nie, maar dit was nie sommer net die een of ander low-life wat aan die skiet gegaan het nie. Dit was een van die misdaadsindikate en dit is waarom hulle my moet toelaat om te help. Ek ken almal wat in die Kaap werk, en die meeste wat in die land is."

Hulle koffie kom en Ellie gooi twee sakkies suiker in hare. Roer dit ingedagte om. "Ahmed het my huis toe gestuur, gesê hy soek my nie naby die saak nie."

"Ek stem met hom saam. Jy kan nie hierby betrokke raak nie."

"Dit was my pá. Hy sou dit vir mý gedoen het." Ellie sit die teelepel met 'n slag in haar piering neer.

Melissa neem weer haar hand oor die tafel. "Sweetie, jou pa is nog nie eers begrawe nie. Gee jouself darem kans om net eers weer behoorlik asem te haal voordat jy wil help om die skuldiges te soek."

"Weet jy in watse chaos is ons intelligensie op die oomblik? En die mense wat nog vasbyt en hulle bes probeer doen, is moer toe gewerk. As ek nie help nie, weet ek nie wie kan help nie."

"Ek hoor jou, maar jy moet vertrou dat daar genoeg mense is wat hierdie saak sal wil oplos. Nou is die tyd om 'n bietjie weg te staan."

Ellie beduie vir die kelner om vir haar nog 'n koppie koffie te bring.

"Op enige gegewe dag van die week is daar ongeveer vyfhonderd misdaadsindikate in die land aan die werk," gaan Ellie voort asof sy Melissa nie gehoor het nie. "Baie mense dink elkeen is besig met sy eie shit, maar dis 'n inmekaargekoekte nes en 'n mens moet kophou om agter te kom wat aangaan. Ek doen al vier jaar lank hierdie job. As iemand weet waar om te gaan soek, is dit ek."

"Begrawe eers jou pa. Ek is seker niemand gaan jou keer as jy daarná wil help nie." Melissa sit terug in haar stoel. "Hoe gaan dit met jou ma?"

Ellie trek haar skouers op. "Sy praat nie eintlik met my nie."

"Ek sal julle môre kom oplaai."

"Dankie, maar dis te veel van 'n draai. Ek sal jou by die kerk sien."

"Is alles gereël of kan ek vir jou iets doen?"

"Ek weet nie eintlik nie. Iemand het gebel en gevra hoeveel mense verwag ons, want die gemeente sorg na die diens vir toebroodjies en tee. Asof ek nou weet hoeveel mense gaan opdaag, dis nie asof ons kaartjies verkoop het nie."

"Hulle wil maar net by benadering weet."

"Ek wonder of ek môre my ma daar gaan kry." Ellie tik-tik met die teelepel teen haar piering. "Miskien moet ek ook sommer net wegbly. Dis nie asof hy sal weet ek is nie daar nie."

"Het jy iets om te drink?"

"Die dokter het vir my ma 'n paar pille gegee. Dalk steel ek een of twee." Sy kyk op haar horlosie, haal geld uit haar beursie en sit dit op die tafel neer.

11

"Dankie vir die gesels."

Melissa staan ook op en gee Ellie 'n druk. "Bel as jy my nodig het. Of as jy wil hê ek moet na jou toe kom."

Ellie knik net en soen haar op die wang.

Ellie is in die bed toe Albert net na nege die aand bel. Toe sy by Melissa weg is, het sy stadig terug Goodwood toe gery, en was bly dat haar ma nog nie by die huis was nie. Sy het egter nie kans gesien om in die huis in te gaan nie, en het buite op die stoep bly sit. Douglas, haar pa se ag jaar oue Irish terrier, het by haar voete kom lê. Haar ma het later teruggekom, maar is dadelik kamer toe, en toe Ellie vroegaand gaan vra of sy wil kom eet, het sy nie geantwoord nie.

"Ek hoor jy en Ahmed het vandag 'n scrap opgetel. Wat het jy daar gaan maak?" vra Albert.

"Jy het belowe ek kan help."

"Ek het nie gesê jy kan gaan insit by die meetings nie. Ook nie dat jy Ahmed die moer in kan maak nie."

"Wat moes ek dan doen?"

"Ek het gesê ek sal eers met Ahmed praat. Ek weet hoe om hom te handle."

Ellie sug. "Ek het nie nou tyd vir speletjies nie. My pa is dood en julle verwag ek moet eenkant sit en toekyk hoe julle dalk in die verkeerde rigting soek terwyl die spoor al kouer word? Think again."

"Jy laat klink dit asof ons 'n klomp fools is wat nie ons eie gatkante kan kry nie."

"Jy weet dis nie wat ek gesê het nie. Wat my die donner in maak, is dat ek weet as dit jou of Ahmed se mense was, sou julle nou voor in die koor gewees het en niemand sou julle gekeer het nie."

"Eerstens, as dit my pa was, sou ek dalk die ou 'n beloning aangebied het, en tweedens weet jy dis proper procedure. Dis soos om 'n dokter toe te laat om op sy vrou of kinders te opereer, Mac. Die kanse vir 'n fokop is net te groot."

"Praat in elk geval met Ahmed."

"Ek sal sien wat ek kan doen. Luister, ek gaan my bes doen om môre daar te wees, maar daar is 'n moontlikheid dat ons 'n break in 'n saak gaan kry, en dan sal ons vinnig moet move."

"Maak maar soos jy kan."

"Is jy OK?"

Ellie kyk na die kamer se plafon waar die straatlig patroontjies gooi. "Ja, ek is OK."

Dit raak 'n oomblik stil tussen hulle voor Albert weer praat.

"Het jy gehoor van die skietery laas nag by een van Alexei Barkov se huise in Milnerton? Die plek is moer toe geskiet. Twee dood. Die tak se ouens wat eerste op die toneel was het 'n prostituut in die bad gekry. Toe die skietery begin, het sy blykbaar daar gaan wegkruip. Dit het waarskynlik haar lewe gered."

"Het julle enige leidrade?" Ellie is bly hy het die onderwerp verander. Hulle twee was nog nooit goed met diep stories nie.

"Wat dink jy? Mense is mos deesdae met blindheid geslaan, veral in 'n buurt soos daai. Niemand sien ooit iets nie."

"Dis eintlik 'n wonder dat dit nou eers gebeur het. Hier is 'n paar ouens wat glad nie happy is dat Barkov sy besigheid Kaap toe uitgebrei het nie."

"Ek weet, en ek wens hulle het liewer vir Barkov persoonlik getarget, dan was ons vanaand ten minste van een ontslae."

Hulle praat nog 'n rukkie oor die skietery en toe dit weer stil raak tussen hulle, sê sy nag.

Sy het Albert Greyling ses maande nadat Chris hulle verlowing verbreek het, ontmoet. Hy het saam met haar pa aan 'n saak gewerk. Sy vermoed aan die begin was sy sommer net gevlei omdat hy aan haar aandag gegee het. Hy is 'n aantreklike man. Windverwaaide blonde hare. Netjiese lyf.

Chris was soos sy. Georden, lief vir lysies. Betroubaar. Met hom was daar nooit drama nie. Sy ouers is twee stil mense wat Sondae kerk toe gegaan het, en saans stil langs mekaar gelê en lees het. Die teenpool van hoe dit soms in haar huis gegaan het. Dit was soos 'n oase. Sy het altyd geweet hoe hy sal reageer. Daar was geen verrassings nie. Sy kon haar en Chris saam sien oud word. Sy was bereid om eendag saam met hom kinders te hê. En toe besluit hy die risiko is dalk net te groot. Sy word dalk haar ma. Wat kon sy sê? Hoe belowe 'n mens iemand jy sal nie jou ma word nie? Terwyl jy sélf daagliks met daardie vrees saamleef. Albert het nie omgegee wie en wat haar ma is nie. Hy het chaos in 'n huis geken. Drama het hom nie afgeskrik nie. Vandag weet sy onder die oënskynlike gemaklikheid skuil 'n komplekse, onvoorspelbare mens. En tog is dit op 'n manier steeds maklik. Hy sal soms spot en sê dalk moet sy by hom intrek, maar sy vermoed dis meer om haar te toets as iets anders. Hy hou nog van sy onafhanklikheid, selfs op vier-en-dertig. Hy is die oudste kind uit 'n ingewikkelde familie. Sy pa was 'n alkoholis en die hele gesin het dikwels onder sy vuiste deurgeloop. Albei sy ouers is 'n paar jaar gelede dood. Sy ma eerste en toe sy pa. Nóg hy nóg sy twee broers was blykbaar by die pa se begrafnis nie. Op die oog af lyk dit of hy daardie spoke begrawe het. Sy maklike glimlag skep die indruk dat hy die grootste deel van die tyd gelukkig is. Dis net wanneer 'n mens hom goed ken, dat jy agterkom sekere duiwels laat hulle nie so maklik begrawe nie.

Háár ouers het 'n intense huwelik gehad. En al weet 'n kind eintlik nooit werklik hoe haar ouers se binnekamer lyk nie, is sy seker dat wanneer hulle liefde gemaak het, dit met passie en oorgawe was, net soos wanneer hulle oor dinge verskil het.

Haar pa was vier-en-twintig toe hy vir sy neef in Suid-Afrika kom kuier het, en een aand by 'n dansplek die jong Rika raakgesien het. En so verlief geraak het dat hy nie eers terug is huis toe nie, maar net vir sy ouers 'n brief gestuur het.

Ellie vermoed êrens in haar tienerjare het sy bang geraak vir so 'n byna verterende emosie.

Verhoudings is nie skoene nie, dit moet nooit te gemaklik wees nie, het John McKenna graag gesê. Nie tussen vriende of geliefdes nie. *Love should be complicated. Uitdagend.*

Sy is steeds nie oortuig van daardie siening nie. Op 'n manier ís Albert seker 'n groter uitdaging as Chris, maar aan die ander kant is dit ook maklik, want hulle twee vra eintlik baie min van mekaar.

Haar pa en Albert het nie baie goed oor die weg gekom nie. Nie een van hulle het ooit iets daaroor gesê nie, maar sy het geweet. Sy het altyd gedink sy sal eendag haar pa vra, en nou is dit te laat. Ook vir al die ander vrae wat sy hom nog eendag wou vra.

Sy haal haar rekenaar uit en klim daarmee terug in die bed. Êrens moet iets wees wat haar op die spoor kan bring.

Sy maak vyf lêers oop, verklein dit dat al vyf op haar skerm pas. Alexei Barkov. Vyf-en-veertigjarige Rus. Enzio Allegretti. Die aantreklikste van hulle almal en op ses-en-dertig is hy baie gewild onder die vroue. Yuang Mang. Die klein Chinees en die tweede oudste van die vyf. Volgens sy amptelike dokumentasie is hy vyf-en-vyftig jaar oud. Die Nigeriër Jonathan Abua is ag-en-veertig en Nazeem Williams vier-en-sestig. Almal is om verskeie redes berug. Sy is reeds agtien maande lank besig om spesifiek hulle vyf te ondersoek.

'n Gedagte tref haar skielik. Wat as die skietery op haar pa iets met haar ondersoek te doen het? Hoendervleis slaan op haar vel uit en sy voel naar.

15

Hoofstuk 2

Ellie wens haar ma wil huil. Snot en trane, snikkend. In plaas van die fyn snuifgeluide wat sy hier langs haar in die kerkbank maak. Sy het ook nie trane nie, maar sy snuif ten minste nie.

'n Mens kan op 'n afstand ruik haar ma het iets gedrink, al het sy belowe sy sal nie. Sy wat Ellie is kon haar seker beter opgepas het, maar dit was net te veel moeite.

Jy moet na jou ma kyk, hoor sy haar pa se stem en sy kyk na die kis voor in die kerk. *Sy kan nie help nie. Dis nie asof sy dit met opset doen nie*, was altyd sy verskoning. *En jy is nou al wat sy het*, praat hy in haar gedagtes voort. Hy het die laaste tyd 'n paar keer met haar gepraat oor die dag wanneer hy dalk nie meer daar gaan wees nie. Het hy 'n voorgevoel gehad, of wou hy net seker maak sy verstaan haar verantwoordelikheid teenoor haar ma?

"Waarom het ons hom nie uit 'n gewone kerk begrawe nie?" vra haar ma onderlangs. "Ek verstaan niks wat aangaan nie,"

"Hierdie was tog sy kerk," fluister Ellie terug.

"Waarom sprinkel hy die doek oor die kis nat asof dit strykgoed is wat moet ingeklam word?"

"Ma, dit maak nie saak nie."

Haar ma snuif weer. "Here, hoe kon hy dit aan my doen?"

Rondom hulle is daar beweging en Ellie sak op haar knieë af.

Agter haar fluister haar ma: "My knie is seer, ek gaan nie kniel nie."

"God of all consolation, help us to comfort one another in our grief, finding light in time of darkness, and faith in time of doubt." Vader Frank se stem word 'n oomblik stil en Ellie skuif weer langs haar ma op die bank in.

Sy kon nooit verstaan waarom mense kalmeerpille drink om

deur 'n begrafnis te kom nie. Nou besef sy dis omdat sy nog nooit een van die voorbankers by 'n begrafnis was nie. Daar agter uit die cheap seats is dit maklik; hiér is dit 'n ander saak. Dis nie asof jy hier voor wil wees nie en jy besef eers wat die sitplekke se prys is wanneer jy die dag hier sit. Die uitsig is heeltemal anders. Daar is niemand tussen jou en die kis nie. En anderkant die kis sien jy hoe die dominee, priester, prediker se mond beweeg, maar niks wat hy sê maak sin nie. Niks lawe die seer nie. Geen woord laat die bewing in jou bedaar nie. Sy vermoed dis daardie bewing wat mense na pille laat gryp, of na 'n glasie iets. As jy net deur die seremonie kan kom sonder dat die mense hoor hoe jy klappertand. Dís waarom die ouer geslagte so baie kinders gehad het, besluit sy. Vir hierdie dag. Daar is krag in getalle.

"Lord, for your faithful people life is changed, not ended. When the body of our earthly dwelling lies in death we gain an everlasting dwelling place in heaven."

Sy hoor hoe die mense agter hulle "amen" sê, maar die woord steek in haar keel vas.

Die kerk lyk en ruik bekend. As kind het sy dikwels saam met haar pa hierheen gekom. Tot haar ma se ergernis. Nie dat haar ma 'n groot kerkganger is nie, en sy het Ellie gewoonlik net by die Sondagskool afgelaai, en weer opgelaai.

Dit was lekkerder om saam met haar pa hierheen te kom. Daar was beelde en kerse, en rituele. Kinders hou daarvan. Haar pa het nie met haar ma oor kerk en godsdiens gepraat nie, maar toe Ellie hom eendag vra waarom die kerke so verskillend lyk, het hy haar die storie van Martin Luther vertel.

Sy onthou dat sy gevra het wat is simboliek. En wie is reg.

Hy het sy kop gekrap soos hy altyd gedoen het wanneer hy iets probeer verduidelik, of diep gedink het. "Dis maar net die mens se manier om dinge vir homself makliker te maak. Godsdiens is moeilik soos dit is. 'n Mens kan dit seker maar met 'n kar vergelyk. Sommige kry 'n Mercedes, ander 'n BMW. Albei bestuurders glo hulle s'n is die beter een, maar ek glo as hulle mooi ry, gaan albei by die bestemming uitkom."

Daarna het Ellie met meer aandag na mense se karre gekyk.

Vandag kry die kerse haar egter nie warm nie, en die bekende gesigte teen die mure kyk afgetrokke op haar neer. Asof hulle wil sê ons kan jou nie vandag help nie. Sy het nog nooit in haar lewe so koud gekry nie, en kan nie wag dat die diens klaarkry nie. Manie Ferreira, haar pa se jarelange vriend en kollega, moet egter eers nog die huldeblyk lewer.

Hy stap stadig vorentoe, en gaan staan effens wydsbeen agter die mikrofoon. Sit sy leesbril op en kyk so half bo-oor dit na die mense.

"Hierdie is 'n baie moeilike dag vir my, en hoe graag ek ook al oor John McKenna praat, wens ek ek het nie vandag nodig gehad om dit te doen nie. Ek het hom langer as twintig jaar geken, en die grootste gedeelte van daardie tyd was ons partners." Hy sluk. "As ek nie 'n jaar ouer as hy was nie, was ek nog nie afgetree nie, en was ek waarskynlik verlede week saam met hom, en dan het ek nie nodig gehad om vandag hier te staan nie. Of dis wat ek myself wil wysmaak."

Hy kyk na Ellie en haar ma. "Ons weet hoe baie ons hom gaan mis, en daarom weet ons ook hoe groot julle verlies is."

Ellie luister hoe hy oor haar pa se goeie eienskappe praat. Hier en daar 'n staaltjie vertel. Namens die familie die bedankings doen. Sy vou haar arms om haarself en dink aan die koerantopskrifte.

Ervare polisie-offisier sterf in koeëlreën by padblokkade, het die lamppale die volgende oggend die nuus aangekondig. Afgewissel met *Bokke slaggereed vir die Leeus*. Op die volgende paal: *President moet weer verduidelik*. Gewone mense kry nie name op die pale nie. Dis net as jou naam iets is soos Steve, of Joost of Julius dat dit op die paal staan. Anders bly jy 'n anonieme *polisie-offisier*.

Sy vryf weer oor haar arms. Die verdomde koue wil nie bedaar nie, en sy is bly toe hy eindelik klaar is en hulle buitentoe kan gaan.

Met die uitstap probeer sy om nie na die vrou agter die orrel te kyk nie. Haar pa het graag as orrelis afgelos. Hy kom uit 'n familie wat met musiek in hulle vingerpunte gebore is. Sit 'n instrument in hulle hande en dis nie lank nie, of hulle kan dit bespeel. Sy het graag saamgekom wanneer hy kom speel het.

Sy sit haar sonbril op toe hulle in die sonlig uitstap. Dit het die vorige week feitlik die hele week lank gereën, maar vandag is daar nie 'n wolk in sig nie. Die Septemberson is nog nie baie skerp nie, maar brand haar koue vel. Êrens blaf 'n hond, en 'n vragmotor se remme blaas. Die peperbome voor die kerk is groen en welig, en die voëls kwetter byna oorverdowend. Sy wonder hoe die dag so helder kan wees. In die skemer kerk kon sy haar verbeel die son het 'n oomblik lank weggeraak. Al is dit dan net agter 'n wolk in.

"May angels lead you into paradise; upon your arrival, may the martyrs receive you and lead you to the holy city of Jerusalem . . ." begelei Vader Frank se stem die kis buitentoe. Toe die lykswa met die kis wegry, stap hulle saam met die ander mense na die saal langs die kerk. Ellie se ma maak steeds fyn snuifgeluide.

In die saal begin mense naderstaan om te simpatiseer.

"Hy was so 'n goeie mens . . ."

"We will miss him in the choir . . ."

"Dit moet 'n geweldige skok vir julle wees . . ."

"And with retirement so near . . ."

"Hy moes nog eendag by my begrafnis gespeel het."

Tussen die simpatiebetuigings maak hulle opmerkings oor haar hare wat nou donker is. Sy het later lus om iets onvanpas te sê. 'n Mens sou sweer sy is die enigste mens op aarde wat dit al ooit gekleur het.

Ellie luister en knik af en toe. Skud nou en dan haar kop. Langs haar hoor sy haar ma se dun stemmetjie en sy ruik hoe die alkohol en die pepermente met mekaar stoei. Sy hoop iemand bring vir haar ma tee.

"Ek kan nie glo dat hy dit aan my kon doen nie. Maar dis soos my ma destyds gesê het, dis nie ons kerk se mense nie. As ek toe maar geluister het."

Die toehoorders maak klikgeluide, en Rika McKenna gee 'n diep snuif en druk met haar sakdoek teen haar oë.

Ellie verskoon haarself en gaan haal vir haar ma 'n koppie tee en 'n driehoek-toebroodjie. Haar ma se hande bewe toe sy die koppie neem, maar Ellie is verlig om te sien sy drink dorstig en eet selfs die stukkie brood.

Eenkant in die saal staan sy kollegas in groepies saamgekoek. Hulle lyk skoon ongemaklik, asof hulle nie daar hoort nie. Sy is verbaas om te sien hoeveel van háár kollegas ook gekom het. Hulle kom groet streep-streep. Skud haar hand. Brigadier Andile Zondi, haar bevelvoerder, raak aan haar skouer. Clive Barnard, haar kaptein, druk haar 'n oomblik ongemaklik teen hom vas. Clive het verlede jaar veertig geword, maar vandag lê daar kepe langs sy mond wat hom ouer laat lyk.

Sy soek na Albert, maar sien hom nêrens nie. Sy is nie té verbaas nie. Sy ma se begrafnis was waarskynlik die eerste en enigste begrafnis waar hy al ooit was.

Toe Melissa aanbied om vir haar ook tee te gaan haal, skud sy haar kop. Sy weet nie wat sy nou nodig het nie, maar sy weet dis nie tee en 'n toebroodjie nie.

Melissa haak by haar in, en hulle staan stil langs mekaar. As iemand weet hoe haar binnegoed bewe, is dit Melissa.

"Gaan jy vanaand huis toe?"

"Nee, ek sal maar nog vanaand by haar slaap."

"Wil jy hê ek moet saamkom?"

Ellie glimlag. "Miskien moet jy gaan, en ek sal by Antonie en die kinders gaan slaap."

"Miskien moet ek by jou kom slaap en dan stuur ons jou ma daar na my klomp toe. Ek weet nie wie ek die jammerste sal kry nie."

Stadig maar seker raak die simpatiebetoners minder en Ellie

moet haarself keer om hardop te sug toe net hulle en Vader Frank oorbly. Sy soen hom op die wang.

"Thank you, Father. I'm sorry that you had to do this – it couldn't have been easy, but there was nobody else that I could ask." Ellie glimlag. "Not that I had a choice. He always said that it has to be you or just a cremation. Finish en klaar."

Die gryskopman neem haar hande in syne. "I am so sad, and even a little angry for my friend, but I would have been very hurt if you didn't ask me. I promised him long ago that if this day came, and I was still around, I would do this for him. He could have made it easier for me by not dying, but then again, he was never a man for making things easy."

Ellie knik. "Tell me something I don't know."

Hy draai na haar ma, neem albei haar hande in syne. "He loved you very much."

Rika McKenna maak 'n geluid wat soos 'n grom klink en Ellie groet haastig.

"Waarheen gaan ons nou?" wil haar ma weet toe hulle in die motor klim.

"Ek gaan Ma by die huis aflaai. Tannie Vera-hulle sal by Ma kuier. Ek moet eers ry, maar ek sien Ma weer later."

"Ek weet julle gaan na Joe's toe. Waarom kan ek nie saamgaan nie?"

Moet my tog nie met tee en koffie begrawe nie, het haar pa in 'n brief geskryf. 'n Brief wat hy saam met sy testament in 'n koevert gebêre het, en wat al half verbleik is. *Kyk in my kas, agter in my sokkielaai sal geld wees – vat die manne daar na Joe toe en koop vir hulle 'n ronde of twee.*

Die geld was daar, en Ellie het gewonder wanneer hy dit daar gesit het. Of hy dit maar met die jare aangevul het, soos alles duurder geword het?

"Dit was 'n lang dag. Ek en ma kan een aand gaan, maar nie vandag nie."

By die huis het haar tante en dié se man steeds hulle begrafnis-klere aan. Hulle is in die kombuis besig om tee te maak.

"Kom drink 'n koppie tee," nooi tannie Vera.

Ellie sien hoe haar ma oor haar lippe lek en sy weet dit gaan nie skoon tee wees nie, maar sy kan haar nie nou daaroor be-kommer nie.

Hoofstuk 3

Joe's is volgepak toe Ellie daar kom. Die kroeg is 'n straat weg van Durbanweg, net voor jy van Bellville se kant af oor die N1 ry. Dis 'n gewilde kuierplek, en baie polisiebeamptes kom maak saans hier 'n draai op pad huis toe. Die stemme verdoof effens toe sy instap. Diegene wat nie by die begrafnis was nie, maak opmerkings oor haar donker hare. Ellie trek maar net haar skouers op.

Joe kom agter die toonbank uit en neem haar hand. "Ek is bly om te sien jy het die dag oorleef."

Sy hande vou stewig om hare. Vir iemand diep in sy sestigs is hy 'n baie sterk man. Hy het in sy jong dae gestoei, en is steeds stewig gebou. Dis net sy hare wat nie gehou het nie. Behalwe vir 'n dun strepie grys hare agterom sy kop, is hy feitlik heeltemal bles.

Ellie skud haar kop. "Moenie te gou praat nie."

Iemand raak aan haar skouer en toe sy omdraai, staan brigadier Ibrahim Ahmed agter haar.

Sy knik stram. "Brigadier."

"It was a fitting farewell." Toe sy nie antwoord nie, raak hy aan haar arm. "Ons twee kan annerdag ons differences uitsorteer, vandag is nie die tyd nie. Kom ons groet hom eers soos wat hy sou wou gehad het."

Sy knik. "Ek waardeer dit dat brigadier gekom het."

Hy maak sy keel skoon, terwyl hy op die kroegtoonbank kap. "As ons net 'n oomblik bietjie stilte kan kry." Hy beduie na 'n paar jonges agter in die vertrek wat weer aan die gesels geraak het. "Shut up daar agter." Hy draai na Ellie. "Mac, we don't have words, en ek weet eintlik glad nie wat ek wil sê nie, behalwe dat dit 'n voorreg was om hom te ken. Veral om saam met hom te kon werk. As jy daai man agter jou gehad het, het jy nooit omgekyk nie. Dis vir ons almal 'n groot verlies. Ons kan seker vir mekaar sê as hy 'n keuse gehad het, sou hy dit so verkies het, maar dit maak dit nie beter nie. Dis moeilik genoeg as hulle enige onskuldige mens op so 'n manier uitvat, maar dit vat hard aan 'n mens as dit een van jou eie is." Hy raak 'n oomblik stil, en toe hy weer praat, is sy stem dun. "Op die Ier." Hy lig sy glas.

Daar is 'n luide "hoor, hoor!" en dan praat een van die jonger manne. "Alles wat ek vandag van polisiewerk weet, het John McKenna my geleer."

"Hau, man, he could chew your ear when you fucked up," laat 'n jong swart man voor teen die toonbank hoor. "But what I liked most, is that he was as straight as an arrow. You always knew where you stood with him."

"Onthou julle die aand wat ons daardie huis in Bonteheuwel moes gaan raid?" val 'n jarelange kollega ook nou in. "Ons het maande lank daaraan gewerk, almal was op hulle plek, en toe kry hy hierdie snaakse gevoel dat dinge nie reg is nie. Fok, die manne was darem kwaad vir hom."

"Ja, maar vir die Ier se sesde sintuig was ons banger as vir die duiwel self. Daarmee het niemand geneuk nie. Al hierdie handboeke oor profiling kom nie naby daai man se oog en instink nie."

Ellie laat hulle begaan. Laat elkeen sy stukkie onthou vertel terwyl hulle skouer aan skouer kuier. Wanneer hulle weer hier uitstap, dra elkeen sy eie vrese saam huis toe, en die wete dat dit jy kon wees. Haar eie woorde lê dik in haar mond.

Sy is moeg, en drink diep uit die glas wat Joe in haar hand gestop het. Sy het nog nie vandag geëet nie en voel hoe die whiskey tot in haar maag val, waar dit 'n brandkolletjie maak.

"Wat het hy altyd gesê wanneer hy sy eerste glas in die hand gehad het?" roep iemand na haar.

"May your glass be ever full, may the roof over your head be always strong, and may you be in heaven half an hour before the devil knows you're dead," roep sy terug en almal lag. Daardie soort lag wat net 'n bietjie te hard is, en ietwat desperaat klink.

Sy lig haar glas. "Here's to you, old man. Ek hoop jy het die duiwel voorgespring."

"Oh Danny boy, the pipes, the pipes are calling," begin haar pa se neef sing, en kort voor lank staan sy vier ou vriende langs hom en sing uit volle bors saam.

Toe hulle by die volgende versie kom, gaan staan Ellie langs hulle en begin saamsing.

"And if you come when all the flowers are dying, and I am dead, as dead I well may be, you'll come and find the place where I am lying and kneel and say an Ave there for me."

Wat 'n cliché, en dis nie eers asof dit een van haar pa se gunstelingliedjies was nie, maar tog word haar stem al dunner. Toe die laaste woorde wegsterf, beduie sy vir Joe. Met die nuwe vol glas in haar hand beur sy tot sy weer by Ahmed staan.

"Het brigadier iets gekry om te drink?"

Hy lig sy glas. "My vrou sê al hierdie Coke gaan nog my ingewande opvreet, maar van water alleen kan 'n man wragtig ook 'ie lewe nie. Hoe gaan dit met jou ma?"

"Soos dit met haar kan gaan. Die Here alleen weet wat hy gedink het om my alleen met haar te los."

Hy skud sy kop. "Waarom klink jy moerig? Dis nie asof hy 'n sê in die saak gehad het nie."

"Ek wil nie wees nie, maar ek kan nie help nie. Wat het hy daar gaan soek? Hy het die mense goed opgelei. Waarom het hy hulle nie vertrou om 'n blokkade te gooi nie?"

"As dit nie hy was nie, was dit waarskynlik iemand anders."

Sy het ook al daaraan gedink, maar het vinnig die gedagte gekeer, want dan moet sy iemand in ruil gee en 'n mens weet as jy dit gedoen het, sal jy sukkel om daardie persoon weer in die oë te kyk.

Ahmed sug. "Jy is jonk. Jy sal nog agterkom 'n mens doen soms

25

dinge wat jy self nie kan explain nie, maar op die oomblik weet jy net dit is die regte besluit."

Ellie voel hoe die whiskey die skerp kante van die dag begin versag. "Eet julle lasagne?"

Hy skud sy kop. "Nie rêrig nie."

"Want anders moes brigadier saamgery het en kom haal het. Ek wonder waarom almal dink lasagne is die beste trooskos."

Voordat sy verder kan praat, voel sy 'n mond in haar nek, maar sy draai nie om nie.

"Sorry, babes, ek kon nie vroeër hier wees nie. Ons het moeilikheid gehad. Middag, brigadier."

"Greyling."

Albert sit sy arm om Ellie se skouers en soen haar op die wang. "Ek is genuine sorry. Ek het probeer . . ."

"Hey, Greyling . . ." roep iemand by die kroegtoonbank voordat hy verder kan praat.

"Yo, my bro, stuur ietsie aan, man. Ek vrek vannie dors," roep hy terug oor haar kop.

"Mac, los die man dat hy enetjie saam met ons kan kom drink."

Ellie beduie met haar kop. "Gaan."

Hy maak sy oë groot. "Ek sal dit opmaak, ek belowe. Kan ek vir julle iets saambring? Brigadier, hoe lyk jou glas?"

"Ek moet loop."

"Babes?"

Ellie skud haar kop. "Ek moet ook by die huis kom, voordat my ma vir Vera-hulle uitskop."

"Sien ek jou vanaand?"

"Ek dink nie so nie. Ons kan later praat."

Hy sit sy hande weerskante van haar gesig en soen haar op die mond. "Kom later oor."

Sy en Ahmed stap saam deur toe, maar vorder stadig omdat almal eers wil groet. Clive sit in die verbyloop sy hand op haar skouer. Joe kom agter die toonbank uit, en druk haar 'n oomblik vas.

"Vasbyt, my girl. Dit sal weer beter gaan, maar ongelukkig sal dit eers nog vir 'n rukkie maar kak wees."

"Dankie. Dit help as 'n mens weet wat om te verwag." Sy waai met haar hand. "Dankie hiervoor. Ek is seker hy smile, waar hy ook al is."

"Dis 'n groot plesier. Ek gaan die ou bliksem mis."

"Moenie dat hulle met hulle dronk gatte op die pad gaan nie, en skop hulle later uit. Môre kla die vrouens weer by my," maan Ahmed toe hy en Joe handskud.

"Ek maak so, brigadier."

Die skaduwees rek al lank toe hulle buite kom en net die hoog-ste geboue vang nog 'n laaste sonstraal. Hy stap stil saam met haar na waar sy geparkeer het.

Sy sluit haar motor oop, maar klim nie in nie.

"Brigadier . . ."

Hy hou sy hand op. "Voor jy iets sê, laat ek eers praat. Ek wil hê jy moet weet ek verstaan hoe jy voel, want ek sal dieselfde gevoel het as ek in jou skoene was, maar ek kan nie toelaat dat jy met my, voor almal, in 'n stand-up fight betrokke raak nie. Eerstens force jy my hand, en tweedens wil ek nie met jou oor jou pa baklei nie. Ek het baie tyd vir daai man gehad, en my hart is seer. Wat dit nog erger maak, is dat dit klink of jy my nie trust nie. Ek sal alles binne my vermoë doen om uit te vind wie hiervoor verantwoordelik is."

"Dis nie wat ek gesê het nie. Ek wil net graag help, want ek weet hoeveel sake daar op almal se lessenaars lê. En daar by ons gaan dit op die oomblik nie goed nie. Met die grootbaas wat ge-skors is, en nog 'n klomp onder verdenking, werk die res van ons around the clock. Ek wil net seker maak julle kry die inligting wat julle nodig het."

"Ek belowe jou as ek dink iemand daar draai sy vingers en wil ons nie help nie, sal ek dadelik sê. Maar intussen soek ek jou nie naby nie. Ek het 'n ervare span op die saak gesit, en het volle ver-troue dat hulle binnekort met 'n antwoord sal kom."

"Dankie."

"Jy moet maar nog 'n dag of wat afvat."

"Dit sal niks beter maak nie."

"Ek is seker jou ma het jou nodig."

"Sy het dalk iéts nodig, maar dis nie vir my nie."

"Ek sê maar net . . . sorg dat jy jou asem terugkry voor jy teruggaan."

Sy frons. "Ek hoor daar was 'n skietery by Alexei Barkov se huis, en dit beteken brigadier Zondi is op die oorlogspad, want daar word waarskynlik reeds vingers gewys. Hulle sê maklik ons moes beter inligting deurgegee het."

"Teen hierdie tyd moet jy al weet daar sal altyd vingers gewys word. Niemand wil so 'n bol mis vang nie. Maar ons kan later weer oor daai jakkalse praat. Vanaand is nie die aand daarvoor nie."

Hy gaan staan langs haar motor en wag dat sy inklim. "Kyk agter jouself, en jou ma."

Sy skakel die enjin aan, maar trek nie weg nie. "Ek wil nie in die koerante lees wie my pa geskiet het nie." Sy wil hom eintlik vra of hy dink dit kan iets met haar te doen hê, maar sy kry nie die woorde nie. Sy vermoed ook dat sy nie die antwoord wil hoor nie.

Hy sit sy hand op die vensterraam. "Ek gaan niks vir jou belowe nie."

Sy kyk in die truspieëltjie toe sy wegtrek en sien hom nog 'n oomblik staan. Toe hy destyds bo haar pa aangestel is, het die tonge geklap, en baie van die kollegas het *kwota* en *regstelling* geskreeu. Maar terwyl almal nog geskreeu het, het John McKenna sy hand uitgesteek, hom gelukgewens en trou gesweer. Dit was die begin van 'n baie suksesvolle en eiesoortige verbintenis. Nie dat hulle twee nooit koppe gestamp het nie, daarvoor was hulle net te eenders, maar hulle het groot respek vir mekaar gehad.

Sy skakel die radio aan. Haar geheuestokkie is ingedruk en toe sy die eerste klanke hoor, draai sy haar venster oop en stel die klank harder.

"Gonna close my eyes, girl, and watch you go," sing sy saam met David Gray. "Send a little prayer out to ya, 'cross the falling dark."

By 'n rooi verkeerslig kyk 'n vrou vir haar, en Ellie oorweeg dit om vir haar tong uit te steek. Die vrou kyk weer voor haar, en Ellie wonder waarheen sy op pad is met haar donderweergesig. Mag die gode behoed dat dit op pad is na 'n man en kinders toe.

Hulle trek weg en toe sy van Durbanweg af op die N1 stad se kant toe swaai, trap sy die petrolpedaal diep in. Die wind deur die oop venster pluk aan haar hare, waai die woorde van die lied weg. *Tell the repo man, you're the one I love.*

"Ek haat jou, John McKenna!" skreeu sy deur die oop venster. Haal dan diep asem, want haar keelspiere trek pynlik saam. Sy trap die petrolpedaal nog dieper in, en verminder eers spoed toe sy by die Goodwood-afrit kom. Sy draai net op Giel Basson-rylaan af toe haar selfoon begin lui. Dis haar ma en sy oorweeg dit om nie te antwoord nie.

"Ma, ek is amper by die huis."

"Vera-hulle wil loop, maar wil my nie alleen los nie. 'n Mens sou sweer ek is 'n krimineel."

"Ek is binne 'n paar minute daar." Sy skakel die selfoon af en gooi dit in die kissie tussen die twee sitplekke. Sy beny Vera-hulle wat kan loop.

Haar ma-hulle is in die sitkamer toe sy die voordeur oopmaak. Vera sit reeds met haar handsak op haar skoot. Haar man, Peet, staar na die televisieskerm waar 'n krieketwedstryd uitgesaai word.

"Waarom kom jy so laat?" wil haar ma weet toe sy Ellie gewaar.

"Ek is jammer." Ellie kyk na Vera en Peet. "Dankie dat julle gebly het. Neem asseblief vir julle van die kos in die yskas. Ons kan onmoontlik alles opeet."

Sonder om twee keer genooi te word, stap Vera kombuis toe. Sy kom terug met 'n styfgepakte winkelsak in die hand.

Ellie stap saam met hulle uit motor toe, bedank hulle weer eens. "Wat gaan jy met haar maak? Sy kan nie alleen bly nie." "Sy gaan haar nie laat oppas nie, en ek moet weer begin werk." Dit lyk of Vera iets wil sê, maar sy bedink haar blykbaar en klim in die motor. Ellie kyk die motor agterna voor sy traag terugstap huis toe.

"Ek kan darem sekerlik nou iets kry om te drink. Dit was 'n helse dag en julle almal het iets gedrink behalwe ek." Haar ma klink soos 'n kind wat 'n tantrum wil gooi.

"Daar is nog 'n paar dinge waaroor ons moet praat."

"Soos wat?" Haar ma lek oor haar lippe en Ellie sien hoe haar hande fladder. "Ek is nie lus vir jou geprekery nie."

"Ek moet môre terug werk toe, Ma. En ek moet weet Ma sal na jouself kyk."

"Ek is sestig jaar oud, en het nog altyd na myself gekyk. Wat laat jou dink ek kan dit nie doen nie. Almal dink dis hy wat na my gekyk het, maar hy was nooit hier nie. Ek het na jóú ook gekyk, en nou dink jy ek is 'n idioot." Haar ma staan op, hande op die heupe. "Jy is nes hy."

"Ma . . ." Ellie voel hoe die moegheid aan haar rem. "Ma moet minder drink."

"Jy laat klink dit of ek 'n alkoholis is. Ek het die hele goddelike dag nog niks gedrink nie . . ." Ellie sien hoe haar ma wegkyk, soos altyd wanneer sy lieg. "Ek het nog nooit vir julle gesê julle moet ophou drink nie, en die Here alleen weet dis nie asof julle nie kan drink nie. Maar ek is die een wat moet ophou!"

"Die probleem is dat Ma sukkel om op te hou as Ma eers begin het."

"Ag, kak." Haar ma draai om en stap in die gang af. Oomblikke later slaan haar slaapkamerdeur toe, en Ellie sak dieper af op die stoel.

Later in haar kamer trek sy die swart begrafnisklere stuk-stuk uit. Haar ma wou nie swart dra nie, maar Ellie het vir haarself 'n swart rok gaan koop. Geen ander kleur het reg gevoel nie. Sy hang die rok teen die kasdeur. Stroop die swart onderklere af en wens sy kan haar vel ook so afstroop. Dalk sal die volgende een wat groei nie so pyn nie. Haar oog vang die lang spieël en sy kyk na haar eie beeld. Hulle kan op 'n dag wegraak, maar for better or worse, of jy daarvan hou of nie, jy sal die gene bly voortdra. Sy het haar ma se lyf. Skraal, medium lengte. Gemiddeld. Nie groot of klein borste nie. Sy is waarskynlik die norm wanneer hulle klere ontwerp. Min of meer in proporsie van kop tot tone. Niks om oor huis toe te skryf nie.

Maar sy lyk na haar pa se mense, en hulle gene het haar inge-kleur. Melissa was reg, sy sal van meer as die haarkleur ontslae moet raak as sy van die voormense se gene wil wegvlug.

'n Dogter leer haarself deur die oë van 'n pa ken, het sy een-keer gelees. Met 'n ma is daar soms 'n subteks. Maar 'n pa se oë is sag. Daar is geen verwagting nie, net aanvaarding.

Sy trek haar nagklere aan en klim in die bed. Die kamer is hare, en tog ook nie meer nie. Eens op 'n tyd was dit 'n welkome toe-vlugsoord. Nou is dit net nog 'n vertrek in 'n huis waar die mure haar verdriet eggo. Sy krul onder die duvet op en maak haar oë toe. Miskien kán haar ma ook nie huil nie, dink sy. Miskien is daar sekere dinge waaroor 'n mens net kan snuif. Maar sy kry nie eers dít gedoen nie, en die drukking op haar bors word net al groter. Na 'n uur staan sy op, neem die duvet en 'n kussing, en gaan sit buite op die stoep. Douglas kom lê langs haar en op die ou end raak sy aan die slaap met die hond se oor tussen haar vingers.

Hoofstuk 4

Nick Malherbe haal sy bagasie uit die kattebak, betaal die taxibe-stuurder en stap met sy tasse tot by die woonstel. Die sleutel is soos afgespreek by die deurwag. Toe hy die ruim portaal binne-stap, dink hy weer aan die eerste keer wat hy in dié luukse woon-stel in Bantrybaai was. Hy kon nie help om te wonder wat sy oorlede ma van soveel luuksheid sou sê nie. Sy het hom en sy broer graag teen klatergoud gewaarsku. Ook teen slegte meisies en sterk drank. En teen die duiwel se listigheid. Hulle het nie ál die vermanings ter harte geneem nie.

Hy sit sy bagasie in die hoofslaapkamer neer en skuif die deure na die balkon oop. Die seelug spoel die woonstel binne. Bring die reuk saam. Die laatmiddagson blink op die water, weerkaats ligspikkels.

Daar lê 'n lang pad tussen daardie dag en nou. Twee jaar gelede kon hy nie droom hy sal vandag hier wees nie. Hy is oud genoeg, en lank genoeg in die job om te weet jy bereik nie naastenby alles wat jy aanvanklik beplan het nie. Sy eerste baas het egter altyd gesê jy het net misluk die dag as jy ophou probeer. Hulle jong ouens het agter sy rug gelag wanneer hy dit sê. Toe was hulle hon-ger nog groot, hulle selfvertroue onblusbaar. Met die jare kry die selfvertroue knocks. Die arrogansie word getemper. Op 'n dag kom jy agter jy troos jouself met die klein oorwinnings en met die feit dat jy ten minste nog probeer. Dis nie dat die honger stiller is nie. Jy verstaan net jou eie en die stelsel se beperkinge soveel beter.

Die yskas en vrieskas is vol gepak. Nick moet onthou om vir die huishoudster te sê hy het haar nie elke dag nodig nie. Hy het haar eintlik glad nie nodig nie, maar hy weet teen hierdie tyd om dit nie te sê nie. Dit veroorsaak net te veel vrae. Mense soos die

Allegretti's verstaan nie dat 'n mens jou eie bed kan opmaak en skottelgoed kan was nie. Terwyl hy sy klere uitpak, is hy dankbaar dis nie 'n hotelkamer nie. Hy het ruimte nodig, al is dit net een of twee ander vertrekke waarheen hy kan loop. Daar is min dinge so vreesaanjaend soos om in die nag in jou eie gedagtes vas te loop.

Toe hy klaar uitgepak het, wens hy hy kan eers gaan draf. Hy het die laaste twee dae nie tyd gehad om selfs 'n halfuur lank te oefen nie, en hy voel styf en ongemaklik. Vir 'n man wat hom sy lewe lank nie te ernstig aan oefening gesteur het nie en net die nodige gedoen het om fiks te bly, verbaas hy homself deesdae. Hy is op agt-en-dertig fikser as wat hy in 'n lang tyd was. Maar op die oomblik is dit waarskynlik óf oefening óf drank óf dalk meisies. Van die drie is oefening nie noodwendig die lekkerste keuse nie, maar sekerlik die veiligste.

'n Uur later stop hy 'n paar blokke hoër op teen die berg, gee sy naam en wag dat die sekuriteitswag by die hek huis toe skakel. Sy blik gaan oor die enorme huis, die muur, elektriese drade bo-op die muur. Onwillekeurig soek hy na swak plekke. Hy ry deur toe die hek oopswaai en parkeer die Range Rover voor die groot motorhuisdeure. Hy onthou hoe Enzio Allegretti gespog het dat hy dié huis teen die berg in Bantrybaai teen 'n winskoop gekry het. Net ag-en-veertig miljoen rand. En enige sente.

Hy druk die knoppie langs die deur, en wag 'n paar sekondes voor 'n stem antwoord.

"Patrice, it's Nick."

Daar is 'n kliekgeluid en hy stap die portaal binne. Druk die hysbak se knoppie, die deure gly oop en hy stap in. Die hele binnekant is vol spieëls. Hy staar na sy beeld. Onder die helder ligte slaan die grys baie duideliker deur sy donker hare. Hy vee oor sy kortgeknipte kop. Die ligte laat hom moeg lyk, en dan is dit asof die letsel langs sy oog effens meer rem. Die enigste pluspunt op hierdie oggend is dat dit lyk of hy 'n kilogram of drie afgeskud het.

Na 'n minuut of wat gly die deure weer oop, en hy kan nie help om soos die vorige keer 'n oomblik stil te staan nie. 'n Reusevertrek strek links van hom uit. Skoon reguit lyne. Ligte marmervloere, dak-tot-vloer-vensters wat kan wegvou sodat die vertrek saamsmelt met die groot patiostoep waar die swembad oor die rand van die erf glip. 'n Onbelemmerde uitsig oor die Atlantiese Oseaan. Gemakstoele en rusbanke is bymekaar gegroepeer om verskillende kuierareas te vorm. Die meeste daarvan is in skakerings van wit oorgetrek, met hier en daar 'n fletskleur. Teen die agterste muur is 'n kroegtoonbank. Agter teen die muur is groot spieëls met rakke waarop rye drankbottels uitgestal word. Dis één van die dinge van dié mense wat hy vreemd vind. Hulle liefde vir spieëls. Uit hoeveel hoeke wil 'n mens jouself sien? En hoeveel keer op 'n dag wil jy na jouself kyk?

"Nick, my man!" Enzio Allegretti kom haastig nadergestap. "Wat de donner maak jy in die Kaap, en hoekom het jy my nie laat weet jy kom nie? Ek kon jou op die lughawe laat haal het."

"Ek was nie seker van my vlugtyd nie. Ek het sommer 'n taxi gekry. En gelukkig was die Range Rover by die woonstel."

"Dis 'n verrassing." Hy kyk oor Nick se skouer. "Moenie vir my sê die ou man is ook hier nie."

"Nee, ek is alleen."

Hy neem Nick aan die arm en stap met hom dieper die vertrek in. "In daai geval is jy baie welkom. Ek het nou net vir my iets geskink om te drink." Hulle stap tot by die lang kroegtoonbank, en Allegretti stap agterom. "Wat sal dit wees?"

" 'n Bier."

"Nee, bliksem, man, kyk wat het ek alles hier." Hy beduie na die bottels teen die muur.

"Ek sien jy is goed gestock, maar 'n bier sal nou goed afgaan."

In die spieël teen die muur sien Nick hoe 'n man agter hom instap, en hy draai om, steek sy hand uit.

"Patrice, how are you?"

"Very well, sir."

"Tell him that you like CapeTown."

"I like Cape Town, sir."

"Tell him it's much better than Zimbabwe."

Patrice raak aan sy kop. "Zimbabwe is not that bad, sir. It's just bad at the moment, but maybe one day it will be nice again."

Allegretti skud sy kop. "Don't hold your breath, my boy. That place is fucked."

Patrice kyk na Nick. "Do you have luggage, sir?"

"Thanks, Patrice, but I'm staying at the apartment."

Patrice knik voor hy stilweg weer die vertrek verlaat.

"Hoe lank bly jy?" vra Allegretti.

Nick sien die effense frons tussen die man se oë. So vlugtig dat hy hom dit dalk verbeel het. Hy neem 'n sluk bier terwyl Allegretti oorkant die kroegtoonbank gaan sit.

"Ek is nog nie seker nie."

"Die ou man het jou gestuur."

"Hy is bekommerd oor die insident verlede week."

"Ek het hom gesê dit was niks wat ek nie kan handle nie. Watse stories het hy nou weer gehoor?"

"Dis nie stories nie. Daar is op jou motor geskiet."

Die selfoon op die toonbank lui. Allegretti tel dit op en antwoord.

"Whatsup? No, I am busy. I'll call you back." Hy sit die selfoon terug op die toonbank. "Ons het nie bewyse dat ek die teiken was nie. Dit kon net 'n gewone hijack-poging gewees het."

"Of nie. Wat weet jy van die skietery by Barkov se huis? Was jy betrokke? Het die twee voorvalle iets met mekaar te doen? Was dit jou manier om hom terug te kry?"

"Ek was nie verantwoordelik vir die skietery by Barkov se huis nie." Hy kyk verby Nick. "En in elk geval, as hulle my wíl bykom, dink jy nou werklik jy sal hulle kan keer?"

Die telefoon lui weer, maar hierdie keer antwoord Allegretti nie, druk dit net dood.

35

"Nee, maar jou pa wil homself nie later verwyt nie. Ek is hier om weer 'n slag na jou sekuriteit te kyk en seker te maak julle is nie onnodig roekeloos nie."

"Weet my pa ek is ses-en-dertig jaar oud?" Sy stem styg en hy skink weer sy glas vol. "Dit pis my so af as hy my soos 'n kind behandel."

Nick hou sy hande omhoog. "Don't kill the messenger."

"As jy wou, kon jy hom oortuig het ek is oud genoeg om my eie battles te fight. Here, hoe ouer hy raak hoe meer paranoiës raak hy."

"Dan is daar ook nog die ander saak."

"Watse saak?"

"Nazeem Williams se susterskind. Van álle meisies wat jy in die Kaap kon kry. Was dit nou nodig?"

Allegretti klap sy glas van die toonbank af en dit spat in skerwe op die vloer. Patrice verskyn asof hy geroep is, maar Allegretti beduie met sy arms. "Go away!"

Patrice verdwyn weer en Nick hoor hoe 'n deur toegaan.

"Waar kom hy daaraan?"

"Dis nie asof jy baie diskreet is nie. Jou girlfriend is lief om te twiet en te Facebook. Ons leef in die een-en-twintigste eeu, Enzio. Daar is bloedweinig geheime in die wêreld."

"My persoonlike lewe het fokol met hom te doen."

"As jy 'n Williams in jou bed laat klim, het dit iets met hom te doen. Hulle twee het 'n geskiedenis."

"Sy is nie 'n Williams nie. Haar ma is Williams se vrou se suster."

"Dit maak nie saak wat haar van is nie. Sy is deel van sy clan, en dit maak dit baie ingewikkeld."

"Dis sulke tye dat ek wens ek was 'n weeskind. Kan hy nie net soos alle ander ou mense doodgaan nie? Hoe moeilik kan dit wees?"

Nick swaai sy stoeltjie om sodat hy deur die vensters na die uitsig kan kyk. Die Allegretti-erfgename maak hom altyd dankbaar hy het nie kinders nie.

"Ek gaan nie ophou om haar te sien nie. Om die waarheid te sê, ek het haar gevra om by my in te trek."

Nick swaai terug. "Jy kan nie ernstig wees nie. Seks is een ding, maar waarom wil jy dít doen?"

"Het jy haar al gesien?"

"Op foto's."

"Sy is die sexyste girl wat ek al ooit gesien het, en ek hét al 'n paar in my lewe gedate. En sy is nice. Ek is gatvol vir bitches."

"Het sy al ingetrek?"

"Nee, na laas week se ding het Williams allerhande besware, maar ons werk aan hom. Moenie my vra hoe hy daarvan weet nie."

"Jissis, Enzio. Jy kan wragtig 'n idioot wees as jy die dag tyd het."

"Wag tot jy haar sien."

"Hoe gaan dit met Gabi?"

"Sy gaan 'n orgasme kry as sy weet jy is in die Kaap."

"Sy is nou 'n getroude vrou."

Allegretti lag kop agteroor. "Asof dit haar sal keer. Jy kan soms so donners naïef wees."

"Terwyl ek hier is, moet ek ook na haar sekuriteit kyk."

"Well, good luck daarmee. Jy weet sy doen net wat sy wil. En as iemand na haar moet kyk, is dit seker haar man."

"Jy en Gabi vergeet tog te graag dat julle pa nog baie van julle tabs optel, en dit gee hom sekerlik die reg om nog sommige eise te stel. Hy kan maklik besluit hy draai die krane toe, en waar sit julle twee dan?"

Allegretti spring op, maak 'n laai oop en haal 'n sakkie wit poeier en 'n spieëltjie uit. Hy gooi 'n bietjie op die spieëltjie uit, sny twee lyntjies met 'n klein silwer kaartjie. Haal 'n tweehonderdrandnoot uit sy sak en rol dit op. Kyk na Nick, en toe dié sy kop skud, snuif hy albei lyntjies. Hy gooi die sakkie, spieëltjie en kaartjie terug in die laai, en begin op en af stap.

"Wat bedoel jy as hy die krane toedraai? Waarmee is hy besig?"

"As een van julle 'n gevaar vir julleself of die besigheid raak, kan hy besluit om ander mense te kry om die besigheid te help bestuur. Hy kan selfs 'n voorwaarde stel dat julle terug Johannesburg toe gaan."

"Jy maak seker 'n fokken grap!"

"Ek sê nie hy gaan dit doen nie. Ek wil net hê julle moet verstaan hoe ernstig hy is. Hy gaan dit nie duld dat julle 'n risiko word nie. Nie vir julself óf die besigheid nie."

Nick sien hoe Allegretti se oë al helderder word, en teen hierdie tyd ken hy die simptome. Volgende gaan die bravade kom.

"Hy dink dalk ek het hom nodig, maar dis hy wat mý nodig het. Hy verstaan nie tye het verander nie en weet nie hoe dinge deesdae werk nie. As hy nie oppas nie, vat ek die besigheid oor, met óf sonder sy toestemming."

Nick knik sy kop en staan op. "Jy kan seker." Hy tel die motorsleutels op. "Hy is oud, Enzio. Gun hom 'n paar rustige jare. Hy het nie meer die energie en die drif vir soveel konflik nie, maar moet hom nie onderskat nie. Sy brein makeer niks en moenie dinge vir hom probeer wegsteek nie."

"Dit is juis een van die redes waarom ek moet oorvat. Hy het nie meer die balls nie, en as ons nie oppas nie, verloor ons ons aandeel in die bedryf, en dan neem niemand ons meer ernstig op nie."

"Hy het hard gewerk en baie risiko's geneem om te verseker jy en Gabi hoef nie eendag oor julle skouers te kyk nie. Waarom sê jy nie net dankie en maak 'n sukses van die klub nie? Jy is reg as jy sê tye het verander. Daar is nuwe spelers, en baie min lojaliteit. Dink jy regtig jy is opgewasse teen ouens soos Barkov en kie?"

Nick staan effens terug en kyk hoe die woorde die regte knoppies vind. Met Enzio is dit soms net té maklik.

Allegretti wys 'n vinger na Nick. "Dink jy ek is bang vir 'n vark soos Barkov? Dink jy ek het nodig om agter my pa weg te kruip? Fok jou. En jy kan dit maar vir hom ook gaan sê."

Nick lig sy hand. "Ek sien jou weer later. Ek wou net eers kom groet het."

"As jy in die woonstel gaan bly, beteken dit jy is nie net vir een of twee dae hier nie," laat Allegretti kalmer hoor.

Nick trek sy skouers op. "Ek is nog nie seker nie."

"Kom vanaand klub toe."

"Ek sal."

"Net vir jou inligting . . . sy het nie geweet wie ek is toe sy my ontmoet het nie."

"Maar jy het geweet wie sy is."

"Nee, nie dadelik nie."

Minute later ry Nick stadig teen die steil strate af en kyk na die paar vissersbote wat agter die breekwater dobber.

Hy het nog nooit 'n gemaklike verhouding met die Kaap gehad nie. Sy eerste vrou het van die Kaap af gekom, en hom dit nooit laat vergeet nie. Asof dit die een of ander get-out-of-jail-kaart is. En die keer of wat wat hulle vir haar familie kom kuier het, het ook nie sy verhouding met dié stad verbeter nie. Hy weet nie of die probleem haar familie of die plek was nie.

Hy kon nog altyd redelik vinnig 'n dorp of stad lees. Agterkom wie is wie, en hoe die verskillende verbintenisse patrone maak. Maar die Kaap is soos 'n goeie kulkunstenaar wat jou kul om net te sien wat sy wil hê jy moet sien.

Hy het dieselfde gevoel oor sy eks-skoonfamilie gehad. Asof alles nie is wat hulle voorgee nie, maar dit kon ook maar net sy ingebore sinisme en agterdog wees.

Die drie jaar in Londen was opwindend, interessant en leersaam, maar Nick was verlig toe hy terug Johannesburg toe kon kom. Dis 'n stad wat hy verstaan. Dis waar hy sy eerste lewenslig aanskou het en min of meer al sy eerstes beleef het. Eerste tand, eerste pak slae, eerste vry, eerste kar, eerste job en alles tussenin.

Die langste wat hy al op 'n slag in die Kaap vertoef het, was drie weke. Hierdie keer het hy twee tasse. Een vol klere en 'n ander vol boeke. Tans die somtotaal van sy besittings. Toe hy twee jaar gelede teruggetrek het Johannesburg toe, het hy homself belowe hy gaan darem 'n paar goed aanskaf, selfs al woon hy in 'n gemeubileerde woonstel. Dalk 'n skildery. Of 'n mat. 'n Stoel sal ook goed wees. Een wat die vorm van sy lyf verstaan. Maar na al die tyd is dit steeds net hy en die vreemde meubels. Selfs die bed waaronder hy saans sy skoene inskop, is nie syne nie.

Sy tweede vrou was 'n verpleegster. Hy het haar in 'n hospitaal in Londen ontmoet toe hy 'n getuie gaan besoek het. Sy was 'n goeie, gawe mens wat hom aan sy ma herinner het. Met haar was alles presies soos dit gelyk nie. No surprises there. En tog het dit ook nie gewerk nie. Nes die een of twee verhoudings sedertdien. Hy herinner hom gereeld daaraan dat net 'n malle dieselfde ding keer op keer doen en 'n ander uitkoms verwag.

Hoofstuk 5

Daar is nuwe sekuriteitswagte by die deur toe Nick tienuur die aand by die klub in Groenpunt aankom, maar een van die oues herken hom en laat hom ingaan. Binne is dit stampvol en hy moet vir hom 'n pad oopbeur. Die musiek pols deur die groot saal. Drie DJ's maak beurte om te gesels, grappe te maak, musiek te speel. Toe Nick eindelik by die trap kom, sien hy Allegretti waai van sy privaat balkon af. Daar is 'n paar ander mense saam met hom op die balkon. Nick herken een van die meisies as Clara Veldman. Sy is selfs mooier as op haar foto's, en aansienlik jonger as die ander meisies by die tafel. Meisies by wie Allegretti waarskynlik al almal geslaap het.

Hy is seker een van die mans het hy al in die koerant gesien. Dit neem 'n rukkie om te onthou waar. Hy is 'n senior amptenaar by die departement van binnelandse sake, en daar was al gerugte oor hom, maar niemand kon tot dusver enigiets bewys nie. Dit het te doen met die uitreik van verblyfpermitte en paspoorte.

"Nick, my man, ek het al begin dink jy kom nie meer nie." Allegretti beduie na 'n stoel. "Kom, maak jouself tuis, jy is ver agter."

Terwyl Nick gaan sit, word hy aan die res van die gaste voorgestel. Hier en daar skud iemand sy hand, maar die meeste knik net. Behalwe Clara. Sy kyk hom in die oë, steek haar hand uit en glimlag.

"Aangename kennis."

Nick glimlag terwyl dit voel of hy sy kop wil lig en die lug wil snuif. Hy kan eintlik die moeilikheid ruik, maar is net nie seker uit watter rigting dit op pad is nie. Want moeilikheid is op pad, so seker soos sy naam Niklaas Joachim Malherbe is.

Hy skat Clara Veldman nie ouer as drie-en-twintig nie, met 'n byna ongekunstelde voorkoms. Hy hoop sy is sterker as wat sy op die oog af lyk.

Hy weet nie regtig wat om te sê nie. "Ek verstaan nou waarom ons hom al minder in Johannesburg sien."

Haar glimlag laat haar nog jonger lyk. Sy soen Allegretti op die wang. "Ek is bly om dit te hoor."

Allegretti se oë blink al te veel, en Nick onderdruk die impuls om haar te vra of sy weet wat sy doen. Die kanse is dalk goed dat sy presies weet wat sy doen. Dis nie asof hy meer meisies van haar ouderdom ken nie. En as jou oom Nazeem Williams is, is jy sekerlik nie meer 'n babe in the woods nie.

'n Kelner kom neem sy bestelling en hy vra vir 'n whiskey.

"Bring vir hom van die Macallan in my kantoor," laat Alegretti hoor. "En bring vir ons drie bottels Bollinger."

Toe die kelner omdraai, kyk Allegretti na Nick. "Wat dink jy?"

"Ek is beïndruk. Sedert ek laas hier was, het die plek 'n metamorfose ondergaan."

"Jy en die ou man het nie gedink ek sal dit kan doen nie, maar ek het julle gesê ek sal hierdie plek omdraai. Vra enigeen wat jy wil, en hulle sal vir jou sê dit is op die oomblik dié plek in die Kaap."

"Jou pa sal trots wees."

Die kelner bring hulle bestelling, en toe Nick sy eerste sluk neem, moet hy homself keer om nie behaaglik te sug nie. Daar is tog sekere voordele aan die job wat hy sal mis.

"Nick Malherbe!"

Nick keer net betyds voor hy whiskey oor homself mors toe die stem onverwags agter hom opklink. Hy staan op en draai om.

"Hallo, Gabi."

Sy gee 'n tree terug. "Hallo, Gabi. Ek sien en hoor maande lank niks van jou nie, en dan is dit *hallo, Gabi*." Sy stap nader, sit haar hande om sy gesig en trek dit nader aan hare. Terwyl sy hom soen, gly haar hande om sy nek en sy druk haar lyf teen syne. Dan staan sy terug en glimlag. "Dis beter." Sy klap hom teen die arm. "Waarom het jy my nie laat weet jy is hier nie?"

"Dit was 'n vinnige besluit. Daar was nie juis tyd om iemand te laat weet nie."

"That's a lot of bullshit. Ons leef in die een-en-twintigste eeu. Jy kon net 'n SMS gestuur het. Jy weet ek hou daarvan om op my beste vir jou te lyk."

"As ek jy is, raak ek nie so vinnig opgewonde nie. Wag tot jy hoor waarom hy hier is," onderbreek Allegretti hulle.

Sonder om die res van die tafel te groet, skuif Gabriella langs Nick in. "Wat het die ou man nou weer in sy kop gekry?"

"Hy verlang na julle, en aangesien julle maande laas by hom was, het hy mý gestuur om te kom kyk hoe dit met julle gaan."

Sy skink vir haar sjampanje, lig haar glas vir hom. "Eintlik gee ek nie 'n hel om waarom jy hier is nie. Ken is tot die naweek êrens up north. Jou timing is perfek."

Soos haar broer, praat sy 'n mengsel van Afrikaans, en Engels, en hier en daar 'n Italiaanse sin tussenin. Volgens Allegretti het hulle ma hulle van kleins af Afrikaans geleer sodat hulle oor hulle pa kon skinder. Hulle pa het hulle om dieselfde rede Italiaans leer praat.

"Hoe lank gaan jy bly?" Gabriella drink die glas met een sluk leeg, en skink weer.

"Ek is nog nie seker nie. Dalk 'n maand of drie. Dit hang af hoe vinnig ek dinge hier in plek kan kry."

Sy soen hom weer op die mond. "Jy het so pas my jaar gemaak." Dan trek sy hom aan sy hand op. "Kom dans met my."

"Ek is hier om te werk."

"Is ek nie deel van jou werk nie? Ek is seker Daddy Dearest het gesê jy moet mooi met my werk."

Hy skud sy kop en sy stap alleen teen die trap af. Oor die reuseklankstelsel begin Lady Gaga sing, en onder op die volgepakte dansvloer spring Gabriella saam met die ander lywe op en af. Arms in die lug. Sy dra 'n rooi mini wat knus om haar rondings

43

pas. Rondings wat sy graag ten toon stel. Op vier-en-dertig is sy ook nog geensins haastig om kinders te hê nie. Hy vermoed sy is te bang sy verloor daardie lyf.

Skoonheid is 'n doringrige kroon om te dra, dink hy terwyl hy na die vroue op die dansvloer kyk. Gabriella Allegretti-Visser is seker een van mooiste vroue wat hy al in sy lewe gesien het, met haar donker hare en soel vel, maar sy het 'n ingewikkelde persoonlikheid, soos wat dikwels die geval met mooi vroue is. Op die oog af is sy die laggende plesiersoeker, maar as sy nie haar sin kry nie, verdwyn die lag vinnig en dan raak sy gemeen, en gevaarlik. Nie net vir ander nie, maar ook vir haarself. Sy het van hulle eerste ontmoeting af met hom geflirt, soos sy met alle mans doen. Daar reg aan die begin was die versoeking groot om te kyk waarheen dit kan gaan. Soms het dit gevoel of hy 'n vrypas tot in die binnekamers van die familie aangebied word. Hy het egter geweet as hy hierdie een opneuk, gaan daar geen genade vir hom wees nie. Daar is te veel mense wat oor 'n lang tydperk te veel opgeoffer het om hom daar te kry. Haar rondings is nie 'n luukse wat hy nou kan bekostig nie. Nie dat hy nie steeds soms daaroor droom nie. 'n Man kan altyd droom.

Almal het gehoop die tweede huwelik sal haar rustiger maak, maar sy is 'n woelige siel.

Die ander saam met hom aan tafel verdwyn beurtelings na Enzio se badkamer langs sy kantoor. Sommige het die verstand om die wit poeier van hulle neuse af te vee voordat hulle terugkom. Hoe later dit egter raak, hoe slordiger raak hulle. Behalwe die amptenaar en sy meisie. Nick wonder of dit uit oortuiging of uit vrees vir moeilikheid is.

Toe Gabriella terug by die tafel kom, bestel sy nog 'n bottel sjampanje, en tegelyk 'n paar shooters.

"Wat dink jy van my broer se nuwe speelding?" Sy beduie met haar kop in die kantoor se rigting waarheen Allegretti en Clara 'n rukkie terug verdwyn het.

"Sy is baie mooi."

"Sy het by 'n nail bar gewerk!"

"Ek dog sy is 'n model."

"'n Paar keer in 'n tydskrif en op 'n runway maak jou nog nie 'n career model nie."

"Ek is 'n sekuriteitswag."

Sy drink twee shooters agtermekaar, en sit agteroor met haar glas sjampanje. "Ook net omdat jy so hardkoppig is. As jy net na my wou luister, het ons twee al die ou man se besigheid oorgeneem."

"Jy is 'n snob. Gee haar kans, dalk hou jy nog van haar."

"Ek sal nooit van haar hou nie." Haar gul mond pruil ontevrede.

"Omdat sy so mooi is?"

Sy steek haar hand onder sy hemp in en streel oor sy bors. "Ek gaan nie vanaand vir jou kwaad word nie. Ek is te bly om jou te sien."

Nick staan op en trek sy hemp reg. "En nou moet ek eers 'n bietjie gaan werk."

"Waar bly jy?"

"In die woonstel."

"Dis gerieflik."

Hy buk voor haar en kyk 'n oomblik lank in haar oë. "Jy is getroud."

"Dit beteken nie ek is gelukkig nie."

"Ek is jammer om dit te hoor."

Sy trek hom aan sy nek nader. "Jy weet daar is net een man wat my gelukkig kan maak."

Nick vee oor haar wang. "Jy is verveeld." Toe hy wegstap, laat hy oor sy skouer hoor: "Stadig met die shooters."

"Wat gee jy my as ek 'n soet meisie is?"

Hy skud sy kop en stap teen die trap af. Die musiek speel onverpoos en hy kan voel hoe 'n dowwe hoofpyn agter sy oë begin klop.

Hy maak 'n draai by die agterste twee kroeë, en dan stap hy al teen die mure langs. Gesels hier en daar met 'n sekuriteitswag. Soek die skofleier, en vra dat hy reël dat al die sekuriteitspersoneel môre inkom vir 'n vergadering. Hulle gesels 'n rukkie, dan baan hy vir hom 'n pad oop tot by die voorste kroeg. Hy wil lag toe hy Paul agter die kroegtoonbank sien. Nick hou hom 'n rukkie dop. Sy vaalblonde hare staan effens orent, die bril is nuut en hy lyk nie meer heeltemal soos 'n boekhouer uit die 1950's nie. Hy het 'n bietjie gewig aangesit en 'n mens kan net-net 'n bultjie onder sy hemp sien. Sy blik vang Nick s'n, maar hy gee geen aanduiding dat hy hom gesien het nie. Nick skuif tot teen die einde van die kroegtoonbank. Dit duur 'n hele paar minute voor Paul by hom aansluit.

"En waaraan het ons die eer te danke?"

"Ek het gerugte gehoor al die pret is deesdae in die Kaap. Ek moes darem kom kyk wat ek mis."

"Ek sien die humorsin is steeds vlymskerp."

"Hoe gaan dit hier?" Nick beweeg sy kop effens.

"Hoe lyk dit vir jou?"

"Ek het nie gedink dit sit in Enzio se broek om die plek so om te swaai nie."

Paul trek sy skouers op. "Het jy nog nooit van 'n nuwe besem gehoor nie? Gee kans, hoe beter dit gaan, hoe meer dink hy dis sy eie persoonlike speelpark. Hy en sy vriende gaan nog hierdie plek onder die ou man se gat uit suip of snuif."

Nick glimlag. Enigiets wat na vermorsing lyk, stuit Paul teen die bors.

"Wanneer kan ons mekaar sien?"

Paul roep eers na een van die ander kroegmanne voor hy antwoord. "Sê maar. Maar maak dit verkieslik vroegoggend."

"Laat ek môre net eers my voete vind. Wat van Vrydagoggend agtuur? Kies 'n plek en laat weet my die adres."

"Dis reg." Paul begin die mense naaste aan hulle bedien en Nick werk sy pad terug balkon toe.

Paul Smith was 'n rekenmeester toe Nick hom ses maande gelede gewerf het om aansoek te doen vir die pos as bestuurder van die klub. Tot almal se verbasing het hy die werk gekry, en Nick kan soms nie glo hoe gemaklik hy met hierdie dubbellewe geword het nie. Hy het 'n besonderse kop vir syfers en Nick verwag dat hy teen hierdie tyd die klub se boeke soos 'n storieboek kan lees.

Allegretti se geselskap is nou op die dansvloer, behalwe vir een meisie wat met haar kop op haar arms by die tafel lê, en Allegretti en die amptenaar. Hulle twee lyk druk in gesprek, maar toe Nick by hulle aansluit, raak die amptenaar haastig.

"Thanks for a great evening. I have to hit the sack now. But first I have to find my partner." Hy kyk af op die dansendes. Allegretti stap saam met hom teen die trap af. Gabriella kom uit die kantoor en Nick sien hoe sy ook die wit poeier langs haar neus afvee. Haar lyf bewe liggies. Asof sy nie reeds genoeg energie het nie.

"Wonderlik, jy is klaar gewerk. Nou is dit my beurt." Sy kom staan styf teen hom en hy voel haar lyf se hitte deur sy hemp. "Het jy na my verlang?"

"Soos ek na moeilikheid kan verlang, ja."

Sy skud haar kop. "Asof jy vir moeilikheid skrik. You'll have to do better than that."

"Hoe gaan dit met Ken?"

"Ken?" Sy maak 'n beweging met haar hand. "How the hell should I know?"

"Hy is jou man."

"If you want to see a mistake, there's one for you. 'n Reuse fokop. I should never have married him."

"Jy kon seker nee gesê het."

"My hart was gebreek omdat jy my nie wou hê nie, en ek wou jou wys wat jy gaan mis." Sy sug. "Jy het seker nie gedink ek het hom vir liefde getrou nie?"

"Moenie sulke goed sê nie."

"Darling, everyone knows we are a very convenient business deal. Our families have been wheeling and dealing for many years. With the two families tied together in marriage, a lot of secrets stay in the family."

"Daarom stel ek voor jy probeer die beste van die saak maak. Siende dat hy reeds eggenoot nommer twee is."

"Jy is 'n codardo. 'n Lafaard."

"En jy moet nou ophou drink en huis toe gaan. Dis al verby jou bedtyd." Hy laat sit haar op een van die stoele, en vra 'n kelner om 'n bottel water te bring. Haar grimering is effens gesmeer en sy lyk skielik moeg.

"Net as jy saam met my kom." Sy raak aan sy gesig. "Caro, you know you want me . . . en niemand hoef te weet nie."

Ondanks sy goeie voornemens en alles wat hy homself elke keer vertel, voel hy tog hoe 'n oerlus in hom roer. Daai lus wat nie rede ken nie, wat nie somme kan maak nie en nie aan gevolge kan dink nie.

"Iemand weet altyd."

"Banggat." Sy staan op, tel haar handsak op en stap stadig met die trap af terwyl sy liggies heen en weer swaai.

Nick stap agter haar aan, en by die deur gee hy sy motorsleutels vir een van die veiligheidswagte. "Neem asseblief vir mevrou Visser huis toe, en kom dadelik terug." Hy kyk na Gabriella. "Ek sal môre iemand met jou motor stuur."

"Why don't you just screw my sister?" Allegretti staan agter hom toe hy omdraai. "Jy weet sy gaan nie rus voor sy haar sin gekry het nie, and this is becoming very boring."

Clara staan langs Allegretti, en selfs so laat in die nag, na 'n hele paar drankies en wie weet wat nog, lyk sy steeds jonk en vars.

"Sy sal môre weer beter voel."

"Ons gaan nou huis toe." Hy neem Clara se hand. "Dis tyd vir mooi jong meisies om in die bed te kom." Hy soen haar in die nek en 'n oomblik lank verbeel Nick hom sy lyk verleë.

"Waar is Fritz?"

"Ek het hom die aand af gegee. Ek kan bestuur."

Nick wil hom eers vererg, maar keer homself. "Dan sal ek julle huis toe neem."

"Dink jy ek het nog nooit hierdie tyd van die aand huis toe gery nie?"

"Ek is seker jy het, maar op die oomblik is dit onverantwoordelik. Waar is jou motor se sleutel?"

"Sorry, we took the Ferrari. Daar is nie plek vir jou nie."

"Dan neem ons die Range Rover sodra dit terug is. Gaan wag solank binne."

"Ek gaan 'n fok weet nie dat jy so met my praat nie . . . Ek werk nie vir jou nie."

Clara raak aan Enzio se arm. "Kom ons gaan wag binne."

Nick is verbaas dat hy tog saam met haar loop, maar in die deur draai hy om. "As ek jy is, kry ek my shit agtermekaar. Die ou man kan nie vir ewig leef nie en as jy vorentoe 'n plek in die company wil hê, beter jy begin om nicer met my te wees."

Nick antwoord hom nie. Dit sal nie die eerste dreigement wees wat hy die afgelope twee jaar gekry het nie, en dit sal ook nie die laaste een wees nie.

Toe die Range Rover terugkom, klim Allegretti en Clara agterin. Nick roep een van die sekuriteitswagte om saam te ry. Terwyl hy bestuur, hou hy oudergewoonte die truspieëltjies dop. En probeer vinnig die verkeersligte se ritmes uitwerk. Die strate is gelukkig redelik verlate en hulle kan vinnig ry.

Allegretti klim nie uit toe hulle by Nazeem Williams se huis in Rondebosch stop nie. Nick maak die deur vir haar oop, en stap saam met haar tot sy in die huis is.

Op pad terug raak Allegretti aan die slaap en Nick het moeite om hom by die huis wakker te maak. Tussen hom en die sekuriteitswag kry hulle hom uiteindelik bo in sy kamer. Nick trek sy skoene uit, maar laat lê hom met sy klere aan op die bed.

Hy gaan laai die ander man weer by die klub af en ry stadig te-rug Bantrybaai toe. Seepunt se strate is verlate, behalwe vir twee prostitute wat op 'n straathoek staan. Nick kyk na die horlosie voor op die paneelbord. Vyf voor drie. Hoe lank voordat 'n mens moet aanvaar niemand gaan jou vannag oplaai nie?

By die woonstel gaan sit hy eers op die balkon. Die ligte wind dra die geruis van die see tot hier. Hy dink aan almal wat hy ge-sien het. Speel weer die gesprekke in sy kop. Dis 'n vreemde, komplekse wêreld waar die belangrikste dinge dikwels verswyg word. Oor Gabriella wil hy nie te veel dink nie, maar oor Clara Veldman sal hy nog geruime tyd dink. Sy is nie die eerste mooi jong meisie wat vir 'n ouer man gaan nie, ook nie die eerste een wat kans sien vir 'n verhouding met 'n man met 'n reputasie soos Enzio Allegretti nie. Maar hy kan nie die gevoel afskud dat alles dalk nie so eenvoudig is nie. Hy betrap hom dat hy in sy broeksak voel waar hy altyd sy sigarette gebêre het. Bliksem, hy mis dit. Hoe moet hy dink as hy nie 'n sigaret in die hand het nie? Om nóú op te hou rook was 'n kak idee. Dalk het iemand 'n pakkie hier vergeet.

Hy staan op, maar toe drie laaie niks oplewer nie, besluit hy om te gaan slaap.

Hoofstuk 6

Donderdag kyk Ellie na die vroegoggendverkeer terwyl sy kantoor toe ry. Gesigte wat strak voor hulle staar, hier en daar iemand wie se kop asof op die maat van musiek ritme hou. Kinders in skoolklere, babas vasgemaak in stoeltjies, op pad na 'n dagmoeder. 'n Bekende pad, tonele wat sy al dikwels gesien het, maar sedert verlede week voel dit of sy niks werklik ken nie. Asof elke beeld en elke gebeurtenis skielik skakerings het wat sy nog nooit vantevore gesien het nie. Moontlikhede. Grense het verskuif. Die onmoontlike is nou moontlik. Hoe sy ook al in die verlede vir haarself die dood gerelativeer het, niks het haar voorberei op wat dit nou met haar kop doen nie. Sy het 'n meestersgraad in sielkunde en verstaan teoreties die prosesse, maar op die oomblik is niks daarvan op haar van toepassing nie.

Sy skrik toe 'n motor langs haar toeter. 'n Vrou met rooibruin getinte hare wys vir haar middelvinger toe sy verby ry. 'n Middelvinger met 'n lang rooi nael en 'n goue ring aan. Ellie glimlag. Dis dalk die oplossing. Sy dink net nie sy het genoeg middelvingers om haar beter te laat voel nie. En die ander vingers dra net nie dieselfde gewig nie. Daar is iets aan daardie langeraat.

Die parkeerarea is nog relatief stil toe sy parkeer, en sy is bly sy het vroeg gekom. Sy wil reeds daar wees wanneer die ander inkom. Sy voel nog soos 'n ongelukstoneel waarby hulle stadig verby ry.

Wat het jy gedink? wil sy hardop die lug in roep, maar sy trek haar skouers agteroor en stap deur die deure. Sy groet so ver soos sy loop, maar bly staan nie vir geselsies nie. Hier en daar steek iemand 'n hand uit, maar sy hou dit 'n vlugtige handdruk.

Sy is dankbaar toe sy op die derde verdieping uitstap en dis nog redelik stil.

Brigadier Andile Zondi se kantoordeur staan oop, en Ellie loer om die kosyn. Sy sit gebukkend oor haar lessenaar en haar vol borste hang effe oor die papiere voor haar. Die baadjie span oor haar skouers. Sy is 'n mooi vrou met haar vol mond en kort vlegseltjies. As sy van die chip op haar skouer ontslae kan raak, sal sy dit ver bring, maar dis asof sy haarself pootjie. Sy wil haarself nog soms net te sterk laat geld.

"Mac, you're back. I'm glad. I wish I could say take another day or two, but I need all hands on deck. This thing with Barkov is messy and your friend Ahmed and his guys are pointing fingers at us, and I won't stand for it." Sy sit terug in haar stoel. "We warned them about Barkov and the others, but as usual they ignored us like a fucking stop sign."

"Ek sal dadelik daaraan begin werk, en kyk of ek iets nuuts kan uitvind."

Terug by haar lessenaar kyk sy na al die boodskappe wat in 'n hopie op haar lessenaar lê. Daar is onder meer 'n paar van haar informante wat onder skuilname van hulle laat hoor.

Sy blaai deur die hopie. Teen hierdie tyd weet sy wie bring die harde nuus, en wie kom nou en dan met 'n stukkie skindernuus. Vandag het sy nie tyd vir laasgenoemde nie. Sy soek feite. Haar lessenaar is toegegooi onder lêers. Op haar rekenaar is verslae en foto's wat sy noukeurig oor die afgelope agtien maande bymekaar gemaak het. Soos hulle die land inkom en op die radar verskyn. Misdaadsindikate is nie 'n nuwe verskynsel in Suid-Afrika nie. Van die ouer kollegas herinner haar gereeld daaraan, maar selfs hulle skud kop oor die hoeveelheid wat sedert 1994 die land ingestroom het. Almal is al hier. Die Italianers met hulle Mafia-verbintenisse, die Chinese triades, die Nigeriërs, die Russe, Koreane, Indiërs, die hele lot, en dan natuurlik nog die plaaslike ouens ook. Niemand is hier vir die land en die Kaap se natuurskoon nie. Hulle het nie sentiment oor 'n politieke bestel of 'n reënboognasie nie. Geld is die enigste god wat aanbid word. Geen natuurlike hulpbron is heilig nie, geen renoster, olifant of selfs menselewe is kosbaar nie. Perlemoen het seegoud geword. Iets wat eens vir baie huiskos was, is nou onverkrygbaar en onbekostigbaar.

Die bekende restaurante in die Ooste ontken dat hulle perlemoen onwettig uit Suid-Afrika en Australië kom, en beweer Japan het die beste perlemoen in die wêreld, maar almal weet Japan se bronne is lankal nie meer genoeg om in die aanvraag te voorsien nie.

As hulle êrens op 'n afgeleë plek hulle oorloë gevoer het, sou sy nie een nag daaroor wakker gelê het nie, maar hulle doen dit in woonbuurte, in besigheidsentra, by verkeersligte en padblokkades. Sonder om 'n oomblik lank aan die onskuldige omstanders te dink.

Gister se skietery by 'n verkeerslig in Johannesburg was maar net weer 'n bewys daarvan. Die oorledene word verbind met 'n berugte Oos-Europese misdaadbaas. Die forensiese span het dertig patroondoppies op die toneel gevind. Dis 'n wonderwerk niemand anders is in die skietery gewond of doodgeskiet nie.

Sy is nog besig om na die lysie informante te kyk toe Clive Barnard 'n stoel nadertrek en oorkant haar kom sit. "Hoesit?"

"Orraait, en jy?"

"Ek dink dit gaan beter met my as met jou. Dis waarom ek vanaand vir jou 'n dop gaan koop."

"Dankie. Dit sal lekker wees."

Hy kyk na die klomp papiere op haar lessenaar. "Ek sien jy laat nie vanoggend gras onder jou voete groei nie."

"It never rains, but it pours. Vertel my van die begin af wat ek gemis het."

"Gee my tien minute om te kyk wat op my lessenaar aangaan, 'n koppie koffie te kry, en dan kom vertel ek jou."

Ellie is bly toe die kantore om hulle al besiger word. Hier en daar keer iemand haar nog voor, maar sy kan gelukkig verskoning maak dat sy nie lank kan praat nie, want hulle is baie besig.

"Raait, laat ons begin." Clive trek weer 'n stoel nader.

Ellie het die groot skryfbord skoongevee, en skryf 'n naam boaan. *Alexei Barkov.* En onder dit skryf sy die name van die twee wat dood is in die skietery.

Sy het nog altyd daarvan gehou om lysies te maak. As jou ma begin drink wanneer jy 'n brose veertien jaar oud is, leer jy 'n paar truuks aan om jouself te laat voel jy het 'n mate van beheer oor jou omstandighede. Een daarvan is om lysies te maak.

"Ons weet die twee werk vir Barkov. Die vraag is wie het hulle geskiet, en hoekom? Waarom het hulle nie die huis waarin Barkov woon gaan platskiet nie? Was dit net 'n boodskap? Indien wel, watse boodskap wou hulle vir Barkov stuur deur een van sy eiendomme so moer toe te skiet, en twee van sy mense dood te skiet? Hy is nie 'n man wat so iets sommer ligtelik gaan aanvaar nie. Ek maak my reg vir bloedige vergelding."

Sy begin weer skryf. *Enzio Allegretti. Yuang Mang. Nazeem Williams. Abua Jonathan.* Staan dan 'n paar treë terug. "My geld is op een van hulle. Alles wat ek die afgelope agtien maande oor hulle bymekaar kon maak, dui op 'n ingewikkelde interafhanklikheid, maar terselfdertyd 'n bloedige kompetisie."

"Het ons iets nuuts op Allegretti?" Clive speel met 'n rekkie in sy hand terwyl hy om die beurt na die name kyk.

"Jy weet so goed soos ek hulle hande bly skoon. Behalwe vir daai aanrandingsklag wat sy klub se vorige bestuurder teen hom gemaak het en 'n paar spoedoortredings, het ons nog niks."

"En Barkov?"

"Honderde gerugte, maar al wat nog op 'n klagstaat verskyn het, is toe hy bietjie hardhandig met een van sy meisies was. Soos gewoonlik was die ink op die klagstaat skaars droog, toe trek sy dit terug en sê sy het gelieg. Dit was eintlik net 'n ongeluk." Ellie raak stil terwyl sy na die bord kyk. "Ek sê nog altyd dis nie dat hulle so slim is nie, die probleem is dat hulle soveel mense op hulle pay-roll het. Hoe lank probeer ons nou al om dit te bewys? Ons is soos 'n klomp molle wat in die donker rondtas." Sy lig haarself 'n paar keer op haar tone. "En dan het ons nog nie eers begin praat oor die militante groepe nie. Wil jy rêrig vir my sê ons inligting is so ingat dat niemand geweet het iemand soos Samantha Lewthwaite is in die land nie? Álmal weet ons het 'n gewilde plek vir Al-Kaïda, Hamas en Hizbollah geword om rekrute te werf en finansiering te soek, en tog is almal skielik kastig vreeslik verbaas dat iemand op Interpol se rooi lys die land kon binnekom. Dis om van te lag."

"Moenie dat ons onsself nou heeltemal depress nie. Wat het ek jou deur die jare geleer? Ons hou altyd die groter prentjie in gedagte, maar dis ook nodig om te kan fokus. En op die oomblik fokus ons eers op Barkov." Clive beduie na die bord. "Wat sê jou sesde sintuig?"

Ellie staan weer nader aan die wit bord en druk op Allegretti se naam.

"Waarom hy?"

" 'n Gerug doen die ronde dat hy 'n groot klomp geld op die dobbeltafels verloor het, en met sy uitspattige leefstyl is hy in die knyp. Allegretti senior se gesondheid is nie meer wat dit was nie. Hy is al 'n paar jaar lank besig om sy geld te was. Dis waarskynlik ook die groot rede waarom hulle die klub in Groenpunt gekoop het en weer op die been gekry het. Ek vermoed hy wil op sy oudag minder oor sy skouer kyk. Of Junior sy pa se toekomsplanne deel, is natuurlik 'n ope vraag. As Pappa egter moet uitvind hoeveel geld hy besig is om te verloor, klap sy vrygewige hand dalk toe en Seuntjie sit met niks. Die ou man mag oud wees, maar hy was op sy dag 'n bliksem. Daar was 'n rede waarom hy as jong man Suid-Afrika toe gestuur is. Dinge in Italië het te warm vir hom geraak.

"Ek vermoed Seuntjie moes baie gou baie geld maak. Met Barkov wat skielik op sy turf speel, gaan dit al moeiliker om sy skuld terug te betaal. Die ou man was nog 'n bietjie old school, en ek dink hy het dalk nog grense gehad, maar dis 'n nuwe wêreld en ek dink die jonge is op die oomblik besig om vir die ou man en die wêreld te probeer wys hy kan dit beter doen."

"Waarom dink jy die ou man weet nie wat sy seuntjie aanvang nie?"

"Die jonger Allegretti betaal waarskynlik 'n paar mense om nie vir sy pa die volle prentjie te gee nie."

"Ek hoor wat jy sê, maar my geld is op Williams of Mang. Dis hulle styl. Allegretti het amper te veel finesse vir so 'n ambush."

Ellie lag. "Finesse, nogal. Ek het nie geweet jy ken die woord nie."

"Ek is nie sommer van hier nie."

"In ander omstandighede sal ek ook gesê het dit lyk na Mang of Williams se styl. Selfs Jonathan, maar ons mooi Italiaanse vriend is in die knyp, en dan doen 'n mens snaakse goed."

"Ons moet maar onder begin en 'n bietjie op die voetsoldate se case klim. Dalk raak een senuweeagtig genoeg om te praat."

Sy gaan sit op die hoek van haar lessenaar. "Dit voel my ons kom net nie voor nie. Die verdomde lêers raak al dikker, maar daar is net altyd 'n gat waardeur hulle kan glip."

Voordat hulle verder kan praat, lui Ellie se selfoon. Sy luister 'n oomblik lank.

"Ek gaan my nie deur hierdie suidooster laat mal waai net om na vae fairy-tales te luister nie. En as jy gedrink het, laat sluit ek jou saam met die 28's toe."

Sy lui af.

"Vir wie dreig jy nou so?" wil Clive weet.

"Happy. Hy sê hy het inligting."

"Hulle is soms lastiger as gatvlieë."

"Is jy nie lus om saam te ry nie? 'n Bietjie vars lug sal jou goed doen."

Hy staan op en Ellie neem haar handsak en stap agter hom aan.

"Hierdie wind is genoeg om 'n mens tot moord te dryf . . ." Die oomblik toe die woorde uit is, kyk hy na haar. "Sorry."

Sy kyk deur die motorvenster na waar 'n klomp papiersakke teen 'n draadheining vasgewaai is. Geel en wit vlaggies. "Vergeet dit. Dis nie asof 'n mens die woord uit die woordeboek kan haal nie."

"Ek weet ek kan nie saampraat nie, maar jy moet probeer om nie kwaad te wees nie. Dit gaan jou fokol help. Hy van alle mense het die risiko's van hierdie job verstaan."

"Ek weet, maar kwaad wees is iets om te doen."

"Wat bedoel jy?"

"Anders sit 'n mens net met hierdie moerse gat in jou, en daarvoor sien ek nie nou kans nie."

"As jy vir iets of iemand kwaad wil wees, kan ek vir jou 'n paar name gee. Van regstellende aksie wat mense aanstel en ver bo hulle vermoëns bevorder, tot by die fucked-up regstelsel en, soos jy sê, ons eie departement wat nie meer weet wat in ons agterplaas aangaan nie. En alles tussenin. Die lys is lank."

"Sal jy my sê as jy iets hoor?"

"Oor wat?"

"My pa."

Hy kyk vlugtig na haar. "Dit hang af."

Sy antwoord nie. Kyk net na die ander voertuie op die pad. Die verkeer op die N1 is swaar en hulle vorder stadig.

"Ek kan onthou toe ek 'n kind was, was daar twee spitstye 'n dag. Deesdae lyk dit heeldag soos spitsverkeer. Dis belaglik. Werk die mense nie?" verander Clive die onderwerp.

"Die kanse is goed dat daar in elke kar 'n laptop en smart phone is. Ons is die mees well-connected mense in die geskiedenis van die wêreld."

"As jy my vra, is ons té well-connected. Ek en Ansie is verlede naweek Struisbaai toe. Die eerste keer in amper 'n jaar. Ek wou net 'n bietjie visvang, en stilte om my hê. Die Here hoor my, sy was die hele naweek op haar selfoon. As dit nie met haar ma is nie, dan met haar suster, of 'n vriendin. En as sy met hulle klaar

57

is, bel sy die kinders om te hoor of hulle orraait is. Hulle is te goddank bly om 'n dag of twee alleen te wees, maar nee, sy is op hulle case."

"Dit moet moeilik wees om deesdae kinders groot te maak."

"Ja, ek kom agter hoe ouer ek raak, hoe slegter slaap ek, veral oor die meisiekind, maar so nou en dan moet mens uit die kinders se hare kom, en dis nie of ons hulle alleen by die huis gelos het nie. Hulle het by pelle gebly. Dis goed dat die kinders soms sien hoe gaan dit in ander huise. Hulle dink mos altyd húlle huis is die slegste en hulle ouers die wreedste. Na so 'n naweek waar hulle 'n slag moes bed opmaak en help skottelgoed was, is hulle weer 'n rukkie dankbaar."

Ellie glimlag. "Het julle darem op die ou end die naweek geniet?"

"Ek het met moeite Saterdagaand die selfoon lank genoeg uit haar hande gekry sodat ons 'n bietjie styf kon lê."

Sy lag en kyk na hom. Sy blonde hare is besig om yl te word. 'n Bultjie hang deesdae oor sy gordel en wanneer hulle vir hulle verpligte fiksheidsoefeninge moet gaan, sug hy 'n paar dae lank. Clive is een van die min mense wat sy met haar lewe vertrou.

Hulle ry onder die brûe in die middestad deur, draai links in Christiaan Barnard, tot in Sir Lowryweg.

Ellie beduie na regs. "Hy wag by die Eastern Food Bazaar."

Hy draai. "Nogal! Waar's die dae toe hulle tevrede was met 'n halwe brood en 'n pak pienk viennas?"

Happy sit by 'n tafeltjie by die Turkse afdeling. Hy glimlag toe hy hulle sien.

"Awé! Nice of you to come." Hy maak 'n vuis in Ellie se rigting, en sy druk hare teen syne. Clive ignoreer die groet.

"What's with him? Lyk of hy sooibrand het." Hy kyk na Clive. "Gee die motjie jou moeilikheid?"

"Los jou slimpraatjies. Wat het jy vir ons?" Clive gaan sit oorkant hom en Ellie.

"Nei, hoesit dan vandag? Moet ek nou op 'n dolleë maag hie sit en praat? Ek het noggie vandag nat of droog oor my twee lippe gehad nie."

"Wat wil jy hê?" Ellie staan op. "Praat jy solank. Ek sal gaan haal."

"Om te start, het ek gedink 'n ou schwarmatjie . . ."

"Hierdie is nie 'n dinner date nie. Daar is nie iets soos starters nie. Wat wil jy drink?" laat Clive hoor.

"Jo, ma djulle is omgekrap vandag. Maak dit maar 'n Coke."

Sy kyk na Clive, maar hy skud sy kop.

Toe sy na 'n paar minute met Happy se kos terug by die tafel kom, is Clive en hy besig om te argumenteer.

"Julle verstaan nie hoe dangerous hierie job is nie. As hulle moet uitvind ek praat met die Boere, sal ek lucky wees as hulle net my keel afsny."

Clive neem die kos by Ellie en begin opstaan. "Kom, hy het niks."

"Praat met die man. Ek was nog besig om op te warm."

Clive sit weer. "Warm vinniger op. Ons het nie die hele dag tyd nie."

Happy kyk verlangend na die kos, maar Clive skud sy kop. "Ons praat eers."

"Ek was laas Vrydag daar by my antie se pozzy in die Hill, toe sien ek mos 'n jongetjie wat saam met my by die skool geloop het. Kuier blykbaar deesdae by my cousin. Te fênsie, ry glads 'n kar. Hy moes die licence gekoop het, want hy was maar baie dig op skool. Ewenwel, sal hy my toe vertel hy werk nou vir mister Williams homself. Die problem is as 'n mens eers begin blinkgat raak, dan weet jy mossie wanner om jou bek dig te hou nie. Ek hou my toe maar kliponnosel en grootoog, en toe vat die man die vloer. En as encore vertel hy van die groot operation waarmee hulle besig is. Sy oë het skoon glasig geraak, en mens kon net dollar signs sien."

"Watse operasie?"

"Nei, hy was darem 'n bietjie slimmer as dit. Hy het nie gesê nie."

Clive begin opstaan met die kos in sy hand. "Jy mors ons tyd."

Happy kyk na Ellie. "Elke bietjie is belangrik, het jy gesê. En dis wat ek doen. Ek bring vir jou alles wat ek het. Nou trek julle naat op my. Dissie reg nie."

Ellie neem die kos by Clive en sit dit voor Happy neer. "Wat weet jy van die skietery in Milnerton?"

"Nei, ook maar net wat die papers sê. Dissie eintlik my plek daai nie."

"Ek weet, maar jy ken baie mense. Iemand het dalk iets gesê."

Hy kou 'n rukkie in stilte, skud dan sy kop. "Jy weet mos ek issie baie lief vir die Russian en sy gespuis nie. Hulle is 'n klomp mother– . . ."

Clive mik 'n oorveeg na hom. "Watch jou taal."

"Wat ek meen, is dat ek maar wye draaie om hulle loop. Dis 'n scary bunch daai."

"Dit kan nie kwaad doen om 'n bietjie met jou kontakte te praat nie. Ek is seker iemand weet iets." Ellie staan op. "Bel my as jy iets het."

"Ek maak so, maar kom next time alleen." Hy koes toe Clive opstaan.

"Glo jy hom?" wil Clive weet toe hulle in die motor klim.

"Ek weet hy is baie bang vir die Russe, so ek glo hy loop 'n wye draai wat hulle betref."

"Hy loop dalk 'n wye draai, maar dit beteken nog nie hy het niks gehoor nie. Hy het baie kontakte. Hierdie klomp wat koerante verkoop, sien en hoor baie dinge. Hulle hou hulle maar so onnosel wanneer dit hulle pas."

"Hy is grootbek, maar hy het nog nooit vir my gelieg nie, en ek kon in die verlede nog altyd op hom staatmaak. Hy bring nie noodwendig altyd dadelik al die antwoorde nie, maar jy weet tog so tussen die brokkies kry 'n mens dikwels die hele prentjie."

"Ja, ek weet. Ek was net nie vandag lus vir sy kak nie."

"Ek dink nie die ou wat vir Williams werk was slim genoeg om nie details te gee nie. Die waarheid is dalk eerder dat hy nie weet nie. Hierdie ouens is te slim om vir elke voetsoldaat die volle verhaal te vertel. My ondervinding is dat hulle op 'n need-to-know basis werk."

"Praat met my," laat Clive hoor toe hulle al 'n paar kilometer gery het en Ellie nog nie weer iets gesê het nie. "Laat ek hoor hoe jou kop loop."

"Al in die rondte."

"Dan is daar natuurlik Ken Visser," sê Clive na 'n rukkie se stilte. "Die ou met wie Gabriella Allegretti verlede jaar getroud is. Ek het al hier en daar 'n gerug gehoor dat sy pa bande het met 'n sindikaat wat jare gelede al uit Zimbabwe en Angola gewerk het. Die storie loop dat hulle kontakte in die destydse ou weermag gehad het, en dat sy pa groot konneksies in Zanu-PF het. Dalk is dit hy wat dinge roer, in die hoop hy raak van sy swaer ontslae. Dan is hy en vroulief mos die enigste erfgename. As hy vir Barkov kan kwaad maak en die vinger na boetie Enzio laat wys, raak hy dalk baie maklik van hom ontslae. Of dalk is hy en Enzio kop in een mus en is hy die balls in die operasie. Hel, dis seker moeilik om met so 'n erfenis te sit. Is kinders nie veronderstel om suksesvoller as hulle ouers te wees nie?"

Ellie kyk by die venster uit. "Hulle sê so."

Clive sug. "In my geval was dit nie baie moeilik nie. Deur net soggens op te staan, het ek al my ou man verbygegaan."

"Ek het lankal daarmee vrede gemaak dat ek nie eers moet probeer nie. Nou weet ek nie meer nie." Sy laat sak haar kop teen die rugleuning, en albei raak stil.

Clive draai die radio harder. Theuns Jordaan sing: "Hoe lank praat ons nie meer nie . . . dis verby net voor die storm kom."

Daarna is dit André Swiegers. "As die skemer kom, en hy vang my by jou . . ."

Toe Koos Kombuis se stem opklink met "Ek het 'n vriendin, ver oor die blou see . . ." kyk Clive na haar. "Waarsku my voor jy in trane is. Maar ek is 'n sucker vir hierdie ouens se lirieke."

"Jy moet onthou in wie se huis ek grootgeword het. Hy het 'n baie wye musieksmaak gehad. Die enigste plek waar hy omtrent die streep getrek het, was by die backtracks."

"Een van my girlfriends het nie van Afrikaanse musiek gehou nie. Ek dink dis waarom ek op die ou end daarvan begin hou het. Pure kinderagtige rebelsheid. Verhoudings kan darem toksies raak."

Ellie dink aan haar ouers. Was hulle huwelik teen die einde ook toksies? Is mense se verwagtinge van die liefde en die huwelik so verskillend dat die een kan dink hy gee alles wat hy het, terwyl die ander een voel sy ly honger?

"En tog hou ons nie op soek nie. Dalk is die mens maar geprogrammeer om af te paar. Die nimmereindigende hoop dat julle twee dit sal regkry."

Clive sug. "Van die paradys se dae af is ons eintlik maar in ons moere in."

Hulle stop voor die kantoorblok, en stap stil langs mekaar na hulle kantoor toe.

"Ellie, kaptein Greyling het na jou gesoek," sê Rita toe hulle instap.

"Waarom het hy nie my sel gebel nie?"

"Nee, hy is hier."

"Wat maak hy hier?"

Rita beduie met haar kop na die kantoor in die hoek. "Hy is by brigadier."

Ellie hang haar skouersak oor haar stoel se leuning, gaan skink 'n koppie koffie, en kom staan daarmee voor die wit bord. Sy was nog altyd goed met raaisels. Die moeilikheid is net om daardie eerste draad te kry. Daarna is dit kinderspeletjies. Sy lees weer

62

die name. Sien hulle in haar geestesoog. Allegretti. Selfs op die swakste foto's is hy aantreklik. Dieselfde kan ongelukkig nie van Alexei Barkov gesê word nie. Die goeie lewe sit om sy middellyf, en in sy dubbelken. Dit skrik blykbaar nie die meisies af nie. Daar is 'n voortdurende stroom wat aan sy arm gesien word.

Yuang Mang handhaaf 'n laer profiel as die res, maar so nou en dan is daar tog 'n foto van hom by die een of ander geleentheid of klub. Hy is 'n gereelde besoeker aan een van die Chinese restaurante in Seepunt.

En dan die een wat volgens haar die onvoorspelbaarste is, Nazeem Williams. Niemand weet hoe sy bloedlyne loop nie, maar hy het blykbaar in Manenberg grootgeword. Deesdae woon hy in Rondebosch-Oos. 'n Groot huis waar nugter alleen weet wie almal woon. Sy ma en van sy broers en susters woon steeds in Manenberg, maar in 'n ander huis. 'n Groter een wat hy 'n paar jaar gelede gekoop het.

Die een oor wie sy nog die minste weet is die Nigeriër, Jonathan. Wat sy wel weet, is dat hy met elke moontlike 419-scam verbind word.

Allegretti woon in 'n reusehuis in Bantrybaai, Barkov het 'n huis in Milnerton, en volgens die laaste verslae woon Mang in Nuweland.

Sy skryf weer op die bord. Clive kom sit op haar stoel agter die lessenaar en skud sy kop. "Jy en jou lyste. Wat skryf jy nou?"

"Hulle wettige besighede. Jy het my geleer when in doubt, begin by die begin."

Hy knik. "Almal is in in- en uitvoere. Wat anders. Allegretti het ook die klub, en Williams het 'n klomp spaza-winkels in die townships."

Sy staan effens terug van die bord af. "Ja, die begrippe *in*- en *uitvoere* is deesdae ook so wyd soos die Heer se genade."

Hulle kyk op toe hulle harde stemme uit die kantoor in die hoek hoor.

Rita trek haar skouers op toe Ellie vir haar kyk. "Dit gaan nog heeltyd so."

Clive kyk ook na die toe deur. "As ek vriend Greyling is, tel ek my woorde. Daai is nie 'n tannie wat jy sonder handskoene aanpak nie."

"En as sy hoor jy noem haar 'tannie', trap sy jou balls onder haar stiletto's vas," antwoord Rita.

Al drie raak stil toe die deur oopgaan, en dan klink Albert se stem agter hulle op.

"En as julle twee so hard konsentreer?"

Ellie draai om en sien hoe brigadier Zondi hulle 'n oomblik vanuit haar kantoordeur dophou, voordat sy die deur toemaak.

Ellie kyk na Albert se gesig, maar sy gemaklike glimlag is in plek.

"Wat maak jy hier?"

"Mag ek nie vir jou kom kuier nie?" Hy vee liggies met sy hand oor haar sitvlak. "Ek wil jou net nooi om vanaand te kom eet. Dit voel my ek het jou jare laas gesien."

"Jy kom nooi my om vanaand by jou te kom eet, en toe ek nie hier is nie, soek jy sommer 'n bietjie moeilikheid met my baas."

Hy kyk na die deur in die hoek en glimlag. "Ons het net 'n lekker geselsie gehad. Ons twee is ou tjommies." Hy raak aan haar hand. "Toe, sê jy sal vanaand kom eet."

"Ek weet nie. Ek moet eers huis toe, en gaan kyk hoe dit met my ma gaan." Sy onthou skielik sy wou nog haar ma gebel het. "En Clive het my vir 'n dop geskiet."

Albert kyk na Clive. "Wil jy hê ek moet rang trek hier?"

Clive kyk na Ellie. "Sorry, daai dop sal moet wag."

"The story of my life." Sy kyk na Albert. "Ek móét eers na my ma toe gaan."

"OK, maar kom wanneer jy klaar is." Hy kyk na die bord. "Is julle nog steeds met die klomp etterkoppe besig?"

"Ek weet julle deel nie graag nie, maar jy het nie dalk êrens 'n stukkie skinder raakgeloop nie?" wil Clive weet terwyl hulle al drie na die bord kyk.

Albert skud sy kop. "Die probleem is dat hulle semi-permanent besig is om kak aan te jaag. 'n Mens is nooit regtig seker wat is ou nuus en wat is vars nie. Maar ek belowe as ek iets hoor, sal ek julle laat weet."

Clive steek skielik sy hand uit. "O ja, baie geluk met die bevordering. Ek het nog nie kans gehad om dit persoonlik te sê nie."

Albert skud sy hand. "Dankie. Dalk sal ek nou 'n verloofring kan bekostig."

"Is julle . . .?"

Ellie skud haar kop. "Ignoreer hom. Hy yl."

Hy mik om weer aan haar sitvlak te vat, maar sy tree weg en hy lag hardop. "Sy is net skaam." Hy kyk na die ander leë lessenaars, en soen haar dan vlugtig op die wang. "Sien jou later. Clivie, kyk mooi na haar."

Clive kyk hom agterna toe hy wegstap. "Jy gaan jou nog eendag so hardegat hou, dan stap 'n ander girl met hom weg."

"Ja, Pa. Kom, konsentreer nou."

Toe hulle na 'n uur nog nie veel gevorder het nie, besluit Clive om eers 'n paar ander take te gaan afhandel. "As ek jou nie weer vandag sien nie, praat ons môre verder. Ek sal intussen 'n paar kontakte bel en hoor of hulle nie iets nuuts het nie."

Ellie sit die pen neer en stap na die kantoor in die hoek. Sy klop en wag tot daar 'n antwoord kom voor sy haar kop om die deur steek.

"Ek is eers weg. Ek wil gou iemand in Seepunt gaan sien."

Zondi kyk nie op nie. "Orraait."

Ellie is besig om die deur toe te trek, toe Zondi na haar roep. "Did Greyling talk to you?"

"About what?"

"Never mind. See you later."

Hoofstuk 7

Hoofweg in Seepunt is besig. As kind het hulle dikwels Sondae hierheen gekom. Hulle het roomys gekoop en op die promenade gestap. Haar pa het nooit oor geld gepraat nie, maar sy het instinktief geweet mense wat hier woon, het meer geld as hulle. Deesdae is dit vir haar 'n plek met twee verskillende gesigte. Die voorkant wat see toe kyk, lyk steeds duur en eksklusief. 'n Straat hoër op is jy nie seker of jy reg gekyk het nie. 'n Paar ou bekende bakens is steeds daar, maar die gesigte op straat het verander. Die kind in jou sê vir jou dié met die see-uitsig is die goeie mense, die hardwerkendes, en die agterstrate behoort aan die minder goeie mense. Die mense wat hulle besigheid in die donker bedryf. Maar niks is meer so eenvoudig nie. Sy is nie eers meer seker dit wás ooit so eenvoudig nie. Kinders vind allerhande kortpaaie om sin uit 'n deurmekaar wêreld te maak, en dis hartseer wanneer jy die dag jou kortpaaie begin bevraagteken. Dit is waarskynlik wat grootword beteken.

Ellie kry parkering voor 'n restaurant, haal twee note en 'n paar munte uit haar beursie, druk dit saam met haar selfoon in haar broeksak. Sy sluit haar skouersak in die kattebak toe en begin stap. Weg van die stad af.

Op een of twee straathoeke sien sy 'n paar prostitute. Met die eerste oogopslag lyk dit of hulle vir 'n bus wag – dis eers as 'n mens hulle 'n rukkie dophou dat jy die lyftaal sien. Toe sy naby kom, sien sy die dik grimering. Die een se swart sykous is geleer.

"Het een van julle vir Brenda gesien?"

Die groepie kyk na mekaar. "En jy is?"

"Haar suster."

Twee lag hardop. "Nice try."

"Komaan, ek het nie heeldag tyd nie."

"Ek ken nie vir Brenda nie." Die een met die rooiste mond kyk na die ander, maar hulle skud ook hul koppe.

Ellie haal 'n honderdrandnoot uit haar broeksak.

"Oe, jy meen miss Fassie . . . plaas jy sê. Hierdie tyd van die dag is sy seker nog daar onder, besig om te eet."

"Waar?"

"By die Griek. Hy het 'n bleeding heart. Gee vir haar kos."

Ellie draai terug en begin in die teenoorgestelde rigting stap. Sy is 'n entjie van die hoek af toe sy vir Brenda gewaar. Sy dra 'n kort swart romp, goue blinkleer-sandale en 'n mooi swart-en-groen toppie. Brenda het nog altyd beter as die res aangetrek. Die oomblik toe sy Ellie gewaar, swaai sy weg, maar Ellie draf nader en val langs haar in.

"Komaan, Brenda, jy skuld my."

"Dis die problem met julle. 'n Mens kry net nooit klaar betaal nie. Wat wil jy hê?"

"Enige interessante mense gesien?"

Brenda bly stap. "Is alle mans nie interessant nie?" Sy rek haar oë.

Ellie moet glimlag. "Dis ook weer waar."

"Ek het niks gehoor nie. Of niks nuut nie. Same old, same old."

"Jy is 'n ou hand, Brenda. Die manne praat graag met jou."

"Ja, maar die meeste van die tyd is dit kakpraatjies. Dis nie asof hulle vir my van al hulle business vertel nie. Dis eintlik maar net as hulle dit nie opkry nie, dat hulle oor die geld en die contacts brag. Jy weet mos hoe's mans."

"Wat van die vreemde girls? Ken jy van hulle?"

"Hulle koek meesal saam, maar hier en daar is een wat soms gesels soek. Voel seker ook maar vreemd. Veral die Russians. En die local girls like hulle net niks. Die manne soek daai grou oë, en hulle kan net 'yes' sê."

"Wat sê hulle as hulle praat?"

Brenda se wenkbroue lig. "Dink jy nou rêrig hulle sal in volsinne kan vertel what's going on where? Die shit gaan dalk voor hulle aan, en hulle sal nie weet wat dit is nie. Hulle weet niks van die context nie."

"Maar jy verstaan die konteks baie goed. En dis waarom ek jou vra . . . Enigiets sal help."

Hulle stop by 'n verkeerslig, en wag saam met die ander voetgangers dat die lig groen slaan. "Ek sal luister, maar ek promise niks."

"Dankie." Ellie haal 'n tweehonderdrandnoot uit haar sak en druk dit in Brenda se hand.

"Jy moenie meer so kom rondvra hier nie. Die girls raak senuweeagtig en as hulle die pimps vertel, kan dit dangerous raak. Gee my jou cell."

Ellie gee haar selfoon en Brenda druk 'n paar knoppies. "Bel my by dié number as jy my soek, maar moenie 'n oorlas wees nie."

"Dankie."

Ellie bly staan en kyk die ander meisie agterna. 'n Skraal, regop figuur. Eintlik te mooi en slim vir die strate. Haar voorgeslagte se uiteenlopende bloedlyne sorg vir 'n interessante gesig. Fyn neus, intelligente oë. 'n Vol mond met hoeke wat oplig, asof sy altyd glimlag. 'n Vel soos ryk melksjokolade.

Toe Ellie 'n jaar gelede met hulle eerste ontmoeting vir haar vra waarom sy op straat is, het sy haar skouers opgehaal. "My ma het my geleer 'n mens bedel nie. Dit maak nie saak watse job jy doen nie . . . solank jy dit goed doen, en nie bedel nie."

"Maar jy kan . . ."

"Wat? Wat dink jy kan ek doen? Ek het nie eers grade ten klaargemaak nie."

"Is jy nie bang nie?"

"Life is full of risks. As jy dit nie weet nie, is jy in die verkeerde job."

"Hoe oud is jy?"

"Hoe oud wil jy hê ek moet wees?"

Ellie het haar kop geskud. "Ek is nie een van jou kliënte nie."

"So êrens tussen twenty-five en thirty-five. As ek my ma kan glo."

Terwyl Ellie haar nou agterna kyk, kry sy dieselfde gewaarwording as destyds. Haar lyf kan dalk dertig wees, maar haar oë is baie ouer.

"Ek is nie 'n kind wat moet opgepas word nie." Haar ma staan met haar hande in haar sye. Haar hare is nie meer so netjies soos die vorige dag met die begrafnis nie.

Ellie het die laaste tyd dikwels haar pa voor ou foto's van hulle sien staan. Haar ma, mooi aangetrek, laggend. Goed versorg. Êrens deur die jare het haar gladde vel sy glans verloor en haar oë het moeg begin lyk. Haar mond het al minder gelag.

"Ek moet weet dat Ma nie onverskillig sal wees nie." Terwyl Ellie dit sê, wil sy lag vir die absurditeit daarvan. Wat beteken die woord "onverskillig" vir haar ma? Die volwassene in haar weet haar ma het nie 'n keuse nie, maar die kind wil hê haar ma moet kan kies. Hoe moeilik kan dit wees om te besluit om vandag nie te drink nie? Rika McKenna kan maklik genoeg vir kos nee sê.

"Wil jy voor die Here met my oor onverskillig wees praat?" Haar ma se hande fladder tussen hulle. "Met my, wat nagte nie geweet het of hy lewe of dood is nie! Wat hom gesoebat het om nie gevaarlike goed te doen nie – en het hy hom daaraan gesteur? En toe gaan jy en sluit willens en wetens aan. Asof jy nie van beter weet nie." Sy lag kortaf. "Spaar my asseblief jou preke." Sy wys na haar kop. "Ek is tot hier toe gatvol vir julle twee."

"Dit help nie Ma raak vir my kwaad nie."

Haar ma draai weg en stap kamer toe. Ellie hoor hoe die deur toeklap en toe sy agterna loop, is die kamerdeur gesluit.

"Ma, sluit oop die deur."

"Dis my huis, en my kamer, en ek is nie vanaand lus vir jou nie."

"Ek sal weer môre 'n draai kom maak."

"Moenie moeite doen nie."

Ellie staan 'n oomblik met haar voorkop teen die toe deur, voor sy omdraai, die voordeur agter haar sluit en motor toe loop. Toe sy uit die erf ry, stuur sy 'n vae gebed die lug in.

Sy en haar ma is soos die twee poppe sonder hulle buikspreker. Dit voel of die stilte tussen hulle met verloop van dae al wyer span.

In die koerant het daar gestaan:

Kolonel John McKenna, ervare speurder met 'n suksesvolle diensloopbaan van langer as vyf-en-dertig jaar, is gisteraand omstreeks 19h00 by 'n padblokkade buite Kraaifontein noodlottig gewond toe daar uit 'n voertuig geskiet is. Hy is op die toneel oorlede.

Een ander polisiebeampte is ook gewond, maar is buite gevaar nadat 'n operasie laat gisteraand op hom uitgevoer is om 'n koeël uit sy lae rug te verwyder.

Die motor waaruit daar geskiet is, is 'n uur na die skietery in Guguletu opgespoor. Geen verdagtes is nog in hegtenis geneem nie.

John McKenna het in sy loopbaan twee keer 'n medalje vir uitsonderlike diens ontvang. Teen druktyd was daar nog geen kommentaar van sy familie nie. Die kollegas met wie die koerant gepraat het, het almal groot lof vir McKenna uitgespreek.

Hulle word nie meer so gemaak nie, het 'n oudkollega gesê.

Hy het darem binne-in die koerant 'n naam gekry. Die familie het egter nou nog nie kommentaar gelewer nie en gaan ook nie. Wat dink hulle moet 'n mens sê?

Albert is in die kombuis toe sy by sy woonstel in Oakdale kom. Hy het KFC gekoop en is besig om dit op 'n bord uit te pak. Sy is nie honger nie, maar tog verlang sy na 'n kombuis met geure. Haar ma kon nogal lekker kook, kan seker steeds, maar hoe minder sy begin eet het, hoe minder moeite het sy met kos gedoen.

Albert kook nie en die meeste van die tyd lê die dag se pos op sy stoof.

Hy glimlag toe hy haar sien, trek haar tot in die kring van sy arms en soen haar. Kreun en trek sy vingers deur haar hare. "Donner, ek het jou gemis. Ek is skielik nie eers meer so honger nie."

Sy tree terug en gaan sit langs die tafel. Hy skink vir haar 'n glas whiskey met ys, en sy draai dit in die rondte sodat die ysblokkies teen die glas rinkel.

"Waar is jou tas?"

"Ek het nie nog tyd gehad om eers huis toe te gaan nie. En in elk geval wil ek vanaand by my huis gaan slaap."

"Daar is nie 'n kans dat jy vanaand huis toe gaan nie. Ek het toevallig vandag 'n nuwe tandeborsel gekoop." Hy kom sit ook by die kombuistafel, skuif die hoender nader en gee vir haar 'n bord en eetgerei.

Sy drink stadig aan die whiskey. Instinktief op soek na die ondertone wat haar pa haar leer proe het. Die groen Ierse gort wat in gasoonde gedroog word. Die subtiele smaak van bourbon en oloroso-sjerrie, afkomstig van die ou vate waarin dit verouder word. Die blomme en vrugte, die vanielje en die fudge. Jy kon hom in die middel van die nag wakker maak met 'n glasie, en hy sou nie nee sê nie. Hy het altyd gesê dis waarom hy nie 'n drankprobleem het nie, hy is te lief vir whiskey en kan homself nie 'n lewe daarsonder voorstel nie.

"Is jy in 'n kak bui, of net moeg?"

"Wat dink jy?"

Hy leun oor en soen haar in die nek. "Ek weet hoe om jou weer te laat smile."

Ellie neem 'n hoenderboudjie en begin daaraan eet. "Het jy al iets oor my pa uitgevind? Wie is in charge? Het jy vir hulle gesê hulle moet na sy sake gaan kyk?"

Hy gooi sy hande in die lug. "Hokaai, kan ons net gou 'n bietjie reverse? Ons het mekaar omtrent 'n week laas ordentlik gesien. En nou kom jy hier aan, jou gesig een donderwolk, en maak asof ek een van jou street contacts is." Hy klap sy vingers voor haar oë. "Kyk vir my." Hy wag tot sy opkyk. "Ek verstaan van jou pa, en ek weet dis nie maklik nie, maar ek is nie deel óf die oorsaak van jou probleme nie. So, ek gee nie om as jy nie jouself is nie, maar moenie maak of ek 'n verlangse kennis is nie."

"Ek het jou gesê vanaand is nie 'n goeie aand nie." Sy sak terug teen die rugleuning en eet die hoenderboudjie klaar, maar skud haar kop toe hy vir haar nog 'n stukkie wil inskep.

"Maar jy is nou hier, so ons kan net sowel die beste hiervan maak."

Toe sy hom nie antwoord nie, wil hy weet hoe dit met haar ma gaan.

Ellie trek haar skouers op en druk twee aartappelskyfies in haar mond. "Beneuk, dwars, koppig, jammer vir haarself. Wat's nuut?"

"Jy moet pasop dat sy jou nie hostage hou nie. Ek kan onthou hoe dit met my pa was. Almal se lewens draai later om hulle en hulle drank." Sy hoor die skerp klank in sy stem. Dis altyd daar wanneer hy oor sy pa praat.

"Dis nie asof ek net kan wegstap en haar aan haar eie genade oorlaat nie."

"Dis nie wat ek sê nie, maar stel vir jouself grense. Sy moet weet sy het ook 'n verantwoordelikheid."

Ellie glimlag stram. "Ek het nooit geweet jy wil eintlik 'n berader wees nie."

Hy glimlag, daardie maklike glimlag wat haar van die begin af aangetrek het, staan op en trek haar regop uit die stoel.

"As jy kan grappe maak, kan jy ander dinge ook doen." Hy begin haar hemp oopknoop, terwyl hy haar in die rigting van die slaapkamer stuur. Sy hande sak tot op haar heupe, hy soen haar in die nek.

"Kyk waar jy loop. Ek is nie lus dat my kop 'n deurkosyn tref nie."

"Hou op moan."

Toe sy langs hom op die bed lê, voel sy tog iets in haar roer.

72

Sedert die aand toe Ahmed met die nuus oor haar pa by haar huis opgedaag het, het dit gevoel of haar senuweepunte verlam was. Daardie dooie gevoel soos na 'n tandarts jou ingespuit het. Dit voel steeds of sy nie behoorlik kan proe of ruik nie. Selfs haar tassin voel dof. Daarom is sy verlig en selfs dankbaar oor die klein vlammetjie.

Sy vingers voel warm teen haar lyf. Die koue wat sy in die kerk gevoel het, het nog nie gewyk nie. Ongeag hoeveel klere sy aantrek. Die koue lê diep.

Sy begin sy hemp losknoop en toe hy haar soen, skuif sy alle ander gedagtes weg. Miskien kan sy vir 'n rukkie vergeet en haar verbeel haar pa sit op sy stoel voor die televisie, besig om sokker te kyk.

Hoofstuk 8

"Waaroor het jy en Zondi vandag gestry?" Ellie kom uit die bad-kamer met 'n handdoek om haar lyf gedraai. Haar vel nog effe klam van die warm stort. Albert sit-lê teen die kussings op die bed.

"Sjeez, kan jy my nie eers kans gee dat my brein weer aan-skakel nie!"

Sy begin aantrek.

"Wil jy nou rêrig hierdie tyd van die nag huis toe ry?"

"Ja. Ek het goed wat ek môre moet doen."

Hy staan op, trek die denim aan wat op die vloer lê. "Ek gaan skink solank vir ons iets om te drink."

Toe sy in die sitkamer kom, sit hy met 'n koffiebeker in die hand. Op die koffietafel staan nog 'n beker.

"Dit moet ernstig wees."

"Ek het vir Zondi 'n tip gaan gee. Sy het haar gat gewip, my beskuldig ek wil vir haar haar job leer."

"Watse tip?"

"Ek dink sy sal dalk self met jou daaroor praat."

"Waarom vertel jy my nie sommer nie?"

Hy vryf oor sy gesig en neem 'n sluk koffie. "Ek het soort van vir Ahmed belowe ek sal nie met jou daaroor praat nie."

"Gaan dit oor my pa?"

"Nee."

"Maar jy wil my vertel, so doen dit maar."

"Daar is op die oomblik 'n geleentheid om iemand in Allegretti se huis te kry."

Ellie sit die beker op die koffietafel neer en vou haar bene on-der haar in. "Wat bedoel jy, iemand in Allegretti se huis kry?"

"Weet jy wie is Allegretti se nuwe girlfriend?"

Sy skud haar kop.

"Wat de hel doen jy en Barnard met julle tyd?"

"Wil jy werklik 'n antwoord hê?" Sy begin opstaan.

"Shit, maar jy is liggeraak. Ek bedoel net hierdie is die soort inligting wat julle moet weet. Allegretti het al 'n maand of twee 'n affair met Nazeem Williams se aangetroude susterskind. Clara Veldman. Hy wil hê sy moet by hom intrek, maar Williams wil niks weet nie. Op die ou end het hy gesê sy kan intrek op een voorwaarde: hy stuur sy eie sekuriteit saam om na haar te kyk."

"Hoe weet jy dit?"

Hy vryf weer oor sy gesig. "Williams het my vertel."

Sy tel die koffiebeker op, blaas daarin, maar sit dit weer op die koffietafel neer sonder om daarvan te drink.

"Van wanneer af ken jy vir Williams?"

"Jy weet so goed soos ek ons elkeen doen wat ons moet doen. Ek het toevallig 'n ruk gelede vir Williams ontmoet. Ons was met 'n saak besig, en hy het ons gehelp. Ek het die gap gesien, en hom 'n maand later gewaarsku oor 'n padblokkade."

"En nou vertrou hy jou in sy binnekamer?"

"Daar was nog 'n tip-off of twee daarna . . ."

"En Ahmed weet hiervan?"

"Ja, hy weet."

"Waarom wil hy nie hê jy moet my vertel nie?"

"Hy is 'n control freak en hy dink vandat jou pa dood is, moet hy nou pa speel."

"Jy het nou net gesê dit was een of twee tip-offs . . . waarvoor is hy bang?

"Dalk het ek gelieg."

Ellie vou haar arms. "Hoe diep is jy?"

"Redelik diep."

"Het Ahmed rede om bekommerd te wees?"

"Ek werk al jare lank my gat af. Elke saak wat ek gedoen het,

het ek my alles gegee. Ek sit en wag nie vir breaks nie. Ek gaan soek hulle. En skielik op 'n dag kry ek so 'n break. Wat sou jy gedoen het? So 'n kans kom nie sommer weer verby nie, en ek gaan dit vat, en niemand gaan my keer nie. Jy weet hoe dit is, almal skyt in hulle broeke as hulle dit hoor, maar die dag as die saak breek en die squad kom met die groot kanonne uitgestap, en gooi hulle agter in die vangwa, dan is dit net fokken smiles en almal beweer dit was hulle plan."

"Wat laat jou dink ek gaan dit nie vir hom vertel nie?"

Albert se gesig raak ongekend ernstig. "Ek sou jou nie vertel het as ek gedink het jy gaan praat nie." Hy kom sit langs haar op die bank. "Want as jy wil, is hierdie ook vir jou 'n break."

"Is dit waarom jy by Zondi was?"

"Ja."

"Waarom voel sy jy wil haar haar job leer?"

"Ek het gesê ek dink jy is die regte een om in te stuur. Sy het haar gewip en gesê sy sal self besluit."

"En Ahmed weet ook jy wil hê ek moet ingaan?"

"Ja, en het omtrent sy broek natgemaak, maar ek dink jy verdien 'n break. Veral na jou pa se ding."

Toe sy hom nie antwoord nie, neem hy haar hand in syne. "Hierdie is ons kans, babes. Almal ontken dit, maar jy weet tot nou toe was jy maar net jou pa se dogter. Almal het gewag om te sien of jy so goed soos die ou man gaan wees. Wel, hierna kan jy hulle almal in hulle moer stuur."

"Doen my 'n guns, en moenie by my kom met cheap selling nie. Los my pa uit die prentjie."

"Beteken dit jy sal dit doen?"

"Dis nie wat ek gesê het nie. Ek wil eers alles hoor."

"Ek was op die regte tyd op die regte plek. 'n Ou wat my soms met inligting help, het my eendag vertel Williams-hulle het 'n huis gehuur vir 'n vrag perlemoen wat op pad was. Ek het dit deurgegee, maar ook die oggend voor die raid vir die ou laat weet hy moet Williams waarsku, en sê ek stuur die boodskap. Na die tyd het Williams dankie laat weet, en gevra of daar iets is wat ék wil hê. Ek het hom 'n afskrif van my paycheck gestuur. Die volgende dag was daar 'n koevert met geld deur my posgleuf gegooi."

"Hoeveel?"

"Vyfduisend."

"Wat het jy daarmee gedoen?"

"Jissis, Mac, wat dink jy?"

"Waarom dink jy Williams sal my huur? Een telefoonoproep, en hy weet vir wie ek werk."

"Uiteraard sal jy moet bedank. Op papier, in elk geval. En hy vertrou my. As ek sê ek het iemand wat hy kan vertrou, sal hy my glo. Dis nie asof iemand meer vandag 'n oog knip as 'n cop bedank nie."

"En dan?"

"Ek het klaar 'n bietjie huiswerk gedoen. Die maklikste gaan wees om 'n klein dummy-sekuriteitsmaatskappy te skep. Jy word daar aangestel. Ek gee die naam vir Williams, en sê ek kan hulle aanbeveel, en hy moet hoor of jy beskikbaar is."

"Ek glo nie dit sal so maklik wees nie. Een of twee tip-offs van 'n polisieman beteken nog nie hy gaan saam met jou in die bed klim nie."

"Ek het nie gesê dit gaan so maklik wees nie. Maar ek dink dis die moeite werd om die kans te vat. Kom dit af, is dit great; indien nie, verloor niemand iets nie. Ek is seker hy gaan jou deur 'n paar hoops laat spring, maar ek glo jy kan dit doen, anders sou ek jou nie voorgestel het nie. Jy het baie goeie mensekennis en jy het jou pa se instink gekry."

"Hoe dringend is dit?"

"Baie dringend. Allegretti gee sy girlfriend 'n harde tyd omdat sy nie by hom intrek nie, en sy is op haar oom se case. En as ons te lank draai, kry Williams dalk iemand anders. Ek het hom intussen laat weet ek dink ek het net die regte persoon vir hom."

"Dit klink my julle twee is meer as net kennisse."

Albert trek sy skouers op. "Ek het selfs so ver gegaan om vir Zondi van 'n kantoor in Darlingstraat te sê. Die huurders moes dringend uit. Dis beskikbaar, met meubels en al. Sodra jy up and running is, is die kantoor eintlik nie nodig nie, maar dis altyd 'n goeie front."

"Wat as Williams wil weet waar die ander personeel is?"

"Dis maklik. 'n Paar polisiebeamptes word gemerk om as security te double as dit moet. Ons sorg dat 'n paar ouens met security uniforms nou en dan 'n draai daar maak, maar dis nie werklik nodig nie. Moenie jou kop oor daai detail breek nie. Dis maklik om uit te werk. Jy het tog al gesien hoe dit gedoen word."

"En as ek nie kans sien nie?

"Ek is seker Zondi gaan nie hierdie kans laat verbygaan nie. Sy het dringend iets nodig om julle bietjie beter te laat lyk. As jy nie kans sien nie, gaan sy net iemand anders soek. En soos ek gesê het, dit sal jammer wees om so 'n break vir iemand anders op 'n skinkbord aan te bied."

Sy vra hom nie waarom hy haar nog nie vantevore vertel het dat hy al so diep by Williams betrokke is nie. Albei het van die begin af geweet daar gaan dinge wees waaroor hulle nie kan praat nie.

"Wat dink Williams gaan Allegretti met die meisie doen?"

"Dis nie soseer wat Allegretti gaan doen nie. Aan die een kant vermoed ek hy wil net Allegretti se gat krap. Aan die ander kant dink ek hy is genuine bekommerd. Dalk nie soseer oor wat Allegretti aan haar kan doen nie, maar dat sy collateral damage kan word tussen Allegretti en van sy vyande."

"Nou wil hy iemand van sy keuse saamstuur om haar op te pas."

"Ja, en haar motor te bestuur. Hy sê sy kan nie bestuur om haar lewe te red nie. En om hom te laat weet as daar dalk moeilikheid is."

"Waarom sal Allegretti dit toelaat?"

Albert glimlag en sit agteroor op die stoel, sy arms wyd gestrek. "Allegretti soek daai girl met 'n seer hart en hy weet as Williams wil, kan hy haar laat wegraak, en hy sien haar nie weer nie."

"Sal hy haar doodmaak?"

"Ek praat nie van doodmaak nie. Hy kan haar eenvoudig vir 'n tyd laat verdwyn."

"Ek wil alles hê wat jy van Williams en Allegretti weet. En ek bedoel, álles." Sy staan op en hy volg haar voordeur toe. Toe hy haar by die motor wil soen, tree sy agtertoe. "Jy weet hoe sukkel ek en Clive om inligting oor daardie klomp in die hande te kry, waarom het jy ons nie gehelp nie?"

"Ek het nie hiervoor gaan soek nie, en dis nie inligting wat 'n mens met 'n hele kantoor deel nie. Ons sal die een of ander tyd die drade bymekaar trek, maar vir eers is dit nie vir almal se ore en oë nie. En dit help dat vars oë na 'n ding kyk."

Hy druk haar met sy lyf teen die motor vas, sit sy hande op haar heupe en soen haar. "Kom terug bed toe."

"'n Ander aand. Jy het my nou te veel gegee om oor te dink."

Sy kyk in haar truspieëltjie toe sy wegtrek. Dis nie die eerste keer dat sy só na hom kyk wanneer sy van hom af wegry nie. Ook nie die eerste keer dat sy oor hulle twee wonder nie. Soos met die vorige kere is dit egter vanaand ook net te veel moeite om lank te wonder. Die keer of twee wat hulle oor hulle verhouding gepraat het, was sy opmerking elke keer iets soos "moenie krap waar dit nie jeuk nie".

Die N1 is stil en toe sy die stad inry, is selfs die laatnag-bedelaars nêrens te sien nie. Hierdie tyd van die nag is hulle die hopies onder die kartonne, en koerante. Op winkelstoepe, in inhamme, onder brûe.

Sy haal diep asem toe sy haar huisie se deur oopstoot. Haar pa het haar gehelp om die klein huisie so skuins tussen Tafelberg en

Duiwelspiek te koop toe sy by die kliniek in die stad begin werk het. Hy het haar nooit gevra waarom sy nie nader aan die huis wou woon nie. Selfs nadat sy by die kliniek weg is, en elke dag Bellville toe moes ry, het hy nie gevra nie.

Aan die begin het die verkeer van die groot verbypad net bo die huis haar gepla, maar nou hoor sy dit skaars.

Die plan was om eendag die plek mooi in te rig, niks luuks nie, net hier en daar darem iets wat lyk asof sy 'n bietjie moeite gedoen het. Maar nou, op haar polisiesalaris, sal die mooigoed eers moet wag. In die grootste slaapkamer het sy darem 'n nuwe dubbelbed, twee onpas bedkassies, en 'n laaikas wat sy by 'n tweedehandse meubelwinkel opgespoor het. Die kleiner slaapkamer het 'n enkelbed en 'n lessenaar in. Die lessenaar is netjies, al lê daar gewoonlik 'n hele klomp lêers en dokumente waaraan sy werk.

In die sitkamer is 'n groot rusbank, ook afkomstig van 'n tweedehandse meubelwinkel, en twee gemakstoele wat sy by 'n kollega gekoop het toe sy vrou dit wou uitgooi. Die mure is kaal behalwe vir twee geraamde plakkate. Die een was 'n geskenk van haar kollegas by die kliniek toe sy daar weg is.

We are what we pretend to be, so we must be careful about what we pretend to be. Kurt Vonnegut.

Sy skop haar skoene uit, laat val haar klere sommer op die vloer en trek haar warm slaapklere aan. 'n Paar minute later trek sy die duvet ook oor haar. Sy draai op haar sy en krul haarself in 'n bondel. Die gesuis van die snelweg bo die huis is stil. Net nou en dan hoor sy 'n voertuig verbydreun. Sy luister na die geluid tot dit wegraak. En dan spits sy haar ore vir 'n volgende een. Dis een manier om haar gedagtes hok te slaan en die stemme in haar kop uit te doof.

"Jy is nie meer hier om vir my te sê wat ek moet of nié moet doen nie," praat sy na 'n ruk die donkerte in. En dan trek sy die duvet tot teen haar ken, terwyl sy probeer om verby die benoudheid asem te haal.

Haar ma het haar nooit vergewe omdat sy ook by die polisie aangesluit het nie, al het sy van kleins af gesê dis wat sy eendag wil word. Haar pa het aande lank met haar daaroor gepraat, seker gemaak sy doen dit om die regte redes. In haar keuring is sy gevra waarom sy wou aansluit. Sy moes al die regte redes en antwoorde gegee het, want sy is gekeur.

Die eintlike rede is egter baie eenvoudiger as wat sy op enige vorm ingevul het, of in enige onderhoud verklaar het. As kind het sy geglo as sy net eendag ook by die polisie kan werk, sal sy kan help keer dat haar pa iets oorkom. Oor sommige spoke kry jy beheer soos jy ouer word, die res leer jy om weg te steek omdat jy bang is die wêreld verstaan nie.

Hoofstuk 9

Dis al na elf toe Nick Donderdagoggend by die klub wegkom. Dit was 'n lang vergadering met al die sekuriteitsbeamptes. Hy het die hele Woensdag met 'n fynkam Enzio en Gabriella se bewegings nagegaan, gekyk hoe hulle veiligheidstelsels werk.

Hy is moerig toe hy by Allegretti se huis kom, en toe hy uit die hyser stap en sien hoe Enzio by die kroegtoonbank kokaïen snuif, is hy sommer lus en slaan die man.

"Jissis, Enzio, as jy nie stadig nie, maak jou brein een van die dae net een moerse kortsluiting."

"As jy vir my wil preek, kan jy fokof."

"Jy kan doen wat jy wil, solank jy jou gewoontes en plesiere onder beheer hou. As jy nou rêrig met jou ou man wil kak optel, moet jy 'n junkie word."

"Ek is nie 'n kind nie."

"Moet jou dan nie soos een gedra nie. Ons het 'n klomp goed om oor te praat, en ek soek jou helder en skerp."

Toe Allegretti opkyk, blink sy oë en hy glimlag. "Wat dink jy gebruik ek? Vim?" Hy vryf die laaste bietjie poeier aan sy tandvleis. "Hierdie is die heel beste, and I am as sharp as a razor blade. Try my." Hy hou die sakkie omhoog. "Jy kan gerus probeer. Ek het 'n kakhuis vol geld hiervoor betaal."

Nick kyk hoe sy kake beweeg. Altyd 'n duidelike verklikker. Die vreemde koubewegings. Hy skud sy kop. "Nie terwyl ek aan diens is nie."

"Your loss." Hy gooi die sakkie in die laai. "Waaroor het jy so 'n lang gesig?"

"Julle sekuriteit is up to shit. Dis 'n wonder iemand het julle nog nie bygekom nie."

"Waarom sou iemand dit wil doen?" Hy stap om die toonbank en kom maak homself op een van die gemakstoele tuis. Nick gaan sit oorkant hom.

"Cut die bullshit. Weet jy hoeveel keer was jou sekuriteits-kameras en alarm die afgelope maand af?"

"Nee, ek weet nie, maar waarom moet ek vir ander mense cheap thrills gee?"

"Ek gee nie om dat jy die kameras afskakel as jy privaatheid wil hê nie, maar sit die bliksemse goed later net weer aan, verkieslik voor jy gaan slaap. Veral dié op die trappe en stoep, én die alarm."

"Soms gaan ek nie slaap nie. En soms is ek lus vir thrills op die stoep."

"Sit hulle dan aan wanneer die thrills klaar is."

Nick voel hoe sy nekspiere al stywer trek. Dan gaan die hyser se deur oop en Gabriella stap in. Sy dra 'n nousluitende somerrok en haar donker hare hang los oor haar skouers. Hy kan nie help om 'n oomblik lank stil te bly nie. Dis duidelik dat sy net 'n klein deurtrekker dra, en geen bra nie. Haar soel vel gloei rosig. Hy het nie gedink dis al so warm nie, maar sy steur haar blykbaar ook nie aan die weer nie.

"Hallo, my darlings." Sy kyk na Nick, buk oor hom en soen hom op die wang. Sy vermoede dat sy net die nodigste onder-klere dra, word bevestig. "En die frons?"

"Jy is laat." Hy beduie na die stoel langs Enzio. "Sit, sodat ek met jou ook kan praat."

Sy maak haar oë groot. "Is ek in die moeilikheid?"

"Hy kla oor ons die kameras en alarms in die huise afsit."

Sy lag met 'n wye mond vir Nick. "My skat, ek gee nie om dat jý sien wat ek alles in my huis doen nie, maar dis nie vir almal se oë nie."

"Ek kan nie my werk doen as julle nie self verantwoordelik-heid vir julle veiligheid wil dra nie. Julle kan ook nie meer so al-leen rondry nie."

"Ken is nie lus vir stertjies nie."

"Ek werk vir jou pa, nie vir Ken nie. Ek is seker hy kan na homself kyk. My verantwoordelikheid is om julle twee veilig en uit die moeilikheid te hou."

Gabriella staan op, stap om die kroegtoonbank en kom met drie glase en 'n bottel Krug Grande Cuvée terug. "Al hierdie ernstige praatjies maak my dors." Sy skink drie glase vol. Enzio neem 'n groot sluk van syne, kyk dan na Nick.

"Drink die bliksemse goed, ek het duisende daarvoor betaal en sal nie vir my pa sê jy het aan diens gedrink nie. Jy kan so anal wees as jy tyd het."

Nick ignoreer hom. "Ons moet ook praat oor die skietery by Barkov se huis. Ek het met van ons mense in Johannesburg gesels. Jou naam is op Barkov se radar, en dit kan net beteken hy reken jy was op 'n manier betrokke."

"Waarom sal hy die Rus se huis uitmekaar wil skiet?" Gabriella kyk na haar broer. Hy skink sy glas weer vol.

"Ek het jou al gesê dit was nie ek nie."

"Ek het nooit gedink jy het dit persoonlik gedoen nie. Maar het jy die opdrag gegee?" Nick sit effens vorentoe op sy stoel.

"Ek het nie nodig om my besigheid met enigeen van julle te bespreek nie."

"Ek dink nie jy verstaan nie, en ek gaan dit nog een keer stadig vir jou probeer verduidelik. Jy wíl nie op Barkov se radar wees nie. Hy is nie bekend daarvoor dat hy onderhandel nie. Verstaan jy dit?"

"Hy is 'n dom thug, en ek kan nie glo jy wil hê ek moet agteroor sit en toelaat dat hy maak asof die Kaap aan hóm behoort nie."

"As jy dan Superman is, waarom moes ek en Ken Kaap toe trek? Jy weet jy is nie 'n match vir die Russe nie," val Gabriella hulle in die rede.

"Is dit wat jou man sê?"

"Ék sê so."

Allegretti se oë vernou terwyl hy na sy suster kyk. "As ek jy is, tel ek my woorde."

"Waarom is Ken skielik noorde toe?" vra Nick.

Gabriella skud haar kop. "Ek vra hom nie al sy besigheid nie."

Nick sit weer agteroor. "Om terug te kom na julle sekuriteits-reëlings. Van nou af word daar nooit alleen gery nie, die kameras in die huise bly aan en indien dit moet afgesit word, word dit binne 'n uur weer aangesit. Ek is seker julle kan binne 'n uur doen wat julle wil doen. Die sekuriteit by die klub moet versterk word, en jy," hy kyk na Enzio, "doen niks voor jy met my daaroor gepraat het nie."

"Van wanneer af werk ek vir jou? Jy is die hired hand wat moet sorg dat ek veilig is. Doen jou job, en ek sal myne doen."

"Dit is so, maar ek kan nie my job doen as jy op jou eie 'n oorlog ontketen en my nie daarvan sê nie."

"Ek het jou nie nodig om my dinge uit te sorteer nie. As jy jouself nuttig wil maak, sorg eerder dat Clara hier kom. Praat met Williams, of doen iets, maar sorg dat sy kan intrek."

"Nou is nie 'n goeie tyd nie. Kan jy nie 'n maand of drie wag sodat ons net eers kyk wat aan die gang is nie?"

"Nee, ek gaan nie wag nie, en moenie eers probeer om weer met my hieroor te praat nie."

"Sê dan vir haar oom ons het alles onder beheer, en sal na haar kyk."

"Ek het daai een probeer, maar hy sê dis sy voorwaarde, anders kan sy nie kom nie."

"Ek het nie nou tyd vir vreemde mense onder my voete nie."

Gabriella staan op en kom sit op Nick se skoot. "Kom ons gaan doen iets lekkers. Ek het nie meer lus vir hom en julle boring praatjies nie."

Nick tel haar af, staan op en gaan haal vir hom 'n bottel water in die yskas agter die kroegtoonbank. Hy sluk die inhoud byna met een sluk weg. "Moenie moeilik wees nie."

Enzio staan ook op. "Ek moet gaan. Ek kry Clara by haar shoot."

"Jy ry nie alleen nie."

"Jy weet ek kan doen wat ek wil, maar omdat ek weet jy gaan stories by die ou man aandra, sal ek jou humour en toelaat dat Fritz bestuur, but don't push your luck too far."

"Ek soek ten alle tye minstens twee mense by jou in die voertuig."

Toe hy uit is, stap Gabriella op die stoep uit, en Nick sien hoe sy haar rok oor haar kop trek en net met die deurtrekker in die swembad duik.

Sy ereksie is so onmiddellik dat hy 'n oomblik lank lighoofdig voel.

"Kom hou my geselskap," roep sy toe sy aan die ander kant haar kop uit die water lig. "Ek sal nie byt nie."

"Ek moet ry. Daar is nog 'n paar mense wat ek moet gaan sien."

Sy klim uit die swembad en stap nader. Hy sukkel om nie na haar lyf te kyk nie.

"My broer is besig om shit te stir." Sy staan voor hom en skud haar hare agtertoe. Van die druppels spat op hom en hy verbeel hom hy hoor 'n sisgeluid.

"Dan moet jy met hom praat, want hy is nie opgewasse vir Barkov en kie nie."

"Hy luister nie na my nie."

Die druppels blink op haar vel. Hy gaan haal nog 'n bottel water uit die yskas, en sluk dit ook weg.

"Gabi, ek gaan nie in jou huwelik inmeng nie, maar jy moet dalk jou man ook waarsku om hom nie in dinge te begewe waarvoor hy nie opgewasse is nie."

"Ek gee nie regtig om wat hy doen nie."

"Hoe dit ook al sy . . . hy gaan moeilikheid optel, en dit gaan julle almal affekteer."

Sy gaan lê met haar klam lyf uitgestrek op een van die banke, en Nick wil byna hardop lag toe hy skielik aan sy ma dink. Hy kan nie besluit wat vir haar die ergste sou wees nie, die kaal vrou in die sitkamer, of die nat lyf op die meubels. Sy sal trots wees dat hy op ag-en-dertig en in sulke omstandighede steeds haar vermaninge onthou.

"Sien jy iemand anders?"

Hy sug en skud sy kop. "Ons gaan nie nou weer daai gesprek hê nie."

"Kyk na my, en sê jy dink nooit oor die moontlikheid van ons twee nie."

Hy kyk na haar kaal lyf en voel hoe sy vingerpunte tintel. "Enige man sal na jou kyk, en droom."

"Jy hoef nie te droom nie."

"Ek werk vir jou pa."

"Jy gebruik my pa as verskoning, maar jy weet so goed soos ek hy sal my op 'n silver platter vir jou gee."

"Hy hou van my omdat ek my werk doen. Werk en plesier was nog nooit goeie maats nie."

Sy glimlag. "Dis so 'n cliché."

"Wat wil jy hê moet ek vir jou sê?"

"Dat jy ons twee 'n kans sal gee."

"Moenie jou lewe so kompliseer nie. Probeer dinge met Ken uitwerk."

"En as ek vir Ken los?"

Hy skud sy kop. "Moenie dit doen nie."

"Jy weet ek kan nie help wie ek is nie. Dis nie asof ek gekies het om 'n Allegretti te wees nie." Haar oë blink.

"Ek weet, maar dis nie noodwendig 'n vonnis nie. Kry iets om met jou lewe te doen. Hou jou besig. Geen mens kan so ledig wees nie."

"Moet ek ook in 'n nail bar gaan werk?"

"So 'n dag se eerlike werk kan jou dalk goed doen."

Sy lag hardop. "Jy weet ek sal nooit moed opgee nie."

Hy stap hysbak toe. 'n Man kan ook net soveel verduur. Terwyl hy wag dat die hysbak se deure toegaan, sien hy hoe sy opstaan en haar uitstrek voor sy haar rok oor haar kop gooi. Sy glimlag vir hom toe sy sien hy kyk na haar.

"Kry 'n job!" roep hy voor die deure toegaan. Hy sit 'n oomblik lank sy voorkop teen die spieël binne die hyser. Hy kan gevaar en spanning hanteer, maar hy haat marteling.

Hoofstuk 10

Vrydagoggend sewe-uur sluit Nick die woonstel se voordeur en stap in die rigting van Seepunt. Hy is 'n rukkie te vroeg vir die bus en val agter in die kort ry wat reeds wag.

Toe die bus kom, klim hy op en gaan sit heel agter. Hy kyk na die ander mense wat opklim. Skoolkinders, jong mense wat soos studente lyk, werkendes. Twee bejaarde vroue, met hulle handsakke styf onder hulle arms geknyp. 'n Netjiese man met 'n pet en 'n kierie.

Die bus ry stadig en hy bekyk die omgewing. Hy hou nie van die kolossale nuwe stadion in Groenpunt nie en wonder hoe die stadsvaders ooit daarvoor kon ja sê. Hulle ry verby die Galgeheuwel-verkeersentrum. Volgens oorlewering was dit die plek waar die misdadigers in die vroeë Kaapse tyd vir hulle oortredinge gehang is. Dis vreemd dat niemand deur die jare die plek se naam verander het nie. Dalk is dié plek se geskiedenis so donker dat niemand kans sien om aan die naam te torring nie. In Somersetweg flank moderne winkels die straat.

Hy klim in die middestad by die stasie af en stap in die rigting van die Goue Akker, waar hy 'n taxi neem. Hy het nooit omgegee om in Londen van openbare vervoer gebruik te maak nie, maar sedert hy terug in Suid-Afrika is, wil hy 'n stuurwiel in die hand hê. Die Range Rover het egter 'n opsporingstelsel in en hy wil nie onnodige kanse vat nie. Net nadat hy vir die Allegretti's begin werk het, het hy 'n keer of wat iemand op sy spoor gewaar. Daarna het dit stil geword. Sedert hy in die Kaap aangekom het, het hy nog niemand gewaar nie, maar Paul is vreesbevange dat hulle betrap sal word en daarom moet hy altyd dubbel seker maak wanneer hulle twee ontmoet.

"Ek gee nie om of jy seker is niemand verdink ons nie. Jy gaan nie 'n hero probeer wees as my kop op die spel is nie," was sy opdrag.

Hulle ry met die N1 noordelike voorstede toe. Nou en dan kyk Nick om, maar nie een voertuig trek sy aandag nie. Hy klim by 'n winkelsentrum in Durbanville af, betaal die taxibestuurder en stap die blok na die restaurant. Paul wag reeds by 'n tafeltjie agter in die hoek, 'n koppie koffie voor hom.

"Was jy versigtig?"

"Ja."

"Is jou selfoon af?"

"Ja, ontspan."

Paul sit merkbaar verlig agteroor, maar frons steeds. "Ek hoop jy is hier om vir my te sê my job is klaar."

Nick bestel ook 'n koppie koffie. Skud sy kop. "Wil jy werklik so 'n opwindende lewe verruil vir een agter 'n lessenaar in 'n vaal kantoor?"

"Jy vergeet ek hou van vaal. Ek vrek oor eentonig. Kleur is totaal overrated."

Nick glimlag. "Sorry, jy gaan nog vir 'n rukkie moet vasbyt. As jy moeg raak, dink net aan jou kleinkinders. Jy gaan hulle held wees as hulle hoor wat jy in jou lewe gedoen het. Jy kan hulle tog nie net vertel jy het jou lewe lank syfers heen en weer geskuif nie."

"Kleinkinders." Paul skud sy kop. "Waarom sal ek ook nog tot die oorbevolking van die planeet wil bydra?"

Die kelnerin kom vra of hulle gaan eet. Nick bestel die boere-ontbyt. Paul kies die vrugte, jogurt en muffin met heuning.

Nick sit agteroor toe die meisie wegstap. "Jy het in ons laaste gesprek gesê jy het min of meer nou die klub se prentjie uitgewerk. Laat ek hoor."

Paul frons. "Ek het lanklaas sulke dom mense teëgekom. Jy kon 'n agtjarige gehuur het om dit uit te figure."

"Is dit soos ons vermoed het? Kom daar vuil geld deur die klub?"

"Ek kon dit vir jou gesê het sonder om my siel daar te gaan verkoop. Waarom anders sal hulle 'n klub koop?"

"Ek weet jy het dit gesê, maar dit help my niks. Sonder bewyse is my hande vasgebind. Hoe doen hulle dit?"

"Eerstens deurgeld. Die klub se kapasiteit is seshonderd. As jy egter na die inkomste uit die toegangsgeld gaan kyk, moet daar gemiddeld elke aand van die week tussen aghonderd en 'n duisend mense deur die deure gaan. En Vrydae en Saterdae nader aan tweeduisend."

"Dis seker nie onmoontlik dat daar meer mense toegelaat word nie?"

"Nee, maar volgens die klub se lisensie, brandweer- en gesondheidsertifikaat is die plek net goedgekeur vir seshonderd. Dis moontlik dat hulle meer kan toelaat, maar dis nie moontlik om dit elke aand te doen nie. Die kanse dat hulle hul lisensie gaan verloor, raak net te groot."

Die kelnerin bring hulle kos en albei vat eers 'n hap of twee voor Nick verder praat.

"Hoeveel kán hulle nou op dié manier plaas?"

"Dis 'n baie eenvoudige som. Toegangsgeld is R200 per persoon. Maal dit met seshonderd mense. Dit gee vir jou R120 000 per aand. Maal met vyf aande per week en gemiddeld vier weke per maand. Dit bring ons by ongeveer R2,4 miljoen per maand. Om twee- of driehonderdduisend daar in te glip, is ook nie rocket science nie. Dan kyk ons na 'n moontlike R3,6 miljoen wat per jaar versteek kan word. Not bad. En dan praat ons nog nie eens van die drank- en kosverkope nie."

"Wil jy vir my sê die ouditeure tel dit nie op nie?"

"Is jy dom of hou jy nou net so? Dink jy ek weet nie wat om met die boeke te doen nie?"

Albei vat eers weer 'n paar happe.

"Jy sê hulle kan ook geld deur die kroeë versteek?"

"Weet jy hoeveel shots is daar in 'n drankbottel?" vra Paul.

Nick skud sy kop. "Ek behoort seker te weet, want ek het al in my lewe 'n paar leeggemaak."

"Dit maak nie saak nie, maar kom ons sê jy het min of meer vier bottels tequila vir die aand. Dan kan jou boeke nie wys jy het twee keer meer shots verkoop nie." Paul sit terug en vee sy mond af. "Soos ek sê, dit klink na kleingeld, maar as 'n mens dit aan die einde van die jaar bymekaar gaan tel, sal jy verbaas wees. En onthou, hulle het die klub spesifiek vir dié doel gekoop, so alle syfers is van die begin af gelaai."

"En jy hou nog noukeurig boek van alles?"

"Ja, maar ek wil jou net sê, as julle hierdie bal laat val en ek moet op die ou end in die hof gaan staan en dalk landuit vlug, en vir die res van my lewe in 'n godverlate dorpie onder 'n ander naam gaan bly, kom ek eerste vir jou. And I'm not joking. Julle moet seker maak julle het 'n waterdigte saak. Ek vlug nêrens heen met 'n pruik op my kop en 'n vals snor op my bolip nie."

"Ek sien Allegretti het 'n paar nuwe karre gekoop. Waar kom die geld vandaan?"

"Dis hoe hulle die geld verskuif. Hy het 'n paar polo-perde ook gekoop, 'n huis in Val de Vie buite die Paarl waar sy perde versorg word, 'n motorboot, en dan het hy sy aandeleportefeulje vergroot. Heel konserwatief, en hy sorg dat die bedrag nie ooreenstem met enige bedrag wat via 'n ander roete ingekom het nie. Die truuk is hierdie integrasie. Sodra dit gedoen is, is dit moeiliker om die geld te volg, maar nie onmoontlik nie. Daar is dikwels krummels wat 'n mens kan volg. Is jy bewus daarvan dat hy die laaste paar maande honderde duisende op die dobbeltafels verloor het?"

Nick knik. "Jy het my oor die foon gesê."

"Dis 'n maklike manier om die geld te versteek, maar as jy nie versigtig is nie, byt daai gogga jou en voor jy jou kom kry, kan jy nie wegbly nie."

"Dan is dit waarom hy op die oomblik so edgy is. Hy weet hy sal daai geld moet terugkry voor die ou man dit uitvind. Dinge begin skielik meer sin maak."

"Soos ek sê, dis nie rocket science nie."

"Gewaar jy soms cops by die klub?"

"Hulle kom maak redelik gereeld 'n draai, maar dis nie asof hulle hul kom voorstel nie. Die gesigte wissel ook."

"En jy is seker dis cops?"

"Ek het jou al gesê 'n mens kan julle op 'n myl uitken. Dink jy nie jy moet jou gaan voorstel en 'n bietjie notas uitruil nie? Sal dit nie dinge aansienlik vergemaklik nie?"

Nick skud sy kop. "In geen omstandighede nie. Hier was al te veel leaks, en ek vertrou op die oomblik niemand nie."

"Êrens moet jy nog iemand ken wat jy kan vertrou."

"Ons het nie nou tyd om die skape en die bokke te probeer skei nie. Aanvaar maar eers alle cops is dirty, of ten minste shades of dirty."

Paul kyk op sy horlosie. "Ek moet gaan."

"Ek ry sommer saam met jou terug stad toe."

"Jy maak seker 'n grap."

Nick staan ook op en gooi 'n paar note op die tafel neer. "Hier is nie taxi's nie."

"Maar hier loop busse stad toe."

"Bliksem, Paul . . . Weet jy hoe lank gaan dit my vat?"

"Jou tyd versus my nek – not even a contest. Sien jou later."

Nick stap tot op die hoek by Standard Bank. Toe daar 'n mini-bus-taxi stop, vra hy waarheen hulle ry.

"Bellville station."

Hy klim in. Sy kanse is seker beter om daar 'n taxi in die hande te kry, anders sal hy die trein stad toe vat. Hy vloek onderlangs.

Hoofstuk 11

Vrydagmiddag drie-uur klop Ellie aan brigadier Ahmed se kantoordeur. Sy wag 'n oomblik en draai die knop. Hy kyk vlugtig op toe sy om die deur loer.

"Mac, kom in." Hy skryf verder aan iets waarmee hy besig was, en maak dan die lêer toe.

"Brigadier wou my sien?"

"Ja, sê eers hoe gaan dit. Is jou ma orraait?"

"Sy het goeie dae en minder goeie dae. Ek weet nie juis wat in hierdie omstandighede normaal is nie, so dis moeilik."

"En met jou?"

Sy trek haar skouers op. "Dit gaan goed."

"Nou weet ek jy lieg vir my."

"Ek lieg nie. Ek weet net nie wat om te sê nie, want ek weet nie hoe ek veronderstel is om te voel nie."

"Jy moet met iemand gaan praat."

Ellie skud haar kop. "Asseblief nie. Dis die laaste ding waarvoor ek nou krag het."

"Ek hoor jy het jou deur Greyling laat ompraat om 'n undercover operation te doen."

"Hy het my nie omgepraat nie. Ek en brigadier Zondi het lank hieroor gepraat. Ons gaan nie gou weer so 'n geleentheid kry nie."

"Zondi is desperaat vir 'n break en 'n bietjie window dressing, en dis altyd gevaarlik as 'n mens desperaat is. Dis waarom ek nie wou hê Greyling moet met jou daaroor praat nie, want ek het geweet jy gaan dit doen."

Ellie trek haar skouers agteroor. "Dit maak nie saak wie my vertel het nie. Dis my keuse of ek dit wil doen of nie."

"Wat dink jy sou jou pa gesê het?"

Ellie voel hoe sy warm onder die kraag word. "Dis 'n cheap shot."

Hy haal sy bril af, vryf oor sy oë en sit terug in sy stoel. "Nee, dit is nie. Ons albei weet hy het baie goeie instinkte gehad, en jy weet net so goed soos ek hy sou gesê het hierdie is nie 'n goeie plan nie."

"Dink brigadier ek kan dit nie doen nie?"

"Nee, en ek weet jy gaan sê dit het niks met my te doen nie, maar ek voel dis my job om vir jou uit te kyk. Enige ander tyd, en ek het dalk nie beswaar gehad nie, maar 'n mens neem nie sulke besluite terwyl jou pa nog skaars koud is nie. Jy dink nie nou straight nie. En ek is dit aan hom verskuldig om . . ."

"Niemand is iets aan hom verskuldig nie. Hy het sy keuses gemaak, net soos ek myne moet maak."

"Mac, moenie jou gat vir my wip nie. Jy weet wat ek meen."

"Ek sê maar net dat ek oud genoeg is om my eie besluite te neem."

"En ek sê nie jy kan dit nie doen nie, maar ek wil hê jy moet behoorlik daaroor gaan dink. Greyling laat dit klink asof dit 'n jol in die park gaan wees, maar ek sê jou jy gaan klippe kou. Williams en sy trawante is 'n klomp aasvoëls, die lot van hulle. Moenie jou wysmaak dat deep down inside het een dalk 'n sagte hart nie. En dan het ons nog nie eers oor Allegretti begin praat nie. Hierdie is geharde criminals, en die feit dat Allegretti dit tot nou toe reggekry het om sy hande skoon te hou, beteken nie hy is 'n goeie ou nie. Almal van hulle is wrede fokkers. Ek wil hê jy moet my in die oë kyk en sê jy hoor my baie duidelik."

"Dink brigadier ek weet dit nog nie teen hierdie tyd nie? Ek kan hulle files waarskynlik al uit my kop opsê. Ek weet waarvoor ek my inlaat."

"Let me tell you something – files is een ding, maar daar buite is dit quite a different story." Hy vryf oor sy kop. "Jy dink jy is so slim, maar jy weet nie hoe moeilik dit kan word nie. En niemand weet hoe lank jy daar gaan wees nie. Het julle al besluit wie jou gaan handle?"

"Nee, ek weet nie of brigadier Zondi iemand in gedagte het nie."

"As jy besluit om nie na my te luister nie, maar dit tog te doen, vra vir Zondi dat Barnard jou moet help. Ek ken hom van die tyd toe hy nog 'n rookie was, en ek trust hom. Hy lyk so deur die kak, maar hy het goeie instinkte."

"Ek sal nie omgee as dit hy is nie. Ons twee werk goed saam."

Hy sit weer vorentoe in sy stoel, draai sy pen 'n keer of wat in die rondte. "Jy kan nou sê wat jy wil, maar ek weet jy doen dit omdat Greyling betrokke is. Hy is 'n goeie cop, maar hy is 'n hothead, en dit maak hom gevaarlik. En hierdie ding met Williams het die potential om lelik in sy gesig op te blaas en dan soek ek jou nie daar tussenin nie. Hy vergeet soms hy is deel van 'n span."

"Ek dink hy verstaan die implikasies van dit waarmee hy besig is. Die job was nog altyd vir hom belangrik."

"Die job is in 'n stadium vir ons almal belangrik."

"Ek sal versigtig wees."

"As dit maar al is, sou ek baie beter geslaap het." Hy sug. "As jy voel jy het nie die dinge lekker by die handles nie, en jy kry nie support by daai klomp van jou nie, bel my."

"Dankie, ek sal so maak."

"Hou jou kop laag, en moenie stupid goed aanvang nie. Watse verskoning gaan jy gee waarom jy bedank?"

"Dis soos Albert sê, na my pa se ding gaan dit heel waarskynlik na 'n baie logiese stap lyk."

"Ek wil net weer vir die rekord sê, ek like hierdie net niks. 'n Mens moet emotionally op 'n baie goeie plek wees om so 'n operation te doen."

"Dink brigadier ek is nie emosioneel opgewasse hiervoor nie?"

"Jy is die sielkundige. Jy behoort beter as enigeen te weet of jy reg is."

"Ek is reg." Of dit is wat sy haar in die vroeë oggendure wysgemaak het.

"Onthou jy wat ek daar aan die begin vir jou gesê het?"

"Brigadier het baie goed vir my gesê."

"Ek het gesê jy het warm bloed, en dis alles goed en wel, en dit sorg dat jy omgee, en dat jy hard sal werk, maar dit kan jou ook verlei om onnodige risks te vat."

"Hierdie is nie my warm bloed nie. Dis 'n logiese besluit. Vra enige een wat weet hoe lank ons al vir 'n break soek, en hulle sal saamstem."

"Dit kan ook nie oor jou pa wees nie. En as ek uitvind jy gebruik hierdie operation om by jou pa se saak uit te kom, brand ek jou sélf."

"Ek hoor."

"Jy het my nog nie geantwoord nie. Wat dínk jy sou hy vir jou gesê het as hy hier was?"

Ellie verskuif op die stoel, vee haar hare agtertoe en kruis haar arms. "Ek dink hy sou gesê het ons het nie 'n ander opsie nie."

Sy lieg, en sy weet hy weet dit.

Wanneer 'n groot brander jou onverwags tref, het jy een van twee opsies, het sy agtergekom toe sy as kind graag in die see geswem het. Jy kan baklei om bo te bly, of jy moet toelaat dat die golf se energie jou saamneem en hoop dit spoel jou op die strand uit. Dis baie dikwels die maklikste. Om te baklei maak jou paniekerig. Om oor te gee laat jou vreemd genoeg in beheer voel. Op die oomblik het sy nodig om in beheer te voel. Al beteken dit sy moet haarself vir 'n ruk heen en weer laat spoel.

Haar pa het altyd gesê dis 'n job wat jou vir die res van jou lewe kan opneuk.

"Kom sê dit self vir my," het sy laas nag hardop die donkerte ingepraat. "Anders moet jy stilbly."

Sy is verlig dat Ahmed haar nie te diep oor haar redes uitvra nie.

"Ek is reg, brigadier," herhaal sy haar woorde, en verbeel haar sy sien die gordyne agter hom in die windstil dag roer.

Clive wag vir haar by die kantoor. "Waar was jy? Zondi soek ons."

Sy hang haar handsak oor haar stoelleuning en stap saam met hom. "Weet jy waaroor dit gaan?"

"Die ding met Allegretti en Williams. Sy het my vanoggend ingeroep, gehoor of ek sal help."

"En?"

Hy het reeds aan die deur geklop en bly haar 'n antwoord skuldig toe hulle binnegeroep word.

Brigadier Zondi beduie na die twee stoele voor die lessenaar. "Sit. I have asked Barnard to assist you. I believe you approve of that?"

Ellie glimlag in Clive se rigting. "I am sure he will cover my back."

"Good. We have already rented the office in town. Have a look. Make a list of things you may need. I want this up and running as fast as we can."

"Wat van my bedanking? Hoe lank gaan die papierwerk neem?"

"Don't worry about that. We can always manipulate the books. Say you still have leave that you are entiteld to, and with your father's thing, I am sure no-one will be too surprised."

Ellie wonder waarom almal daarna verwys as *die ding met jou pa.* Asof dit enige van 'n klomp goed kan beteken.

"Right, if you have any questions, ask. Don't try to fly solo. This is a team effort. But at the end of the day, you will be the one out there who'll have to make sure you watch your every step. There is no room for mistakes or screw-ups. Not even tiny ones. "

"Ek verstaan, en ek sal my bes doen."

Buite die deur kyk Clive op sy horlosie. "Huistoegaantyd. Het jy vir my 'n bier by jou huis?"

"Skuld jy my nie nog 'n dop nie?"

"Ek wil met jou praat, maar nie tussen 'n klomp agies nie."

Sy tel haar handsak op, en hulle loop agter mekaar na waar hulle motors staan.

Ellie is eerste by die huis en haal solank twee biere uit die yskas. Toe Clive klop, maak sy oop en is verbaas om hom te sien rook.

"Ek dog jy het opgehou."

"Ek het."

"Ek kon sweer dis 'n sigaret in jou hand."

Hy trap dit op die stoepie dood en skop dit tussen die plante in. Sy maak die voordeur agter hulle toe en beduie na die agterstoep.

"Die huis is bedompig."

Hulle gaan sit onder die prieel en dit raak stil tussen hulle toe elkeen sy bottel oopdraai, 'n sluk vat en 'n oomblik lank oor die stad en die hawe kyk.

"Ek sal nie omgee om net soms weer saans na so 'n stil huis toe terug te kom nie. Al is dit net vir 'n uur of wat. Dit voel my almal in my huis wag tot ek daar kom en dan word die hele dag se shit uitgepak. Hulle stry en rumoer, en skel op mekaar. Die kinders het gewoonlik nog nie hulle huiswerk gedoen nie, en dan is hulle en hulle ma aanmekaar, en ek word ingeroep om te ref. Dis 'n moerse sirkus. Selfs die hond gaan aan die blaf wanneer hy my sien. Asof ek 'n fokken rower is."

"Hoe laat kom Ansie by die huis?"

"Dit hang af of sy na skool nog verpligtinge het. Sy kan ook nie juis nee sê as hulle haar vra nie. Poste is skaars, en ons kan nie sonder haar salaris oorleef nie."

"Jy is welkom om saans op my stoepie te kom sit totdat jou kop stil is."

"As jy nou moord in die suburbs wil sien, moet ek dít doen."

Clive skud sy kop. "Nee, ek sal maar my pak soos 'n man vat." Hy draai effens na haar. "Ek wil hê jy moet my nou lekker hoor, en nie jou gat wip nie – is jy seker jy is reg vir hierdie operasie?"

Ellie sit regop op haar stoel. "Hoe moet ek jou lekker hoor, as dit soos 'n mosie van wantroue klink?"

"Hei, stadig met die tantrum. Dis waarom ek alleen met jou hieroor wou praat. Mac, jou pa is skaars in die grond. Dis die soort ding wat met 'n mens se kop kan smokkel, en dis nie asof hy aan 'n hartaanval of so iets dood is nie. Hy is nou amptelik deel van die land se misdaadstatistiek. Ek kyk vir jou, en ek sien hoe jy maar net aangaan, asof dit net nog 'n polisieman is wat dit nie gemaak het nie." Toe sy hom nie antwoord nie, gaan hy voort. "Jy ken my. Ek het nie baie energie vir allerhande emosionele stuff nie, maar ek is lank genoeg in die land om te weet hierdie ding gaan jou nog vorentoe kou."

"Nou wat stel jy voor doen ek? Gaan sit op 'n hoop en wag vir beter dae?" Sy skop-skop met haar voet.

"Nee. Ek wil net doodseker maak jy is nie besig om gat oor kop in 'n ding in te duik wat baie gevaarlik kan word nie."

"Ek waardeer jou besorgheid, maar jy moet ook net onthou dis vir my baie belangrik om te weet jy vertrou my om dit nie op te fok nie. As jy aan my twyfel, moet jy dalk maar vir Zondi sê om iemand anders te kry."

Hy sluk die laaste bier in die bottel en staan dan op. "Ek gaan nou loop, want anders sê ons albei dalk net dinge waaroor ons later spyt gaan wees. Belowe my net jy sal dink oor wat ek gesê het. Oor my hoef jy nie te twyfel nie."

Toe hy op die voorstoepie uitstap, draai hy terug. "Hoe orraait is jy daarmee dat jy en Greyling mekaar vir 'n ruk nie sommer net sal kan sien soos julle lus het nie?"

"Ons het daaroor gepraat, en ons besef dit is een van die pryse wat ons sal moet betaal as ons dit wil maak werk."

Hy knik, en sy kyk hom agterna tot hy in sy bakkie klim en wegtrek. Terug in die huis trek sy haar drafklere aan, sluit die huis en val in die pad, af teen die steilte. Sy sal nie nou aan die terugkom bultop dink nie.

Saterdagoggend bel haar ma om te sê sy wil haar pa se klere op-pak, en Ellie moet haar kom help.

"Ek kan nie vandag nie, Ma, ek het 'n klomp werk wat ek moet afhandel. Waarom is Ma in elk geval so haastig?"

"Ek kan die kas vir ander goed gebruik." Sy bly stil. "Dis nie asof hy gaan terugkom nie."

Ellie voel hoe die water oor haar kop spoel, en sy het moeite om nie met haar ma in 'n argument betrokke te raak nie. "Maak dan soos Ma wil, maar as Ma enigiets anders van hom weggee, gaan ek die hel in wees."

"Dan beter jy kom vat wat jy wil hê."

Ellie werk die hele dag aan 'n paar verslae wat moet klaarkom voor sy kan gaan. Elke nou en dan sien sy in haar gedagtes hoe haar ma haar pa se kas leegmaak, en na 'n ruk gaan buk sy oor die toilet, seker sy gaan opgooi.

Albert bel later, maar sy antwoord nie die selfoon nie.

Sondagoggend kry sy haar nie uit die bed nie. Haar lyf voel lam, en swaar, en sy sluimer kort-kort in. Elke keer droom sy 'n ander deurmekaar droom. Albert bel 'n paar keer, maar sy antwoord nie. Laatmiddag gaan draf sy op Seepunt se promenade, al teen die see af. Terug by die huis bel sy vir Albert.

"Wat de hel het van jou geword?" wil hy dadelik weet. "Ek het al bekommerd begin raak."

"Ek was besig."

"Te besig om die foon te antwoord?"

"Albert, ek het nie nou lus vir 'n ondervraging nie. Waarom het jy my gesoek?"

"Ek wou gesê het ek kom 'n bietjie oor, maar ek het nie lus vir jou as jy bedonnerd is nie."

"Maak soos jy wil." Sy druk die selfoon dood.

Maandag besef sy die nuus oor haar bedanking het reeds uitgelek, of dis eerder 'n geval dat dit doelbewus gelek is. As sy na haar pa se dood soos 'n ongelukstoneel gevoel het, is dit nou tien maal erger. 'n Paar lewer kommentaar, sê hulle sal haar mis, maar die meeste loop net stadiger verby haar en probeer om nie te ooglopend te kyk nie. Dis nie net die feite wat vinnig versprei nie. Die gerugte en hoorsê-stories word soos suurdeeg ingeknie, tot sy self amper begin wonder wat is waarheid en waar neem versinsel oor.

Clive kom vra na middagete dat hulle na die kantoor moet gaan kyk, maar sy het gelukkig 'n verskoning dat sy werk moet klaarmaak. Sy voel nog effe greinerig oor wat hy vir haar gesê het. Dit help ook nie dat 'n stemmetjie haar aanpraat en sê hy is nie verkeerd nie. As sielkundige hoef niemand vir haar oor hierdie dinge te leer nie. Sy weet maar te goed wat moet gebeur.

Dis net na vyf toe sy by haar ma stop. Rika McKenna sit op die agterstoep se trappies met die hond by haar. Ellie kan ruik haar ma het reeds iets gedrink, maar sy is heel netjies aangetrek en haar hare is gekam. Wat haar pa altyd 'n goeie dag genoem het.

"En as julle twee hier op die trappies sit?" Sy soen haar ma op die wang en gaan sit langs haar.

"Die hond maak my mal. Hy laat my nie onder sy oë uit nie. En jy weet ek was nog nooit 'n vreeslike hondemens nie."

"Hy is seker maar bang Ma raak ook weg."

"Miskien moet jy hom neem."

"Ek kan hom nie die hele dag in die huis toesluit nie, en my erfie is so groot soos 'n posseël. 'n Mens kan nie 'n dier so verniel nie. En dis darem geselskap vir Ma."

"Waarom op Gods aarde dink jy en jou pa ek moet met 'n hond se geselskap tevrede wees? Dis wat hy ook altyd gesê het."

"Ek wil nie nou met Ma oor 'n hond stry nie, ek is eintlik hier om Ma iets te vertel."

"Is jy swanger?"

"Nee, Ma, ek is nie swanger nie. Ek het my werk bedank."

Haar ma draai haar kop, en kyk lank na Ellie. "Hoog tyd, maar waar gaan jy geld kry? Jy kan nie hier op my nek kom lê nie."

"Ek sal weer 'n werk kry, Ma. Daar is reeds die moontlikheid van iets. Ma hoef nie bekommerd te wees dat ek vir Ma 'n las sal word nie."

"Is jy in die moeilikheid?"

"Nee, ek dink maar net hierdie is 'n goeie tyd om uit te klim."

Haar ma vryf ingedagte die hond se ore. "Almal het altyd gedink ek is sy groot liefde, maar dis nie waar nie. Hy het net een liefde gehad. Die verdomde werk . . . en dan natuurlik vir jou."

Ellie luister hoe die bure se kinders in die tuin speel. Dit klink of hulle deur die sproeier hardloop.

"Cindy! Nee, magtig, man, kyk hoe mors die kinders met die water. Kan jy nie kyk wat aangaan nie?" bulder die buurman se stem skielik. "Ek werk my gat af. Moet ek nou nog na die kinders ook kyk?"

Sy hoor hoe die kinders kla toe die gesuis van die sproeier stil word.

"Ek het gesê tien minute en nie langer nie," roep die jong buurvrou uit die kombuis. "Die grasperk het die water nodig."

"Maar aan die einde van die maand kla jy weer as daar nie geld vir allerhande kak is nie. Onthou om dan op jou groen gras te kom sit en kla."

"Hou op om so lelik voor die kinders te praat. Die hele buurt kan jou hoor."

'n Deur klap toe en die stemme word dowwer.

Suburban bliss, dink Ellie.

'n Motor stop by die huis aan die ander kant. Dis nuwe mense. 'n Pa, ma, tienerdogter en twee laerskoolseuns. Op die oog af lyk hulle na 'n gelukkige gesin. Die ma en die tienerdogter vlieg mekaar nou en dan in die hare, gewoonlik oor klere en seuns. Verder gaan hulle heel rustig hul gang.

"Is Ma nie lus dat ons sommer iets by die Spur gaan eet nie?"

"Ek het vanmiddag geëet, en is nie vanaand honger nie."

Ellie is seker dis nie die waarheid nie, maar sy het nie lus om die bietjie vrede wat daar op die oomblik heers te versteur nie. Sy wil ook nie vra of haar pa se kas nou leeg is nie.

"Dalk kan ek sommer net vir ons 'n roosterbroodjie maak."

"Moet jy nie huis toe gaan nie? Wag Albert nie?"

"Ons is nie getroud nie, Ma. Ons wag nog nie vir mekaar nie." Haar ma vryf steeds die hond se ore. "Ek is so kwaad vir hom."

"Vir Albert? Wat het hy gedoen?"

"Vir jou pa."

Ellie weet nie of sy moet antwoord, of eerder net stilbly nie. Voor sy egter besluit het, gaan haar ma voort.

"Hy het my belowe ons kan weer lekker dinge doen wanneer hy afgetree het. En nou? Nou sit ek alleen met 'n hond opgeskeep. Dis nie wat hy my belowe het nie."

"Ma, dis nie asof hy met opset doodgegaan het nie."

"Ek was so verlief op hom. Vandat ek hom die eerste keer gesien het, het ek geweet ek wil met hom trou. Dis waarom ek nie na my ma-hulle wou luister nie. In daardie dae was dit nog sonde as iemand met 'n Katoliek getrou het. Dit het my nie gepla nie. Niks het my gepla nie. Hy was die mooiste man wat ek al gesien het, met sy rooiblonde hare en groenblou oë. En hy kon so lekker dans." Sy begin snik, en druk haar gesig in haar skoot. "Ek wou weer saam met hom gaan dans het."

Ellie sit haar arm om haar ma. "Ek weet Ma wou. Ek is seker hy het ook daarna uitgesien."

"Wat het hy dan daai aand daar gaan maak? Toe, sê my. Hy was al by die huis, ek het kos gemaak, en toe skielik sê hy hy moet net gou gaan kyk of alles reg is. Ek het hom gesê dis sommer nonsens, maar hy het hom nie aan my gesteur nie." Haar ma vee die trane met haar rok se soom af, druk haar hare effens reg en sit regop. "Dis asof hy sy dood gaan soek het."

Hulle sit nog 'n rukkie voor hulle opstaan en binnetoe gaan. Die kombuis is netjies. Tot Ellie se verbasing laat haar ma haar toe om vir hulle toebroodjies te maak.

"Ma sal iets met hierdie klomp kos in die yskas moet doen. Gee dit vir die bure as Ma dit nie gaan eet nie."

"Ek het al baie weggegee, maar die mense hou aan om kos te bring. Hulle kan eerder vir my die geld gee. Die Vader alleen weet, party kan nie water kook nie, wat nog te sê kos."

Ellie lag. "Sies tog, hulle probeer ook maar goed doen."

Toe die broodjies klaar is, is dit tyd vir haar ma se gunsteling-sepie, en hulle gaan sit met hulle toebroodjies en tee voor die televisie.

Ellie kry koud in die huis. Hulle albei se bron van hitte is weg en nou sit hulle net met mekaar; twee mense wat mekaar nooit werklik kon warm maak nie.

"Ek wonder wat gaan sy met die baba doen?"

Ellie skrik uit haar gedagtes, en kyk na haar ma. "Wie se baba?"

Haar ma beduie na die televisieskerm. "Sy gaan 'n baba kry, maar is nie met die pa getroud nie."

Ellie kyk na die akteurs op die skerm. Is dít wat eensaamheid aan 'n mens doen? Is dit omdat sy op hulle kan staatmaak om elke aand op dieselfde tyd in die sitkamer te wees? In plaas van 'n man en dogter wat hulle moeilik laat vaskeer.

Na die sepie kyk Ellie na die hooftrekke van die nuusbulletin, maar toe sy die derde keer die woord "korrupsie" en net daarna die woord "aanval" hoor, staan sy op.

"Ek moet ry, Ma. Ek sal môre bel."

"Dis reg."

Haar ma staan nie op nie, en Ellie soen haar skrams op die wang waar sy in haar stoel bly sit. Sy het klein geword, besef Ellie. Nie dat sy ooit 'n groot vrou was nie, maar dis of die bietjie lyf wat daar was ook nou weggeraak het.

In die motor skakel sy die radio aan. Bonnie Tyler se stem vul die motor se binnekant. Sy draai haar venster af en draai die volume harder. *Where have all the good men gone, and where are all the gods? Where's the streetwise Hercules to fight the rising odds?* Sy haal diep asem en sing dan saam: "I need a hero . . . he's gotta be strong and he's gotta be fast . . ."

Haar selfoon lui toe sy by die huis inloop. Dis 'n onbekende nommer.

"Is jy orraait?" Dis Ibrahim Ahmed. "Het jy nog nie besluit om die slim ding te doen en hierdie een vir iemand anders te gee nie?"

Ellie lag. "Nee, ongelukkig nie."

"Ek sal dit ook vir hom sê, maar herinner jy maar weer vir Greyling dat as julle hierdie een opfok, sny ek sy knaters af. Ek is besig om hom hopeloos te veel vryheid met Williams toe te laat."

"Ek sal hom sê, maar ek dink hy weet dit."

"Skryf hierdie nommer neer, en memoriseer dit. Dis 'n pay-as-you-go, en off the grid. Jy kan my hierop in die hande kry, as dit moet." Hy lees die nommer en sy skryf dit haastig neer.

"Stuur vir my jou unlisted nommer sodra jy dit kry. Sterkte. En moet verkieslik nie vir Zondi sê ek het met jou gepraat nie. Sy is baie territorial."

Sy bly staan 'n oomblik toe sy die selfoon neersit, want onder haar ribbes is skielik 'n brandpyn asof iemand aan haar hart geraak het. Sy trek haar drafklere aan en sluit haastig die voordeur toe. Buite haal sy 'n paar keer diep asem.

Hoofstuk 12

Clive bel Dinsdagoggend vroeg, en spreek af om haar by die kantoor in Darlingstraat te kry. Net om die hoek van Groentemarkplein. Sy is op die kop agtuur daar en kry nog parkering skuins oorkant die gebou. Die kantoor is tussen 'n tattoo-winkel en 'n klein kafeetjie. Die stad is nog relatief stil en sy kyk 'n rukkie hoe twee boemelaars sukkel om al hulle beddegoed op te vou en in 'n winkeltrollie te pak. Heel bo kom die kartonne wat hulle onder op die sement gooi. Die winkel se stoepie is lekker diep, met 'n groot oorhang. Sy sou dit ook vir 'n slaapplek gekies het. Die Kaap het nie 'n vriendelike klimaat nie. Dit het gisteraand weer gereën en vanoggend voel dit meer soos herfs as lente.

Na 'n ruk trek Clive agter haar in. Hy klim uit sy bakkie, maar bly staan toe sy nader stap.

Hulle stap saam oor die straat, hy sluit die sekuriteitshek oop, en dan die glasdeur. Daar lê 'n paar posstukke op die stoepie. Hy tel dit op en gooi dit in die snippermandjie toe hulle binne kom.

Daar is 'n ruim ontvangsvertrek, twee kantore, 'n badkamer en 'n klein kombuis. Die enigste buitevensters kyk straat toe, maar het blindings voor. Die meubels is modern en lyk duur. Dis nie noodwendig vir gerief gekies nie.

Op die boekrak agter die ontvangstoonbank is 'n klomp lêers, en toe sy met groter aandag kyk, sien sy daar staan *Fast Security* op die rugkante. Zondi het nie 'n grap gemaak toe sy gesê het sy is haastig nie.

Sy stap om die toonbank en is verbaas om allerhande dokumente in die lêers te sien. Sy kyk vraend na Clive.

"Fiktiewe transaksies, kontrakte. Personeellêers. As iemand wil kom snuffel, moet hulle oortuig word dis 'n gewone besigheid." Hy beduie na die kas teen die oorkantste muur. "Daar is handleidings oor die verskillende vertakkings van die sekuriteitsbedryf. Maak seker jy het 'n goeie idee hoe die bedryf werk. Selfs al fokus die maatskappy hoofsaaklik op close personal protection. Die telefoonlyn en internet is aangeskakel. Die rekenaars is ook met fiktiewe inligting gelaai. Jy kan in geen omstandighede van hierdie rekenaars, of selfs van jou persoonlike rekenaar af, enige spore los dat jy navorsing oor iemand gedoen het nie. Ons het 'n paar beamptes wat om die beurt nou en dan sal kom inloer. Dit moet darem lyk of hier iets aan die gang is. Veral aan die begin."

Sy kyk na die registrasiesertifikate teen die muur. Foto's van "employees of the month".

"Julle het aan alles gedink."

"Dis nie die eerste keer dat ons dit doen nie."

Sy draai na hom. "Is ons twee orraait?"

"Hoekom sal ons nie wees nie?

"Ek weet jy twyfel, maar ek belowe jou ek sal nie onverskillig wees nie, en as ek sien ek cope nie, sal ek praat. Ek verstaan wat op die spel is."

"Dis goed so."

Hulle gaan deur die twee kantore. In die kleiner een se kas is drie koeëlvaste baadjies en uniforms. Almal met die maatskappy se kenteken op. Ellie is opnuut verbaas oor die spoed waarmee hulle dinge gedoen het.

"Jy is môre ingeskryf om 'n gevorderde bestuurskursus by Killarney te doen, Donderdag en Vrydag oefen jy saam met 'n close protection squad. Die bestuurskursus strek eintlik oor twee dae, maar ons het nie nou genoeg tyd nie, en het met die ouens gereël dat hulle jou sommer môre deur die praktiese oefening ook sal sit. Ek sal vir jou al die tye gee, en waar jy moet aanmeld."

Hy gee vir haar 'n selfoon. "Dis 'n pay-as-you-go. Moet vir niemand die nommer gee nie en moenie wys jy het nog 'n foon nie. Soos jy kan sien, is dit identies aan joune. Vir ingeval jy die verkeerde een uithaal. Hou dit op silent. Gebruik dit as jy ons in die hande moet kry en jy vermoed hulle luister in."

"Wat dink jy is die kanse dat ek Allegretti se telefone sal kan bug?"

"Ons dink nog daaraan. As hy goeie sekuriteit het, kan dit te gevaarlik wees, want dan sweep hulle waarskynlik gereeld die hele huis en klub. Waarskynlik die karre ook. Dis iets wat ons eers sal weet wanneer jy daar is."

"Dis baie moeite en geld, en ons weet nog nie eers of Williams my gaan huur nie."

"Dis maar die risiko's wat ons loop. Sommige operasies word doodgebore, ander loop uit op 'n fokop, en ander slaag. Daar is nooit waarborge nie." Hy raak 'n oomblik lank stil. "Mac, ek wil jou net waarsku: as dinge verkeerd loop, kan dit soms so vinnig gaan dat daar nie kans is om behoorlik te dink nie. Daarom moet jy seker maak jy is skerp. Ek weet jy is bekommerd oor jou ma en jy dink aan jou pa se saak, maar ek soek jou nou gefokus."

"Ek ís gefokus."

Toe hulle na twee ure min of meer deur alles gegaan het, sluit hy weer die kantoor en gee vir haar die sleutel.

"Kom maak maar elke dag 'n draai, al is dit vroegoggend of laatmiddag, sodat die buurt gewoond raak aan jou gesig. O ja, die enigste probleem wat ons nog het, is om vir jou 'n ontvangsdame aan te stel. Iemand wat die kantoor kan beman, dit laat lyk of hier beweging is. Ons het 'n vrouekonstabel gekry, maar haar man is skielik verplaas, en sy sien nie kans om agter te bly nie. Maar ons sal iemand anders kry. Ons het ook 'n bankrekening oopgemaak, maar sal maandeliks vir jou 'n bedrag kontant ook gee. Vir sommige uitgawes wil 'n mens nie 'n paper trail hê nie."

"Vir wie is ek veronderstel om te werk?"

"'n Maatskappy in Johannesburg. Die eienaar is Malcolm Brink."

"Is dit 'n maatskappy wat werklik bestaan?"

"Op papier, ja."

Ellie raak aan sy arm. "Dankie. Ek is bly jy is die ou wat ek agter my het."

Hy grom onderlangs. "Fok, Mac, moet net nie roekeloos raak nie. Ek wil nie vir Greyling of Ahmed gaan sê jy het op my watch iets oorgekom nie. Wat nog te sê vir Zondi. Sy kastreer my sweerlik."

"Ek sal nie. Trust my."

"Ek het jou gesê jou pa se ding gaan goed te pas kom. Sodra iemand sê hulle kan nie glo jy het bedank nie, haal iemand anders dit op, en dan is daar skielik meer begrip vir jou besluit," laat Albert die aand hoor toe hy by haar aankom. Soos gewoonlik ignoreer hulle net die argument wat hulle Sondag gehad het. "Niemand knip ook 'n oog omdat jy so skielik weg is nie. Ons kon eintlik nie vir beter timing gevra het nie."

"Ek gaan maak of ek jou nie nou gehoor het nie." Ellie is besig om vir hulle kos te maak.

"Ek sê maar net."

Sy sit die bak pasta en die slaai op die tafel neer, en gaan sit oorkant hom. Terwyl hy skep, drink sy stadig aan haar whiskey.

"Gaan jy nie eet nie?"

Sy knik. "Ek sal nou-nou kry. Eet maar solank."

"Ek moet sê die nuwe look doen dit nogal vir my, hoor. Nie dat daar iets met jou vorige look verkeerd was nie, maar jy lyk so vreemd, dis nogal exciting."

"Miskien was jy net al lus vir 'n nuwe girl."

"Vis jy nou vir 'n kompliment of wil jy hê ek moet bieg?"

"Ek kan nie nou so diep dink nie."

Hy glimlag en begin eet.

"Ek weet ons is gedruk vir tyd, maar dink jy nie dit gaan bietjie verdag lyk dat ek onverwags my werk bedank, en die volgende dag het ek 'n ander werk nie?"

"Jy kan altyd sê hulle het jou reeds 'n ruk gelede genader, maar jy was nog nie reg nie. Dis nie asof jy die lotto gewen het en nou kan aftree nie. Almal weet jy moet werk."

"Weet Williams wie ek is?"

"Ek het nie vir hom gesê hy moet jou huur nie." Hy lag. "Selfs ek kan darem meer subtiel as dit wees." Ek het hom vertel ek ken iemand wat bedank het en nou vir 'n klein sekuriteitsmaatskappy gaan werk. Gesê jy en die baas het 'n uitval gehad, en so een en ander oor jou pa. Gesê jy het 'n bietjie geldprobleme. 'n Mens gooi maar net die aas uit, en wag."

"Het jy vir hom gesê ons twee het iets aan?"

"Nie in soveel woorde nie. Ek het so half gesuggereer dat ek 'n oog op jou het, maar dat ons deur 'n rowwe patch gaan."

"Dis nie asof ons verhouding 'n geheim is nie. Hy kan maklik genoeg uitvind daar is meer tussen ons as wat jy voorgee."

"So what? Ek sal nie die eerste ou wees wat vir 'n girl 'n job probeer kry nie. Moenie so baie worry nie. Ek weet wat ek doen."

"Wat dink jy is ons kanse?"

"Die feit dat ek al geld gevat het, gee ons 'n voorsprong. Hulle hou daarvan om 'n houvas op iemand te hê."

Toe sy nie antwoord nie, raak hy aan haar hand. "Babes, vertrou jou instinkte. Jy gaan hierdie job ace."

"Solank jy onthou dat ek en Clive alles moet weet wat julle het. Ek wil nie verrassings hê nie. Dis nie net reputasies wat op die spel is nie."

"Ek sal julle sover moontlik op die hoogte hou, maar jy moet my ook vertrou dat ek die regte calls sal maak. Jy weet ek sal jou nie drop nie."

Hulle eet klaar en gaan sit in die sitkamer op die rusbank. Hy lig haar bene oor syne en begin dit streel. Die nuus is op die televisie aan en toe die nuusleser na 'n groot perlemoenvonds verwys, kreun hy.

"Fok, ek sweer dis Williams-hulle. Hoekom het ek niks van

die operasie geweet nie?" Hy tel sy selfoon op en bel 'n nommer. "Waarom het ek nie geweet julle gaan 'n road block gooi nie? Het ek nie gesê ek wil weet wat aangaan nie? Ek gee nie om waar dit was nie, ek wil weet. Vind vir my uit wie daar in bevel was." Hy gooi die selfoon terug op die koffietafel. "Imbesiele. Elkeen is so uitgehonger vir hulle vyf minute in die spotlight, hulle gee nie 'n moer om dat daar dalk 'n groter saak aan die gang is nie." Hy begin haar hemp oopknoop. "Hmm . . . maar gelukkig het ek nou beter dinge om aan te dink."

Elkeen het seker maar daardie een ding waarna hulle aan die einde van 'n lang dag uitsien. Vir sommige is dit daardie eerste drankie, dalk 'n tweede en derde. Soms seker 'n bottel of twee. Vir ander is dit dalk om met hulle kinders te speel, met die honde te gaan stap, die kar te was. Wat ook al. Vir haar is daar min dinge wat haar kop so skoon kry soos 'n lang draf, tot by die punt waar haar spiere begin kla en haar asem jaag. As kind het haar ma gesê sy probeer verniet vir die lewe weghardloop. Albert s'n is seks. Dit maak nie saak hoe lank en moeilik sy dag was nie.

"Ons gaan gat skop, babes," laat hy hoor toe hulle laataand in haar bed lê.

"Probeer jy my of jouself oortuig?"

"Jy moet my net trust."

"Hmm . . ." Sy maak haar oë toe en droom van haar pa. 'n Deurmekaar droom waarin sy onder meer op 'n swaai ry en haar pa vir haar iets sê. Maar hoe sy ook al probeer, sy kan hom nie hoor nie.

Hoofstuk 13

Woensdagoggend is Ellie reeds halfag by die Killarney-motor-renbaan naby Table View. Saam met haar is 'n jong student, 'n huisvrou wie se man die kursus vir haar vir 'n verjaardaggeskenk gegee het, en nog drie ouens wat nie baie sê nie. Nadat hulle geregistreer het en koffie gedrink het, begin die eerste sessie. Eerste aan die beurt is die tegnieke wat 'n mens moet bemeester om 'n verskeidenheid padprobleme te hanteer. Wanneer bestuur 'n mens gevaarlik. Oorsake van ongelukke.

Toe hulle twaalfuur 'n pouse kry, voel dit vir die eerste keer in dae asof daar êrens 'n plan vir vorentoe is, en sy hou van die gevoel. Daar is lysies om te maak.

Hulle maak net na vier klaar, maar toe die ander huis toe gaan, moet sy agterbly en die instrukteur laat haar 'n paar praktiese oefeninge doen. Sy het nog altyd gereken sy is 'n goeie bestuurder, maar om teen 'n hoë spoed op 'n nat oppervlak skielik te stop, laat nogal 'n mens se hande sweet.

Toe hy tevrede is, kan sy gaan en sy ry kantoor toe. Sy moet 'n paar keer om die blok ry om parkering te kry. Daar lê weer 'n paar posstukke op die stoepie.

Sy het net haar handsak neergesit en haar hande gewas, toe die deurklokkie lui.

Twee jong bruin mans staan anderkant die veiligheidshek.

"Ons is op soek na . . ." Die een kyk na die papier in sy hand. "Fast Security."

"Julle is by die regte plek." Sy sluit die veiligheidshek oop. "Waarmee kan ek help?"

"Ons soek vir . . ." hy kyk weer op die papier. "Ellie McKenna."

"Dit is ek." Ellie voel 'n krieweling teen haar ruggraat.

"Weet jy wie Nazeem Williams is?"

"Ek het al die naam gehoor." Albert het gesê die beste is om so na moontlik aan die waarheid te bly.

"Dis sy uncle. Hy wil jou graag sien. Ons was vandag al 'n paar keer hier, ma hier was niemand nie."

"Ek het kliënte gaan sien, en ons ontvangsdame is siek. In verband waarmee wil meneer Williams my sien?"

"Ek scheme dis oor security-werk."

"Hy is welkom om 'n afspraak te maak en my hier te kom sien."

"Nei, daai kite gaan nie nou so lekker fly nie. Hy het sy voet seergemaak en die dokters meen hy moet so 'n bietjie rus. Daarom het hy ons gestuur om jou te kom haal."

"En hoe weet ek julle praat die waarheid?"

Hulle kyk na mekaar, dan praat die korter een vir die eerste keer. "Bel hom!" Hy tel die pen op die ontvangstoonbank op en skryf 'n nommer neer.

Sy skakel die nommer en moet 'n paar sekondes wag voor iemand antwoord.

"Juffrou McKenna, ek neem aan my manne is daar by jou."

Ellie wonder net 'n oomblik hoe hy weet dis sy wat bel, en aanvaar dan dat Albert vir hom die nommer gegee het. "Meneer Williams, ek verstaan u wil my sien."

"Ek hoop hulle het vir jou gesê ek sou graag self wou kom, maar met my enkel wat ek geswik het, is dit op die oomblik nogal moeilik. Ek is jammer as hulle nie my boodskap mooi oorgedra het nie. Die kinders van vandag is almal hooligans."

"Ek wou net seker maak ek verstaan die boodskap reg."

"Dit sal nie lank neem nie, en hulle sal jou veilig terugbesorg."

Hy het 'n mooi stem, dink Ellie. Heeltemal anders as wat sy haar voorgestel het.

"Ek kan met my eie motor ook ry."

"Jy kan, maar as ek jou gaan verontrief, kan ek darem seker sorg dat jy nie nog moeite ook moet doen nie."

"Goed, gee my 'n paar minute om die kantoor te sluit."

Terwyl sy haar handsak neem en toesluit, bly die korte by haar terwyl die lange die motor gaan haal. Oomblikke later stop 'n redelike nuwe Volkswagen Golf GTI voor die deur. Die korte maak die agterdeur vir haar oop. Hulle trek vinnig weg en Ellie haal 'n keer of twee diep asem. Haar instinkte het haar nog selde in die steek gelaat. As hierdie 'n lokval is, sal dit jammer wees, maar soos Brenda sê, life is full of risks.

Hulle vleg deur die laatmiddagverkeer in die rigting van die suidelike voorstede. Die radio is aan, en die een of ander rap-liedjie speel. Albei se vensters is oopgedraai, en hulle elmboë hang uit. Nou en dan groet een van hulle iemand langs die pad.

Ellie lewer nie kommentaar nie. Ook nie op die feit dat hulle aansienlik vinniger as die spoedbeperking ry nie. In Rondebosch-Oos stop hulle skielik voor 'n groot huis wat soos 'n tronk lyk van al die diefwering.

"Home sweet home." Die korte klim uit en maak die deur vir haar oop.

Hulle druk 'n knoppie teen die hekpilaar en na 'n paar oomblikke klik die hek oop. Dis effens skemer in die portaal en haar oë neem 'n rukkie om behoorlik te fokus. Die huis is netjies, die meubels effe oordadig luuks. Haar pa sou gesê het dis nuwe geld se smaak. Hulle loop deur 'n sitkamer en eetkamer tot in 'n ruim televisiekamer waar 'n man op 'n groot gemakstoel sit. Sy een voet is in 'n stut en rus op 'n lae stoeltjie. Sy herken hom van die foto's in hulle lêer. Hy lyk effens ouer as op die foto's, en as sy sestig jaar. Oorkant hom sit twee vreemde mans.

Hy verskuif effens asof hy wil opstaan. "Juffrou McKenna," hy steek sy hand uit, "jammer dat ek nie kan opstaan nie."

Hulle skud hand terwyl die ander twee mans opstaan, in haar rigting knik en dan saam met haar twee metgeselle in 'n ander vertrek in verdwyn.

Williams beduie na 'n stoel oorkant hom. "Sit gerus."

Teen die een muur is 'n reuse-televisieskerm, en aan die aantal luidsprekers teen die mure kan sy dink daar moet 'n stewige klankstelsel wees.

Ellie gaan sit en wag vir hom om te praat.

"Ek is jammer oor jou pappie se afsterwe. Ons het mekaar 'n klompie jare gelede ontmoet."

Sy knik. "Dankie." Haar pa het haar nooit vertel hy het Nazeem Williams ontmoet nie, maar sy besluit om nie uit te vra nie.

"Ek het by 'n mutual vriend u se nommer gekry, en hoop u kan my help. Ek het security vir 'n familielid nodig, maar dis nogal sensitive, so ek wil nie sommer na enigeen toe gaan nie."

"As u vir my die besonderhede gee, kan ek sien of ons u kan help."

Voor hulle egter verder kan praat, kom 'n skraal vrou met 'n skinkbord die vertrek in. Ellie skat haar laat vyftig. Haar hare is rooibruin gekleur en sy dra 'n regaf romp, met 'n rooi spantoppie. Om haar middel is 'n rolletjie sigbaar. Sy sit die skinkbord op die koffietafel neer.

"Mavis, dis juffrou McKenna van die security company waarvan ek jou vertel het. Sy is hier om te kyk of sy ons kan help."

Ellie staan op en steek haar hand uit. "Aangename kennis, mevrou."

"Bly te kenne, juffrou. Ai, dit sal goed wees as u ons kan help. Dis nou werklik 'n kopseer waarmee ons sit." Toe sy klaar vir hulle tee geskink het, hou sy vir Ellie en haar man 'n bordjie met kleinkoekies voor sy ook gaan sit.

"Mavis se susterskind, dalk het u al van haar gehoor, sy is 'n model, Clara Veldman, is op die oomblik in 'n verhouding met 'n man met die naam Enzio Allegretti. U ken dalk die naam." Die manier waarop Williams haar dophou toe hy die naam sê, laat haar besef dit help nie sy ontken dit nie.

Ellie knik. "As ek my nie misgis nie, het hy 'n nagklub in Groenpunt."

"Dis hy. Ewenwel, hy wil hê Claratjie moet by hom intrek, maar ai, juffrou, dis 'n wêreld daai waarvan sy niks weet nie, en sy is maar bitter jonk. Dit dra natuurlik nie haar ma of ons goedkeuring weg nie, maar wat kan 'n mens doen? Die jongetjies maak mos deesdae net wat hulle wil. Haar pappie het jare gelede die pad gevat, en haar ma is baie bekommerd. Sy sal nie slaap voor sy weet daar is darem iemand wat 'n oog op die kind kan hou nie. Ek het belowe ek sal iemand soek. Ons self het nie kinders nie, so Clara en die res van die familie se kinders is maar ook soos ons eie."

"Watse soort diens verwag u, meneer Williams?"

"Claratjie moet baie heen en weer ry vir haar werk. Ek sal meer gerus voel as iemand vir haar bestuur. Soos ek sê, sy is maar nog baie jonk en dink die stad is 'n baie lekker plek. En saans as hulle uitgaan, 'n ogie hou dat sy veilig by die huis kom. Sover ek weet, is daar woongeriewe op die perseel."

"Het u al met meneer Allegretti hieroor gepraat? Uiteraard sal hy moet instem, want dit sal tog inbreuk op sy privaatheid ook maak. As u vir hom sê wat u bekommernisse is, sal hy dalk eerder self vir haar sekuriteit wil reël." Clive het gewaarsku sy moenie oorgretig klink nie.

"Dit is seker so, maar my pa het my geleer daar is niemand wat na jou mense kan kyk soos jy self nie. Ek kan ongelukkig nie self die job doen nie, maar ek kan seker maak ek kry 'n betroubare persoon om dit te doen."

"Ons personeel is almal baie betroubaar, en behoort goeie diens te lewer."

"Miskien verstaan ons mekaar verkeerd. Ek was onder die indruk dat u self betrokke kan raak. U hoef nie oor die geld bekommerd te wees nie. Ons sal u behoorlik vergoed vir u dienste."

Ellie kyk na die man voor haar en wonder of hulle inligting so verkeerd kan wees, want soos hy hier oorkant haar sit, lyk hy soos 'n gewone besorgde pa, oom, oupa. En 'n oomblik lank wonder sy of hy iets met die skietery op haar pa by die padblokkade te doen gehad het. Sy smoor egter die gedagte voor dit verder kan ontkiem.

Sy neem 'n slukkie tee. "Soos u seker weet, is ek self nog nie lank in die besigheid nie, maar van ons personeel is al 'n paar jaar in die bedryf, en baie ervare."

Williams kyk na sy vrou. "Mavis, moet jy nie al gery het nie?"

Sy kyk op haar horlosie. "Juffrou sal my moet verskoon, maar ek is betrokke by 'n sopkombuis en nagskuiling en ek moet gou 'n draai daar gaan maak."

"Dankie vir die tee en heerlike koekies."

"Dis 'n plesier. Ek sit 'n pakkie op die eetkamertafel neer. Nazeem, kyk dat die juffrou dit saamneem wanneer sy loop."

"Dankie, mevrou, ek waardeer dit. Ek dink ek het laas sulke lekker speserykoekies geëet toe my ouma nog geleef het."

Toe sy vrou uit die vertrek is, is dit asof Nazeem Williams se gesigsuitdrukking verander.

"Juffrou McKenna, ek wou nou nie te veel voor my vrou gesê het nie, maar ek dink ek en jy weet wie en wat Enzio Allegretti is. As ek my sin kry, sien Clara hom nie weer nie, maar nou ja . . . ek mors my asem. Al waarvoor ek kan hoop, is dat sy haar dwaling sal agterkom voor dit te laat is. Ek vertrou hom nie om na haar te kyk nie. Ek soek iemand wat verstaan waaroor dit hier gaan, sonder dat ek in detail vir hulle moet verduidelik."

Ellie wonder wat presies Albert hom oor haar vertel het.

"Sal u my 'n dag of twee kans gee sodat ek met my baas kan praat, en kyk hoe ons die kantoor se administratiewe reëlings kan tref? Want dis ook eintlik my verantwoordelikheid."

"Sy is kookwater om in te trek, so ek hoop u sal my nie teleurstel nie. Maar terwyl u hier is, wil ek haar sommer gou aan u voorstel." Hy wag nie vir haar om te antwoord nie. "Reggie, sê vir Clara ek wil haar sien."

Reggie moes binne hoorafstand gewees het, want hy antwoord dadelik, en oomblikke later loop 'n jong meisie die vertrek in. Ellie het foto's van haar gesien, maar in lewende lywe is sy nog mooier en sy kan verstaan dat sy Allegretti se oog gevang het. Hy het nog altyd 'n voorliefde vir mooi vroue gehad. Wat Ellie onkant betrap, is haar ongekunstelde voorkoms en hoe jonk sy lyk. As dit haar dogter was, sou sy beslis ook bekommerd gewees het.

Williams stel hulle aan mekaar bekend en Clara val in die stoel oorkant Ellie neer. Sy glimlag vir Ellie. "Ek neem aan uncle het jou vertel hy trust nie my nuwe boyfriend nie, en nou moet ek opgepas word. Ek het hom gesê dis nie nodig nie, dis ook maar net mense soos ons daai, maar hy willie luister nie. Ek weet nie wat hy dink met my kan gebeur nie."

Ellie onderdruk die impuls om vir haar 'n paar dinge te noem wat dalk met haar kan gebeur as sy met Allegretti deurmekaar is.

"Ek dink nie dis dat hy hom nie vertrou nie. Hy wil dalk net seker maak dat jy veilig is. Meneer Allegrettti is 'n bekende persoon, en dis redelik algemene kennis dat hy welaf is. Sulke nuus trek dikwels 'n paar gure karakters. Wees bly jy het familie wat genoeg vir jou omgee." Ellie klink vir haarself soos 'n skoolhoof wat 'n koppige kind moet vermaan. Dat sy besig is om vir Nazeem Williams 'n lansie te probeer breek, wil haar laat lag.

"Ek mind nie, maar Enzio het mense wat na hom kyk. Dis nie vir hom lekker om te weet my mense vertrou hom nie."

"Ek skuld hom niks, en ek gee nie om wat vir hom lekker is of nie. Ek het jou ma gepromise ek sal na jou kyk." Daar is 'n onverwagse skerp klank in Williams se stem.

"Ja, uncle." Sy kyk na Ellie. "Enzio sal jou eers wil ontmoet. Ek kan nie verwag om net enige vreemdeling in sy huis in te bring nie."

"Dis reg, sodra ek my dinge uitsorteer het, kan jy 'n ontmoeting reël. Ons sal die een of ander plan uitwerk wat vir alle partye aanvaarbaar is."

119

"Wanneer sal dit wees?"

"Ek het vir jou oom gesê 'n dag of twee."

Clara staan op. "It was nice meeting you."

Toe hulle weer alleen is, sug Williams hardop. "Kind groot-maak is nie kinderspeletjies nie. Hulle laat vir jou klippe kou."

Ellie wonder of sy nie met die een of ander absurde droom besig is nie. Óf die polisie se inligting oor Nazeem Williams is heeltemal foutief, óf hy is een van die beste akteurs wat sy al ge-sien het.

Sy haal 'n notaboek en pen uit haar handsak. "U het nou ge-noem dat u iemand soek wat haar kan rondry en saam met haar beweeg, maar ek sal 'n paar besonderhede moet kry, want ek moet eers 'n risiko-assessering doen. Ek sal na meneer Allegretti se huis moet gaan kyk, ek moet weet of juffrou Veldman enige gesond-heidsprobleme het, 'n lys van plekke wat sy gereeld besoek, soos byvoorbeeld 'n spesifieke haarsalon, restaurante, ensovoorts."

"Juffrou, hierdie is nie normale omstandighede nie, en ek dink nie ons hoef nou al oor langtermyn te praat nie. Kom ons kry net eers die kind daar, en kyk hoe dit gaan. Dit gaan ongelukkig dalk beteken dat u vir 'n week of drie redelik vas gaan wees, maar ek verseker jou ek sal dit die moeite werd maak. Doen wat jy moet doen, maar sorg net asseblief dat jy saam met die kind in daai huis intrek."

"U wil nie eerder 'n manlike beampte hê nie?"

Hy kyk haar 'n oomblik vas in die oë. "Ek is op soek na iemand wat die situasie verstaan, en ek is laat glo u is daardie persoon."

Sy knik. "Laat ek sien wat ek kan reël, dan praat ons weer." Sy kyk op haar horlosie en staan op. "Ek het ongelukkig nog ander afsprake."

"Jammer, ek het nie gemeen om u so lank op te hou nie." Hy roep weer oor sy skouer. "Reggie, die juffrou is reg om te gaan. Kyk, op die eetkamertafel lê 'n pak koekies wat auntie vir haar daar neergesit het."

Ellie groet hom met die hand, en belowe om te bel.

Dis weer die lange wat bestuur. Reggie is blykbaar die korte en hy maak weer vir haar die deur oop. Op pad terug stad toe kyk sy ingedagte deur die venster.

"Ek hoor jy's 'n cop."

Sy is eers nie seker of hy met haar praat nie, maar Reggie kyk oor sy skouer en sy sien die vraende uitdrukking op sy gesig.

"Ek was een, maar nie meer nie."

"Ek dink ek sou 'n donnerse goeie cop gewees het," antwoord die lange.

Reggie snork. "Jy reken!"

"Ek het 'n neus vir mense wat kak aanjaag."

"Jy is nog jonk. Waarom sluit jy nie aan nie?" vra Ellie.

Die twee kyk vlugtig na mekaar en dan lag die lange. Reggie kyk net by die venster uit.

"Miskien eendag."

"Wat weet jy van die Italian?" wil Reggie weet en Ellie wonder of sy haar die skerp klank verbeel.

"Meneer Allegretti?"

"Die einste."

"Ek weet hy het 'n klub in Groenpunt."

"En dis al wat jy weet?"

"Ja."

Hulle vleg vinnig deur die verkeer en Ellie is bly toe hulle voor die kantoor stop. Hulle groet en sy kyk hoe die motor weer te vinnig wegtrek.

Die reuke van die klein kiosk op die hoek laat skielik haar mond water. Sy stap oor die straat, bestel vir haar 'n hoender-wrap en gaan sit op die museum se trap. Dis koel, maar sy het die vars lug nodig om te dink. Die plein is al byna leeg. Net hier en daar is nog 'n stalletjiehouer besig om sy ware op te pak. Sy het net die eerste hap gevat, toe Happy langs haar kom sit.

"Ek sien ons ken skielik nie meer ons ou vriende nie, maar ek moes darem self mooi kyk." Hy kyk na haar hare. "Ek het vergeet jy is nou 'n darkie.

"Jy het nie laat weet jy is nou deel van die neighbourhood nie," gaan hy voort. "As ek nie toevallig gesien het ons het nou onse eie security company gekry nie, het ek van g'n sout of water geweet nie." Hy kyk na haar kos, en sy haal geld uit haar beursie.

"Ek wil sien dat jy kos koop."

"Wat anders sal ek nou daarmee wil doen?"

Toe hy klaar kos gekoop het, kom sit hy weer langs haar. "Het jy 'n career change gemaak, of kuier jy net?"

"Ek het bedank, en werk nou vir die sekuriteitsmaatskappy."

"Nou sal ek dalk 'n bietjie langer lewe."

"Beteken dit jy gaan nie vir die ander inligting gee nie?"

Hy eet eers 'n rukkie voor hy antwoord. "Ek sal sien, maar daai partner van jou is 'n moeilike man. Ek het nie lus vir hom nie. Ons twee," hy beduie na haar, "ons twee is 'n goeie team."

Hulle eet albei 'n rukkie in stilte. "Wat ek nie lekker kop nie, is dat jy net nou die dag nog my bloed tap vir information oor mister Williams en sy hood, en toe ek vanmiddag my oë opslaan, klim jy saam met twee van sy disciples in 'n kar, en daar gaat julle, asof julle ou tjommies is." Hy kyk na haar terwyl hy 'n hap van sy kos neem, en stadig kou. "Vestaan my mooi, ek sukkel nie met 'n ou se private life nie, ma ek weet wanneer iets nie lekker ruik nie."

"Hou jy my dop?"

"Wat ek nou waar die tyd moet kry? Ek sien ook maar net so in passing wat aangaan."

Toe sy hom nie antwoord nie, sit hy terug teen die trap. "Ek meen ma net, ek bust my gut om vir julle info te kry, ek stel my lewe in gevaar, en dan breeze jy eendag sommer net hier in, en jy ry saam met Williams se honne rond. Vertel jy vir my wat ek moet dink."

Ellie kyk anderkant toe. As Williams net 'n aks so skerp soos

Happy is, is hulle plan gedoem nog voor hulle een tree gegee het, en dan is sy waarskynlik nie haar lewe seker nie.

"Ek glo nie jy hoef al my redes te hoor waarom ek bedank het nie, dis persoonlik. Die eienaar van die sekuriteitsmaatskappy het my 'n job aangebied. Ek het beslis nie genoeg geld om by die huis te sit nie, en ek glo ek kan die werk doen. Meneer Williams het ons genader oor 'n job wat hy gedoen wil hê. Hy hou blykbaar van die feit dat ek 'n cop was. Hy glo dalk ek is beter opgelei as die ander. Tevrede?"

Hy lig sy hande. "No need vir daai tone nie. Ek het maar net gesê hoe dinge van my kant af lyk."

"En ek vertel jou maar net my kant, nie dat dit rêrig iets met jou te doen het nie. Op die oomblik kan ek nie besluit vir wie ons wil of nié wil werk nie. As die grootbaas sê ons werk vir Williams, dan moet ek vir hom werk. Ek gaan niks onwettig doen nie."

Hy vryf oor sy kop, kyk dan na die kos wat sy nie klaar geëet het nie, en sy gee dit vir hom.

"Dankie. Ek weet nie wat dit vandag is dat ek so honger is nie."

Sy bly sit langs hom terwyl hy eet.

"So, ek scheme dan hoef ek nie meer my lewe in gevaar te stel om vir julle info te kry nie."

"Ek is seker my oudkollegas sal dit waardeer as jy hulle steeds help. Hulle betaal jou goed."

Hy lag. "Wanner laas het jy na inflation gekyk? Alles is duurder. Ek struggle om kop bo water te hou."

"Baie mense sukkel op die oomblik om kop bo water te hou."

"Het die job vir mister Williams iets te doen met sy vrou se niece en daai Italian stallion?"

Ellie kan nie help om te lag nie. "Waar kom jy daaraan?"

"Ek kom mos ook maar hier en daar. Daar is nog family van my in die Berg. Ek weet nie van julle whities nie, maar daar by ons like die lot om te skinner. Baie daarvan is sommer net kak-praatjies. Almal wil mos maar hulle stemme laat hoor, of hulle nou iets het om te sê, en of hulle fokol het. Praat sal hulle praat. Die meeste is eintlik net papegaaie." Hy vryf weer oor sy kop.

"En wat sê die mense oor die niece en die Italian stallion?"

"Dat Williams befok is daaroor, maar ek scheme nou so . . . dalk sien hy dit tog ook as 'n opportunity."

"'n Opportunity vir wat?"

Hy vryf weer oor sy kop. "Nei, hoe sal ek nou weet. Daar word deesdae mos 'n groot ding van connections gemaak." Hy staan op. "Ek moet gaan, maar ek sal jou weer sien."

Sy kyk hom agterna. Voor sy hom en Brenda leer ken het, en 'n paar van die ander wat met hulle ore op die grond vir 'n bietjie inligting soek wat hulle kan verkwansel, was hulle deel van 'n gesiglose massa. Dis eers wanneer jy op 'n dag in iemand soos Happy se oë kyk dat die massa opbreek, en jy besef die eenheid was 'n gerieflike illusie. 'n Beskermingsmeganisme, want as jy een keer die enkeling raakgesien het, hou hulle gesigte jou dikwels tot laatnag wakker.

Hy stap oor die plein asof hy die plek besit. Gesels hier, skerts daar. Die klere wat hy dra, is te groot vir die maer lyf. Dit laat hom groter lyk as wat hy is. Clive sê hy sal sy eie ma vir 'n handvol kleingeld vermoor. Sy het al soms 'n uitdrukking in sy oë gesien wat haar bang gemaak het, maar sy het ook al iets daar sien flikker wat haar laat glo hy sal dit nie doen nie. Hy is baie dinge, maar sy wil glo hy is nie sommer tot moord in staat nie. Haar ouma sou gesê het hy en Brenda is uit dieselfde doek gesny. Hulle is soos straatakteurs wat die rolle vertolk wat die wêreld wil sien. Op daardie manier sien niemand wat in jou binnekant aan die gang is nie.

Toe sy later by die huis kom, gaan sit sy in die badkamer, draai die bad se krane oop en bel Clive van die ongelyste selfoon af.

"Ek dink Williams het die aas gevat."

"Wat het gebeur?"

Sy vertel hom en hulle gesels 'n rukkie. Toe hulle klaar is, trek sy haar klere uit, sak in die bad en lê 'n rukkie in die warm water. Daarna trek sy haar nagklere aan, haal die bottel whiskey uit die kas en gooi 'n klomp ys onder in die glas. Skink whiskey oor die ys, en sien vir die eerste keer dat haar hande liggies bewe. Sy sluk die eerste sopie vinnig af, skink weer in en gaan sit in die sitkamer met die glas en die bottel.

Êrens na middernag haal sy 'n sker uit die laai en knip haar hare string vir string af. Toe sy klaar is, lê die wasbak vol lang donker slierte. Sy kyk na die vreemde gesig in die spieël, sak dan op die vloer neer, want êrens agter haar kan sy hom steeds sien staan. Sy krap lang hale met haar naels oor haar arms.

Zondi en Ahmed, en selfs Clive het voorgestel sy moet met iemand gaan praat, maar wat moet sy sê? Hoe verduidelik 'n kind die verhouding wat jy met 'n ouer gehad het of waarom jy nader aan een ouer was as die ander een? Dis nie asof dit iets is wat jy werklik verstaan nie. Dit gebeur waarskynlik instinktief. As tiener het sy gedink dis omdat haar ma drink, maar deesdae weet sy dis nie so eenvoudig nie. Sy kan 'n tyd onthou wat haar ma nie gedrink het nie en tog sou sy eerder met haar probleme na haar pa toe gegaan het. Eerste vir hom van haar vreugdes en teleurstellings vertel het. Haar ma het haar dikwels daarvan beskuldig dat sy haar pa op 'n troon gesit het, terwyl hy ook maar voete van klei het.

Waarom sal sy oor hierdie dinge met iemand gaan praat? Want as hulle oor haar pa praat, moet hulle ook oor haar ma praat, en sy wil nie oor haar ma praat nie. Sy wil ook nie weet of haar pa voete van klei gehad het nie. Of dat hy dalk tog nie so 'n goeie man vir haar ma was nie. Daar is niks wat sy daaraan kan doen nie. Sekere dinge is maar net soos dit is.

Hy was haar lewe lank haar kompas. En 'n mens karring nie aan jou ware noord nie, want as jy dit een keer verloor het, kry jy dalk nooit weer jou rigting nie. En sy het nou meer as ooit nodig om te glo sy weet waarheen sy op pad is.

Hoofstuk 14

Nick staan vroegoggend op die rotse onder die woonstel. Daar hang 'n dun mislagie oor die see. Hy luister hoe die foon aan die ander kant lui.

"Wat de hel het van jou geword? Jy moes my al vier dae gelede gebel het." Monica Blake, senior intelligensie-analis by Interpol in Pretoria, praat soos gewoonlik soos 'n masjiengeweer.

"Dit sou nie help ek bel jou nie, ek het nog niks gehad nie."

"Drie jaar lank, Nicky. Wat leer ek jou al drie jaar lank? Dat jy moet bel, ongeag. Is jy in die Kaap?

"Ja . . ."

"Hoe gaan dit met ons goeie vriend Allegretti?" val sy hom in die rede. "Steeds 'n sexy aartsskelm?"

"Soos almal van ons het hy ook maar sy probleme. Hy lyk nie baie bly om my te sien nie, en maak seker dat ek nie naby is wanneer hy op die telefoon praat nie. Ek vermoed hy is bang ek gaan vertel vir die ou man waarmee hy besig is."

"Dit help nie as hy jou nie vertrou nie. Dan kan jy net sowel terugkom en sien wat ons via Pappa kan uitvind."

"Geduld, my liewe Monica. Teen hierdie tyd behoort jy te weet ek is 'n baie nice en nuttige man."

"Ah, daardie arrogansie waarvoor ek so lief is. Hoe gaan dit met jou girlfriend?"

"Dis 'n groot woord, en jy moet ophou spot. Sy sê sy is nie gelukkig getroud nie en dat sy dit net gedoen het sodat die twee families hulle geheime binne die familie kan hou."

"Dis nie nuus nie. Behalwe dat Ken Visser 'n low-life is, weet ons na wie haar swart hart hunker."

"Praat van Visser. Jy moet vir my check of hy die afgelope twee weke uit die land uit was. Hy is blykbaar noorde toe, maar ek weet nie of hy oor die grens is nie."

"Ek sal kyk. Enigiets verder?"

"Allegretti en Visser het iets te doen gehad met die skietery by Barkov se huis, maar ontken dit nog. Ek vermoed Barkov weet dit en dis net 'n kwessie van tyd voor ons met 'n paar lyke gaan sit."

"Wat van die gerugte oor Clara Veldman? Is dit waar?"

Hy vertel haar dat Allegretti nie net vir Clara gevra het om in te trek nie, maar dat hy sê hy gaan met haar trou.

"My hene, wie het nou gedink onse Enzio is 'n romantiese man?"

Monica Blake is 'n Suid-Afrikaans gebore Brit wat in Johannesburg skoolgegaan het, in Londen studeer het en met 'n baie ouer diplomaat getrou het. Tien jaar lank het hulle oor die hele wêreld gereis en gewoon. Toe hy een aand in sy slaap aan 'n hartaanval dood is, het sy haarself dae lank in hulle woonstel in Parys toegesluit. Sy het die oggend van die begrafnis die deur oopgesluit en die begrafnis bygewoon. Die volgende dag het sy op vyf-en-dertig by Interpol aansoek gedoen, en sedertdien is sy met haar werk getroud. Elke nou en dan loop daar 'n gerug van die een of ander man. Sy trek gewoonlik net haar skouers op wanneer iemand dit waag om te vra.

Sy is nie 'n mooi vrou nie, eerder aantreklik en op drie-en-vyftig beskik sy oor 'n soort flair wat mans baie aantreklik vind. Haar kleresmaak is Europees, haar grys gestreepte hare word deur 'n meester gesny. En dis algemene kennis dat sy die mooiste bene in die buro het. Sy praat vyf tale vlot, waarvan Afrikaans en Zoeloe twee is. Die ander is Engels, Frans en Spaans. Sy kan Italiaans en Sweeds lees, en is blykbaar besig om Chinees te leer.

Toe hy haar eendag gevra het hoe sy dit regkry, was haar antwoord: "Never underestimate the power of pillow-talk." Sy het hom met haar gewone niksseggende uitdrukking aangekyk, en hy was nie seker of sy ernstig is of 'n grap maak nie.

Sy is 'n baie intelligente vrou wat geweldig lojaal kan wees, maar dis ook bekend dat sy vir niemand stuit nie. Sy sê haar sê en as jy nie daarvan hou nie, is dit jou probleem. Sy praat selde lelik, maar niemand kan ooit twyfel oor wat sy wil sê nie. 'n Paar van haar uitdrukkings het al spreektaal geword, maar niemand kan dit so veelseggend soos sy laat klink nie.

My hene is een van haar gunstelinge. Die ander is *jissie*. Sy kan die woord *werklik* op plekke inspan waar niemand dit al ooit gebruik het nie. Nick se gunsteling is wanneer sy haar wenkbroue lig, haar rooi mond pruil en stadig *nou toe nou* sê.

"Williams weier dat sy intrek tensy sy haar eie sekuriteit saambring."

"Nou toe nou, kyk so 'n ou jakkals. Hy weet ook net hoe om Allegretti se gal te roer."

"Dis 'n onnodige komplikasie en ek probeer Alegretti nog oorreed om 'n maand of wat te wag, maar hy is so jags, jy kan met hom toor."

"Jy is net jaloers. Wanneer laas was jý jags?"

"Kan ons my sekslewe, of gebrek daaraan, hieruit hou, asseblief?"

"Chin up, darling, jy sal weer jou beurt kry." Sy sê dit met dieselfde mate van erns as wat sy opdragte uitdeel. Hy het haar al een of twee keer sien lag, maar dis 'n seldsame geleentheid. "Hoe lank dink jy het jy nog nodig?"

"Ek weet nie. As alles reg verloop, behoort ons teen die einde van die jaar genoeg te hê sodat Allegretti junior met ons sal moet praat as hy nie vir 'n baie lang tyd toegesluit wil word nie."

"Nicky, ek weet jy is moeg en jy mis jou lewe, maar jy kan nie nou bekostig om 'n fout te maak nie. We've come a long way, baby, en die einde is in sig. As jy al ooit in jou lewe moes skerp wees, is dit nou."

"Wat dink jy was ek die afgelope twee jaar?"

"Hei, onthou aan wie se kant ek is. As jy wil stoom afblaas, bel my, of gaan klim Tafelberg uit. Of swem Robbeneiland toe. Solank jy net nie jou stoom in mevrou Visser se bed gaan afblaas nie. Ons het nie nou sulke moeilikheid nodig nie."

"Ek gaan jou nie antwoord nie."

"Waarom is jy moeilik?"

"Ek is nie meer aldag seker of alles werklik die moeite werd is nie. Watse verskil kan ons maak? Is dit nie tyd dat ons aanvaar ons het op alle vlakke die battle verloor nie? Dis soos 'n tsoenami, en ons probeer met opblaasarmpies bo bly."

"Maar ons probeer ten minste. En dit is wat belangrik is."

"Bullshit. Wat belangrik is, is om hierdie golf te stuit, of ten minste tot so 'n mate te keer dat dit 'n paar jaar sal neem voordat hulle daarvan herstel het. Ons kan onsself nie meer met sulke kakpraatjies troos nie. Dis nie meer goed genoeg nie."

"Wat anders stel jy voor?"

"Skiet die fokkers die hiernamaals in. No more building cases. Ons bestee jare daaraan om genoeg bewyse te kry om hulle weg te sit, net sodat die een of ander skelm advokaat of korrupte regter die saak uitgegooi kry, omdat elke 't' nie gekruis is en elke donnerse 'i' nie 'n kolletjie op het nie. Dink jy Allegretti se advokate gaan hom op 'n skinkbord vir ons gee? Dan het ek nuus vir jou."

Sy antwoord hom nie, en hy tel 'n klippie op en gooi dit in die poel tussen die rotse. Kyk hoe dit op die oppervlak hop, en dan sink. Skuif sy sonbril tot op sy voorkop en vryf oor sy oë.

"Dit was goed om met jou te gesels." Hy skuif sy sonbril terug op sy oë.

"As always."

"Jy hoef nie bekommerd te wees nie. Ek sal nie kak aanjaag nie."

"Ek was nog nooit daaroor bekommerd nie. Be safe, en bel my van nou af elke tweede dag."

"Dis nie nodig nie. Ek het nie soveel tyd nie."

"Nick Malherbe, you are as good as they come, maar ek is steeds die baas, en ek gee werklik nie om waarvoor jy tyd het nie. As ek oor twee dae nie van jou hoor nie, bring ek jou in, en dis nie 'n ydel dreigement nie. Capiche?"

"Ek hoor jou."

Nadat hy die selfoon terug in sy sak gedruk het, bly staan hy nog 'n rukkie op die rotse voordat hy met die steil trap terug woonstel toe klim.

So goed soos hulle twee oor die weg kom, so seker weet hy sy sal nie huiwer om haar dreigement uit te voer nie. Hy kan vir haar sê net wat hy wil, maar 'n opdrag word nie verontagsaam nie.

Dis vyfuur die middag toe Ellie by die sekuriteitsmaatskappy se opleidingsterrein klaarmaak. Sy is dalk draf-fiks, maar die oefeninge was nie speletjies nie en die instrukteurs is almal geharde manne wat nie juis simpatie het nie.

Vandag is hulle geleer om blitsvinnig voor hulle kliënt in te beweeg, hoe om iemand vinnig in en uit 'n voertuig te help. Hulle het onderdeur en bo-oor hindernisse gespring en gekruip. Mekaar oor die skouers moes dra, en nog 'n hele klomp ander fisieke oefeninge.

"Avoidance beats confrontation," het hulle 'n paar keer deur die dag gehoor.

Iets waarvan hulle haar nie baie kon leer nie, is om oplettend te wees en te konsentreer. Haar pa het van kleindag af met haar sulke speletjies gespeel. Hy het 'n broertjie dood gehad aan mense wat nie aandag skenk nie.

Nog iets wat hulle oor en oor gehoor het, is hoe belangrik dit is om kalm te bly. "Cool heads, ladies and gentlemen. Cowboys get killed," is die groot instrukteur met die kaalkop en letsel oor sy oog se mantra.

Sy smag om by die huis te kom, maar sy moet na haar ma toe.

Die verkeer uit die stad is druk en sy verwens haarself dat sy nie gewag het tot na spitstyd nie. Sy beland agter 'n paar swaarvoertuie, en sy sit vir haar musiek aan en probeer stadig asemhaal. Sy hou van bestuur en van spoed. So baie soos sy van mense en geselskap hou, is daar twee plekke waar sy nie omgee om alleen te wees nie. Die een is by haar huis en die ander een is om sommer op 'n dag alleen koers te kies êrens heen. Albert kan dit nie verstaan nie, haar ma ook nie. Maar haar pa het nooit met haar daaroor gesukkel nie. Dis vreemd dat hulle twee so baie kon argumenteer en soms behoorlik koppe gestamp het, maar oor wie sy is het hy nooit met haar gelol nie.

Sy voel hoe die beklemming weer oor haar toesak, en sy haal bewustelik dieper asem. Sal hierdie benoudheid ooit weggaan? Sy draai die venster af, maar die uitlaatgasse van die vragmotors is byna verstikkend en sy draai dit weer toe. Die wind het lanklaas gewaai en daar hang 'n vaal rookmis oor die stad.

Haar ma sit voor die televisie en kyk een van haar sepies toe Ellie by die huis kom. Die hond lê by haar voete. Sy kan nie besluit wie sy die jammerste kry nie. Hoe treur jy oor 'n man vir wie jy al so lank kwaad is?

Toe Ellie haar lank terug gevra het waarom sy so kwaad vir haar pa is, het sy geantwoord: "Hy het nie al sy beloftes aan my nagekom nie."

"Watse beloftes het hy nie nagekom nie? Julle woon in 'n gerieflike huis. Ma het nooit weer nodig gehad om te gaan werk nie. Hy loop nie rond nie, en hy slaan Ma nie. As ek om my kyk, sal ek sê Ma het dit nogal nie te sleg getref nie."

"Dink jy dis al waaroor dit gaan? 'n Dak oor my kop, die feit dat ek nie hoef te werk nie, en hy my nie slaan nie?" het haar ma volgehou. "Here, dis 'n wonder jy is nog nie getroud as dit al is wat jy van 'n man verwag nie. As dít jou vereistes is, kan jy sommer net hier in die rondte 'n handvol mans kry wat daaraan sal voldoen."

"'n Mens is moeg na 'n dag se werk, Ma."

"Ek ken baie mans wat moeg is, maar wat steeds uitgaan, steeds dinge doen wat vir hulle vrouens ook lekker is."

"Ma het die hele dag tyd om dinge te doen. Hy sê nie vir Ma wat om bedags te doen nie."

Haar ma het haar hande in die lug gegooi. "Ek wil my op 'n aand mooi aantrek en uitgaan! Watse pret is daar om oggend na oggend met 'n vriendin of jou suster tee te drink? Have a bloody heart."

Toe Ellie nie dadelik antwoord nie, het haar ma verder gepraat. "Kom ek vertel jou wat die eintlike probleem is. Hy kom dalk saans huis toe, maar in plaas daarvan dat hy die werk by die kantoor los, bring hy dit saam. Selfs al is hy by die huis, kan ek mos sien hoe sy kop nooit afskakel nie."

"Dis nie die soort werk wat 'n mens sommer by die kantoor kan los nie. Of jy wil of nie, jy dra dit saam huis toe. Daar bestaan nie 'n knoppie wat jy aan die einde van die dag kan druk nie."

"Ek weet nie waarom ek my tyd mors om met jou te praat nie. Jy het nog nooit in jou lewe my kant gekies nie."

"Dit gaan nie oor kante nie, Ma . . ."

Rika McKenna het egter reeds omgedraai en begin weggestap.

Terwyl Ellie nou stil na haar ma op die rusbank kyk, onthou sy dat sy haar pa die volgende dag by die kantoor gaan sien het en vir hom gesê het hy moet sorg dat hulle die naweek uitgaan. Hulle het die Saterdagaand gaan dans, en toe sy die Sondag by hulle gaan eet het, het haar ma nooit uit die kamer gekom nie. Ellie het beter geweet as om te vra.

"Hallo, Ma."

Sy skrik toe Ellie praat en Douglas gee 'n blaffie, voor hy stertswaaiend nader kom.

"Waarom bekruip jy my so?" Haar oë fokus op Ellie en sy frons. "Wat het jy met jou hare aangevang? Dit lyk of 'n rot dit gevreet het."

Ellie sien die spore op haar gesig en in haar oë. Haar ma is 'n lelike dronkaard. Sy sien ook nou eers die glas op die koffietafeltjie langs die bank. Sy wonder waarom haar ma die moeite doen om haar drank in 'n glas te gooi. Maar dan beteuel sy haar.

"Ek was sommer net lus vir 'n verandering." Sy soen haar ma op die wang en gaan sit langs haar op die rusbank. "Hoe gaan dit hier?"

"Jy kan ook nie net instap asof dit jou huis is nie. Ek is geregtig op my privaatheid."

Ellie onderdruk die behoefte om op te staan en huis toe te ry. "Ek het gedink ek bestel sommer vir ons kos. Waarvoor is Ma lus?"

"Ek het vanmiddag groot geëet, en is nie vanaand honger nie."

"Eet dan sommer net vir die geselligheid iets saam met my."

"Ek is nie honger nie." Die tong sleep net-net op die esse.

"Wat het Ma geëet?"

"Word ek nou onder kruisverhoor geneem oor wat ek in my eie huis eet? Gaan kak. Ek is nie 'n kind nie. Ek sal maak wat ek wil."

Ellie vryf 'n rukkie die hond se ore, staan dan op, neem haar handsak en motorsleutels, en trek weer die voordeur op knip toe sy uitstap.

Dis eers toe sy voor Joe's stop dat sy vir die eerste keer behoorlik asemhaal. Hoe de hel het sy hier beland? In plaas daarvan om van Vasco-boulevard links op die N1 stad se kant toe te draai, het sy noordwaarts Bellville toe gery. Sy sal haar gedagtes agtermekaar moet kry.

Joe kyk op, kyk weg en dan vinnig terug. "Mac?"

Sy draai in die rondte. "Do you like?"

"My donner. Nou het ek alles gesien."

Ellie kyk na die paar tafels waar mense reeds sit. By die een is daar 'n paar kollegas. Aanvanklik herken hulle haar nie, maar dan roep een haar naam. Sy waai terug. Twee fluit kliphard, en kom nader.

"Noudat jy ons gelos het, kry jy skielik 'n sexy kortkop. Wat het ons verkeerd gedoen?" wil een van die jong ouens weet.

"So, wat sê julle? Dat ek nie sexy was met lang hare nie?"

"Nee, maar jy weet wat sê hulle, variety is the spice of life, en jy kon ons lewe ook maar 'n bietjie opgespice het," laat hoor een van die ander.

"Dalk was julle nie nice genoeg met my nie."

Daar klink besware uit al die monde op.

"Kom join ons."

Sy skud haar kop. "Ek wil net gou 'n paar woorde met Joe praat."

Hulle gaan terug na hulle tafel, maar eers na hulle haar laat verstaan het dat hulle dink sy hou haar skielik vreeslik upstairs.

"Waar kom jy vandaan?" vra Joe toe hulle twee alleen by die toonbank is.

"Ek was by my ma." Sy skuif in die hoek op haar gunsteling-stoel teen die toonbank in.

"Wil jy iets drink?"

"Die gewone, en maak dit 'n dubbel."

Hy skep die glas vol ys en haal 'n bottel whiskey onder die toonbank uit. "Ek weet nie of ek meer die moeite hoef te doen om hierdie aan te hou nie. Hy was my enigste customer met sulke duur smaak."

"Wat van my?"

"Van wat ek hoor, gaan ons jou nie meer so gereeld in hierdie neck of the woods sien nie."

Sy neem 'n sluk en spoel die whiskey 'n oomblik in haar mond rond.

"Hoe gaan dit met jou ma?"

"As ons nou oor haar gesels, sê ek dalk dinge waaroor ek myself net later gaan verwyt."

"Ek weet jy voel verantwoordelik vir haar, en dis reg so. 'n Mens het 'n verantwoordelikheid teenoor jou ouers, maar jy kan nie vir al haar doen en late verantwoordelik voel nie. Sy is 'n volwasse mens wat weet wat sy doen. En niks wat jy gaan sê of doen gaan werklik 'n verskil maak nie. Jy ken die drill. As 'n mens nie self wil nie . . ."

"Mac . . ." Clive kom saam met twee kollegas by die deur in, en hy steek vas toe hy haar sien. "Bliksem, hoe verward wil jy 'n mens nou nog maak? Wat is volgende? 'n Skinhead?"

"En toe los jy ons sommer net so!" spot een van die ander, nadat hulle ook eers kommentaar oor haar kort donker hare gelewer het.

"Ek moes dit lankal doen, dan het julle dalk 'n slag gewerk. Solank ek daar was, moes ek al die werk doen."

"Ha, in your dreams, girl." Hy kyk na die glas voor haar op die tafel. "Wat drink jy?"

"Iets wat jy nie kan bekostig nie."

"Vir jou is ek bereid om dié maand droë brood te eet." Hy beduie vir Joe om vir haar nog 'n glas te skink.

Clive skuif langs haar in.

"Hoe het dit vandag gegaan?"

"Nie te sleg nie, maar ek het besef ek is toe nie so fiks soos ek gedink het ek is nie."

"Hopelik sal jy nie nodig kry om iets daarvan te gebruik nie, maar ons kan jou nie rou daar instuur nie." Hy loer oor sy skouer. "Ek dink dit het tyd geword dat ons so 'n bietjie die verhouding tussen ons vertroebel."

"Beteken dit ons gaan uiteindelik daardie fight kan hê waarvoor ek al so lank wag?"

"Nou is jou kans."

"Hoeveel rondes?"

"Dapper Dora." Hy glimlag onderlangs, en praat dan harder. "Jy vat op 'n dag jou handsak en loop, sonder om vir my 'n woord te sê, en dan dink jy ek moet smile? In hierdie stadium van die geveg, terwyl ons reeds so min willing en able hande het. Weet jy vir wie het hulle oorgeskuif om my te help? Hendriks. Hy kan nie behoorlik twee en twee bymekaar tel nie, en as hy enigsins valer was, was hy 'n teemus."

Sy hap terug: "Ek kan nog 'n duisend maal sê ek is jammer, maar dit gaan niks aan die saak doen nie. Ek kom nie terug nie, so óf jy laat staan jou houding óf ons twee moet mekaar groet. Die Kaap is groot, ons hoef nie elke dag in mekaar vas te loop nie."

Uit die hoek van haar oog sien sy hoe die ander van hulle tafel af opkyk. Sy neem 'n sluk, en draai die glas in die rondte sodat die ysblokkies teen mekaar rinkel.

"Moenie daai toon met my aanslaan nie. Jy weet goed jy het nie reg gemaak nie."

"You know what, die lewe is vol verrassings. Join the club. En as jy my nou sal verskoon, ek het 'n harde dag agter die rug, en het vinnig gestop om in vrede 'n dop te drink en 'n paar woorde met Joe te gesels."

Hy lig sy hande en staan op. "Be my guest."

In die spieël agter die toonbank sien sy hoe hy by die ander gaan sit.

"Mac!" roep twee van die ander. "Kom join ons."

"Ons twee gesels eers," antwoord Joe namens haar. "Nie dat jy na goeie geselsskap lyk nie," laat hy sagter hoor. "Waaroor is julle twee in mekaar se hare?"

"Hy is vies oor ek bedank het en dit nie eers met hom uitge-praat het nie."

"Hy het seker 'n punt beet."

"Nie jý ook nie. Laat my net 'n paar minute in vrede hier sit. Ek het nie vanaand lus vir allerhande lesse en preke nie."

"Ek is seker met daai gesig sal niemand jou verder pla nie."

"Dis die probleem as 'n mens oor die algemeen redelik geluk-kig lyk. Die oomblik as jy nie smile nie, wil almal weet wat aan-gaan. Ek het sekerlik 'n reg om ook af en toe 'n slegte dag te hê."

Joe vryf oor haar hare. "My angel, you are preaching to the

converted. Probeer om een aand in hierdie job nie te smile nie. Of nie lus te wees vir al die kak wat hulle hier kom praat nie."

Ellie glimlag. "Ek voel soos iemand wat deur 'n moerse brander getref is, en ek kom net nie lank genoeg onder die water uit om asem te skep nie. Ek het nie 'n benul waar voor en agter is nie. En die ergste is dat ek dit eintlik vir niemand kan sê nie, want dan kry ek dalk nooit in my lewe weer 'n job nie." Sy neem twee vinnige slukke.

"Jy weet hy het altyd gesê 'n mens moet nooit drink as jy kwaad of hartseer is nie," sê Joe toe sy 'n sluk van die tweede glas ook neem.

"Maar ek hoef nie meer na hom te luister nie."

Joe vee oor die toonbank met sy wit vadoek wat altyd aan sy gordel hang. Meer uit gewoonte as uit noodsaak. "My girl, kom ek vertel jou iets. 'n Mens raak nie sommer van hulle stemme ontslae nie. Dit kan dalk stiller word, maar op 'n dag praat hulle hier in jou binne-oor. Gewoonlik wanneer jy dit nie eintlik wil hoor nie. Dis deel van die crazy shit wat tussen ouers en kinders aangaan."

"Babes?" klink 'n stem skielik agter haar op. Albert sit sy arms om haar en soen haar in die nek, en vryf sy hand deur haar kort hare. "Kan een man so gelukkig wees. 'n Nuwe girl elke aand. Ek kan gewoond word hieraan."

Sy draai om en soen hom. "Jy weet jy skaats op baie dun ys."

Hy lag. "Ek dog jy is vanaand by jou ma."

"Ek was daar."

"OK, daai uitdrukking spreek boekdele, en om die waarheid te sê, ek het nie nou 'n groot behoefte om oor goeie ou Rika te praat nie. Dierbaar soos sy is." Hy kyk na die glas voor haar. "Wat drink ons?"

"Ek is al by my tweede dubbel, en moet nog huis toe ry."

"Later se worries. Ons het vandag 'n groot break in 'n saak gehad en moet dit vier."

Toe Joe sy glas vir hom gee, vat hy haar aan die arm. "Kom, ek het die manne belowe ek sal 'n dop saam met hulle drink. Hulle het vir ons goeie tips gegee."

Ellie is bewus daarvan dat die ander die hele aand vir haar en Clive dophou, maar sy ignoreer dit en hoop maar haar en Clive se afsydigheid is oortuigend genoeg.

Dis net na elf toe sy en Albert kan wegkom.

"Jy kan nie nou al die pad stad toe ry nie," sê hy toe hulle buite kom. "My huis is net om die hoek, en in elk geval weet ek nie wanneer ons mekaar weer sal kan sien nie."

Sy ry agter hom aan, nie lus om vanaand alleen te wees nie.

Toe hy die kombuisdeur agter hulle toetrek, trek hy haar met een hand nader, en sy laat val haar skouersak op die vloer. Hy begin haar hemp losknoop, maar na twee knope trek hy dit sommer oor haar kop. Ellie voel hoe haar lyf begin tintel, en sy trek sy kop nader en soen hom op die mond, met 'n honger wat sy lanklaas gevoel het. Hy maak haar bra los en tel haar op die kombuistafel. Sy mond soek na haar borste, en sy buig agteroor en kreun toe hy haar tepel liggies byt.

Dit was een van daardie aande waar almal net te hard gelag het, net te veel gepraat het, en op die ou end te veel gedrink het.

Sy trek Albert se hemp oor sy kop en begin sy gordel losgespe. Hy het reeds sy skoene sommer so vasgemaak uitgetrek en kreun toe sy sy gordel losmaak.

"Babes . . . het ek al vir jou gesê ek vrek oor jou?"

Sy antwoord hom nie, sak net weer terug op die kombuistafel. Agter haar hoor sy hoe iets op die vloer val.

"Wat 'n fees!" Hy begin haar lyf soen.

Ellie skrik wakker van 'n wekker. Sy lê op haar maag en sukkel om dadelik te registreer waar sy is. Dan voel sy 'n mond op haar skouer. "Sorry, maar ek moet vroeg by die kantoor wees."

"Hoe laat is dit?" Sy draai op haar rug en probeer om haar oë behoorlik oop te maak, maar sukkel. Selfs haar ledemate voel of hulle nie wil saamwerk nie.

"Sesuur. Ek sal die koffie aansit." Sy hoor hom kombuis toe loop, en dan word die stort oopgedraai.

Sy vou die laken weg en staan effens dronkerig op. Toe sy onder die duvet uit is, kry sy koud.

Sy loop badkamer toe en klim agter hom in die stort.

"Wil jy my nou heeltemal laat maak vir werk?"

Hy kreun toe sy hom op die skouer soen, maar draai nie om nie. "Dis nou wat ek vuilspel noem."

Ellie lag, en besef sy is elke keer verbaas dat sy nog weet hoe om te lag. "Ek was gister by Williams se huis."

"Ek weet, en wou nog gisteraand met jou daaroor praat, maar toe het jy beter planne gehad. Hy het vir my 'n boodskap gestuur en gesê hy het gehou van wat hy sien. En ook herhaal dat hy nie iemand anders wil hê nie."

"Ek sweer ek het gister by tye gedink ek droom. As ek nie van beter geweet het nie, het ek gedink ek kuier by 'n nice oom en tannie. Ek het glad 'n pak koekies saam huis toe gekry."

"Dis een van die redes waarom hy nog nie vasgetrek is nie. 'n Groot deel van die gemeenskap dink hy is Liewe Jesus. Hy en sy vrou is baie betrokke by die gemeenskap. Help waar hulle kan."

"Ek wonder of sy van al sy bedrywighede weet?"

"Kan wees, maar jy kry baie vroue wat verkieslik nie wíl weet nie. Solank die spoils goed is, bly hulle stil en geniet dit net. Hulle keur nie noodwendig goed wat hulle mans doen nie, maar hulle weet as hulle 'n lawaai maak, droog die kraantjie dalk op. Daarom doen hulle gemeenskapswerk. Dit sus die gewetes."

"Dink jy ek moet hom môre al laat weet ek sal die werk kan doen?"

"Nee, wag tot na die naweek. Dis beter om 'n bietjie hard-to-get te speel as om oorgretig te wees. As hy my intussen kontak, sal ek sê ek weet niks, maar ek sal met 'n ompad probeer uitvind waarom jy hom nog nie laat weet het nie."

Toe hy uit die stort klim, begin sy haar haar hare was, en daarna smeer sy haar lyf met seep en bly lank so onder die warm water staan.

Hy is klaar aangetrek toe sy in die kamer kom, en het vir haar 'n beker koffie neergesit.

"My held." Sy neem dankbaar 'n sluk.

"Onthou dit."

Toe hy haar groet, soen hy haar twee keer. "Dankie vir 'n baie lekker aand."

"Dit was 'n plesier."

Hy tree agteruit en kyk met aandag na haar. "Is jy orraait?"

"Hoeveel keer wil iemand dit nou nog vir my vra? Wat gaan julle maak as ek nee sê?"

"Ahmed is op my case en ek wil net seker maak jy gaan my nie drop nie. Ek kan jou nie genoeg sê wat hierdie vir ons kan beteken nie."

"Ek is nie onnosel nie. Ek weet hoe belangrik dit is. Maar elke keer as een van julle my dit vra, laat julle my aan myself twyfel en ek kan nie nou bekostig om te twyfel nie."

Hy soen haar. "Sorry."

"Dink jy Williams het iets met my pa se dood te doen?"

"Ek weet regtig nie."

"Sou jy my sê as jy geweet het?"

Hy tel sy beursie en kenteken van die bedkassie af op. "Ek weet nie. Miskien nie nou nie, want dit gaan jou kop scramble. En hy is nie 'n fool nie."

"Solank jy net onthou dat ek alles wil weet wat aangaan. Ek kan nie blind vlieg nie."

"Ek sal jou nie blind laat vlieg nie." Hy soen haar weer. "Is jy orraait daarmee dat ons mekaar vir 'n ruk nie gaan kan sien nie?"

Sy knik. "Ek sal oorleef."

Ellie het net tyd om gou by die huis aan te gaan en skoon klere aan te trek, voor sy moet gaan aanmeld vir nog 'n dag se opleiding.

Vandag leer hulle om situasies te beoordeel en te klassifiseer. Hulle leer die verskillende definisies vir lae, medium en hoë risiko's. Oor kommunikasie en oor allerhande tegniese apparaat. Van meeluisterapparate tot elektroniese toestelle wat selfoonseine van basisstasies kan blokkeer, en andersom.

Hulle sluit laatmiddag af met 'n paar oefeninge waar hulle vinnig moet improviseer.

Op pad huis toe stop sy eers weer by die kantoor. Sy het net die deur oopgesluit toe haar selfoon lui. Dis Brenda.

"Ek het 'n stukkie skindernuus, maar weet nie of dit veel werd is nie. Maar jy sê altyd elke stukkie help."

Ellie wonder of sy haar die onsekerheid in Brenda se stem verbeel. "Waar is jy?"

"In die Caribbean." Sy sug. "Waar dink jy is ek?"

"Ek is in Darlingstraat. Kan jy hierheen kom? Vat 'n taxi, ek sal betaal."

"Dis nie sulke groot nuus nie."

"Dit maak nie saak nie. Ek het 'n bietjie tyd vanmiddag, en voel vrygewig."

"Dis jou geld. Wat's die adres?"

'n Halfuur later lui die deurklokkie. Toe Ellie oopmaak, staan Brenda daar met 'n sonbril en sonhoed op die kop. Sy dra 'n mooi gesnyde denim en wit hemp, en as Ellie haar op straat moes raakloop, het sy haar waarskynlik nie herken nie. Die hemp hang los om haar skraal lyf en die hoë hakke het plek gemaak vir plat sandale.

Sy moes die verbasing op Ellie se gesig gesien het, want sy draai een keer in die rondte. "Gedink dis dalk tyd vir 'n make-over. Sommige mans hou van die clean look. Nie die getroudes nie, though. Dit herinner hulle te veel aan Mamma by die huis." Sy beduie na Ellie se hare. "Dit lyk my dis die week vir make-overs. Wat is jou verskoning?"

"Ek is op soek na 'n bietjie meer pret in my lewe."

Ellie maak die deur agter hulle toe en Brenda haal die hoed af, maar hou die sonbril op.

"Wat het gebeur?"

"Wat bedoel jy?"

"Brenda, daar is gewoonlik net een rede waarom 'n vrou 'n sonbril in 'n gebou dra, tensy jy 'n celebrity is en bang is die kameraflitse verblind jou. En ek kan jou verseker hier is geen paparazzi nie."

Brenda haal die sonbril af en Ellie kyk 'n lang oomblik stil na haar gesig. Haar linkeroog is potblou en byna toegeswel. Die swelling loop tot in haar hare en af teen haar wang tot by haar ken.

"Ek het in 'n deur vasgeloop."

"Ek sien." Ellie beduie na die gemakstoele en hulle gaan sit. "Wat was die deur se naam?"

Brenda kyk eers in die kantoor rond voor sy antwoord. "'n Vark wat lankal met my sukkel dat ek vir hom moet kom werk, maar dis selfmoord. Hulle maak altyd asof hulle ons kan beskerm, maar baie van hulle gee nie 'n fok om wat met jou gebeur nie. Al waarin hulle belangstel, is die geld wat jy vir hulle kan maak. Hulle sal jou in die hel ook instuur as hulle dink hulle gaan 'n ekstra paar rand score. Op my eie kan ek besluit wie ek wil sien, en watter risiko ek bereid is om te loop."

"Het jy 'n klag by die polisie gaan lê?"

"Natuurlik." Sy klik haar tong. "Jou ouers moet baie hartseer wees dat hulle skoolgeld op jou gemors het."

"'n Aanranding is 'n aanranding, en as jy hom nie aangee nie, sorg jy dat hy dit net weer en weer kan doen."

"My darling, hy kán dit weer en weer doen, want al gee ek hom aan, is daar 'n gewillige koor wat sal getuig dat hy dit nie gedoen

142

het nie. Baie girls kan nie op hulle eie werk nie en het varke soos hy nodig." Sy kyk in die vertrek rond. "Is jy nou in security?"

"Ja."

Brenda se blik vernou toe sy na Ellie kyk. "Van wanneer af?

"Hierdie week, ek het twee weke gelede uit die polisie bedank."

"You are shitting me. Vir wat?"

"My pa is dood. Hy is by 'n padblokkade doodgeskiet. Hy was ook 'n cop. Dit het na die regte tyd gevoel om my handcuffs op te hang."

"Interesting. Waarom het jy dit nie vir my oor die foon gesê en my die trip gespaar nie?"

"Old habits die hard. Ek was nuuskierig om te hoor wat jy het."

"Daai girl wat in die Rus se huis was, is terug. Blykbaar net om haar goed te kom haal, maar dit lyk nie of sy gou weer haar ry gaan kry nie."

"Ek dog sy het so groot geskrik dat sy vir goed die pad gevat het."

"Die skrik hou gewoonlik tot die geld op is."

"Ek sal graag . . ." Ellie sluk die res van haar woorde.

Brenda glimlag. "Old habits, sê jy."

Toe Ellie net haar kop knik, sê Brenda: "Nie dat jy meer belangstel nie, maar die Italian het 'n nuwe man wat sy security doen. Hulle sê hy is eintlik die outoppie se sterk man, maar hy is Kaap toe gestuur om vir boetie en sussie op die straight en narrow te kry. Blykbaar raak die jongetjie alte groot vir sy skoene. Hierdie ou vat blykbaar nie kak nie."

"Het hy 'n naam?"

Sy dink 'n oomblik. " 'n Gewone van . . . Marais, Moolman . . . nee, Malherbe. Dis hy."

"Hoe is besigheid?" verander Ellie die onderwerp, terwyl sy haar steeds aan die skoongesigvrou voor haar verkyk.

"Orraait, maar ek lê eers 'n bietjie laag. Die mans wat na my toe kom, het almal iets waarvan hulle wil wegkom. Whether it's the job, the wife, the in-laws, die kinders, skuld. You name it. No need to give them reality so in die gesig."

"Waarvan lewe jy as jy nie werk nie?"

"I have some savings." Brenda lag. "Jy klink nou nes 'n welfare worker."

"Waarom kom werk jy nie vir my nie? Ek het iemand nodig om die telefoon te antwoord en die kantoor te beman wanneer ek nie hier is nie. Bietjie admin-werk."

Brenda kyk om haar rond. "Not that the phones are ringing off the hooks."

"Ons het maar hierdie week oopgemaak. Gee kans."

Brenda skud haar kop. "Dankie, maar ek weet niks van admin-werk af nie. En in elk geval like ek dit nie om 'n charity case te wees nie."

"Jy is nie 'n charity case nie. Ek moet dringend iemand kry. Die vrou wat aangestel is, se man is skielik verplaas. Dit kan net sowel jy wees."

"Ek wil jou nie insult nie, but you can't afford me."

"Ek kan jou sekerlik nie betaal wat jy op die oomblik maak nie, maar dis net tydelik tot ek iemand anders gekry het. Jy werk tog nie op die oomblik nie, so jy kan my net sowel kom help en 'n paar rand maak. Daai oog gaan nie sommer môre reg wees nie."

Hoe meer sy praat, hoe meer wonder sy waar die gedagte vandaan gekom het, maar sy onderdruk dit. Dis daardie skuldgevoel, praat 'n stemmetjie in haar agterkop. Die skuldgevoel wat 'n vrou ervaar wanneer sy 'n ander vrou sien wat so verniel is en sy weet daar is niks wat sy kan sê nie, want sy was nog nooit in daardie posisie nie. En dan begin jy wonder waarom jy nog altyd so gelukkig was en voor jy jou kom kry, kan jy die vrou nie in die oë kyk nie. "Dink daaroor, en laat my weet." Ellie staan op en toe sy uit haar kantoor kom, hou sy 'n tweehonderrandnoot na Brenda uit.

Dit lyk of sy haar kop wil skud, maar neem tog die geld. "Dankie."

"Dankie dat jy gekom het."

"Ek aanvaar ek hoef nie verder vir jou met my neus op die grond rond te kruip nie."

Ellie herhaal wat sy vir Happy gesê het.

Brenda skud haar kop. "Too much trouble om nou eers weer aan 'n ander een se dinge gewoond te raak."

Hoofstuk 15

Nick staan in die klub en hou toesig terwyl al die sekuriteits-
kameras nagesien word. Terwyl hy na 'n paar opnames gekyk het
wat oor die afgelope maande gemaak is, het hy agtergekom 'n
paar van die kameras werk nie eens meer nie. Hy het die vorige
twee dae lang vergaderings met die sekuriteitsbeamptes en die
kontrolekamer se personeel gehad, en twee van die personeel is
afgedank. Al die sekuriteitspersoneel is aangesê om die volgende
week weer vaardigheidstoetse te ondergaan, wat fiksheid insluit.
Hy kon hoor hoe 'n paar mor, maar hy het hulle net geïgnoreer.
Hulle word almal meer betaal as wat die openbare sekuriteits-
maatskappye hulle beamptes betaal. As hulle nie bereid is om
goeie diens te lewer nie, is daar genoeg wat met graagte plekke
met hulle sal ruil.

Na 'n uur is hy tevrede dat hulle weet wat hulle doen. Hy stap
by die voordeur uit en sien dadelik die motor met twee mans in
wat oorkant die straat geparkeer staan. Hulle moet gesien het hy
huiwer, want die bestuurder skakel die motor aan en trek net effe
te vinnig weg. Dit kan sy verbeelding wees, maar hy het daardie
krieweling wat vir hom sê dit was nie toevallig nie. Hy kyk die
motor agterna en tik dan die registrasienommer op sy selfoon in.
Dit kan nie te moeilik wees om uit te vind aan wie die voertuig
behoort nie.

Voor hy in die Range Rover klim, bel hy een van sy skofbe-
stuurders en reël vir 'n paar ekstra beamptes vir die aand. By die
klub sowel as by die huis.

Toe Nick by die huis kom, wil Enzio niks daarvan hoor om die
aand by die huis te bly nie.

Hulle argumenteer 'n ruk lank, tot Nick sy humeur verloor.

"Ek gee nie 'n fok om wie jy vanaand genooi het nie. Bel en kan-selleer. Hulle is welkom om steeds vanaand klub toe te gaan, maar jy gaan nie daar wees nie en die Here hoor my, al moet ek jou vanaand hier toesluit, jy gaan hier bly."

Allegretti se oë trek op skrefies. "Dis gevaarlik om 'n mens se waarde te oorskat."

"Ek het nie nou tyd vir jou dreigemente nie. Solank jy net besef ek is baie ernstig."

"Ek moet Clara gaan haal."

"Ek is seker sy het iemand wat haar kan bring."

"Ek gaan nie dat daardie fokkers haar aanry nie. Dis net waar-voor Williams wag."

"Dan sal ék haar gaan haal."

Allegretti huiwer. "Jy laai haar op en kom dadelik hierheen. Jy praat ook nie met haar familie nie. As hulle wil weet waarom ek haar nie kom haal nie, sê jy ek is ongelukkig met 'n vergadering besig, maar ek sal haar terugbring."

Nick besluit om nie kommentaar te lewer nie. Hoe gouer hy nou hier wegkom, hoe beter. Daar is tye dat hy hard met homself moet praat om nie sommer net die man voor hom 'n snotklap te gee nie. Hy hoop hy kry eendag die kans.

Dis net na sewe toe Nick in Victoriaweg indraai. Hy gewaar dade-lik die motor, twee voertuie agter hom. Dis 'n ander voertuig as vanmiddag, maar hy is oortuig dis dieselfde twee mans. Hy bel in die ry vir Patrice.

"Patrice, I want you to lock away all the car keys. Phone me if mister Allegretti gives you grief."

Die amptelike weergawe is dat Nick Patrice in 'n hotel in Jo-hannesburg ontmoet het, van hom gehou het en hom die pos as huisbestuurder vir Allegretti aangebied het. Die waarheid is dat Nick hom in Zimbabwe ontmoet het. Patrice se pa was betrokke by 'n teenstropingseenheid en is 'n paar jaar tevore deur renosterstropers doodgeskiet. Patrice was skielik verantwoordelik vir sy ma en twee jonger susters. Hy was baie dankbaar vir die werk en die reëlings wat Nick getref het om vir hom 'n verblyfpermit te reël. Hoewel Nick en hy nog nooit werklik in groot detail oor sy rol hier gepraat het nie, verstaan Patrice dit op 'n instinktiewe vlak.

Nick besluit om oor Kloofnek te ry. Toe hy anderkant die nek afsak stad se kant toe, sien hy 'n rukkie lank nie die motor nie, maar waar Jutlandstraat oorgaan in De Waalrylaan gewaar hy hulle skielik weer, twee motors agter hom, asof hulle weet waarheen hy op pad is. Hy tel sy selfoon op en bel Clara se nommer. Sy antwoord eers na die vyfde lui en klink verras toe sy hoor wie praat, maar dan wil sy bekommerd weet of Enzio iets oorgekom het.

"Hy makeer niks, maar ek wil hê jy moet my 'n guns doen. Bel hom en sê iets het voorgeval en jy kan nie meer vanaand na hom toe gaan nie. Moenie sê ek het jou gevra om dit te doen nie. Ek sal later verduidelik."

"Is hy in gevaar?"

"Nee, ek is net besig om iets te ondersoek. Dit sal beter wees as julle twee vanaand by die huis bly."

"Ek verstaan." Sy lag effens. "Jy weet hy gaan nie baie happy wees as ek nou cancel nie."

"Ek weet, en ek is jammer."

"Not to worry. 'n Mens moet net weet hoe om hom te benader. Hy is eintlik glad nie so 'n toughie as wat hy voorgee nie."

Nick wil vir haar sê dis waarop hulle staatmaak, maar bedink hom. "Dankie, Clara. Ek wens hy en Gabriella wil soms so inskiklik wees."

Toe hy sy selfoon weer tussen die twee sitplekke in die kissie neersit, kyk hy in sy spieëltjie. Daar is nou net een motor tussen hulle. Miskien is hulle tog nie seker waarheen hy op pad is nie. Hy wag tot op die laaste nippertjie en sonder om sy flikkerlig aan te sit, neem hy die afrit na Walmer Estate. Hy hou hulle in die truspieëltjie dop en sien hoe hulle probeer rem trap, maar daar is 'n motor agter hulle.

Hy swaai af in Roodebloemweg, en ry in die rigting van Nelson Mandela-boulevard. Daarmee kan hy om die stad terug Seepunt toe sirkel. Hy hou sy truspieëltjie dop, maar sien nie weer die motor nie.

Allegretti bel toe hy by die oorbrûe onder die stad kom.

"Waar is jy?"

"Naby Clara se huis." Hy weet nie of 'n mens 'n kwota leuens en halwe waarhede aan die begin van jou lewe kry wat jy mag gebruik sonder om daarvoor vergifnis te vra nie.

"Sy het gebel en gesê haar tannie is siek, en sy moet vanaand by haar bly. Watse kak is dit? Sy is nie 'n verpleegster nie. Waarom kry hulle nie iemand anders om haar op te pas nie? Dis presies waarom ek haar so gou moontlik daar moet uitkry. Ek is nie lus vir ander mense se kak nie, veral nie as dit nog Williams s'n is nie."

Nick luister met 'n halwe oor na die getier. Hy weet nie of alle ryk mense se kinders hulle lewe lank onvolwasse bly nie, maar hierdie twee reken beslis die lewe skuld hulle iets.

"Goed, dankie dat jy laat weet het. Ek gaan gou by die klub om, en dan sien ek jou later."

"Wat moet ek nou die hele aand op my eie doen?"

"Lees 'n goeie boek."

Nick druk die foon dood voor hy na 'n verdere tirade moet luister.

Ellie word Saterdagoggend vroeg wakker, en voor sy opstaan, kyk sy of daar boodskappe op haar selfone is. Daar is een van Clive op die nuwe selfoon.

Een van Allegretti se sekuriteitsbeamptes is laas nag in Seepunt doodgeskiet. Execution style. Greyling sê jy moet Williams Maandag bel, en sê jy sal die job vat. Hou intussen jou oë en ore oop.

Sy antwoord: *OK. Terloops, die prostituut wat met die skietery op Barkov se huis in die bad was, is terug in die stad. Dit kan seker nie te moeilik wees om haar op te spoor nie. En Allegretti het 'n nuwe ou wat na sy sekuriteit moet kyk. Werk blykbaar vir die ou man. Malherbe is sy van.*

Clive se antwoord kom sekondes later: *Dankie.*

Sy maak koffie en gaan staan op die stoep terwyl sy dit drink. Sy is verbaas om te voel dat die oggendlug 'n belofte van somer inhou. Die son sit al 'n bietjie hoër en die strale is skerper as 'n week of twee gelede. Dit verbaas haar steeds elke oggend dat die aarde blykbaar net voortdraai terwyl dit voel of haar wêreld gaan stilstaan het. En met die son wat vanoggend sigbaar geskuif het, besef sy die aarde kry dit selfs steeds reg om in sy wentelbaan om die son te bly. Terwyl sy snags wakker lê en wonder hoe sy haar pad deur die volgende dag sal vind.

Toe haar beker leeg is, stort sy, trek aan, en 'n uur later ry sy Goodwood toe. Sy het met haar ma afgespreek om haar winkel toe te neem.

Elfuur is hulle in Pick n Pay, maar Ellie moet op haar tande byt, want die mandjie bly leeg en alles wat sy inlaai, laai haar ma uit.

"Waar is Ma se lysie?"

"Ek het nie 'n lysie nie. Ek sê jou dis al wat ek nodig het. Die huis is nog vol." Sy bly 'n oomblik stil. "Een mens kan ook net soveel goed gebruik."

Antwoorde kom gewoonlik nie klaar verpak by 'n mens aan nie, besef sy toe haar ma dit sê. Jy tel dit maar so langs die pad in stukke op, tot jy op 'n dag besef tussen al die stukke het 'n prentjie gevorm. Dis egter asof sy daar in die supermark se gangetjie onverwags met 'n antwoord staan. Die rede waarom sy, na Chris, versigtig is vir ernstige verhoudings, is omdat sy reeds in 'n stadium van haar lewe vir twee begin koop het. Dit skep verwagtinge. Twee mense se inkopies laat lyk 'n kas vol. En toe op 'n dag was die kas weer die helfte leër, en dit neem lank om aan gewoond te raak. Verwagtinge verdamp nie oornag nie. Dit teister jou dikwels soos die spookpyne van 'n geamputeerde ledemaat.

"Jy hoef my ook nie winkels toe te bring nie. Ek het nie oornag lam geword nie, en weet nog hoe om 'n kar te bestuur. Wie dink jy het jou al die jare rondgery voor jy 'n lisensie gehad het? Terwyl hy gewerk het."

"Ek het gedink dit sal lekker wees om vanoggend 'n bietjie te kuier. By die koffiewinkel iets te eet."

Sy antwoord nie, maar stribbel ook nie teë toe Ellie na die tyd by die koffierestaurant instap nie. Hulle gaan sit by die venster. Toe hulle klaar bestel het, kyk albei na die mense wat verbyloop.

"Wanneer laas het Ma vir tannie Vera gesien?"

"Ek weet nie. Sy was in die week daar by my, maar ek kan nie onthou watter dag nie. Maar sy bel baie. Ek wens eintlik sy wil ophou, want vandat sy by daai ander kerk is, wil sy net vir my preek. Alles is skielik sonde, dis 'n wonder Peet word nog toegelaat om duiwe te vlieg. Soos sy nou aangaan, sien sy kort voor lank die duiwel tussen die duiwe se vlerke sit. En as sy eers die duiwel gesien het, moet die Here jou bewaar, want dan rus sy nie voor sy hom verdryf het nie. Arme ou Peet, ek kry hom party dae ook maar jammer. Hy was sy lewe lank so 'n vaaltyn. Dis 'n Godswonder hy het soveel inisiatief gehad om darem te begin duiwe vlieg."

Ellie lag hardop. Sy wil haar hand uitsteek om aan haar ma te raak, dalk iets vas te vat, iets wat sy lanklaas gesien het en nie meer seker was of dit maar kinderherinneringe was nie. Maar sy raak nie aan haar ma nie, want net so skielik soos die gordyn oopgegaan het, sluit dit weer dig en sien sy hoe haar ma in haar eie gedagtes wegraak. Sy is verlig toe die kos kom en hulle kan eet. Hoe raak die stilte tussen twee mense so groot dat geen woord of sin wyd genoeg span om dit te oorbrug nie? Dis nie asof sy en haar ma die laaste paar jaar 'n ongekompliseerde verhouding gehad het nie, maar hulle kon darem nog ligte praatjies maak.

Toe sy haar ma aflaai, help sy haar net die paar sakke afdra voordat sy groet. Haar ma vra haar nie om langer te bly nie.

Twintig minute later lui sy Melissa-hulle se deurklokkie. Terwyl sy wag dat iemand oopmaak, kyk sy van die stoep af na waar Valsbaai in die verte lê. Links van dit, Stellenbosch se kant toe, lyk die berge diepblou.

"Ek sal die deur oopmaak, kyk jy na jou sussie, moenie dat sy die sap op die mat mors nie," hoor sy Melissa se stem aan die binnekant.

Melissa maak die deur oop, maar staan 'n oomblik lank dood-stil. "Wat de duiwel het jy met jou hare aangevang?" Sy trek Ellie aan haar arm nader en draai haar in die rondte.

"Wat het geword van hallo, Ellie, jy lyk nice met jou baie duur nuwe haarstyl?"

"Hallo, Ellie, jy lyk baie vreemd met jou baie duur nuwe haarstyl. Wat het jou besiel? Eers kleur jy jou pragtige hare, en nou is dit só versnipper."

"Asof jy nog nooit jou hare geknip het nie."

"Dis nie dieselfde nie."

Ellie haak by Melissa in. "Laat staan jou geteem. Ek is in elk geval nie hier vir jou nie."

Hulle stap saam die huis in en Melissa sê. "As jy nie twee kin-ders present wil hê nie, beter jy met my gesels. Ek is so uitge-honger vir grootmensgeselskap. Dit voel of ek besig is om mal te word."

"Waar is Antonie?"

"By 'n kongres."

"Wat het jy vir my gebring?" Melissa se vierjarige seuntjie, Daniël, kom om die hoek gehardloop, steek dan vas. "Jou hare lyk anders."

Ellie gaan sit op haar hurke en maak haar arms oop. "Ek soek eers 'n stywe druk."

Hy kom nader, sit sy arms om haar nek en gee haar 'n taai soen teen die wang.

"Wat moet eendag van die kind word, hy kan skaamteloos bedel."

Ellie lag toe hulle in die leefvertrek kom en sien hoe die tweejarige Annie besig is om haar boksie vrugtesap oor die labrador uit te gooi en in sy pels te vryf.

"Annie, nee, magtig, man! Daniël, het ek nie gesê jy moet kyk dat sy dit nie doen nie?" Melissa maak die buitedeur oop. "Uit, albei van julle. Klim solank in die swembad."

Ellie raap die dogtertjie op en blaas borrels in haar nek.

"Ellie, my iets gebring." Sy raak aan Ellie se hare.

Toe hulle buite kom, gee Ellie vir hulle die twee pakkies met eetgoed en speelgoedjies.

"Sê julle nie dankie nie?" Melissa trek vir hulle stoele onder die sambreel reg.

"Dankie, Ellie," koor die twee saam.

"Dis 'n groot plesier, my sweeties."

"Ek sal nou vir ons iets gaan haal om te drink. Vertel my eers waaraan het ons die eer te danke. Kan die manne in blou darem een middag sonder jou klaarkom?"

"Ek het bedank."

Melissa sit terug op haar stoel en staar oopmond na Ellie. "Kom weer."

"Ek het bedank."

"Wat is aan die gang?"

"Dit was tyd vir 'n verandering. Moenie te veel daarin lees nie, en dis nie interessant genoeg om ure lank oor te gesels nie."

Melissa kyk 'n oomblik lank na haar. "Dalk nie, maar wanneer 'n mens dit saam met die res van die veranderinge aan jou lyf sien, vertel dit 'n ander storie. Jou pa is nou net dood. Jy verander jou voorkoms drasties en dan bedank jy nog sommer jou werk ook. Dink jy dis 'n goeie tyd om sulke ingrypende besluite te neem?"

Ellie trek haar skouers op. "Wanneer sou 'n goeie tyd wees?"

Melissa staan op en toe sy terugkom, dra sy 'n bottel witwyn en twee glase.

"Mag jy drink terwyl jy kinders moet oppas?" wil Ellie weet.

Melissa skink hulle glase vol en neem 'n groot sluk uit hare. "Moenie spot nie. Hy is darem nou al 'n bietjie beter, maar hy maak my nog soms mal. Dis waarom ek die kinders swemlesse laat neem het. Dit was óf dit óf ek het die swembad laat toegooi. Hy het my tot vier keer 'n dag gebel om seker te maak die swembad se hek is toe."

"Beplan jy nog om terug werk toe te gaan?"

"Daniël, moenie jou suster se kop onder die water indruk nie!" roep Melissa voor sy Ellie antwoord. "Ek het besluit om nog hierdie jaar by die huis te bly. Sodra Annie volgende jaar ook na 'n speelgroep kan gaan, sal dit net makliker wees." Sy kyk weer met aandag na Ellie en hou haar hand omhoog.

"Nee, hoe het ons nou oor my begin praat? Ek wil van jou weet. Ek kan nie glo jy het sommer net bedank nie. Waarom het jy my nie vertel jy oorweeg dit nie? Ons kon darem eers 'n bietjie daaroor gesels het."

"Daar was niks om oor te praat nie. Kom ons gesels liewer oor ander dinge. Normale dinge."

Melissa skud haar kop dat haar blonde hare heen en weer swaai. "We don't do *normal* in the suburbs. Almal dink die hoë mure en hekke is om die skelms buite te hou, maar dis om die crazy stuff binne te hou en te sorg niemand sien dit nie."

Ellie gooi haar kop agteroor en skaterlag.

"Hoe gaan dit met jou ma?" verander Melissa die onderwerp.

Hulle gesels 'n rukkie oor die begrafnis, en oor haar ma.

"Wat sê Albert daarvan dat jy bedank het? En van die nuwe look?"

"Aanvanklik was hy vieserig oor die bedanking, maar ek dink hy vermoed ons sal dalk nou meer tyd saam kan hê. Dit was maar

154

soms moeilik om mekaar te sien. Hy hou van my hare. Ek dink dit spreek tot sy kinky kant. Hy kan hom verbeel daar is 'n vreemde meisie in sy bed."

"Hoe gaan dit met julle twee?"

Ellie kyk na Melissa, asof sy wag dat sy nog iets moet sê. "Soos dit met ons twee kan gaan."

"Wat beteken dit?"

"Ons baklei, ons maak op. Soms is daar vrede, soms nie. Soms is hy die maklikste mens om mee oor die weg te kom, ander kere weet ek nie waarom ons bymekaar is nie. Hy beskuldig my soms dat ek te onafhanklik is. Dat hy nooit werklik weet wat in my kop aangaan nie."

"Ek dink oor die algemeen verkies mans dit so. As hulle weet, moet hulle dalk iets daaraan doen, en dis shit scary."

"Mamma het gevloek!" roep Daniël uit die swembad. "Ek gaan vir Pappa sê."

"Dan kry jy nie vanaand lekkers nie." Melissa rol haar oë. "Sien jy wat is jou gespaar?" Die woorde is nog nie uit nie, toe sit sy haar hand op Ellie se arm. "Sorry, dit was nou wragtig ongevraag. En dis nie asof dit te laat is nie. Baie vroue het deesdae eers in hul dertigs babas."

"Jy weet wat my pa destyds na Chris gesê het . . . God never makes mistakes. En hy het heel oortuig van sy saak geklink."

"Het jy al toekomsplanne gemaak of gaan jy my praktyk join?"

"En elke dag na mense se klagtes en donker geheime luister? Nee dankie, ek dink nie so nie."

"Het jy iets in gedagte?"

"Daar is dalk die moontlikheid van iets, maar dis nog 'n bietjie vroeg om daaroor te praat. Ek laat weet jou sodra ek seker is."

Melissa sit haar glas neer en skuif haarself terug op haar stoel. "Kan ek vir 'n oomblik 'n sielkundige wees?"

"Be my guest."

"Jy is 'n tawwe girl. Was dit nog altyd, maar dis nie alles aangebore nie, 'n groot deel daarvan is aangeleer. Na jou ma met haar dinge begin het, het jy hard daaraan gewerk dat die wêreld nie moet sien hoe swaar jy kry nie. En toe kom Chris, die doos, en trek die mat onder jou uit, en in plaas daarvan dat jy hom te pletter slaan, is jy ewe begrypend en sorg weer eens dat niemand sien hoe seer jy kry nie."

"Mense is nie lus vir ander se sh– . . ." Ellie sien hoe die kleintjies hulle ore spits. "Vir ander se nonsens nie. My pa het altyd gesê daar is 'n rede waarom 'n mens se wasgoeddraad agter in die erf is. Sekere goed is nie vir almal se oë nie."

"Nee, dit is nie, maar ek is bevrees in jou geval hang jy nie eers jou wasgoed in die agterplaas op nie. As jy my vra, maak jy dit in die nag saggies onder jou bed droog."

Ellie glimlag skeefweg. "Dit klink na 'n muwwerige spulletjie."

"Ten minste ruik jy darem nog nie, maar dis juis wat my bekommerd maak. Logika sê 'n mens kan net soveel keer jou nat wasgoed onder die bed ingooi voor dit gaan begin stink."

"Wat wil jy hê moet ek doen?"

"Staan 'n oomblik lank stil. Huil 'n slag. Rou oor jou pa. As daar een mens is waaroor 'n mens maar kan huil, is dit John McKenna."

"Hy was nie 'n engel nie."

"Dis nie wat ek gesê het nie, maar hy was 'n flippen decent mens, met al sy hebbelikhede. En jy mag maar oor hom treur. Julle twee was 'n gedugte span, al het julle soms baklei dat die hare waai. Julle was waarskynlik ook die enigste mense wat geweet het hoe swaar die ander een gekry het. En nou is hy nie meer daar nie, en jy gaan aan asof niks verander het nie. Hierdie nuwe voorkoms en die bedanking is maniere om weg te hardloop sodat jy nie met jou hartseer hoef te deal nie. Net soos jy destyds na Chris by die kliniek bedank het en by die polisie aangesluit het."

"Ek het nog altyd gesê ek sal eendag in daardie rigting wil gaan.

Dit was 'n wêreld wat ek geken het, en verstaan het wat dit behels."

"En jy is baie goed in jou job – soveel te meer waarom dit vreemd is dat jy dit sommer net op 'n dag los."

Ellie voel hoe die woorde in haar mond kom lê, want sy het nog nooit vir Melissa gelieg nie, maar Albert en Clive het haar gewaarsku.

"Niemand kan weet nie, en dis nie net om jou te beskerm nie, maar ook om daardie persoon te beskerm. Die oomblik wat jy dit met iemand deel, betrek jy hulle by 'n wêreld waarvoor hulle nie opgesign het nie," het Clive gesê.

Ellie kyk hoe die kinders in die water plas en sluk die woorde terug.

"Ek moet loop."

"Jy weet ek sê hierdie dinge omdat ek vir jou lief is, nie om te kritiseer nie. Moenie vir my kwaad wees nie."

"Ek is nie vir jou kwaad nie. Daar is net 'n klomp goed wat ek nog die naweek moet klaarmaak."

"Jy en Albert moet 'n slag kom eet."

"Ek sal hom sê." Sy buk oor en soen Melissa se wang. "Moenie saamloop nie, ek kan myself uitlaat." Sy loop tot op die rand van die swembad en buk by die trappies. "Kom groet my, julle twee waterottertjies."

"Wat is waterotters?" wil Daniël weet.

"Vra jou ma." Sy soen albei se nat wange en lag toe Annie haar nat arms om haar gooi. "Bye, Ellie."

"Sê groete vir Antonie."

Melissa waai 'n soen van onder die sambreel uit en Ellie stap deur die leefvertrek. Dis 'n mooi huis hier teen die heuwels van die Tygerberg. Elke ruim vertrek is smaakvol ingerig. Teen die mure hang goeie kunswerke. Gesinsfoto's sorg egter dat dit nie soos 'n kunsgalery lyk nie. Die huis is netjies, soos Antonie daarvan hou. Ellie trek die voordeur agter haar op knip.

Toe sy in die motor klim, kyk sy nog 'n oomblik lank na die huis voor sy wegtrek. Dis nie asof sy nog baie oor Chris dink nie, maar so nou en dan wonder sy hoe haar lewe sou verloop het as hulle getrou het. In haar verbeelding word dit altyd 'n huis hier teen die heuwels. Dalk teen hierdie tyd ook al twee kinders. Sy het lanklaas gekyk of die verloofring nog in haar onderste laai is. Chris wou dit nie terughê nie en sy kon nog nooit besluit wat sy daarmee moet doen nie. Sy betrap haarself dat sy wens dit was sy onder daardie sambreel. Sy vermoed dis onmoontlik vir haar en Melissa om jaloers op mekaar te voel, en tog wens sy soms dat haar lewe ook op gelyker spore gebly het.

Melissa se woorde maal deur haar kop, trap voetpaaie deur haar gedagtes, terwyl sy teen die steilte afry. Hoe is dit moontlik dat ander nie kan sien sy treur nie?

"God never makes mistakes," herhaal sy hardop haar pa se woorde. "I beg to differ!" skreeu sy toe sy by die verkeerslig stop.

Hoofstuk 16

Nick kyk na die chaos om hom. Hy weet nie wanneer Allegretti besluit het om mense oor te nooi nie, want toe hy gisteraand net na nege hier weg is, was hy alleen, die alarm was aangeskakel en die vier wagte was op hulle pos. En waarom hulle hom nie gebel het om te sê Allegretti het die moeder van alle parties aan die gang nie, weet hy nie. Behalwe dat die een gesê het meneer Allegretti het gesê hulle werk vir hóm, en as iemand vir Nick bel, is hulle sonder 'n job.

Hy was nog nie in die slaapkamers nie, maar te oordeel na die aantal motors voor die huis het baie gaste nie huis toe gegaan nie. Van die baas van die huis is ook nog geen teken nie. Patrice is met 'n vrugtelose poging besig om orde te probeer skep. Op die kroegtoonbank lê nog 'n sakkie kokaïen, en Nick gooi dit in die laai. Hy vee sommer die toonbank met sy mou af.

"I am sorry, if I knew it would look like this, I would have come in earlier."

"It is not your fault." Hy is bang as hy vir Patrice sê die polisie is op pad, sluit hy hom in sy kamer toe.

Dis een ding van mense soos die Allegretti's wat hy ook nie kan kleinkry nie. Dis asof hulle dink die mense wat vir hulle werk is almal blind of onnosel.

Nick is net besig om 'n vrag glase in die kombuis neer te sit, toe die klokkie onder lui. Die polisieman het gesê so teen vieruur se kant. Dis nog nie eens twee-uur nie. Hy hoor hoe Patrice die interkom antwoord, en stap haastig na Allegretti se kamer toe. As hy saam met 'n ander vrou in die bed is, los dit darem hopelik een van sy probleme op, maar tot sy verbasing lê hy alleen in sy groot bed. Dit neem egter 'n rukkie om hom wakker te kry.

159

"Die polisie is hier." Nick wag dat die boodskap behoorlik insink voordat hy verder praat. "Richard is gisternag in Seepunt doodgeskiet. Hy het die klub se identiteitskaart by hom gehad, en was nog in uniform. Hulle het my vanoggend gebel en gesê hulle wil met jou praat."

Allegretti sit stadig regop. "Jissis, wat het gisteraand gebeur? Ek voel soos die dood."

"Ek weet nie, maar jy beter jou gat baie vinnig regkry. Die polisie wag vir jou."

"Wie is Richard, en waarom praat jy nie net met hulle nie?"

"Richard was een van die sekuriteitswagte by die klub, en as ek met die polisie praat, lyk dit of ek jou probeer beskerm. Klim in die stort, ek sal solank koffie laat maak."

Toe Nick in die leefvertrek kom, staan twee mans met hulle rûe na hom, besig om oor die see uit te kyk.

"Luitenant Vermaak?"

Die een met die korter hare draai om.

"Ek is Nick Malherbe. Jy het met my oor die foon gepraat." Nick stap nader en steek sy hand uit.

Hulle groet en dan beduie Vermaak na die ander man. "Dis kaptein Greyling." Hy wag dat hulle handskud voor hy verder gaan. "Is meneer Allegretti hier?"

"Hy is ongelukkig op die oomblik besig, maar sal by ons aansluit sodra hy kan. Kan ek solank vir julle koffie aanbied?"

Albei skud hulle koppe. "Ons het ongelukkig nie baie tyd nie. Hoe lank sal meneer Allegretti wees?"

Nick wil hom eers vervies. Hy het lank genoeg die speletjie gespeel om presies te weet hoe dit werk. Maar hy hou hom in.

"Sit, asseblief." Hy beduie na die stoele in een hoek waar dit darem nie meer soos 'n slagveld lyk nie. "Soos ek oor die telefoon gesê het, ek is meneer Allegretti se hoof van sekuriteit. Dalk kan ek solank van julle vrae beantwoord."

"Dit moes 'n goeie party gewees het," laat Vermaak hoor toe hulle sit.

"Ek sal nie weet nie, maar dit lyk so."

"Was jy nie hier nie?"

"Nee."

"Mag ek vra waar jy was?"

"Ek was tot ongeveer eenuur by die klub, en daarna is ek huis toe."

"En huis is . . .?"

Nick gee die adres van die woonstel en sien hoe die twee na mekaar kyk.

"Die job moet goed betaal," laat Greyling hoor en Nick voel hoe hy warm onder die kraag word. Hy besluit om die opmerking te ignoreer.

"Was iemand saam met jou by die huis?" wil Vermaak weet, en Nick wonder waarom hy die meeste praatwerk doen.

"Nee, ek was alleen."

Vermaak skryf iets in sy notaboek neer.

"Waar was meneer Allegretti gisteraand?"

"Soos jy kan sien, het hy 'n partytjie hier by sy huis gehou."

"Maar jy was nie hier nie, so jy sal nie weet of hy die hele tyd hier was nie."

"Nee, maar ek is seker hier is genoeg mense wat sal kan getuig dat hy hier was."

"Hoe lank was die oorledene in sy diens?"

"Twee jaar."

"En wat was sy pos?"

"Hy was een van die sekuriteitswagte by die klub."

"Het julle al probleme met hom gehad?"

Nick sit effens agteroor op die stoel, strek sy arms oor die rugleuning. "Watse soort probleme?"

"Enigiets waaraan jy kan dink."

"Nee, nie sover ek weet nie."

161

"Kan jy aan iemand dink wat hom sal wil dood hê?" wil Greyling weet terwyl Vermaak iets in sy notaboek neerskryf.

"Wil jy by my weet of hy vyande gehad het?"

"Ek wil hê jy moet ons alles van hom vertel wat jy kan."

"Hy was stiptelik op sy pos, en sover ek weet het niemand ooit rede gehad om hom aan te praat nie. Ons kan die skofleiers ook vra, maar ek sou sekerlik gehoor het as daar probleme was. Wat hy in sy privaattyd gedoen het, sal ek jou ongelukkig nie mee kan help nie."

"Ons sal graag met die skofleiers en met sy kollegas by die klub wil praat," neem Vermaak weer oor.

"Julle is welkom. Laat weet my wanneer, ek sal sorg dat almal daar is."

"Weet jy iets van die skietery in Milnerton so 'n week of drie gelede?"

"Jy sal meer spesifiek moet wees."

"'n Russiese immigrant, Alexei Barkov, se huis is redelik uitmekaar geskiet."

"En jy vra of ek iets daarvan weet?"

Greyling knik.

"Ek het in die koerant daarvan gelees. Moet ek meer as dit weet?"

"Julle sekuriteitsmense praat dalk onder mekaar."

Nick glimlag. "Nee, ek is jammer, niemand het met my daaroor gepraat nie."

Vermaak kyk op sy horlosie, maar voor hy iets kan sê, kom Allegretti ingestap. Hy dra 'n ontwerpersdenim T-hemp en is kaalvoet. Sy hare is klam en staan effe orent op sy kop. Sy oë is bloedbelope maar helder, en Nick besef hy het eers weer 'n lyn of twee gesnuif.

Allegretti val op een van die stoele neer. "Whatsup?"

"Ek is luitenant Vermaak van Seepunt se speurtak, en dis kaptein Greyling. Ons is hier in verband met die moord laas nag op een van u werknemers." Vermaak maak die lêer oop wat tot nou langs hom op die bank gelê het. Hy gooi 'n paar foto's op die koffietafel.

"Nee, bliksem, man . . . ek het nog nie eers geëet nie," sê Allegretti en kyk dadelik weg.

Nick tel die foto's op. Richard lê vooroor in 'n plas bloed. Sy kop is skuins gedraai en sy mond gaap effens oop. Agter hom kan 'n mens vuilgoedblikke uitmaak. Langs sy kop lê 'n Checkers-sak en 'n paar groenteskille. Dit lyk soos pampoen of botterskorsie. Hulle het 'n swaarkaliber-vuurwapen gebruik, want die helfte van sy skedel is weg. Dis wat jy overkill sou noem, want sy hande is agter sy rug vasgemaak en uit die posisie waarin hy lê wil dit lyk of hy op sy knieë was toe hy geskiet is. Iemand wil vir Allegretti iets sê.

"Dis tragies, maar ek het hom nie vermoor nie," laat Allegretti na 'n oomblik hoor.

"Ons is nie besig om u te beskuldig nie, ons wil net 'n paar vrae vra. Hoe goed het u hom geken?"

"Hy het vir my gewerk. Ons het nie 'n bed gedeel nie."

"Het u ooit enige probleme met hom gehad?"

Allegretti vee oor sy kop. "Nie wat ek van weet nie."

"Wat presies het hy by die klub gedoen?"

Nick weet Allegretti wag dat hy tussenbeide moet kom, maar hy swyg.

Allegretti kyk na Nick. "Hy was blykbaar een van die sekuriteitswagte." Hy kyk na Nick. "Is dit nie wat jy gesê het nie?"

"Ek het so vir die menere verduidelik."

Allegretti se voet begin spring. "Nou wat vra julle dan weer?"

"Waar was u gisteraand?"

Hy maak 'n wye swaai met sy arm. "Besig om 'n paar mense te onthaal."

"Die hele aand?"

"Ek het mos so gesê."

"Is daar mense wat sal kan getuig dat u nooit die perseel verlaat het nie?"

"Ek dog jy sê jy beskuldig my nie van die moord nie. Waarom moet ek dan getuies hê oor my doen en late?"

"Dis bloot roetine."

Asof op bevel stap 'n jong vrou die vertrek in. Al wat sy dra, is 'n klein deurtrekker en 'n T-hemp.

"Ah, right on cue. Angel, can you tell the policemen where I was last night?"

Sy kyk verbaas op, asof sy nou eers besef daar is ander mense in die vertrek. "Hell, I don't even know where *I* was, how the fuck should I know where *you* were?" Sy stap op die stoep uit en begin soek tussen die klere en skoene wat langs die swembad lê. Nick sien hoe die ander twee mans se blikke haar 'n oomblik volg toe sy vooroor buk.

Enzio rol sy oë. "Sy was nog nooit 'n oggendmens nie. Maar moenie bekommerd wees nie, daar is baie ander vir wie julle kan vra."

"As ons net die name kan kry, asseblief."

Hy noem 'n paar name en Vermaak skryf dit in sy notaboekie.

Aan die manier hoe Allegretti se voet al vinniger skop en sy mondhoeke trek, kan Nick sien hy is nie so kalm as wat hy wil voorgee nie. Al waarvoor hy kan bid, is dat die rush tot na die ondervraging hou.

"Weet jy van iemand wat 'n werknemer van jou om die lewe sal wil bring?"

"Het 'n mens dan in hierdie land 'n rede nodig om iemand te vermoor?" Hy trek sy skouers op. "Hoe moet ek dit weet? Dalk het die man vyande gehad."

"Weet u iets van die skietery verlede week in Milnerton?"

Nick sien uit die hoek van sy oog hoe Allegretti se blik na hom verskuif, maar hy hou vir Greyling dop. Iets is nie lekker nie. Waarom laat hy Vermaak al die praatwerk doen?

"Dit was in die koerante. 'n Russiese immigrant, Alexei Barkov, se huis is uitmekaar geskiet. Twee mense is tydens die voorval dood."

"O ja, ek het in die koerant daarvan gelees. Ek sal befok wees as iemand mý huis so uitmekaar skiet. Daar is darem regtig nie meer wet en orde in hierdie land nie."

Die twee speurders kyk na mekaar, en Nick kan sien dat Greyling iets wil sê, maar homself inhou. Nick staan op. "Kaptein, luitenant, ek is bevrees julle sal ons moet verskoon. Meneer Allegretti het 'n ander afspraak. Laat weet my wanneer julle met die personeel wil praat, en ek reël dit." Hy stap saam met hulle tot by die hysbak, waar hy sy hand uitsteek.

Greyling huiwer net lank genoeg om seker te maak Nick sien dit raak, voor hy handskud.

Toe die hyser se deur toegaan, stap Nick na waar Enzio nog sit. "Jy beter jou shit agtermekaar kry. Bel jou swaer en sê ek soek julle twee vieruur by die klub, en as jy vóór dan weer iets rook, drink of snuif, bel ek persoonlik daai polisiemanne."

Enzio laat sak sy kop in sy hande. "Dit was 'n bitch van 'n aand. Ek hoop jy het al ontslae geraak van die res van die mense. Ek gaan hulle nie nog vandag ook entertain nie."

"Dis jou gaste, jy kan van hulle ontslae raak. Sorg net dat jy en Visser vieruur by die klub is."

"En sorg jy dat Clara nog hierdie naweek kan intrek, anders kan jy maar vir jou 'n ander job soek. Bel haar oom as dit moet en vra wat is die oponthoud."

Nick antwoord hom nie toe hy in die hyser instap nie. Hy kyk ook nie om nie. In hierdie beroep leer 'n mens om saam met die dood te leef. Jy vind maniere om dit van jou lyf af weg te hou. Om op 'n toneel te staan en die detail tot in die fynste besonderhede waar te neem sonder om dit té persoonlik te maak. Jou redding lê in daardie effense afstand wat jy kan hou. Soms is dit moeiliker as ander kere.

Dis nie asof hy die jong man werklik goed geken het nie en dis ook nie asof hy vir die skieters kwaad is nie. Sy woede is eerder gerig op Allegretti, Visser en die ander – dié wat reken hulle kan sulke speletjies met mekaar speel sonder om verantwoording daarvoor te doen. Dié vir wie 'n mens se lewe niks beteken nie.

Behalwe as dit jou eie is. Dan betaal jy ten duurste om jouself te beskerm.

Die klub is stil, behalwe by die buitetafels waar 'n paar middag-ete-gaste nog luier. Binne is die personeel aan die werskaf om dit reg te kry vir die aand. Die kroegmanne is besig om die kroeë vol te pak. Die yskaste is reeds vol sjampanje. G.H. Mumm, Armand de Brignac, Veuve Clicquot, Dom Pérignon, en daar is genoeg whiskey om Ierland en Skotland te laat dryf. Die duurste van alles. Vodka, jenewer, wyn, brandewyn. Dit gaan nie net daaroor dat jy jou drankie moet geniet nie, dit is ook belangrik dat ander moet sien wát jy drink.

"Het die polisie jou gekry?" wil Paul weet toe hy Nick sien.

"Ja, hulle was by Allegretti se huis, wat vanoggend soos 'n treinongeluk lyk. Die speurders wil met die personeel kom praat. Ek het gesê hulle moet laat weet, sodat ons kan sorg dat almal hier is."

"Hulle was hier en wou met die mense praat, maar ek het gesê hulle moet deur jóú werk." Paul laat sak sy stem. "Jy besef dit kon ek gewees het, of enigeen van ons."

"Ja, ek besef dit. Het jy al tyd gehad om te dink of jy gisteraand iemand of iets verdag gesien het?"

"Meer verdag as die klomp wat snags hier kom party hou?"

Nick het nie vandag lus om te lag nie, maar hy kan ook nie help nie. "Ja, meer verdag as jou klante."

"Nee." Paul gee 'n tree terug en vou sy arms. "Julle moet begin klaarmaak. Hier kom kak. Ek weet nie waarvoor julle nog wag nie."

"Weet jy hoeveel keer in die afgelope klomp jare het mense al probeer om hierdie nes oop te krap en vas te trek? Dis nie so maklik nie. Ek het drie jaar lank in Londen net daaraan gewerk om alle moontlike inligting in te samel. Op hulle spoor te loop. En glo my, dis 'n baie wye spoor, met baie draaie. As ons 'n oomblik te vroeg ons kaarte op die tafel gooi, verloor ons alles wat ons bymekaargemaak het." Nick skud sy kop. "Tydsberekening is ontsettend belangrik. Dis een van die redes waarom ek nou hier is. Om seker te maak ons kry nie nou een of ander hiccup nie."

Paul raak weer besig, altyd bang iemand hoor hulle.

"Ek gaan in die kantoor wees as jy my soek."

"Is jy honger?"

"Nie juis nie, maar as hier 'n verlore toebroodjie is, sal ek nie nee sê nie."

Nadat sy van Melissa af kom, trek Ellie haar drafklere aan, neem haar motorsleutels en ry Seepunt toe. Die briesie van die see se kant af maak dit net koel genoeg om lekker ver te draf. Sy stop naby die vuurtoring in Mouillepunt, en draf daarvandaan al langs Seepunt se promenade af, verby die swembad, toe draai sy om en draf 'n bietjie vinniger terug.

Haar asem jaag toe sy terug by die motor kom, en sy gaan staan voor teen die reling en strek haar arms en bene.

Die see maak 'n wit skuimsproei teen die rotse en elke keer wat 'n brander breek, dra dit die see se reuk die land in. Bamboes, vis, sout. Dis nie 'n vars reuk nie.

Voor sy terugry, haal sy haar selfoon uit die motor se kattebak. Dit lui toe sy in die motor klim. Sy sien dis Nazeem Williams se nommer.

"Meneer Williams." Sy voel hoe 'n rilling teen haar rug af gaan.

"Juffrou McKenna, ek hoop nie ek steur nie, ek weet dis Saterdag, maar ek het gewonder of jy dalk al vir my 'n antwoord het.

Jy sien, ek moet onverwags vir 'n paar dae weggaan, en ek wil graag seker maak dat Clara versorg is."

"Ek is ongelukkig nog nie klaar met my risiko-evaluering nie, so ek het nog nie vir u 'n volledige kwotasie nie. Ons het egter sekere reëlings getref dat ek beskikbaar kan wees sou u ons kwotasie aanvaar. Ek sou u Maandag laat weet het."

"Ek is nie nou te veel gepla oor die kontrak nie. Ek is bereid om te betaal wat julle vra. Aanvaar dat dit in orde is. Ek gaan die detail vir jou en Clara los om uit te sorteer. Solank u net onthou ons is baie lief vir haar, en dat u vir my werk. As u dink daar is dinge wat ek moet weet, sal ek dit waardeer as u nie doekies omdraai nie."

"Meneer Williams, ons doen ons bes om al ons kliënte so veilig en gerieflik moontlik te hou. Die maatskappy het 'n goeie rekord, en wil dit graag so hou. Ek is nie seker wat u graag sal wil hoor nie, maar ek sal u op die hoogte hou van alles wat ek reken u aangaan."

"Dankie. Ek waardeer dit."

Hulle groet en sy skakel die enjin aan, maar sy het nie ver gery voor dit weer lui nie. Hierdie keer is dit Clara.

"Ek is so bly jy het die job geneem. Ek dink ons twee sal goed oor die weg kom, en Enzio is so bly. Hy wil sommer hê ek moet nog vandag intrek. Ons het vanaand 'n pre-show party by die klub, en ek gaan beslis nie nog my goed kan pak ook nie, maar kan jy asseblief solank klub toe gaan? Nick is nou daar en Enzio sal oor 'n rukkie daar wees. Hulle wil jou ontmoet."

"Juffrou Veldman, ek dink daar is 'n misverstand. Ek is nie seker ek kan vandag nog alles gereël kry nie. Ek sal hopelik Maandag reg wees."

"Sê sommer vir my Clara en asseblief, ek vra jou mooi. Enzio is al baie vies vir my. Daar is 'n gerieflike woonstel aan die huis. Jy kan volgende week alles uitsorteer, maar kan ons nie asseblief vanaand daar gaan slaap nie?"

"Ek is op die oomblik nog in my drafklere."

"Dit maak nie saak nie. Enzio sal sy bestuurder stuur om my te kom oplaai, maar ek sal nie nou al kan kom nie. My hare en naels moet nog gedoen word. Weet jy waar die klub is?"

Sy is byna uitasem soos sy alles in een sin probeer sê, en Ellie sê sy sal dit kry.

"Dankie, vra vir Nick Malherbe. Sê vir hom uncle het jou gestuur, en jy gaan help met my sekuriteit. Maar hy weet dit, so sê net uncle het gebel."

Ellie ervaar weer 'n gevoel dat sy vir die kind se familie moet gaan vra of hulle weet waarin sy haar begewe.

Die klub lyk byna verlate toe sy daar stop. 'n Kelner is besig om die buitetafels af te dek. Sy stap by die groot voordeur in en steek 'n oomblik in haar spore vas. Waar sy kyk, is dit net glas en kristal. Swart en silwer, met spatsels lemmetjiegroen tussenin. Daar is drie stasies in die groot saal waar sy aanneem die musiek gemaak word, en 'n verhoog waar reuse-kolligte hang. Die tafels is al om die buitekant van die groot dansvloer gerangskik. Die verhoog is nou verlate. Kelners is besig om uit te vee, hier en daar tafeldoeke oor tafels te hang.

'n Skraal man kom agter 'n toonbank uit en wil weet of hy haar kan help. Sy oë is fletsblou agter sy bril se lense. Sy blonde hare staan effe orent. Hy lyk nie of hy hier pas nie.

"Ek is op soek na Nick Malherbe."

"En jy is?"

"Ellie McKenna."

"Mag ek vra in verband waarmee soek u hom?"

"Clara Veldman het my gestuur."

Hy kyk haar 'n oomblik lank op en af, en beduie toe na waar 'n paar stoele staan. "As jy hier wag laat roep ek hom."

Sy bly staan en kyk om haar rond. Haar blik val op die drankbottels agter die kroegtoonbank, en sy besluit sy moet eendag haar pa hierheen bring. Sy is seker hy het in sy lewe nog nooit 'n

169

bottel Glenfiddich Reserve gesien nie. Sy sal spaar en vir hom 'n dop hier kom koop. Die gedagte laat haar glimlag, en dan tref 'n ander gedagte haar, en die golf breek weer oor haar kop. In haar geesteoog sien sy hoe sy aan die prentjie van haar en haar pa met 'n glas duur whiskey in die hand probeer vashou, maar sy sink te vinnig.

"Kan ek help?"

Sy swaai om. Die man wat voor haar staan, is heelwat groter gebou as die ander man. Sy donker hare, met tekens van grys tussenin, is kort gesny. Hy dra 'n Levi-denim, gemaklike skoene en 'n wit hemp. Hy is op 'n manier aantreklik, al is daar sakkies onder sy oë en is sy vel redelik verniel deur son en wind. Langs sy linkeroog is 'n letsel wat die indruk skep dat dit die hoek van sy oog effens aftrek. As sy moet skat, is hy in sy laat dertigs, dalk vroeë veertigs. Toe Clara sy naam gesê het, het dit bekend geklink en nou onthou sy dis die naam wat Brenda haar gegee het. Die een wat eintlik vir ouman Allegretti werk, maar gestuur is om die kinders te kom uitsorteer. Hy het 'n ongeduldige manier aan hom en 'n berekende kyk in sy oë. Sy krag lê nie in sy fisieke grootte nie, maar op 'n veel subtieler vlak. 'n Gevaarliker vlak, want 'n mens kan hom onderskat as jy nie versigtig is nie.

Sy steek haar hand uit. "Ek is Ellie McKenna van Fast Security. Meneer Williams het ons gehuur om te help met Clara Veldman se sekuriteit."

Nick kyk na die jong vrou voor hom. Sy dra 'n spanbroek, T-hemp en hardloopskoene. Haar kort donker hare staan effens regop. Vir 'n donkerkop het sy 'n besondere wit vel, met hier en daar 'n paar sproete op haar neus en wange. Haar gesig is skoongewas. Haar oë 'n vreemde groenblou. Sy blik sak onwillekeurig na haar lyf toe. Die eerste gewaarwording is dat sy skraal gebou is, maar as 'n mens mooi kyk, sien jy spiere onder die lenigheid. Hy sien hoe sy haarself effens verskuif sodat sy met haar gewig op albei voete

170

staan. Na 'n lang oomblik skud hy haar hand, maar wonder of iemand besig is om 'n grap met hom te maak.

"Van wie praat jy as jy na 'ons' verwys?"

"Ons maatskappy, maar ek sal die grootste deel van die verantwoordelikheid dra."

"Hoe lank is jy al in die beroep?"

"Ek het so pas begin, maar ek was vier jaar lank in die polisie."

Nou is Nick seker dit moet 'n grap wees. Williams stuur 'n ex-cop om Allegretti se girlfriend te kom oppas. Sy lag egter nie en lyk ook nie ongemaklik of onseker nie. Haar blik is reguit.

"Ek het vir meneer Williams laat weet dat ons uitstekende sekuriteit het, en sal verkies om self na juffrou Veldman te kyk."

"Meneer," sy huiwer 'n oomblik, "Malherbe, ek is seker jy weet dit is een van haar oom se voorwaardes voordat sy by meneer Allegretti kan intrek. Ek dink nie jy hoef dit te sien as 'n mosie van wantroue nie. Ek is aangestel om 'n werk te doen, en dit help nie jy argumenteer met my daaroor nie. As jy probleme het, skakel asseblief vir meneer Williams of vir juffrou Veldman." Sy glimlag effens en langs haar mondhoek val 'n kuiltjie in.

Asof Clara Veldman nie genoeg probleme veroorsaak nie, sit hy nou ook met 'n ex-cop met 'n dimpel, en die hartseerste oë wat hy nog ooit gesien het. As hy nie so befok was nie, kon hy dalk gelag het.

"Weet jy iets van close personal protection?"

"Ek sou seker nie die werk aanvaar het as ek dit nie kon doen nie."

"Waarom is jy weg uit die polisie?"

"Persoonlike redes."

"As die redes jou werk kan beïnvloed, wil ek dit weet."

"Dit het niks met my werk te doen nie."

"Jy verstaan dat jou kliënt se doen en late privaat is, en dat jy dit nie met enigiemand mag bespreek nie. En dit geld my werkgewer se privaatheid ook."

"Ek is bewus van die reëls."

"Wie was jou bevelvoerder?"

"Brigadier Andile Zondi."

"As ek haar bel, wat sal sy my oor jou vertel?"

"Ek kan nie namens haar praat nie. Ek sal haar telefoonnommer vir jou stuur, dan praat jy maar self met haar." Weer die effense glimlag en die dimpel.

Voordat hy haar kan antwoord, stap Allegretti en Ken Visser saam in. Nick hou haar dop, maar sy knip nie 'n oog nie. Enige cop in die Kaap wat sy of haar sout werd is, sal weet wie Enzio Allegretti en Ken Visser is. Sy het haarself óf goed voorberei vir die ontmoeting óf hy is besig om spoke te sien waar daar nie is nie.

"Enzio, dis juffrou McKenna. Clara se oom het haar gehuur om met die sekuriteit te help."

Dis nou wat 'n mens 'n gelaaide stemtoon noem, dink Ellie, effe geammuseerd. En sy wag saam met hom dat Allegretti aan die lag gaan.

Enzio steek egter sy hand uit. "Ek kan jou soen, want jy het so pas my lewe baie makliker gemaak. Het julle al haar klere huis toe geneem?"

"Nee, sy het gesê sy het nie vandag tyd om te pak nie. Sy het blykbaar vanaand 'n partytjie hier en is nog besig om reg te maak."

"OK, ek het nie nou tyd om haar te bel nie, maar sê vir haar sy moet genoeg pak vir die naweek. Ons kan Sondag of Maandag haar ander goed gaan haal." Hy beduie na 'n man wat net binne die deur staan. "Dis Fritz, my motorbestuurder. Gee vir hom jou adres, en spreek af hoe laat hy jou moet oplaai."

"Enzio, ons kan vanaand hanteer," sê Nick. "Ek sal eers volgende week behoorlik met haar wil gaan sit sodat sy verstaan wat van hulle verwag word. Verkieslik ook met haar werkgewer praat."

"Jy kan volgende week doen wat jy wil, maar sy begin vanaand werk, sodat ek vir Williams van my nek af kan kry en Clara nie weer watter ure van die nag moet terug huis toe gaan nie. Het Clara jou gesê daar is 'n woonstel op die perseel waar jy kan bly?"

"Sy het."

"Goed so, ons vorder. Sorg dus dat jy en Clara elkeen 'n tas vir die naweek pak. Ek sien julle later hier by die klub." Hy kyk na Nick. "Bel vir Patrice, en sê hom hy moet kyk of die woonstel reg is." Hy knipoog vir Ellie. "Sê vir meneer Williams ek waardeer dit dat hy iemand gestuur het wat easy on the eye is."

Ellie sien hoe Nick Malherbe se kake onwillekeurig saamtrek, sy oë effe vernou en hy sy voete 'n aks versit. Maar dis so vlugtig dat die ongeoefende oog dit nie sommer sou raaksien nie. Hy het geleer om sy emosies baie goed te beheer.

Sy knik in Allegretti se rigting. "Ek sal met die motorbestuurder reël." Dan knik sy ook liggies vir die ander twee mans en stap deur toe, stel haarself aan die motorbestuurder voor, en spreek af dat hy haar by Allegretti se huis oplaai sodat sy kan saamry wanneer hy Clara gaan haal.

Op pad huis toe ervaar sy 'n ligte krieweling soos die adrenalien begin inskop. Dis 'n welkome gevoel. Dit voorspel beweging en dit beteken sy sal minder tyd hê om te dink.

By die huis stort sy, was haar hare en trek 'n swart denim, wit hemp, en haar gunsteling- swart stewels aan. Die aande is nog koel, selfs soms koud, en sy pak haar swart leerbaadjie in. Nugter alleen weet waar sy nog oral gaan beland. Sy blaas haar hare droog, en is steeds verbaas oor hoe vinnig die kort hare droog word. Sy het laas op laerskool kort hare gehad. Maskara en 'n smeersel lipstiffie kom laaste. Hopelik is sy tegelyk sigbaar en onsigbaar. Soos die instrukteur gesê het, hulle is die waarskuwing én die skaduwee.

Sy maak haar tas toe, maak seker al die vensters is toe en die warmwatersilinder is afgeskakel. Die tuintjie is piepklein en die paar plante wat daar is behoort te oorleef. Sy is dankbaar sy het nie 'n huis vol potplante of 'n troeteldier nie. Toe sy na haar kitaar in die hoek kyk, neem dit 'n rukkie om te besluit. Dalk later.

Sy kry maklik die huis en toe sy vir die hekwag haar naam sê, maak hy vir haar oop en beduie waar sy kan parkeer sodat sy nie voor die motorhuisdeure is nie. Iemand antwoord toe sy die knoppie by die voordeur druk, en toe sy in die onderste portaal inloop, skuif die hyser se twee deure oop. Die deure maak na 'n rukkie weer oop en sy staan 'n oomblik lank stil toe sy in die enorme vertrek uitstap. Waar is Melissa nou?

"I am Patrice, Ma'am," stel die swart man homself voor toe hy by haar kom.

Sy steek haar hand uit. "I am Ellie."

Hy neem haar tas en rekenaarsak. "If you will please follow me . . ." Hy beduie na die hyser agter haar, maar in plaas daarvan om in te klim, beduie hy na die trap langs die hyser. 'n Trap ondertoe. Die trap eindig in 'n ruim sitvertrek, met 'n klein kombuis teen die een muur. Hy maak 'n deur oop en sy volg hom tot in 'n slaapkamer. Die gordyne is oopgetrek en sy staan 'n oomblik lank stil om na die uitsig te kyk.

"The bathroom is through that door. You will find towels and everything in the cupboard."

"Who else is staying here?"

"No-one. The other bedroom is empty."

"Where do you stay?"

"I have a flat at the back of the house, near the kitchen."

"Any other personnel?"

"It's only me and a girl who comes three times a week to clean."

"Is there any other way that you can reach this apartment? I mean from outside the house."

"No, Ma'am, only by lift or the stairs. If you press the button in the lift that says M, it opens here."

Ellie het nog 'n hele paar vrae wat sy hom graag sal wil vra, maar toe sy op haar horlosie kyk, besef sy die bestuurder is seker al amper hier.

"I am going to the club."

Hy knik en stap saam met haar teen die trap af. Ellie wonder of hy opdrag het om haar nie alleen in die huis te los nie.

Die motor stop toe hulle uitstap, en sy klim voor langs die bestuurder in.

"Sy is 'n ex-cop." Nick loop op en af in Allegretti se kantoor.

"Dis goed, dan behoort sy seker die job te kan doen."

"Here, Enzio, ons weet niks van haar af nie. Gee my kans dat ek volgende week kyk wat ek oor haar kan uitvind, voor ons haar sommer net goedsmoeds vertrou. Hoe weet jy dis nie 'n trap nie? En dan wil jy haar nog laat inwoon ook."

"As Williams iets oor my wil weet, kan hy sommer net vir Clara vra. Sy deel my fokken bed! En as die cops haar geplant het, beteken dit Williams en die cops is kop in een mus, en ek glo dit nie." Hy gooi sy hande in die lug. "Ek gee nie om of sy 'n ex-cop, 'n undercover cop, of 'n wannabe cop is nie. Solank sy Williams happy hou. As jy haar wil ondersoek, be my guest. Jy word betaal om die job te doen. As daar geraamtes uit die kas spring wat my dalk in die gat kan hap, laat weet my. Indien jy niks kry nie, laat sy haar job doen. My vermoede is dat Williams my eintlik net wil laat verstaan hy kan my rondfok as hy wil. Sodra hy sien Clara is happy en daar word mooi na haar gekyk, sal hy sy waghonde terugroep."

Nick gaan sit weer op een van die stoele. Allegretti sit agter sy lessenaar, en op die ander stoel sit Ken Visser. Hy het nog nie 'n woord gesê vandat hulle twee by die klub aangekom het nie. Nou draai hy na Nick.

"Kan julle later hierdie gesprek klaarmaak? Waarom het jy my laat kom?"

"As jy verantwoordelik was vir die skietery op Barkov se huis, beter jy iets aan die saak doen. Richard se skietdood was payback, en ek vermoed dit was maar net die begin. So, sorteer jou kak met Barkov uit voor dit in 'n oorlog ontaard."

Visser kyk vlugtig na Allegretti, en toe terug na Nick. "Wie sê ek het iets daarmee te doen gehad?"

"Want jy is dom genoeg om so iets te doen."

"As ek jy is, tel ek my woorde. Jy praat nie nou met een van jou onnosel thugs nie."

"As jy verantwoordelik is vir een van my personeellede se dood, sal ek met jou praat soos ek wil."

"Barkov had it coming. As hy nie 'n ooreenkoms nakom nie, moet hy die gevolge dra," praat Allegretti tussenin.

Visser kyk na Allegretti. "Waarom de fok sit jy dit nie sommer in die koerante ook nie?"

"Wat gaan hý maak? Polisie toe hardloop?"

"Watse ooreenkoms?" onderbreek Nick hulle.

"Jy hoef nie al die detail te weet nie, maar daar was twee besendings waarvoor ons gewag het. Die een moes oor die grens kom, die ander een uit die wildtuin. Die een uit die wildtuin is onderskep. Ons het klaar 'n koper gehad, wat nou nie baie happy is nie, to say the least."

"Mang?"

"Maak dit saak?" wil Visser weet.

"Ja, want as Mang ook betrokke is, kompliseer dit die prentjie net nog meer."

"Ons is besig om Mang te handle," laat Allegretti hoor.

Nick het moeite om sy humeur te beteuel. "Wat julle sê is dat julle kak opgetel het met Barkov én Mang, en julle dink julle is besig om dit te handle? Hier was nou die dag 'n kar voor die klub wat vinnig weggetrek het toe ek uitkom en daar was gisteraand 'n kar wat my gevolg het. Klink dit asof ek gerus moet wees?"

"Ek hou nie van daai toon van jou nie," sê Visser en kyk na Allegretti. "Waarom is hy hier?"

Allegretti hou sy hande op. "Julle twee kan mekaar later bykom. Ek het vanaand 'n moerse groot party hier, en moet nog gaan klaarmaak en 'n paar mense gaan bel." Hy kyk na Nick. "Die kort en die lank van die saak is, Barkov skuld ons 'n besending horings. Volgens hom is dit onderskep, maar hy weet nie deur wie nie. Ek vermoed hy het dit teruggehou omdat hy agter ons rug 'n ander koper gekry het. Nou is Mang befok en dink ons het hom met opset gescrew. Daar is 'n kans dat ons Mang happy sal kan hou, maar daar is 'n paar komplikasies en ons moet net 'n bietjie tyd koop, vir Mang laat verstaan ons is onskuldig."

Nick voel hoe sy mondhoeke roer. Onskuldig. Inderdaad. Miskien moet hy vir hulle die definisie van die woord verduidelik.

Visser kyk na Allegretti. "Onthou net weer wat ek jou gesê het – as jou planne skeefloop, kry ek vir my 'n ander partner."

"Be my guest. Kyk waar kry jy geld. Almal weet jou ou man is een van die skelmste bliksems hierdie kant van die ewenaar, maar hy kan nie met geld werk nie. En as dit nie was vir sy paar konneksies nie, was hy lankal nie meer 'n faktor nie."

"My pa kan dalk nie met geld werk nie, maar hy het ten minste nog sy balls. Terwyl jou ou man nie eers meer syne met 'n vergrootglas kan kry nie."

Allegretti spring op en klim omtrent bo-oor die lessenaar om by Visser uit te kom, maar Nick is vinniger en spring tussen hulle twee in. Die laaste ding wat hy nou wil hê, is dat dié twee se paaie moet skei, want sonder Visser gaan die legkaart 'n paar stukke kort.

"For fuck's sake, julle klink soos kinders wat baklei oor wie se pa die sterkste is."

Allegretti en Visser tree terug. Visser wys met 'n vinger na Allegretti. "Moenie dink ek sal nie ons besigheid na iemand anders toe neem nie. Ons families se geskiedenis is vir my totaal irrelevant as julle nie kan deliver nie. Die wêreld is vol amateurs, as ek na amateurs gesoek het. En jy beter dit onthou. Sorteer jou kak uit, of klim uit." Hy draai om en stap uit.

Allegretti gaan sit agter sy lessenaar. "Wat kyk jy?"

Nick bly staan voor die lessenaar. "Wat vertel jy my nie?"

"Wat bedoel jy?"

"Waarna verwys hy? Wat moet jy uitsorteer?"

"Ek weet nie waarvan hy praat nie."

"Enzio, ek hou nie van verrassings nie. As jy dit nog nie weet nie, sê ek dit nou weer vir jou. As daar iets is waarvan ek moet weet, is dit nou 'n baie goeie geleentheid to come clean. Ek gaan dalk nie later so gewillig wees om te luister nie."

Allegretti begin 'n nommer op sy selfoon skakel. "Ek sê jou ek weet nie waarvan hy praat nie."

"OK. Ek sien jou later."

Toe hy uit die gebou stap, trek Visser net weg met sy splinternuwe Porche Cayenne. Die afgelope twee jaar het Nick homself soms betrap dat hy 'n grap met een van die Allegretti's deel, en 'n oomblik lank amper vergeet hoe wyd die afgrond tussen hulle is. Hy het al per geleentheid na Enzio en Gabriella gekyk en hulle op 'n manier jammer gekry. Hy is nie seker of Enzio sy pa se skoene kan volstaan nie. Enzio wil die goeie lewe hê, maar hy wil dit verkieslik op 'n skinkbord kry en nie sy hande vuilmaak nie. Daarom moet hy ander mense kry om die vuilwerk te doen. Mense soos Visser. 'n Man wat baie min beginsels het. Waar dit vir Enzio oor die spoils gaan, geniet Visser die jag en die doodmaak. Hy het 'n soort honger in hom wat nooit gestil sal word nie. Hy laat dink Nick aan 'n hiëna wat haar eie kinders sal opvreet om seker te maak net die sterkstes oorleef. Hy wat Nick is, is eerlik genoeg met homself om te erken êrens is daar dalk 'n bietjie naywer omdat Visser 'n bed met Gabriella deel, maar dis iets wat hy slegs soms in die donker toegee. Voordat hy homself egter daaroor kan aanspreek, troos hy hom dat daar min mans is wat nie dieselfde sal voel nie.

Terwyl hy in sy motor klim, maak hy 'n lysie in sy kop. Vind uit waaroor Visser en Allegretti haaks is. Doen navraag oor vrag horings wat oor grens gekom het. Wie het die ander vrag onder-skep? Waarmee kan hulle Mang paai? Vind uit oor die McKenna girl. Kan dit wees dat Williams met die polisie saamwerk? Indien nie, wat is die kanse sy is so onskuldig soos sy voorgee om te wees?

Hy skud sy kop. Hy was op skool nogal 'n goeie atleet en het selfs later in sy lewe 'n marathon of twee gehardloop, hom selfs laat ompraat om een keer die Comrades aan te pak. Nie dat hy hom dood geoefen het nie en hy het net voor die afsnyklok oor die streep gegaan. Sy atletiekafrigter op skool het altyd gesê hy is 'n lui atleet en as dit nie vir sy natuurlike fiksheid was nie, sou hy nie een voet voor die ander kon sit nie.

Hy kan nog die gevoel onthou wanneer hy om die laaste draai kom en in die verte die eindstreep sien. Vir baie atelete is dit die moeilikste deel van die wedloop. Die gedagte aan die eindstreep het hom egter altyd ekstra energie gegee. Sulke tye het hy gevoel of hy nie vir die duiwel sal stuit nie. Geen struikelblok of hinder-nis was te hoog of groot as hy eers die eindpunt in die oog gekry het nie. En nou is hy weer daar. Op goeie dae voel hy al hoe klop hy homself op die skouer. Dis waarom hy nie nou verrassings wil hê nie. Hy wil nou weet van elke hindernis wat hom moontlik kan pootjie, sodat hy sy berekeninge kan maak. Sy roete om hulle kan beplan, of as dit moet déúr hulle bereken. As juffrou McKen-na 'n probleem is, wil hy dit nóú weet.

Dis vreemd, maar net soos met 'n marathon vra hy homself ook nie nou af wat hy na die tyd gaan doen nie. Wat dóén 'n mens die oggend na 'n ultramarathon? Wat maak jy met 'n lewe waar-van die flenters in bokse gepak is?

Hoofstuk 17

Terwyl Ellie saam met Fritz op pad Rondebosch toe is om Clara op te laai, dink sy aan al die teorieë in sielkunde wat probeer om die aantrekkingskrag tussen mense te verklaar. Sommige klink heel logies, maar sy vermoed al meer dis nie werklik iets wat ordelik in 'n teorie vasgeknoop kan word nie. As dit was, sou sy nie nou op pad gewees het om 'n Clara Veldman te gaan oplaai en na 'n Enzio Allegretti toe te neem nie.

Williams se vrou maak vir haar die voordeur oop toe sy lui. "Claratjie," roep sy oor haar skouer, "dis juffrou McKenna."

"Mevrou, my naam is Ellie."

Die vrou glimlag. "Noem my sommer aunty Mavis."

Voor hulle verder kan praat, stap Clara die portaal binne en Ellie sukkel om haar mond toe te hou. Sy dra 'n baie kort spierwit rok met 'n hoë hals. Die rok span nie om haar lyf nie, maar pas perfek om elke kurwe. Toe sy omdraai om haar tannie te groet, sien Ellie die rok se rug is oop tot by haar stuitjie. Sy gooi 'n ligte sjaal oor haar skouers, terwyl Ellie die klein oornagtassie optel.

"Geniet dit, my kind, maar kyk asseblief agter jouself. Jou ma vergewe ons nooit as daar iets met jou gebeur nie."

"Hy is nie die duiwel nie, aunty. Julle sal hom nog ontmoet en self sien."

"Ek sê maar net." Sy kyk na Ellie. "My man het gesê ek moet solank dankie sê. Hy waardeer dit."

Fritz staan reeds langs die motor toe hulle buite kom, en maak die agterdeur vir Clara oop. Ellie kan 'n oomblik lank die flikkering in sy oë sien, voordat hy wegkyk. Sy klim voor langs hom in.

"Dankie vir jou moeite vanmiddag," laat Clara hoor toe hulle wegtrek. "Enzio het my getext en gesê hoe bly hy is, en dat hy van jou hou. En met die show volgende week sal dit net soveel makliker wees."

"Watse show is dit?" Ellie weet die reël is eintlik om nie praatjies te maak tensy daar met jou gepraat word nie, maar dié is nie normale omstandighede nie. Sy moet so gou moontlik probeer uitvind wat vir haar voorlê.

"Dis 'n groot lingerie show. Dis die eerste jaar wat ek ook gaan model. Enzio het besluit om vir al die models 'n pre-show party te hou. Dit gaan so lekker wees."

"Waar word die show gehou?"

"By The Bay-hotel in Kampsbaai."

"Ons moet asseblief net 'n tydjie oor die naweek afknyp om na jou dagboek vir die volgende week of wat te kyk. Ek het ook 'n vraelys waarmee jy my moet help, anders kan ek nie bepaal hoe om die job na die beste van ons vermoëns te doen nie."

"OK. Herinner my weer daaraan. Ek gaan vergeet."

Daar al 'n hele ry mense voor die klub wat wag om in te gaan. Almal kyk op toe die motor stilhou. Clara klim uit asof sy grootgeword het met chauffeurs en deure wat vir haar oopgehou word. Die wag by die ingang maak vir haar plek om deur te gaan, maar sy neem haar tyd, groet hier en daar, waai vir 'n paar agter in die ry.

Ellie kyk na die meisies in die ry. Almal is nie ewe mooi nie, maar almal straal selfvertroue uit, tot 'n mens agterkom hoe hulle elke nuwe aankomeling vlugtig van kop tot tone beskou. Ellie wil lag. Selfs op hierdie vlak, met klere aan wat 'n paar huishoudings vir 'n maand of vier kan onderhou, gee hulle mekaar daardie allesomvattende blik soos dogtertjies van kleins af doen. Melissa noem dit die scan. Sy sê alle vroue beoordeel mekaar die oomblik wat hulle mekaar sien. Want die meeste vroue se selfbeeld hang nie af van hoe hulle oor hulself voel nie, maar hoe hulle teen ander vroue lyk.

Allegretti wag binne vir Clara, en glimlag breed toe hy haar

181

sien. Hy sit sy arm om haar en soen haar op die wang. Dan knik hy in Ellie se rigting. "Dankie, kry iets om te drink en te eet. Sê vir Nick ek het gesê hy moet mooi na jou kyk."

Van die sekuriteitspersoneel met wie sy gesels het, het gesê hulle sal nooit moeg raak vir die glitz en glamour nie, al is hulle slegs die randfigure. Ander reken dit is die verveligste deel van hulle werk. Om te kyk hoe ander mense partytjie hou. Ellie het 'n gevoel sy sal onder laasgenoemde groep val. Sy wag tot Allegretti en Clara wegstap voor sy stadig deur die klub stap. Sy sal later in groter detail na die uitleg kom kyk. Nou wil sy net eers 'n idee kry waar die uitgange is, die kombuis, moontlike probleemareas, ensovoorts. Toe sy tevrede is dat sy min of meer weet hoe die plek uitgelê is, kry sy vir haar 'n plek teen die muur en maak haar gerieflik.

Teen die oorkantste muur is 'n DJ besig om almal welkom te heet, terwyl 'n ander een solank op die agtergrond die musiek aansit. Saam met die polsende ritme begin die lywe beweeg.

'n Kelner kom vra vir haar wat sy wil drink, en sy bestel 'n rock shandy. Die skraal man met die blonde hare en bril bring dit vir haar.

"Dis die eerste keer dat ek hier hoor iemand bestel dit. Ek wil net seker maak die kelner het jou reg verstaan."

Ellie neem die glas by hom. "Dankie. Hy het die bestelling reg oorgedra."

"Wat is jou gewone gif?"

"Whiskey."

"Is jy seker jy wil nie 'n whiskey drink nie?"

Sy skud haar kop. "Dalk eendag as ek nie aan diens is nie."

Hy steek sy hand uit. "Paul Smith. Ek is die bestuurder. Skreeu maar as jy iets nodig het."

"Dankie." Ellie wonder weer hoe op aarde hy die werk gekry het. Dis asof hy ontuis lyk.

Sy drink stadig aan die drankie, terwyl sy kort-kort seker maak sy het Clara nog in die oog. Die jong meisie is vanaand onteenseglik die koningin van die bal. Sy baai behoorlik in die gloed van Enzio Allegretti se naam en status. As Allegretti nie aan haar sy is nie, sit hy op die balkon van waar hy 'n uitsig oor die groot saal het.

Hy is so aantreklik soos op die foto's. Dalk nog meer, want die foto's wys nie die warm glimlag in sy oë nie. Hy en Clara is 'n pragtige paartjie. Of die glimlag werklik so warm en opreg is soos dit lyk, is egter 'n ope vraag. As jy hom lank genoeg dophou, kom jy agter hoe die glimlag kom en gaan. Hy is dalk nie so slim soos sy pa nie, maar hy weet hoe om mense te charm.

Ken Visser is die teenoorgestelde. Hy is nie onaantreklik nie. Hy lyk soos iemand wat lang tye in die buitelug deurbring. Sy blonde hare is songebleik en sy vel dra hier en daar 'n sonletsel. Sy oë is egter koud. Dis nie moeilik om al die gerugte oor hom te glo nie. Maar iets sê vir haar nie hy óf Allegretti gaan die groot probleem wees nie. Allegretti omdat hy op die oomblik duidelik verlief is, en dit hom waarskynlik nie so oplettend maak nie, en Visser omdat hy soos iemand met 'n enorme ego lyk. In sy wêreld hou iemand soos sy geen gevaar vir hom in nie. As dit blyk dat sy lastig kan raak, is dit nie moeilik om van haar ontslae te raak nie.

Die een vir wie sy versigtig sal moet wees, is Malherbe. Hy is gefokus, agterdogtig en moeilik peilbaar. Sy moet onthou om Clive te vra om vir haar inligting oor hom te kry.

Toe die glas leeg is, stap sy weer 'n slag om die vertrek, stel haarself aan die ander sekuriteitsmense bekend en gesels 'n bietjie. Sy is nie seker op grond van watter vaardighede hulle gekies is nie, maar almal is baie groot en sterk gebou.

Sy staan nog by twee en praat toe sy vir Nick Malherbe gewaar. Hy staan 'n entjie van hulle af, druk in gesprek met 'n pragtige donkerkopvrou. Sy dra 'n swart mini wat voor tot by haar naeltjie oop is, met net twee bande oor haar borste. Haar bruingebrande bene lyk eindeloos, dalk omdat sy 'n paar silwer stiletto's dra.

Malherbe dra 'n donker broek en wit hemp. Albei lyk ernstig, en tog is daar 'n intimiteit aan die toneel. Hy kyk op, sien haar, en Ellie sien hoe hy vlugtig frons voordat hy knik.

Sy stap weer verder, probeer ongemerk kyk waar die kameras is. Toe sy weer haar plek teen die muur inneem, hou sy 'n ruk lank die kelners dop en wonder wat hulle aan fooitjies verdien, en hoe dit voel om aand na aand drankies en eetgoed te bedien wat dalk meer kos as wat jy in 'n maand verdien. En sy wonder ook of die ligte en musiek daartoe bydra dat die aand meer word as wat dit in werklikheid is. Asof elke ligflits en musiekpols jou werklikheid versplinter en van nuuts af bymekaar sit, net om weer te verbrokkel. Oor en oor. Daar lê oneindige potensiaal in so 'n aand. Dalk moet sy sulke ligte in haar huis laat insit.

Nick hou Ellie dop van waar hy op die balkon staan. Die krieweling wil nie bedaar nie. Sy is goed daarmee om met die omgewing saam te smelt. Of dit is deur stil te wees, of net genoeg te beweeg dat sy nie sigbaar is nie. Sy kyk nie onnodig baie rond nie. Hy sien hoe sy elke nou en dan tussen die ander na Clara soek, en hy raak van voor af die donner in vir Allegretti. Hy sal die eerste een wees om te erken Clara is 'n pragtige meisie en nicer as baie van die voriges, maar hier moet vanaand digby driehonderd meisies wees. Hy is seker onder hulle behoort een of twee te wees wat dalk net so mooi is, en indien nie heeltemal so nice en grootoog nie, dan ten minste nice genoeg. Waarom kies hy die een wat potensieel groot probleme kan veroorsaak? Terwyl hy na Ellie kyk, skryf hy verder aan die lys in sy kop: Vind uit waarom sy bedank het. Het sy familie? 'n Man, kêrel? Waar woon sy? Rook sy, drink sy? Het sy ander gewoontes waarvan mens moet weet? Het sy skuld? Die lys raak net al langer.

Dis lank na middernag toe hy haar onder naby die kroeg raakloop.

Sy kyk op toe hy langs haar praat.

"Ek dink nie hulle gaan meer te lank kuier nie. As jy wil huis toe gaan, sal ek vir Clara sê, en ek sal persoonlik sorg dat sy veilig by die huis kom."

"Dis vriendelik van jou, maar ongelukkig is ek nie op jou payroll nie, so ek sal nie van jou aanbod gebruik kan maak nie."

"Hoe lank is jou kontrak met meneer Williams?"

"Hy was nog nie seker nie."

"Ek verstaan dat hy bekommerd is, maar 'n mens moet ook nugter wees. Dit help nie jy ontplooi 'n hele weermag en niemand weet wat die ander een doen nie. Dit veroorsaak net verwarring. Daarom is dit noodsaaklik dat ek verstaan wat jou job hier is."

"Hy betaal ons om min of meer vier-en-twintig uur van die dag beskikbaar te wees. Dit beteken ek verlaat eintlik nie haar sy nie."

Terwyl sy praat, kyk sy hom in die oë, gemaklik. Sy klink seker van haar saak, maar nie antagonisties nie. As hy in haar skoene was, sou hy waarskynlik ook soos sy opgetree het.

"Waar woon jy?"

"In Walmer Estate."

"Het jy nie 'n gesin wat jou nodig het nie?"

"Nee."

"Dit kan baie uitputtend wees om vier-en-twintig uur van die dag aan diens te wees. "

"Ek behoort dit te oorleef."

"Jy dink dalk dat jy weet wat hierdie job behels, maar dis baie meer ingewikkeld as wat mense dink."

"Ek is seker dit is."

Hy huiwer nog 'n oomblik voor hy omdraai en oor sy skouer laat hoor: "Ek sal jou môre sien sodat ons hulle twee se dagboeke vir die volgende twee weke kan koördineer."

"Jy weet waar om my te kry."

Sy kyk hom agterna terwyl hy wegstap. Een van haar dosente het altyd gesê mense lees hopeloos te veel in lyftaal. 'n Mens kan nie

185

afleidings maak van enkele handelinge nie. Wees op die uitkyk vir die clusters, en die mikrobewegings. Soos die spiertjie wat die mondhoek laat spring, die kners op die tande. Soek vir lyfmaniere wat in groepe voorkom. Dít is wat die storie vertel. Nie of iemand sy of haar arms voor die bors vou of met die voete weggedraai staan nie. Daar kan baie redes daarvoor wees. Nick Malherbe se lyf en gesigsuitdrukkings is goed onder beheer. Dalk 'n bietjie té goed. Agterdog is egter net so gevaarlik soos goedgelowigheid, en sy sal haar balans moet vind.

Dis net voor drie toe Clara laat weet hulle gaan nou huis toe. Ellie sorg dat sy by die voordeur is en stap 'n tree skuins voor Clara tot by die motor. Nick Malherbe klim saam met Fritz voor in die motor en Ellie bly staan op die sypaadjie.

"Jy kan saam met ons ry," roep een van die ander beamptes, en sy klim in die viertrekvoertuig saam met hom en nog een. Hulle trek vinnig weg en bly redelik naby die motor waarin Clara-hulle ry.

Toe hulle om die laaste draai ry, is die hek reeds oop, en die motorhuisdeure skuif oop. Fritz ry vinnig binne en die deur word weer toegemaak.

Na 'n paar oomblikke gaan die voordeur oop en Nick Malherbe kom nader gestap. "Thanks, guys. Rustige nag. Ek praat môre met julle."

Ellie maak haar deur oop en klim uit, en hy hou die voordeur vir haar oop.

"Ek moet nog reëlings met Clara tref," sê sy.

"Kan dit nie wag nie?"

Dit was 'n lang aand, en selfs in haar gemaklike stewels pyn haar voete. Agter haar oë klop 'n hoofpyn van die ligte en musiek. Sy voel hoe sy haarself regop trek en haar voete effe versit, haar vuiste langs haar sye klem, en dan weer los.

"Moet ek jou weer daaraan herinner dat ek vir meneer Williams werk?" Ellie haal haar selfoon uit en begin 'n nommer skakel.

Hy neem die foon uit haar hand en druk dit dood. Die hyser se deure gaan oop en hy laat haar eerste uitstap.

Enzio Allegretti sit by die kroegtoonbank, besig om kokaïen op 'n spieëltjie uit te gooi.

Clara sit langs hom, haar skoene en rok reeds uitgetrek. Sy het net 'n deurtrekker aan.

"Ek kom hoor net hoe laat ek môre gereed moet wees."

Clara lag verleë en gooi haar rok weer oor haar kop. "Sorry, ek het vergeet van jou. Lovey, wat doen ons môre?"

Allegretti kyk na Ellie. "Kom join ons vir 'n after-party snack."

Sy skud haar kop. "Dankie, maar dis ongelukkig nie deel van my voordele nie."

Hy lag. "Jy sal met jou baas moet praat, of jy moet liewer vir my kom werk. Vra vir Nick hoe mooi kyk ek na my mense."

"Lovey, los nou jou praatjies, sy wil seker gaan slaap."

"Ek weet nog nie wat ons môre doen nie. Jy is mos naby, so ons sal jou kom roep of bel."

Ellie knik. "Goeienag dan."

"Dankie," roep Clara agterna. Ellie kyk nie terug terwyl sy teen die trap afstap nie.

Sy hoor hoe Nick Malherbe ook nagsê, en dan is sy voetstappe agter haar op die trap.

In die woonstel se leefvertrek kyk sy na hom, en wag dat hy praat.

"Het Patrice vir jou beduie waar alles is?"

"Ja, dankie."

"Meneer Allegretti kan baie vinnig besluit om uit te gaan, so ek sal voorstel jy sorg dat jy soggens vroeg aangetrek en gereed is."

Ellie wil haar middelvinger vir hom lig, maar bedwing haar en knik net.

"Bel my as jy onseker is oor iets."

'n Derde knik.

Met 'n "goeienag" draai hy om en sy hoor sy voetstappe op die trap. Ellie kan nie help om half geammuseerd te wonder of hy ooit vannag gaan slaap nie.

Voor sy die bedlig afskakel, stel sy haar selfoon se wekker vir sewe-uur. Haar oë weier egter om toe te gaan. Sy het lanklaas in 'n vreemde huis geslaap en sy luister na die onbekende geluide, of gebrek aan geluide. Daar is iets ongemakliks aan die gedagte om 'n huis met twee wildvreemdes te deel, maar terselfdertyd voel sy 'n ligte bewing. Haar sintuie werk oortyd en dit keer die ander gedagtes wat soos roofdiere sirkel en hulle kans afwag.

Sy dink aan Clara met haar deurtrekker en Allegretti met sy spieëltjie en wit poeier. En dan dink sy aan Albert. Albert wat ook nie van te veel grense hou nie.

Sy raak uiteindelik aan die slaap, en droom van Enzio Allegretti.

Sy word sesuur wakker, trek die gordyne oop en lê en kyk 'n rukkie lank na die see, voor sy opstaan en die ketel in die kombuisie gaan aanskakel. Terwyl die water kook, stort sy vinnig. Die droom is 'n vae herinnering. Sy kan nie die besonderhede onthou nie. Sy hoop dis 'n goeie teken dat sy die eerste nag oorleef het en wonder of Clara veilig gevoel het.

Misdaad betaal goed, dink sy toe sy later met haar koppie koffie op die balkon staan. Die woonstel hang soos 'n moesie onderaan die huis. Bo haar moet die swembad wees wat sy die vorige aand deur die vensters gesien het. Nadat sy koffie gedrink het, begin sy stelselmatig die woonstel deursoek. Sy maak elke kas en laai oop, kyk onder die beddens, agter stoele en bo-op die yskas. Sy is seker hier moet kameras wees, indien nie in die slaapkamers nie, dan ten minste in die leefvertrek. En dan sien sy dit net onder die rookverklikker. Waarom installeer 'n mens kameras deur jou hele huis? Is dit aangeskakel, en indien wel, wie kyk na die opnames?

Hoofstuk 18

Dit word 'n lang oggend en sy is verlig toe Patrice eenuur met 'n skinkbord daar aankom. Nadat sy geëet het, kyk sy 'n bietjie televisie. Sy skrik toe die interkom vieruur lui. Clara is reg om haar klere te gaan haal.

"Ek dink Enzio is bang uncle verander van plan," lag sy toe sy in die motorhuis kom waar Ellie vir haar wag. Sy beduie na die wit BMW en gee vir Ellie die sleutels. Dis nie sommer 'n gewone BMW nie, sien Ellie. Dis 'n M5. Sy kyk na die ander voertuie in die groot motorhuis. Behalwe vir die BMW is daar ook 'n swart Hummer, 'n rooi Ferrari, wit Mazerati, 'n Toyota Land Cruiser Lexus en 'n silwer Mercedes SLK. Duur speelgoed vir 'n man met baie geld.

Clara dra 'n denim met plat sandale en 'n wit hemp. Haar hare is in 'n poniestert vasgemaak, en Ellie wonder watter een Enzio verkies. Die model of hierdie jong skoongesig-meisie?

By Nazeem Williams se huis wemel dit van familie en vriende wat daar geëet het, en Clara word soos 'n verlore dogter ontvang. Hulle mag dalk nie van Allegretti hou nie, maar die feit dat sy nou anderkant die berg gaan woon, verhoog blykbaar almal se status. Selfs al is die kanse sekerlik nul dat sy hulle ooit na daardie kant van haar lewe sal nooi, dink Ellie waar sy eenkant met 'n glas koeldrank in die hand staan. Mavis Williams wou niks daarvan weet dat sy in die motor wag nie.

"Dis net familie," het sy beslis laat hoor, en binne vir haar 'n koeldrank in die hand gestop. "Het jy al geëet? Ons maak altyd te veel kos."

Ellie sê sy het al geëet. Nietemin kry sy 'n kleinbordjie met 'n koeksister en 'n sny melktert.

Clara neem haar tyd om almal te groet, maar eet niks, selfs nie toe Mavis vir haar ook 'n kleinbordjie in die hand stop nie.

"Aunty Mavis, ek kan nie bekostig dat daar môre 'n rolletjie op my maag sit nie."

"Asof een koeksister en 'n ou snytjie melktert vir jou 'n rolletjie sal gee."

Drie van die jonger meisies gaan saam met Clara kamer toe om te pak.

"Jis, hoe's dinge?" Dis die lang een wat haar nou die dag kom haal het, besef Ellie. Hy beduie na homself. "Elroy. Ek en my cousin Reggie het jou nou die dag gaan oplaai."

"Ek onthou julle. Dit gaan goed, en met jou?"

"Nei, lekker, lekker. So, jy gaan nou vir prinses Clara oppas?"

"Ek gaan my bes doen."

"Ek het nie gedink uncle gaan dit ooit toelaat dat sy by die Italian intrek nie."

Die korte, Reggie, staan nou ook nader. Hy lyk aansienlik minder vriendelik as Elroy.

Ellie besluit om nie te antwoord nie.

"Wat dink jy?"

Sy kyk vraend na Elroy.

"Dink jy dis alles love and sweetness? Of dink jy dis 'n manier om vir uncle by te kom?"

"Waarom sal hy jou oom wil bykom?"

Hy gee 'n tree terug en kyk met geligte wenkbroue na haar. "Kyk hoe speel sy nou die innocent. Elke cop weet daar word nare stories oor uncle vertel. All lies, ma baie ouens dink dis die honest truth, and hate his guts."

"Ek weet nie hoe meneer Allegretti vir Clara ontmoet het nie, en ek ken hom nie goed genoeg om te weet wat sy motiewe is nie."

"Ah, maar die million dollar question is nou, wat gaan jy maak as jy agterkom hy is eintlik nie so sweet op Clara as wat hy agter uncle se bloed aan is nie? Gaan jy vir uncle vertel, al weet jy Claratjie gaan heartbroken wees?"

"Ek werk vir meneer Williams. As daar dinge is wat hy moet weet, sal ek hom vertel."

"How convenient vir 'n cop om so op die inside te werk," laat Reggie vir die eerste keer hoor.

"Ek is nie meer 'n cop nie, en ek het nie gevra om vir jou oom te werk nie. As jy goed onthou, het hy mý genader."

"Is so," antwoord Elroy toe Reggie net stilbly. Hy glimlag. "Dis nie dat Reggie jou nie trust nie. Jy lyk heel orraait. Hy skud ma net die boom, en kyk wat uitval. Dis sy job. Hy skud bome. Jy sal surprised wees wat soms uitval."

Ellie knik en hoop die hoendervleis wys nie op haar arms nie. "En mý job is om vir Clara veilig te hou. Ek soek nie komplikasies nie."

Hy kyk haar in die oë. "Dit was 'n gawe chat."

Hulle kom eers na sewe daar weg. Ellie met 'n houer kos, en nog koeksisters.

Enzio en Nick Malherbe sit op die stoep toe hulle by die huis kom. Hulle lyk druk in gesprek.

"Ek het begin dink die ou man het jou daar gehou," roep Enzio toe hy hulle gewaar.

"You would be so lucky!" roep Clara terug, en beduie vir Patrice en Ellie waarheen hulle haar bagasie kan help dra. Ellie het gedink sy sal meer hê as die twee groot tasse en paar los sakke. Maar wanneer jy die dag oor die berg trek, is daar seker heelwat van jou ou lewe wat nie ingepak word nie.

Die hoofslaapkamer op die boonste vlak is 'n saal van 'n vertrek met see- en berguitsigte. Die matte is dik en weelderig en die bed groot genoeg om 'n harem te huisves. Clara loop met hulle tot in die ruim aantrekkamer.

"Sit sommer net neer. Ek sal later uitpak."

Ellie is net weer by die trap toe Nick Malherbe opstaan en na haar roep. "Ek wil graag 'n paar reëlings met jou uitklaar." Hy beduie na 'n vertrek aan die agterkant van die kroegtoonbank. Dis 'n studeerkamer, sien sy toe sy instap, met 'n groot venster wat op die berg uitkyk. Teen die mure hang allerhande foto's. Sommige van Enzio Allegretti saam met 'n ouer man en vrou. Op party daarvan is die donkerkopvrou wat sy gisteraand by die klub gesien het ook by. Daar is foto's van Enzio en mense op seiljagte, in die sneeu met ski's aan, foto's van die klub. Saam met 'n verskeidenheid mooi meisies aan die arm. Twee foto's waar hy by baie duur sportmotors staan.

Nick Malherbe gaan sit agter die lessenaar en beduie na een van die stoele aan die oorkant.

"Ek het Clara se program vir die volgende twee weke. Maandag en Dinsdag moet sy elke oggend nege-uur by The Bay-hotel wees. Die vertoning begin daagliks om elfuur. Van een tot twee is dit middagete, en dan hou die vertoning aan tot vieruur. Daarna kom sy huis toe. Hulle gaan dalk later weer uit, maar is nog nie seker nie."

"Dis nie 'n probleem nie."

"Woensdag moet sy in Franschhoek wees vir 'n tydskrif-shoot. Donderdag het sy nog oop. Vrydag is 'n ateljee-shoot in die stad. Saterdag gaan hulle na 'n polowedstryd op Val de Vie by die Paarl. Ek is nog nie seker oor Sondag nie." Hy gee vir haar nog 'n bladsy. "Dis die week daarna se skedule. Dit kan egter baie vinnig verander, so ek raai jou aan om nie te veel planne te maak nie." Hy wag 'n oomblik en gaan dan voort. "Wanneer hulle saam is, is hulle eerstens my verantwoordelikheid, en daarom trump my bevele joune. Wanneer sy alleen by jou is, kan jy dinge doen soos jy wil, solank jy besef indien daar iets fout gaan, sal jy nie net vir Nazeem Williams moet verduidelik nie, maar ook vir meneer Allegretti."

Ellie knik. "Ek verstaan, solank jy ook net besef dat indien iets fout gaan, jy ook vir meneer Williams sal moet verduidelik."

Ellie vind dit interessant dat hulle nie vir mekaar vra wat verkeerd kan gaan nie. Hy speel sy kaarte stywer teen sy bors as Elroy en Reggie. En sy gaan beslis ook nie eerste haar kaarte op die tafel gooi nie. "Wat gisteraand gebeur het, is nie aanvaarbaar nie. Ek moet in staat gestel word om saam met haar te kan ry. Indien daar probleme kom, gaan jy en jou mense se eerste prioriteit wees om hom veilig te hou. Wie gaan na háár kyk?"

"Soos ek gesê het, wanneer hulle saam is, is albei my verantwoordelikheid."

"Ek gee nie om nie. As daar gisteraand nie 'n tweede voertuig was nie, sou ek nie my werk kon doen nie."

"Daar sal in die vervolg altyd 'n tweede voertuig wees." Hy sit terug in sy stoel en vou sy arms voor hom. "Wanneer jy praat van probleme wat mag opduik, waarna verwys jy?"

Sy sit ook terug in haar stoel, huiwer 'n oomblik, net lank genoeg om aan Reggie te dink. Dalk moet sy ook die boom skud en kyk wat val uit. "Ek sou kon sê hulle kan dalk in 'n motorongeluk wees, maar ek gaan nie jou intelligensie so onderskat nie. Ek was in die polisie. Ek glo jy weet dat Nazeem Williams én Enzio Allegretti se name nie vir my onbekend is nie."

"En tog het jy nie 'n probleem om nou vir hulle te werk nie."

Sy hoor die vraag. "Ek het nie 'n trustfonds wat my kan onderhou nie. Ek moet ongelukkig werk. En ek glo nie my vorige job diskwalifiseer my om hierdie een te doen nie. Inteendeel, ek dink meneer Williams het 'n goeie aanstelling gemaak." Te hel met kaarte teen die bors, besluit sy. "Ek verstaan die konteks van Clara se lewe, en die potensiële probleme van haar verhouding met Enzio Allegretti." Put that in your pipe and smoke it, wil sy byvoeg, maar keer haarself.

"Jy weet daar is 'n week of drie gelede op Enzio se motor geskiet?" Dit val haar op dat hy nie meer na hom as "meneer Allegretti" verwys nie.

"Nee, as dit in die koerante was, het ek dit gemis, maar ek weet daar was 'n skietery op Alexei Barkov se huis. As jy dus vir my sê daar is ook op Enzio se kar geskiet, is dit nie vir my goeie nuus nie. Dit beteken hulle twee het dalk probleme met mekaar."

"Dink jy Enzio was verantwoordelik vir die skietery op Barkov se huis?"

"Dis nie meer my probleem nie."

"Ek is seker 'n mens se nuuskierigheid verdwyn nie oornag nie." Daar speel 'n klein glimlag om sy mond, so klein dat dit nie by sy oë kom nie.

"As hy iets daarmee te doen gehad het, is hy dom. Barkov is nie 'n man om mee te speel nie. Die feit dat een van Enzio se werknemers doodgeskiet is, is dalk 'n verdere antwoord."

"Hoe weet jy dit was een van ons werknemers?"

"Die koerant het gesê hy het vir EA Securities gewerk. Ek het gesien dit is die naam wat op die ander sekuriteitswagte by die klub se hemde staan. Sover ek weet, is dit nie 'n openbare sekuriteitsmaatskappy nie. Dit moet julle in-house-maatskappy wees."

Sy sien hoe sy oë weer effens vernou, en sy wonder of sy dalk haar hand oorspeel het. Sy is 'n goeie pokerspeler en het 'n instink vir wanneer sy kan kanse waag, maar sy sukkel om die man voor haar te lees.

"Waarom het jy uit die polisie bedank?" wil hy weet.

"Dis nie relevant nie."

"Ek glo dit is."

"My pa was 'n polisieman. Hy is 'n paar weke gelede by 'n padblokkade doodgeskiet."

"Jy is John McKenna se dogter?"

Sy weet nie wat sy verwag het nie, maar beslis nie dít nie. Sy knik. Aan die een kant wil sy vra hoe hy hom ken, maar aan die ander kant wil sy nie weet nie.

"Ek het hom per geleentheid ontmoet." Hy brei nie daarop uit nie. "Jy sal verstaan as ek sê ek is nie gerus met jou in die rondte nie. As ek moet uitvind jy is hier met bymotiewe, sal jy die gevolge moet dra."

"Is dit 'n dreigement?"

"Ja."

"Terwyl ons nou eerlik met mekaar is, laat ek dan ook maar 'n waarskuwing rig: As ek uitvind Enzio Allegretti se verhouding met Clara is 'n manier om haar oom by te kom, gaan júlle die gevolge dra."

Sy laat haar woorde 'n oomblik tussen hulle hang voor sy voortgaan. "Dit is belangrik dat ek so gou moontlik 'n gedetailleerde plan van die klub en die huis sien, en ek wil ook die kans hê om met albei geboue vertroud te raak. Die enigste rede waarom ek dit vir jou sê, is omdat ek aanneem die huis en klub is met kameras toegerus en dit kan dalk lyk of ek rondsnuffel. Ek glo jy sal verstaan as ek sê ek moet toegelaat word om 'n volledige risiko-assessering te doen. Ek sal by Clara haar ander inligting kry, soos haar mediese geskiedenis, waar sy haar hare laat sny, naelsalonne wat sy besoek, restaurante, ensovoorts."

"Ek kan jou nou deur die huis neem en as jy môre die een of ander tyd by die klub verbykom, kan een van ons jou daar rondwys."

"Dankie. Ek waardeer dit."

Hy staan op en sy stap saam met hom. Enzio en Clara lê uitgestrek op een van die rusbanke in die leefvertrek. Enzio is besig met sy selfoon. Clara kyk na 'n program oor die Kardashians.

"Ek wys haar net gou die huis," sê Nick in die verbyloop. Nie een lewer kommentaar nie.

Die kombuis moet 'n sjef se droom wees. Moderne, skoon lyne. Kersiehoutkaste. Chroomyskaste en -toebehore. Groot gasstoof. Dit lyk egter nie of hier dikwels gekook word nie. Daar is 'n spens en waskamer met dieselfde rooibruin kaste. Hulle stap in 'n kort gang af en aan die einde daarvan klop hy aan 'n deur. Patrice maak oop.

"Sorry to bother you, but Miss McKenna needs to orientate herself and see the house."

Patrice staan opsy en hulle stap in. Dis 'n ruim woonkamer waar 'n televisie ook aan is. Daar is 'n paar gemakstoele en 'n klein viersitplek-eetkamertafel. Die slaapkamer is netjies met 'n dubbelbed en bedkassies. Die badkamer bestaan uit 'n stort, toilet en wasbak.

"Wat is Patrice se agtergrond?" wil Ellie weet toe hulle weer in die gang afstap.

"Hy is 'n Zimbabwiër. Ek het hom in Johannesburg by 'n hotel ontmoet en hom die werk as huisbestuurder aangebied."

"Het jy 'n background check op hom gedoen?"

"Wat bedoel jy?"

"Het hy enige verbintenisse met mense wat Enzio nie goedgesind is nie?"

"Hy is skoon."

"Is jy honderd persent seker?"

"Ek is seker."

Terwyl hulle verder deur die huis beweeg, besef sy die plek is selfs groter as wat dit van buite lyk. Daar is nog 'n sitkamer agtertoe in die huis, 'n eetkamer met 'n enorme sestiensitplektafel. Gastekamers met en suite-badkamers. 'n Volledig toegeruste gimnasium.

Die boonste verdieping bestaan byna hoofsaaklikuit die hoofslaapkamer, badkamer, aantrekkamer en privaat sitkamer. Ellie het nog nooit sulke ruim vertrekke gesien nie. Haar hele huisie kan omtrent in die aantrekkamer pas.

"Is daar enige ander uitgange wat nie sigbaar is nie?"

"Nee. Daar is wel 'n stegie langs die huis af wat buite die erf uitkom. Dit is 'n swak plek, maar ek wag nog vir 'n maatskappy om 'n beter hek en heining op te sit."

"Ek sien julle het 'n groot veiligheidsteenwoordigheid by die huis en klub. Ek sal graag toegang tot die beamptes se files wil hê."

Hy kyk skeefweg na haar asof hy wil seker maak sy is ernstig, skud dan sy kop. "Dit gaan nie gebeur nie."

"My kliënt het die reg om te weet sy kan die mense wat vir haar veiligheid verantwoordelik is, vertrou."

"Sy sal maar my woord daarvoor moet aanvaar."

"Kan jy persoonlik instaan vir elkeen van jou beamptes se lojaliteit?"

"In die mate dat so iets moontlik is. Die feit dat jy daardie vraag vra, laat my egter net weer besef hoe nuut jy in die bedryf is. As ek Nazeem Williams is, sal ek my bedenkinge hê."

Sy ignoreer die opmerking, want hulle is terug in die groot leefvertrek. Sy groet.

Allegretti en Clara is nie meer daar nie en sy wonder waar in die enorme huis hulle is.

Die woonstel is bedompig toe sy instap en sy maak die vensters oop, maak vir haar 'n koppie koffie en gaan sit op die stoep. Onder haar teen die hang van die berg brand die meeste huise se ligte nou. As kind het sy daarvan gedroom om eendag 'n uitsig te hê. Sy hou van ver kyk. Sy het ook daarvan gehou om saans in die motor te ry, want dan het sy stories opgemaak oor die ligte. En die donker kolle. Sy het haar gesinne verbeel, gesinne met baie kinders om 'n tafel. Sy het nie werklik 'n broer of suster gemis nie. Hoe mis 'n mens in elk geval iets wat jy nie ken nie? Die prentjie van baie kinders om 'n tafel het ook eers later gekom. Min of meer die tyd toe haar ma begin drink het, en soms dae lank nie met haar of haar pa gepraat het nie. Dis toe dat sy begin wens het daar was meer kinders om die tafel, sodat sy nie na die stilte hoef te luister nie. Of nog beter, dat haar ma deur húlle kon praat en nie net deur haar nie.

Vandag weet sy daar is baie huise waar die ligte brand, maar as jy die voordeur sou kon oopmaak, is dit eintlik 'n donker kol. Melissa sê hulle doen nie "normaal" in die voorstede nie. Hoe lyk "normaal" deesdae? wonder sy. Vir Clara is haar nuwe huis en lewe dalk normaal.

Toe haar koppie leeg en koud is, bel sy haar ma.

"Ek was maar vandag by die huis," antwoord sy met 'n vaal stem toe Ellie vra wat sy gedoen het.

"Waarom was Ma nie bietjie na tannie Vera-hulle toe nie, of oom Hendrik-hulle?"

"Ek was nie lus vir mense nie."

"Het Ma geëet?"

"Ja."

"Ek is jammer ek kon nie vandag 'n draai kom maak nie. Ek moes werk."

"Watse werk doen jy nou?"

"Ek werk vir 'n sekuriteitsmaatskappy. Ek kyk op die oomblik na 'n jong meisie."

"Hier was 'n man wat kom vra het of ek nie die huis wil verkoop nie," verander haar ma die onderwerp.

"Ek dink nie Ma moet so haastig sulke besluite neem nie."

"Dis my huis, ek kan seker daarmee doen wat ek wil."

"Dit ís Ma se huis. Ek dink net nie dis goed om oorhaastig te besluit nie. As Ma wil, sal ek iemand kry om eers die huis te waardeer." Die feit dat die huis nie sonder haar wat Ellie is se handtekening verkoop mag word nie, noem sy liewer nie.

"Wat moet ek met die tuin maak?" wil haar ma weet. "Hý het graag tuin gemaak, nie ek nie."

"Dis darem nie 'n reusetuin nie. Ons kan tuindienste kry om vir Ma die gras te kom sny, en die beddings netjies te hou."

"Dis net nog geld."

"Ma, die boedel is nog nie afgehandel nie en voor dít gedoen is, kan ons eintlik niks doen nie. Wanneer die tyd reg is, sal ons by al hierdie dinge uitkom."

"Die huis is so blêddie groot."

Ellie voel hoe iets in haar roer. "Ek weet. Miskien kan ons iemand kry om by Ma te kom woon."

"Nee, ek soek nie vreemdes in my huis nie. Dan moet ek elke dag praatjies maak."

"Dink maar daaraan. Ek gaan die volgende week baie besig wees, maar sodra ek 'n kans kry, kom loer ek by Ma in."

"Is jy ook kwaad vir hom?"

Ellie draai haar voete eers na die een kant toe, dan na die ander. "Wat sal dit help ek is kwaad vir hom? Hy het nie homself geskiet nie."

"Dankie vir die bel."

"Ma moet lekker slaap."

As haar ma gedrink het, is dit nie duidelik hoorbaar nie. Dalk het sy haar die effense sleeptong verbeel.

Voor sy gaan slaap, stuur sy vir Melissa 'n SMS: *Wat is "normaal"?*

Beslis nie ek en Antonie wat met twee kinders in die bed probeer slaap nie, kom die antwoord.

Waarom slaap hulle nie in hul eie beddens nie?

Want hy sê hy sien hulle so min. Hulle kan maar nou en dan by ons in die bed slaap. Die probleem is, hulle weet presies hoe om hom te manipuleer. Daar is elke tweede aand 'n rede waarom hulle kwansuis by ons moet slaap. Ek weet nie wanneer ons weer die bed vir onsself gaan hê nie. Let alone seks hê.

Ellie lag hardop. *Is dit nie gewoonlik die man wat kla nie?*

Hy is seker die gemiddelde vrou se droom, want hy is gewoonlik so moeg gewerk dat hy doodtevrede is om saans net te cuddle.

Sê vir hom jy het soms lus vir meer as net cuddle.

Te veel moeite. Dan moet ek verduidelik dat dit nie kritiek teen hom is nie en dat ek tevrede is, en dat hy baie goed voorsien in ons behoeftes. Laat slapende honde maar eerder met rus. Hoe lyk jou week? Kan ons mekaar sien?

Nee, ek het 'n job gekry. By 'n sekuriteitsfirma in die stad. Sal laat weet wanneer ek los is.

Sekuriteitsfirma? Is jy ernstig? Pas jy geboue op?

Moenie so 'n snob wees nie. Close personal protection. Ons pas VIP's en mooi mense op.

Bel my as jy vir Brad Pitt moet oppas. Ek sal jou sidekick wees.

Ek sal so maak. Sweet dreams.
Sekuriteitswag! Jy weet ek worry oor jou.
Dit maak twee van ons. X

Hoofstuk 19

Maandagoggend agtuur het Ellie al 'n bakkie ontbytpap geëet, koffie gedrink, gestort en aangetrek. Halfnege lui die binne-telefoon.

"Ellie, ek is reg om te gaan."

"Ek kry jou in die motorhuis."

Ellie draf die trap af. Toe Clara onder kom, dra sy 'n kort los rok, haar hare is weer in 'n poniestert vasgemaak en haar gesig is skoongewas. Ellie kan sien sy dra nie 'n bra nie.

Fritz staan by die swart Hummer.

"Meneer Malherbe het gevra ek moet vir juffrou bestuur. Daar gaan dalk nie parkering naby die hotel wees nie."

Clara knik en klim agter in, terwyl Ellie voor langs hom inklim.

Dit wemel van voeruie en mense toe hy hulle agter The Bay-hotel by die Rotunda aflaai.

Die meisies dra almal lospassende klere.

"Ons mag niks styf aantrek nie, want daar mag nie onderklere-merke op ons wees nie," antwoord Clara asof sy die vraag hardop gevra het.

Clara groet so ver sy gaan, en gee heen en weer lugsoene. "Ek gaan nou vir make-up en hare. Kry vir jou koffie, of daar behoort champagne ook te wees, en 'n gemaklike sitplek."

Ellie stap eers saam tot by die area waar 'n span grimeerkunstenaars en haarkappers reeds besig is om van die modelle reg te kry vir die vertoning.

Dan drentel sy na 'n area waar tafels met eet- en drinkgoed uitgepak is. Nie dat enige van die modelle iets eet of drink nie. Waarmee voed jy jouself as die normale voedselbronne taboe is? wonder Ellie terwyl sy vir haar koffie skink en eenkant gaan sit.

Net voor tien bel Nick Malherbe.

"Ek wil net seker maak alles is reg."

"Alles is reg."

"Fritz sal weer vieruur daar wees. Indien jy vroeër 'n voertuig nodig kry, laat weet, dan stuur ek een."

"Ek sal so maak." Sy keer haarself toe sy die gesprek wil ontleed. 'n Mens kan jou soms so vaskyk in elke klein stukkie detail van 'n projek dat jy vergeet om 'n tree terug te gee en te kyk hoe die verskillende drade bymekaarkom. Nick Malherbe is net een van die drade.

Toe die vertoning begin, gaan sit Ellie op haar aangewese plek agter naby die uitgang. Sy is jammer Melissa is nie saam met haar nie. Sy kan net hoor wat Melissa van al hierdie ontwerpersonderklere te sê sou hê. Sy wat Ellie is, kan met sekerheid sê sy het nog nooit in haar lewe sulkes gesien nie. Sommige is mooi, en sy sal nie omgee vir so 'n stukkie kant of satyn teen haar lyf nie. Met haar salaris sal dit waarskynlik 'n droom moet bly. Ander wil haar wenkbroue laat lig. Sy is seker Albert sal die vertoning baie geniet het.

Die vertoning maak vieruur klaar, maar dit neem nog 'n ruk vir Clara om te gaan aantrek voordat sy Ellie by die uitgang kry.

"Wat het jy gedink?" wil sy weet toe hulle by Fritz in die Hummer klim, en Ellie wonder of een vrou vir 'n ander kan sê sy kan verstaan dat mans alle rede kan verloor oor so 'n lyf.

"Dit was 'n baie goeie show. Jy is baie professioneel."

"As ek op die runway is, dink ek dit is die lekkerste, maar dan doen ek weer 'n foto-shoot, en dan besef ek ek is eintlik verlief op die kamera. Ek love my job. Wat het jy van die klere gedink?"

"Ek is nie seker ek sal weet wat om met van dit te doen nie, maar oor die algemeen was dit baie mooi, en sexy."

"Mans hou daarvan as 'n vrou sulke lingerie dra, en tog dra baie vrouens sulke vales. Ek verstaan dit nie."

Ellie wonder wat Clara sal sê as sy haar gemaklike Jockeykatoenbroekies en sportbra's moet sien. Selfs die paar kantnommertjies wat sy wel besit, is skielik nie meer so opwindend na alles wat sy vandag gesien het nie. Sy sien hoe Fritz onderlangs glimlag. Hy kan seker ook al 'n boek skryf oor alles wat hy al in hierdie motors gehoor en gesien het.

Allegretti is nie by die huis toe hulle daar kom nie, en Clara sê sy kan maar eers woonstel toe gaan. Sy sal laat weet indien hulle later wil uitgaan.

"Dink jy dis moontlik om 'n sleutel vir die huis te kry? Ek sal graag soms vroeg in die oggend wil gaan draf, of kantoor toe gaan, en wil julle nie steur om terug in die huis te kom nie."

Clara roep vir Patrice, en hy gee vir Ellie 'n voordeursleutel en beduie hoe sy die alarm moet afskakel. 'n Klompie jare gelede sou dit beteken het sy kan ongesiens die huis binnekom, maar met vandag se hoogs gevorderde tegnologie sal hulle presies kan sien wanneer sy die alarm afgeskakel het en die kameras sal elke beweging op band vaslê. Of, soos Clive graag sê, Big Brother is watching.

"Jy is welkom om die gym te gebruik," sê Clara toe Ellie die sleutel neem.

In die woonstel stap sy op die balkon uit en trek die skuifdeur agter haar toe. Dan skakel sy Brenda se nommer.

"Jammer, pla ek jou?"

"Ja, maar nie soos jy dink nie. Ek is darem meer bedagsaam as wat baie vroue is, en sit my foon op silent as 'n man besig is."

"Jy kan eendag 'n handboek skryf. Ek is seker baie vroue sal graag wil hoor watter wenke jy alles het."

"Waarom sal ek myself uit die besigheid wil skryf? Nee, as hulle te dom is om die basics vir hulleself uit te figure, is dit hulle verlies. Daai geld waarmee hulle dalk oorsee kon gaan vakansie hou het, is tog te lekker warm in my sak en maak baie gaatjies toe."

"Werk jy al weer?"

"Nee, die gesig is nog nie heeltemal mooi nie."

"Het jy aan my aanbod gedink?"

"Daai is 'n moeilike een, man."

"OK, kom ek sê jou wat – kom help my tot jy weer reg is om te begin werk. Wanneer jy voel jy is weer mooi genoeg, sê jy, en ek belowe, no hard feelings."

"En wat gaan jy vir jou clients verduidelik, waarom lyk ek so?"

"Dis nie asof daar mense in en uit stroom nie, en as iemand vra, sal ek sê jy was in 'n motorongeluk."

"Wanneer moet ek begin?"

"So gou moontlik. Kan ek jou nie môreoggend sewe-uur oplaai en kantoor toe neem nie? Dan verduidelik ek gou vir jou."

"Sewe-uur! Lyk ek vir jou soos 'n milk maid? Girl, weet jy hoe vroeg is daai vir my?"

"Komaan, Brenda, moenie so baie kla nie."

"OK. Ek sal daar by die Griek op die hoek wag."

Ellie trek haar drafklere aan en stap weer teen die trap op. Aangesien sy nie vir Clara alleen kan los nie, sal sy maar op die trapmeul gaan hardloop. Al die apparate is so geplaas dat 'n mens by die vensters kan uitkyk terwyl jy oefen. Sy sit haar oorfone in haar ore, skakel haar musiek aan en begin draf. Onder in die baai vaar 'n vissersboot verby, en agter dit streep die vaarwater wit. Dit lyk of die wind besig is om op te kom. Die see wat vanoggend nog soos 'n spieël was, is nou vol wit kruine.

Sy is net uit die stort toe die binnefoon lui. "Ons het mense oorgenooi, so jy kan ontspan of vroeg gaan slaap. Sien jou môreoggend."

"Dankie, geniet die aand. Ek dink ek gaan net gou nog 'n paar goed by my huis haal."

"Dis reg, Enzio is al hier."

Op pad huis toe stop sy eers by die kantoor en dan by die Tuine-sentrum. Daar is koffie en tee in die woonstel en sy gaan blykbaar kos kry wanneer hulle by die huis is, maar sy wil 'n paar vrugte en jogurt koop. Dalk 'n bietjie ontbytpap. By Woolworths se geriefsrak gooi sy 'n paar klaargaar-disse in haar mandjie. Sy kan dit vries en wanneer sy honger is sommer in die mikrogolf warm maak. Dit gee haar 'n gevoel van 'n bietjie meer vryheid as sy vir haarself iets kan maak.

Dis toe sy by die sentrum wegtrek dat sy die wit Toyota Co-rolla twee motors agter haar gewaar, en haar brein die somme begin maak. Dis dieselfde motor wat skuins oorkant die kantoor geparkeer was. Sy het dit opgelet omdat die nommerplaat haar verjaardag is.

Toe sy by die verkeerslig kom, sit sy nie dadelik haar flikkerlig aan nie en sy kyk ook nie in haar spieëltjie nie. Maar toe die lig groen slaan en sy draai, kyk sy so ongemerk moontlik in haar truspieël. Die motor draai ook. In plaas daarvan om De Waal-rylaan te neem, draai sy net voor Jutlandstraat links in Brandweer, en toe dadelik regs in De Villiers. Dit is genoeg draaie om haar 'n aanduiding te gee of die motor toevallig hier is, of nie. Toe sy on-der by Constitution regs draai, het sy haar antwoord. Dis steeds so drie motors agter haar. Dit is sesuur en die verkeer is swaar genoeg dat 'n mens jouself seker maklik kan verbeel iemand is op jou spoor, maar haar sesde sintuig sê dis nie toeval nie. Sy weet sy is nie veronderstel om huis toe te ry nie, maar as sy te veel draaie ry, weet hulle sy het hulle opgemerk.

Sy is besig om haar voordeur oop te sluit toe sy uit die hoek van haar oog die motor stadig sien verbyry.

Toe sy die deur toemaak, staan sy 'n oomblik lank stil. Hier was iemand in haar huis. Sy stap deur die huis. Dis nie asof sy iets met die eerste oogopslag vermis nie. Dis eerder in daardie klein stuk-kies detail waar sy dit agterkom. 'n Kas se deur wat net-net nie toe is nie. Haar pos wat effens skeef op die tafeltjie by die voor-deur lê. Die papiere en boeke op haar lessenaar. Ook net daardie bietjie skeef. En dan is daar 'n vreemde reuk. Ander mense sou dit dalk nie geruik het nie, maar haar sintuie is baie goed ontwikkel.

Dis die reuk van iemand wat rook, gemeng met 'n soort parfuum of naskeermiddel.

In die badkamer gaan sit sy op die bad se rand en draai die krane oop. Sy skakel Clive se nommer.

"Jis. Hoe lyk dinge?"

"Orraait. Ek het niks aarskuddends om te rapporteer nie, en ek weet ook nie of ek ooit sal hê nie, want die hoof van Allegretti se sekuriteit hou my met 'n arendsoog dop. Kan jy vir my kyk of jy iets oor hom kan uitvind? Nick Malherbe."

"Ek sal kyk. Waarvandaan bel jy?"

"My huis. Ek is seker ek word agtervolg en hier was iemand in my huis. Dit was nie 'n inbraak nie. Ek vermis niks en daar is nie met die slotte gepeuter nie. Wie dit ook al was, is pro's, behalwe dat hulle nie behoorlik gekyk het hoe my pos en papiere lê nie."

"Kon jy sien wie jou agtervolg?"

"Nee, maar ek het die registrasienommer." Sy gee dit vir hom. "Ek het dit verwag, maar ek sal steeds net graag wil weet wie dit is. Dit kan óf Williams óf Allegretti wees."

"My geld is op Allegretti. Albert sou ons seker laat weet het as Williams agterdogtig is."

"Tensy Williams ook nog nie heeltemal seker is oor Albert nie."

"Ek sal die alarmmaatskappy bel en hoor of my alarm afgegaan het en waarom niemand my gekontak het nie."

"Is jy seker jou huis was al skoon, geen lêers, geen nommers, geen leidrade van enige aard nie? Jy het jou rekenaar by die kantoor in die kluis toegesluit?"

"Ja, ek was baie deeglik."

"Dan hoef jy nie bekommerd te wees nie. Hulle is met 'n visvangekspedisie besig."

"Wat is nuus by die kantoor?"

"Die klomp skinder oor jou weggaan. Sommige sê dit het iets met my te doen en dat ons 'n uitval gehad het, ander sê jy gaan trou, en 'n paar glo jy het 'n senu-ineenstorting gehad en is in die een of ander inrigting. 'n Klomp vertel met smaak en geur dat jy en Greyling uit is. Een van die stories is dat jy swanger is."

"Ek verkies senu-ineenstorting. Dit klink ten minste glamorous. Weet jy hoe vorder hulle met die saak van Allegretti se sekuriteitswag wat doodgeskiet is?"

"Die saak lê by die local speurtak. Hulle het nog niemand in hegtenis geneem nie, en sover ek weet is daar ook nog nie 'n verdagte aangekeer nie."

"En die skietery by Barkov se huis?"

"Niks."

"OK, ek sal probeer om môre te bel. Kyk of jy iets op die wit Corolla en Malherbe kan kry."

"Pas jouself op, en moenie te gewoond raak aan al die luxury nie."

"Jammer vir julle, maar ek het klaar besluit ek kom nie terug nie. Luxury suits me quite well."

"Wil jy hê ek moet Allegretti se waghond bel?"

Ellie lag. "Nag, Clivie."

Sy voel skuldig oor al die water wat sy so vermors het en besluit sy sal 'n ander manier moet vind om te bel sonder om afgeluister te word.

Op pad terug Bantrybaai toe is die wit Corolla weer 'n entjie agter haar. Dit irriteer haar dat hulle nie meer moeite doen om nie raakgesien te word nie. Waar sy in die doodloop indraai, ry hulle verby. Die hekwag maak die hek oop en Ellie moet meet en pas om verby al die motors te kom wat in die erf geparkeer is.

Sy oorweeg dit om vir Nick Malherbe te vra of dit sy opdrag was dat sy agtervolg moet word, maar as dit nie hy is nie, wonder hy dalk waarom iemand dit sou wou doen.

Voordat sy die voordeur oopsluit, bel sy eers die alarmmaatskappy. Sy maak seker sy staan ver genoeg weg dat die hekwag haar nie kan hoor nie. Nee, sê die werknemer aan diens, haar alarm het beslis nie sedert Saterdagmiddag afgegaan nie, en dit is ook nie afgeskakel nie.

Wat beteken dit wás nie amateurs nie, dink sy toe sy teen die trap opstap. Bo in die huis speel musiek en sy kan stemme op die stoep hoor.

Hoofstuk 20

Brenda staan op die afgespreekte plek toe Ellie Dinsdagoggend vroeg daar kom. Sy dra 'n netjiese langbroek en 'n wit en rooi toppie. Die sonbril is reeds in plek.

"Dankie dat jy gekom het."

"My ma het my geleer to keep my promises."

"Waar woon jou ma?"

"Sy is lankal dood."

"En jou pa?"

"Sailing the seven seas."

"Was hy 'n matroos?"

Brenda wys na haar gesig. "Het jy gedink hierdie is net local genes?"

Ellie glimlag.

"OK, vertel my wat is dit wat jy van my soek. En moenie my probeer bullshit nie."

"Dis soos ek gesê het, ons is op soek na iemand om die kantoor te beman. Die telefoon te antwoord, ensovoorts."

"Dis nie oor die telefoon wat ek bekommerd is nie, dis oor daardie 'ensovoorts'. What are you not telling me?"

"Brenda, antwoord net die telefoon wanneer dit lui. Vra wie praat, neem die telefoonnommer en sê jy sal vir my die boodskap gee. Daar is koffie en tee, en 'n gemaklike stoel. En as daar iemand kom om my te sien, sê ek is by 'n kliënt en ek sal terugskakel. Of gee my selfoonnommer."

"En die ure?"

"Nege tot vyf."

"En jy is seker niemand gaan met 'n gun daar instap en my vir jou aansien nie?"

"Daar is 'n veiligheidshek. As jy onveilig voel, moenie die deur oopmaak nie en bel my. En indien jy voel jy moet dringend daar uit, is daar 'n agterdeur wat in die gebou langsaan se parkeergarage oopmaak. Maar trust my, jy sal fine wees."

"Daai is die soort sin wat my nekhare laat rys."

"Ek het jou gesê as jy wil loop, sê jy net. Niemand gaan jou dwing om te bly nie."

Ellie kry reg voor die kantoor parkeerplek en toe hulle binne kom, sien sy hoe Brenda weer heen en weer kyk. Sy stap deur die paar vertrekke, maak hier en daar 'n kas en 'n laai oop.

Ellie wys vir haar hoe om die telefoon te werk en die rekenaar aan te sit.

"Kan jy met 'n rekenaar werk?"

Brenda staan 'n tree terug. "Ek bring nie al my tyd op my rug deur nie."

"Daar is nie regtig iets om op die oomblik te doen nie, maar ek wil net hê jy moet elke dag die e-mails check. Verder gee ek nie om as jy speletjies daarop wil speel nie. Moet net nie allerhande vreemde goed google nie. Sulke goed los voetspore op die rekenaar."

"Hoe weet jy ek sal nie met alles wegloop nie?"

"Ek dink jy het beter smaak as om office supplies te steel."

Brenda gee een van haar seldsame laggies. "Ook weer waar."

"OK, jy het my nommer. Moenie huiwer om my te bel as jy onseker oor iets is nie. Ek sal in elk geval ook minstens een keer 'n dag bel, of 'n draai kom maak as ek kan. Indien daar 'n krisis opduik, en jy my nie in die hande kan kry nie, bel hierdie nommer. Dis my baas. Sê vir hom dis jy, en sê jy kry my nie in die hande nie." Ellie skryf Clive se ongelyste selfoonnommer neer.

"Watse soort krisis?"

"Ek weet nie, Brenda, maar ek vertrou jy sal 'n krisis herken as jy een sien."

By die deur wil sy weet of Brenda eers wil terug Seepunt toe. "Nee, te veel moeite. Ek sal sommer hier bly."

"Dankie, Brenda. Ek waardeer dit. Sien dit as 'n betaalde vakansie."

Brenda skud haar kop. "Is goed jy het nie 'n travel agent geword nie."

Toe Ellie terugry, wil sy lag vir Brenda se sêgoed, maar dis asof die lag ongemaklik in haar sit. Soos 'n wind onder haar ribbes. Sy kon nog nooit werklik uitwerk hoe die lewe se kaarte uitgedeel word nie. Al wat sy weet, is dat dit moeiliker is om met iemand met 'n swakker hand te speel, as iemand met 'n sterker hand as jy. 'n Mens probeer die hele tyd uitwerk waarom die dice nie anders geval het nie. En dis asof jy teen die skuldgevoel ook moet speel.

Toe sy voor die huis stop, bel Clara om te sê sy is klaar, en Ellie sê sy sal onder in die motorhuis wag. Sy maak die binnedeur oop, maar bly staan in die portaal toe sy stemme in die motorhuis hoor. Dis Allegretti en dit klink of hy op die telefoon is, want daar is nie 'n ander stem nie.

"Ek het jou gesê ek kan hom handle." Dit raak stil. "Ek is nie 'n fokken idioot nie. Ek weet wanneer om my bek te hou. Sorg jy maar net dat alles aan julle kant reg is. Nog een so 'n fokop soos met Barkov, en ek soek ander partners. Hulle moet veral seker maak die donnerse papierwerk is reg." Dit raak weer stil. "Nee, nie vandag nie. Donderdag, elfuur by Diaz Tavern."

Dit word stil en Ellie hoor die suising van die hyser wat naderkom, en sy maak weer die voordeur sag oop, en toe harder toe. Te laat onthou sy van die kamera in die portaal, en sy keer haarself net betyds om op te kyk. Wie ook al na die opnames kyk, sal vir seker haar gedrag vreemd vind. Dit is die dinge waaroor Clive haar gewaarsku het. Hy het gesê dis selde die groot goed wat 'n mens pootjie, eerder hier en daar 'n glipsie.

"Clara! Waar de fok bly julle? Ek moet ry." Dan sien hy vir Ellie. "Juffrou McKenna, hoe gaan dit." Hy flits een van sy blink glimlagte.

"Dit gaan goed. Juffrou Veldman is op pad. As u haastig is, kan ek self bestuur."

"Nee, ek het nog 'n paar minute tyd."

Op daardie punt stap Clara en Fritz in. "Lovey, jy skreeu so, ek hoor jou glad binne-in die lift."

"Ek is haastig." Hy gooi die BMW se sleutels vir Fritz en hy en Clara klim agter in.

Op pad Kampsbaai toe lui Allegretti se selfoon nog drie keer, maar hy hou die gesprekke kort en soen Clara haastig op die wang toe hulle stilhou.

Ellie maak vir haar die agterdeur oop.

"Hy laat my soms so baie aan uncle dink," gesels Clara toe hulle na die ingang stap. "Ek dink hulle is verslaaf aan hulle jobs. Even as hulle kuier, kan 'n mens sien hoe draai hulle koppe met ander dinge."

Dis vir Ellie asof sy in die middel van nêrens op 'n boom afgekom het waaraan heerlike rooiwang-appels hang. Ellie dink net 'n vlietende oomblik aan die moontlike gevolge, maar die verleiding is te groot.

"Ek kan dink dat die klub hom nogal besig hou."

"Ek weet nie of die klub hom so besig hou, as wat dit sy ander besigheid is nie."

Ellie voel hoe sy die appel raakvat en sy weet sy gaan dit pluk. 'n Mens weet nooit wat dalk nog uit die boom kan val nie.

"Het hy nog ander besighede ook?"

"Mainly imports and exports."

"Klere of wat?"

"Ag, ek weet nie eintlik nie. As ek hom vra, sê hy daar is deesdae 'n mark vir alles."

"Waar het julle mekaar ontmoet?"

"Ek was een aand saam met vriende by die klub. Dit was reeds vol en ons het op die sypaadjie gewag om te sien of ons nie dalk nog plek gaan kry nie, toe hy daar verbystap op pad van sy parkeerplek af. Ek het nie geweet wie hy is nie, maar toe hy sommer net verbyloop, het ek na hom geroep en gesê hy moet soos ons almal agter in die ry inval. Hy het nader gekom en met my begin gesels. Die volgende oomblik word ons groepie ingenooi en alles word die aand vir ons betaal. Toe ons huis toe gaan, het hy my selnommer gevra. Ek het nog gelag en dit sommer op sy hand geskryf. Hy het die volgende oggend gebel en my vir lunch genooi. And ever since is ons maar bymekaar."

"Het jy nooit vantevore by hom oorgeslaap nie?"

"Een of twee keer, maar uncle-hulle het niks daarvan gehou nie."

"En tog laat hy jou nóú daar woon."

"Dis anders. Hy sê as 'n man 'n vrou in sy bed wil hê, moet hy darem een of ander commitment maak. Dis nog steeds nie hulle first choice nie, maar dis beter as wat ek net soms daar slaap."

"Jy is amper een-en-twintig. Waarom is jy bereid om nog na jou oom-hulle te luister?"

"Ons is 'n close family en hy is baie goed vir ons almal. 'n Mens disappoint hom nie graag nie."

Hulle is by die hotel se ingang en Ellie vra nie verder nie. Dis weer 'n samedromming soos die vorige dag en Clara moet dadelik gaan vir haar grimering en hare. Ellie loop weer deur die lokale. Maak seker daar is niks wat ooglopend anders lyk nie, of werkers wat sy nie van gister af herken nie. Toe sy tevrede is, gaan haal sy koffie en neem weer haar plek só in dat sy 'n onbelemmerde blik op die area het waar hulle die hare en grimering doen.

Sy weet Clive het gesê haar rekenaar en selfoon mag nie gebruik word om enige navorsing te doen nie, maar sy kan nie so stilsit nie. Sy het vandag haar iPad saamgebring en toe sy klaar koffie gedrink het, begin sy in die koerante se argiewe rondsoek na moontlike berigte van onlangse renosterhoringstropery. Dis egter nie te sê dit was 'n onlangse transaksie wat skeefgeloop het nie. Dit kan horings wees wat al geruime tyd terug gestroop is, maar gewoonlik wil hulle die voorraad so gou moontlik uit die land kry sodat hulle hul geld kan kry. Dis ook nie te sê dit was horings nie.

Sy het al geleer om met een oog te lees terwyl sy haar omgewing dophou, maar skrik steeds toe daar na 'n ruk harde stemme opklink. Twee sekuriteitswagte haak weerskante van 'n man in en stap met hom buitentoe.

"Oh my word! How embarrassing," hoor sy een van die meisies sê. "Wanneer gaan hy die boodskap kry dat dit verby is tussen hulle!" Die paar meisies naby haar wat dit gadegeslaan het, rol almal hulle oë. Toe 'n ander meisie naderkom, maak hulle 'n kringetjie om haar.

"Dis OK. Hulle het hom weggeneem. Moenie worry nie. Hans maak jou dood as jy nou huil." Een van die ander haal 'n pakkie pille uit haar skouersak. "Here, this will get you through the show, but sweetie, you'll have to let him understand it's over."

"Ek probeer nou al hoe lank, maar hy wil nie hoor nie." Die meisie sluk die pil en haal drie keer diep asem. "Dit is so 'n gemors. Hy dreig om my te skiet as ek met ander mans uitgaan."

"Bullshit. It's just talk. As if he has the guts to do that. En nog meer rede waarom jy nie kan teruggaan nie." Die een aan die woord is 'n donkerkopmeisie met 'n interessante hees stem.

Ellie kyk na die ander meisie wat steeds probeer om haar emosies onder beheer te kry. Sy het een van daardie velle wat byna deurskynend wit is, met ligte hare en helderblou oë. Sy is baie lank en maer, en herinner Ellie aan 'n jong vul wat nog nie heeltemal beheer oor haar ledemate het nie.

'n Rukkie later gaan staan Ellie net buite die gebou om vir Brenda te bel.

"Hierdie couches lê nogal lekker. Is jy seker jy wil nie saam met my in besigheid gaan nie?"

Ellie glimlag. "Dink jy ek sal kliënte kry?"

"Girl, elke vrou kan kliënte kry as sy wil. Dit gaan bitter min oor die seks. Mans kom soek 'n goed voel. Attention. Mans word mos eintlik nooit groot nie. Hulle needs bly maar hulle hele lewe lank very basic."

"Dankie vir die tip, maar ek dink nie ek is reg om al saam met jou besigheid te doen nie, en verkieslik ook nie op my baas se rusbanke nie. Is alles reg?"

"Nothing to report."

"Ek moet môre Franschhoek toe gaan, maar ek sien jou hopelik Donderdag."

"Is reg."

Daarna bel sy vir Clive en vertel hom van Allegretti se telefoongesprek die oggend.

"Die probleem is dat ons nie werklik weet waarna ons op soek is nie, daarom is dit moeilik om in elke gesprek iets te gaan soek. Ons weet hulle is die hele tyd besig met allerhande kak. Dink jy jy sal ooit die geleentheid kry om 'n bietjie in sy studeerkamer te gaan kyk?"

"Ek sal moet wag vir 'n geleentheid wanneer die kameras af is."

"Ons moet dalk probeer om iemand in die beheerkamer te kry. Ek sal 'n bietjie kyk wat ek kan doen."

"Ek het vir Brenda hierdie selfoonnommer gegee en gesê as daar ooit 'n krisis opduik, moet sy jou bel."

"Hoeveel het jy haar vertel?"

"Die amptelike weergawe, maar sy is baie bright. Ek sal my nie verbaas as sy al klaar alles vir haarself uitgewerk het nie."

"En jy is seker jy kan haar vertrou?"

"Hoe seker is jy jy kan mý vertrou? Het jy my nie geleer elkeen het 'n prys nie?"

"Daar is seker uitsonderings, en ek hoop maar jy is een, maar ek weet nie of onse Brenda een is nie."

"Jy moet leer om jou medemens meer te vertrou."

"Greyling het gesê as ek met jou praat, moet ek sê hy stuur groete."

215

"Dankie, ek sal hom die een of ander tyd bel."

Die res van die dag verloop rustig en hulle kom vyfuur by die huis. Allegretti kom uit die studeerkamer en toe Ellie inkyk, sien sy Nick Malherbe is op die telefoon. Hy gewaar haar en druk die deur met sy voet toe. Sy sal eintlik relatief maklik 'n meeluister-apparaat in die woonstel kan plant, maar sy vermoed hy laat die plek elke dag deursoek. Soos hy vir haar lyk, is hy lankal deur al haar én Clara se besittings.

Allegretti soen Clara skuins op die wang, en loop dan agter die kroegtoonbank in. Hy skink vir hom iets om te drink. Slaan dit vinnig weg en kyk na Clara. "Ons gaan uit."

"Waarheen?"

"Casino toe."

"Ek het 'n lang dag gehad, lovey."

"Nou bly dan." Hy stap terug studeerkamer toe.

Sy lyk effe verleë toe sy na Ellie kyk. "Dis wanneer hy nie geëet het nie dat hy so iesegrimmig raak."

Ellie probeer haar bes om haar gesig so niksseggend moontlik te hou.

Clara sug. "Gee my net 'n oomblik."

Sy loop studeerkamer toe, klop en wag tot daar 'n antwoord kom. Sy loer om die deur. "Hoe laat wil jy ry?"

"Halfnege."

Sy trek die deur weer agter haar op knip.

Onder in die woonstel dink Ellie aan die jong meisie se oë wat vandag vir die eerste keer troebel is. Omdat 'n volwasse man nie geëet het nie. Ellie wonder hoe lank sy haarself gaan glo. Hoe lank glo 'n mens die stories wat jy jouself vertel? Waarskynlik so lank as wat jy wil.

Hoofstuk 21

Nege-uur stap hulle die casino binne. Nick Malherbe het self die Hummer bestuur en Ellie het heelpad stil langs hom gesit. Agter hulle was 'n tweede motor met twee baie groot mans in.

Die muntoutomate is besig en oral lui klokkies. Sy was al hier, maar nie om te dobbel nie. Daarvoor is sy te suinig met haar swaarverdiende geld. Soos hulle stap, kyk sy rond. Daar is min mense van haar ouderdom. Sy skat die meeste mense in hulle laat veertigs, vyftigs en sestigs. Is dit verveling wat hulle hierheen lok? Die kinders is uit die huis, jou lewensmaat is dalk dood, dalk weet julle net nie meer hoe om met mekaar te gesels nie. En dan is daar waarskynlik diegene wat kom omdat die pensioen te klein is om die maand se uitgawes te dek. Dis asof 'n mens die hoop aan hulle kan ruik. Daardie effense senuwee-agtige sweetreukie. En dan is daar natuurlik diegene wat maar net nie kan wegbly nie. Wat nie bestand is teen die gelui van die klokkies nie.

Toe hulle by 'n tweede ontvangs kom waar die meisie vir Allegretti op die naam noem, besef sy hy dobbel nie by die gewone tafels nie. *Salon Privé* staan op die deure geverf. Dis aansienlik stiller binne, maar toe hulle instap, roep twee mans heel agter in die vertrek na hulle. Langs hulle by die blackjack-tafel sit twee jong meisies.

Daar word oor en weer gegroet. Die lugsoene waaraan Ellie al gewoond geraak het. Behalwe een van die mans wat sy arm om Clara se lyf sit en haar tot teen hom aantrek en dan haar wang soen. Ellie sien hoe Clara effens verstyf, maar die glimlag bly om haar mond.

Dis nie net stiller nie. Dis vir haar asof die reuk van desperaatheid hier nie so sterk is nie. Of dalk word dit net goed versteek deur die duur parfume en naskeermiddels.

Daar staan reeds bottels Franse sjampanje in twee ysbakke langs die blackjack-tafel. Die croupier begin stapels skyfies voor Allegretti neersit.

"Are you in a good mood, sweetheart?" vra hy toe sy haar hande oor mekaar vryf en effens terugstaan.

Sy antwoord hom nie. Gee net 'n skewe glimlaggie.

Ellie kyk hoe Nick Malherbe se blik oor die vertrek gaan. Die ander twee het net buite die deur gebly. Sy kry vir haar 'n plek waar sy kan staan, maar na 'n rukkie kom Nick Malherbe nader gestap.

"Ons hoef seker nie al twee die hele aand te staan nie. Gaan sit in die sitkamer hier buite. Jy kan my later kom aflos."

Toe sy huiwer, draai hy om en laat oor sy skouer hoor: "Of doen soos dit jou pas."

Sy gaan sit in die sitkamer en bestel vir haar 'n koppie koffie, maar toe sy moet betaal, is sy jammer sy het dit gedoen. Dis verregaande hoeveel dit kos. Mense kom en gaan die hele tyd. Sy kan nie aan een agterkom of hulle gewen of verloor het nie. Sy haal haar nuwe selfoon uit en bel vir Albert.

"Dis 'n verrassing." Hy klink verbaas.

"Pla ek?"

"Gee my 'n minuut dat ek die girl net by die deur uitkry."

"Is ek veronderstel om jaloers te wees?"

"Ek is te slim om te dink ek kan jou jaloers maak. Waar is jy?"

"By die casino. Allegretti en twee van sy vriende is aan die dobbel."

"Barnard sê iemand was in jou huis."

Ellie weet nie waarom sy verwag het hy gaan vra hoe dit met haar gaan nie.

"Ja. Ek sal graag wil weet wie dit was."

"Ek sal met 'n ompad probeer uitvind, maar ek is nie baie bekommerd daaroor nie. Ons het dit verwag."

"Hoe gaan dit met jou?"

"Soos dit met 'n onderbetaalde, oorwerkte cop kan gaan."

"Enige nuus oor my pa se saak?"

"Nee," antwoord Albert.

"En van die skietery by Barkov en die moord op die veiligheidswag?"

"Ons werk daaraan, maar ons het nog nie juis leidrade nie. Dis waarom ons jou nodig het in Allegretti se huis. Dit was beslis nie Williams se mense nie."

"Kan hy nie dalk net vir jou lieg nie?" wil Ellie weet.

"Hy kan seker, maar hy sal nie."

"Dit klink my julle twee raak net al beter vriende."

"Ek het jou gesê hierdie is my kans en ek gaan dit met albei hande aangryp, Mac. Al beteken dit ek moet nice wees met Williams en sy trawante. Dis 'n baie klein prys om te betaal."

"Solank jy versigtig is."

"Terloops, ek het uiteindelik vir my 'n nuwe TV gekoop. 'n Nice flat screen. Jy moet daai beeld sien."

"Ek dog jy spaar om jou woonstel te koop."

Hy sug hardop. "Ek het vergeet ek praat met Suinige Sannie. Gun jy my nou nie eers 'n blêddie TV nie?"

"Jy kan doen wat jy wil. Ek is net verbaas dat jy nou 'n klomp geld op 'n TV spandeer, terwyl jou oue nog gewerk het."

"Ek werk hard genoeg en mag myself darem seker soms bederf."

"Albert, moenie 'n issue hiervan maak nie. Dit was maar net 'n opmerking."

Hy bly 'n oomblik lank stil en toe hy praat, klink hy weer gemoedelik. "Ek was Saterdag in Allegretti se huis. Ons het hom gaan ondervra oor die moord op sy wag. Bliksem, maar daai is 'n huis vir jou. Ek sal nie omgegee het om daar te woon nie."

"Waarom het jy saamgekom en waarom het julle my nie gesê nie?"

"Ek wou sien waar jy gaan bly en ek wou vir Allegretti en daai nuwe ou in die oë kyk. Wat is sy van nou weer?"

"Malherbe."

"Hy is 'n arrogante bliksem. Dink hy is baie belangrik en te slim vir ons, maar ek het nuus vir hom. Ons is nie gister gebore nie. Die dag as ons sy baas inlaai, sal ek sorg hy sit langs hom agter in die van."

"Dink jy hulle het iets met die sekuriteitswag se dood te doen?"

"Dis nie wat ek sê nie, maar ek dink hulle weet dalk meer as wat hulle wil sê."

"Albert, julle moet my nie in die donker laat vlieg nie."

"Hei, moenie nou paranoid begin word nie. Jy sal al die info kry wat jy nodig het."

Ellie voel asof die grond onder haar beweeg. Dis altyd so wanneer sy voel sy is nie in beheer nie. "Ek moet gaan. Ons praat weer later."

"Het jy nou jou gat gewip?"

"Nee, ek moet werklik net terug ingaan. Ons praat weer later." Sy druk die selfoon dood, sluk die laaste bietjie koffie en stap terug na waar Allegretti-hulle dobbel.

Dit gaan redelik rumoerig by die tafel in die hoek. Allegretti en sy twee vriende is redelik verbaal.

"No, love, what is your plan? Do you want to kill me?"

"Sweetheart, didn't we agree that you will be nice tonight?"

Ellie sien Clara en die ander twee meisies sit by van die slotmasjiene. Elke nou en dan lui daar klokkies, maar nie een gee werklik aandag daaraan nie. Die drie van hulle is druk in gesprek. Hulle raak aan mekaar se hare, se klere, wys hulle naels vir mekaar.

Terwyl Ellie nog na hulle kyk, kom 'n groterige groep die vertrek binne. Ellie kyk op, en dan voel sy die rilling teen haar rug. Dis Mang en sy entourage. Ag in totaal. Vyf mans en drie pragtige Oosterse meisies. Ellie dink aan Brenda wat sê die Russiese meisies verstaan nie die konteks van hulle lewe hier nie. Sy wonder wie die meisies is en of húlle die konteks verstaan. Haar blik gaan na Nick Malherbe, en sy sien hoe hy vinnig na Allegretti kyk, maar dié loer net vinnig op en speel dan verder. Dan kyk Nick vir haar, en 'n oomblik lank weet sy nie of sy moet knik nie, maar sy besluit daarteen. Twee van die mans in die groep is duidelik lyfwagte, want hulle neem weerskante van die vertrek stelling in. Albei is besig om die vertrek deur te kyk. Ellie probeer ongemerk nader aan Clara staan.

Daar word nog 'n tafel vir Mang en sy gaste oopgemaak, en dis nie lank nie of die tafel is vol skyfies gepak. Ellie wil naar word toe sy sien wat een skyfie werd is. Sy verdien nie eers in 'n jaar se tyd wat hulle hier op een slag op die tafel pak nie. Elke nou en dan gaan haar blik na waar Nick Malherbe langs Allegretti staan. Hy staan gemaklik, met sy hande liggies in sy sakke, maar as jy lank genoeg kyk, besef jy elke spier is gereed om te reageer. Sy gesig is egter kalm.

Op daardie oomblik lui een van die meisies se muntoutomate met 'n geskal, en Mang kyk vlugtig op. Sy blik huiwer nie lank nie en al wil Ellie iets daarin lees, kan sy nie. Haar pa het altyd gesê om iets te sien wat nie daar is nie, is net so gevaarlik soos om iets wat daar is nie te sien nie. Dit is waarteen sy op die oomblik die hardste moet baklei. Dat sy nie te veel tekens sien waar niks is nie.

'n Paar minute later kom staan Nick Malherbe langs haar.

"Ek wil hê jy moet Clara huis toe neem. Ek sal een van die manne saam met julle stuur. Die sekuriteitspan vir die nag is reeds by die huis."

Hoewel Ellie ook meer gerus sal wees as Clara nie hier is nie, kan sy nie help om te wonder of dit vir haar of Clara is wat hy hier wil weghê nie.

"Sal sy gaan?"

"Sy sal gaan. Dis omtrent die enigste voordeel wat hierdie verhouding het. Sy vra nie onnodig baie vrae nie. SMS my as julle by die huis is."

Hy stap na waar Clara sit, en oomblikke later staan sy op, stap na Enzio toe, soen hom op die wang. Hulle praat 'n paar sekondes, dan kom sy stadig teruggestap.

"Ek is reg om te gaan." Sy lugsoen die ander twee meisies en stap saam met Ellie na waar een van die lyfwagte by die deur vir hulle wag.

Die N1 is verbasend besig vir dié tyd van die aand. Ellie betrap haarself dat sy die kantspicëltjie dophou, maar sy gewaar nie 'n verdagte voertuig nie. Sy is egter verlig toe hulle voor die huis stilhou. Een van die veiligheidsbeamptes wat aan diens is, kom sluit vir hulle oop en Ellie ry saam met Clara boontoe.

"Dankie. Ek sien jou môreoggend. Ek is jammer dat jy so vroeg moet opstaan."

"Moenie my jammer kry nie, jy is die een wat die hele dag moet werk." Hoe Ellie ook al probeer om 'n professionele afstand te hou, as sy haar kom kry, wil sy met die jong meisie gesels. Sy het 'n gemaklike innemendheid.

Dit is al na twee toe Mang en sy geselskap besluit hulle is klaar vir die aand. Sonder om in hulle rigting te kyk, stap hulle uit. Asof dit 'n teken is, tel Allegretti sy chips op en groet die ander by die tafel. Sy vriende is al huis toe, maar hy het 'n baie swak aand gehad en Nick vermoed hy wou kyk of hy iets kan terugwen van die duisende wat hy gedurende die aand weggedobbel het. Hy gaan gee die chips by die kassiere in en wag dat sy dit op die kaart krediteer. Dan val hy en die ander sekuriteitsbeampte weerskante van Allegretti in terwyl hulle na die parkeergarage toe stap.

Hulle het net in die voertuig geklim toe hulle skreeuende bande rég agter hulle hoor. Dis 'n swart viertrekvoertuig met berookte ruite.

"Val plat!" skreeu Nick vir Allegretti. Die deure van die ander voertuig bars oop en vier groot mans met AK-47-masjiengewere spring uit.

"Don't shoot!" roep Allegretti, en voor Nick iets kan doen, klim hy haastig uit die voertuig, hande omhoog.

Die vier mans met die gewere bly staan dreigend weerskante van die oop agterdeur. Allegretti stap stadig nader, klim in en maak die deur toe. Teen hierdie tyd het Nick en die ander beampte ook reeds uitgeklim, en staan reg teenoor die vreemde mans. Nick se pistool is in sy hand en die ander beampte het 'n outomatiese geweer agter die sitplek uitgepluk.

Nick voel hoe elke senuweedraad in sy lyf vibreer. Hoe het hy dit nie sien kom nie? Twee jaar lank probeer hy verskillende situasies antisipeer. Hy het homself geslyp om tekens raak te sien, om nuanses te onderskei. Om nie onkant betrap te word nie. Wat 'n patetiese prentjie moet hulle twee nie wees nie. Al wat hy kan doen, is om hulle in die oë te kyk. En sodoende dalk betyds te lees wat hulle volgende beweging gaan wees. Hy haat dit om met sy broek om sy enkels betrap te word, en hy is eintlik lus en skiet Allegretti êrens waar dit baie seer sal maak en hom lank sal laat ly.

Hy is nog besig om te dink aan alles wat hy met Allegretti sou kon doen, toe die agterdeur weer oopgaan, en hy weer met arms omhoog uitklim, vir die vier wagte knik en dan stadig terugstap en in sy eie voertuig klim.

Nick-hulle klim ook in, en toe die ander voertuig agter hulle wegtrek, skakel hy die voertuig aan. Niemand praat op pad terug nie.

By die huis wag Nick tot die ander beampte uit die motorhuis is, voordat hy Allegretti voor sy bors gryp en hom teen die muur vasdruk.

"Wat de donner dink jy doen jy?"

"As jy môreoggend nog 'n job wil hê, beter jy nou fokken vinnig jou hande van my afhaal."

"En as jy môreoggend nog twee sent in jou bankrekening wil hê, moet jy nou begin praat, en in volsinne. Ek weet presies hoeveel geld jy die laaste tyd verloor het, maar jou pa weet dit nog nie, so moenie my 'n rede gee om hom te bel nie."

"Doen dit, en kyk wat doen ek met jou."

Nick los vir Allegretti en die man struikel effens van die muur af weg. "Ek gaan jou fokken vrek maak."

Nick maak sy arms oop. "Nou doen dit. Ek is al gatvol vir jou dreigemente."

"Ek het dinge gehad wat ek met Mang moes uitsorteer."

"Jy kon my gesê het. Wat dink jy sou vanaand gebeur het as een van ons trigger-happy geraak het? Dit sou 'n bloedbad gewees het, en ek belowe jou nie een van ons sou lewend daaruit gekom het nie."

"Ek weet mos jy sal nie sommer skiet nie."

"Maar wat van Jack? Jy plaas nie mense in so 'n situasie nie, want môre wil jy hê hulle moet jou gat cover, maar hulle weet dat jy nie 'n fok omgee wat met hulle gebeur nie." Nick vee oor sy gesig.

Ellie het al geslaap toe sy die motorhuis hoor oopgaan. Sonder om te dink, staan sy op en stap tot op die trap. Sy skakel nie 'n lig aan nie, voel net haar pad teen die mure. Sy klim met die trap af tot net voor die draai waar die kamera haar dalk kan optel. Sy gaan staan met haar rug styf teen die muur. Die motorhuis se binnedeur moet oop staan, want sy kan duidelik hoor hoe die motordeure oopgaan, toeklap, en toe die stemme.

Sy voel hoe die haartjies in haar nek regop staan, en sy druk haarself stywer teen die muur. Sy sal wat wil gee om te weet wat vanaand gebeur het.

"Enzio, ek en jy sien nie altyd eye-to-eye nie en ek weet jy dink ek dra stories by jou pa aan, maar ek kan jou verseker ek het nie nodig om dit te doen nie. Hy mag oud wees, maar hy het 'n baie groot netwerk wat hom van inligting voorsien. Ek weet nie eers wie hulle almal is nie. Die rede waarom hy my Kaap toe gestuur het, is bloot omdat hy werklik bekommerd oor julle veiligheid is. Lees die koerante. Die scene het verander. Julle kan nie meer net staatmaak op julle naam nie. Hierdie nuwe ouens gee nie 'n fok om wie en wat julle is nie. Hulle verstaan nie die ou reëls nie. Jy moet my help sodat ek my job kan doen, want ondanks ons verskille is dit vir my belangrik om te doen waarvoor ek gehuur is." Hy raak 'n oomblik stil. "Wat is die deal met Barkov en Mang?"

Ellie wag met ingehoue asem.

"Ek het jou gesê ons het 'n besending horings by Barkov gekoop en dat die helfte daarvan volgens hom onderskep is. Ons het reeds die horings aan Mang verkoop en kan nie nou die geld vir hom teruggee nie. Ons het dit reeds in die stelsel versteek."

"Waarom sal hy betaal voordat hy die produk het?"

"Ons kon nie self die projek finansier nie. Die risiko dat hy nie sy horings gaan kry nie, was klein."

"Wat is nou julle plan?"

"Ons gaan self 'n paar plaaslike ouens kry wat vir ons horings kan voorsien."

"Waarom huur Mang nie sommer net sy eie span nie?"

"Die plaaslike ouens verkies om met Suid-Afrikaners te werk. Jy moet onthou ons praat hier van konserwatiewe boere. En 'n paar kleindorpse besigheidsmanne en 'n veearts of twee. Hulle voel ongemaklik om direk met iemand soos Mang te werk."

"Wat sê Barkov dat julle nie weer sy kontakte gaan gebruik nie en hom nou uitsluit?"

"That's his loss. Hy het ons nodiger as wat ons hom het."

"Wat bedoel jy?"

"Hy is op soek na 'n konneksie met die Nigeriër, Abua Jonathan. Ons kan hom voorstel, maar ek wil eers hê hy moet die boodskap kry dat hy nie so belangrik is as wat hy dink nie. Die Nigeriërs beheer omtrent die hele drug distribution in Wes-Afrika. Barkov wil daar inkom."

"Waarom sal Jonathan bereid wees om daai mark te deel?"

"Want met Barkov se konneksies kan hulle na Oos-Europa uitbrei."

Die trappe is koud onder Ellie se voete, maar sy roer nie.

"Hoe seker is julle dat julle kontakte die horings kan deliver?"

"Dis ouens met direkte toegang tot 'n paar plase in Mpumalanga en Limpopo. Dit sal nie hulle eerste keer wees nie. They are pro's."

"Wat het vanaand gebeur?"

"Ek het vir Mang 'n boodskap gestuur en gesê dis tyd dat ons praat. Dis sy mense wat op my kar geskiet het, nie Barkov nie. Hy het laat weet hy gaan vanaand by die casino wees."

"Waarom het jy my nie vroeër vertel nie?"

Allegretti lag. "As you've said, we don't always see eye to eye, maar ek besef nou dinge kon dalk vanaand verkeerd gegaan het. Ek het nie geweet Mang gaan so theatrical wees nie. Hy is gewoonlik baie meer beheersd."

"Jy het my nog nie gesê waarmee julle vir Mang gaan paai nie."

"Ek en Ken verskil nog so effens daaroor, maar ek werk daaraan."

"Ek trust nie vir Visser nie."

"Niemand trust hom nie, maar hy is nuttig, want hy gee nie om om sy hande vuil te maak nie en almal weet dit. 'n Mens kort so iemand."

"Wat gebeur as julle nie slaag nie? Mang gaan sekerlik nie 'n tweede keer verskonings aanvaar nie."

"Ons sal 'n manier kry. Al moet ons Ken se plan volg. Not my first choice, maar soms het 'n mens nie 'n keuse nie."

"Solank jy sorg dat ek nie weer soos vanaand met my broek om my enkels betrap word nie."

"Ek sal jou in die vervolg sê as ek dink daar gaan dalk 'n situasie wees. Hou net op moeilikheid met Ken soek. Ek het nie nou tyd om julle twee ook uit te sorteer nie. Hy weet jy soek sy vrou se lyf en hy is baie jaloers."

Ellie kan nie Nick Malherbe se antwoord hoor nie, want Allegretti hoes en oomblikke later hoor sy die voordeur oopgaan. Sy hoor die hyser se deure, die sagte suising en dan gaan die deure op die boonste vloer oop. Sy begin geruisloos boontoe gaan, maar sy het net drie trappe geklim toe sy 'n sagte pienggeluid hoor. Voor sy weet wat dit is, skakel 'n rooi liggie teen die trapmuur aan. Allegretti het die alarm geaktiveer en sy het nie geweet van hierdie sensor op die trap nie. Fok. Sy probeer haar momentum stuit, maar dis te laat en sy sien hoe die liggie begin flikker. Dit moet 'n stil alarm wees. Sy storm die trap op, val in haar bed neer en probeer haar asemhaling onder beheer kry. Haar kamerdeur is toe en sy kan nie hoor of daar beweging in die huis is nie. Sy kan dit ook nie waag om te gaan kyk nie.

Na omtrent twintig minute hoor sy sagte stemme voor haar kamerdeur. Sy haal haar splinternuwe 9-millimeter-Glock onder haar kopkussing uit en voel hoe haar spiere styf span. Die deur word sag oopgestoot en in die lig van 'n flits sien sy twee figure.

"Laat sak jou pistool." Dis Nick Malherbe se stem. Hy klink ergerlik.

"Wat maak julle in my kamer?"

"Die alarmsensor op die trap is getrigger."

Ellie sit regop in haar bed, vee oor haar gesig en hoop nie hy sien hoe haar hart in haar keel klop nie. Die pistool is steeds in haar hand. "Ek het niks gehoor nie."

"Dit lui in die beheerkamer." Hy kyk na die ander beampte. "Kyk in die badkamer en ander slaapkamer." Hy wag tot die ander man uit die vertrek is voordat hy weer praat, net hard genoeg sodat sy hom hoor. "Was jy op die trap?"

Sy tel haar selfoon op, kyk daarna en sit dit terug op die bedkassie. "Drie-uur in die oggend?"

"Dis nie 'n antwoord nie."

"Ek was nie op die trap nie."

"Waar was jy nadat julle vanaand teruggekom het?"

"Ek het kom slaap." Sy staan uit die bed op, pistool in die hand. "Was julle al by Clara-hulle?"

"Nee, ek wou eers seker maak dit was nie jy nie."

"Dit was nie ek nie." Sy stap deur toe en hy moet effens terugstaan.

"Waarheen gaan jy?"

"Ek moet gaan seker maak my kliënt is veilig."

"Dis nie nodig nie. Daardie deel van die huis is nie getrigger nie."

Sy huiwer 'n oomblik. "Dit beteken niks. Ek wil self seker maak."

Hy tree nader en blok die deur. "Ek sê dis nie nodig nie."

Ellie kyk hom 'n paar sekondes stil aan, voordat sy omdraai en terug in haar bed klim. "In daardie geval sal jy my verskoon. Ek moet baie vroeg opstaan."

Voordat hy omdraai, skyn hy sy flits heen en weer deur die kamer. Ellie luister hoe hy na die ander man roep en dan word dit weer stil. Sy haal 'n paar keer diep asem. Na 'n ruk hoor sy 'n motor wegry, maar haar oë wil nie toegaan nie en sy gaan staan voor die venster.

Sy hou van die nag. Dit is 'n gelykmaker. Gedurende die dag hardloop sommige met aktetasse rond, ander maak winkels oop en toe, ander bedel met 'n bakhand by die verkeersligte. Saans is almal se behoeftes meer basies en al verskil die dakke oor die koppe en die beddens waarin almal hulle vir die nag uitstrek, is dit 'n universele behoefte. Skuiling, en as jy gelukkig is, iemand wat deur die nagure jou rug warm hou sodat jy môreoggend weer nuwe energie het vir die resies.

Daar is nog 'n rede waarom sy van die nag hou. As haar ma geslaap het, het sy geslaap. Dan kon sy wat Ellie is ontspan. Sy het soms hopeloos te laat wakker gebly, maar die nag was so vredig. Sy wonder of haar pa dit ook so ervaar het. Dis iets waaroor hulle twee nooit gepraat het nie. Sy het nog nie haar liefde vir die nag verloor nie.

Op die oomblik klop haar hart egter baie vinnig en sy wens daar was vanaand iemand agter wie se rug sy kon inklim.

Sy klim later terug in die bed, lê nog 'n ruk en dink aan die aand. Sy kan nie bekostig om sulke foute te maak nie.

Sy moet aan die slaap geraak het, want sy skrik wakker van 'n vreemde geluid. Aanvanklik sukkel sy om wakker genoeg te word, maar dan besef sy sy maak dit self. 'n Vreemde kermgeluid. Sy sit regop en voel dat haar nagklere en die lakens sopnat gesweet is. Selfs haar hare is klam. Sy staan op en gaan drink water in die badkamer. Dit neem 'n rukkie vir haar hartklop om te bedaar. Sy onthou vaagweg 'n droom, maar dit speel wegkruipertjie met haar.

Sy gaan staan weer voor die venster. Dis asof die ergste donkerte van die nag besig is om net-net te lig. Sy trek haar drafklere aan, ry met die hyser af, skakel die voordeur se alarm af en glip sag uit die huis. Hoe sy met die steil bult gaan terugkom, is later se probleem. Nou moet sy net eers vars lug inkry.

Nick is verbaas om nog 'n drawwer so vroeg op die pad te sien toe hy uit die woonstel kom en in die rigting van Seepunt begin draf. Dis 'n skraal figuur met kort, donker hare. Hy het 'n baie kort en onstuimige nag gehad, en al is hy nie baie lus om vanoggend te draf nie, moet hy die een of ander uitlaatklep kry. Die nag se gebeure wil nie wyk nie. Hy was nog nie eers by die woonstel toe die beheerkamer bel nie. Dit kan seker 'n mot gewees het, of 'n mier. Dalk 'n foutiewe draadjie. Hy is egter nie baie lief vir die woord "toeval" nie.

Die figuur voor hom draf teen 'n vinnige pas en hy probeer sy treë by hare aanpas. Dit lyk eintlik eerder of sy vir iets weghardloop, as wat sy draf. Hulle trek al by Seepunt se swembad toe sy die eerste keer haar pas effe verstadig en hy haar inhaal. Toe hy verbydraf, kyk hy vlugtig hoe sy lyk. Dan struikel hy byna oor sy eie voete. Hy sien hoe sy kyk, wegkyk, weer kyk, en dan ook 'n oomblik lank 'n paar ongemaklike treë gee, asof sy nie seker is of sy moet stop of aanhou draf nie.

Hy knik. "Goeiemôre."

Ellie knik net, en draf aan, maar nou effe stadiger. Hy bly 'n paar treë voor haar, maar toe sy by die vuurtoring stop, draai hy om en stap nader. Sy strek haar arms en bene en haal 'n paar keer diep asem.

"Jy het my bekommerd gehad. Ek het gewonder waar die brand is."

Ellie haal eers nog 'n keer diep asem. "Dalk het ek probeer om weg te kom van my agtervolger."

Daar gebeur iets in sy gesig, wat haar 'n oomblik lank verbaas laat kyk. Dis nie werklik 'n glimlag nie. Dis eerder asof die sluiers oor sy grou oë vlietend lig, en dan skuif dit weer toe.

"Ten minste weet ek nou jy is fiks."

"Het julle al uitgevind wat die alarm getrigger het?"

"Nee, maar ons sal nog."

"Dalk moet jy sommer die hele stelsel laat nagaan. 'n Foutiewe alarmstelsel is gevaarliker as geen stelsel."

"Die stelsel is verlede week nagegaan. Dit makeer niks."

Sy besluit om nie daarop te reageer nie. "Jy sal my moet verskoon, maar as ek weer teen die bult wil uitkom, kan ek nie nou koud word nie."

Hy beduie met sy hand en hulle val weer in die pad, al langs die promenade af. Sy handhaaf weer 'n stewige pas, en hy verwens hom oor sy ego wat maak dat hy probeer bybly. My donner, sy moet 'n hele paar jaar jonger as hy wees. Die laaste entjie teen Seacliff se bult voel dit of sy longe gaan bars. Hy gaan vir die volgende paar dae baie moeilik kan stap. Hy is innig dankbaar toe hy die woonstelblok se uithangbord sien, en raak aan haar arm. Sy kyk net vlugtig op, maar toe hy haar effens teëhou, stop sy.

Hy sukkel om sy asemhaling onder beheer te kry. "Ek het vergeet om jou te sê iemand sal vandag met julle Franschhoek toe ry."

"Ek kan bestuur."

Hy is baie bly om te hoor sy klink darem ook effe uitasem. "Ek weet, maar ek sal meer gerus wees as julle twee is."

"Het dit iets met gisteraand te doen?"

"Hoe bedoel jy?"

"Met Mang by die casino?"

"Hoe weet jy dit was Mang?"

Sy draai haar kop skeef. "Sy naam het 'n keer of wat oor my lessenaar gekom. Het daar iets gebeur waarvan ek moet weet?"

Hy skud sy kop. "Nee, Mang is voor ons daar uit. Dit lyk my dit was maar net toevallig dat hulle saam daar beland het."

Sy knik.

Hy kyk teen die berg op. "Sien jy kans vir die bult, anders kan ek jou gou gaan wegbring." Hy beduie na die woonstelblok. "As jy my 'n minuut gee, kry ek die motorsleutels."

Ellie weet sy moet verkieslik so gou moontlik onder sy blik uitkom. Sy vertrou nie die effense vriendelikheid nie. Maar hierdie is 'n delikate dans en sy kan nie bekostig om die verkeerde voet voor te sit nie.

"Dankie, as dit nie moeite is nie. Ek besef nou ek het 'n bietjie tred met die tyd verloor."

"Stap saam. Die motor is in die parkeergarage."

Toe hy die woonstel oopsluit, staan hy terug dat sy eerste instap. Sy bly staan egter net binne die voordeur. Dis nie asof sy ooit werklik gewonder het waar hy woon nie, maar om die een of ander rede het sy nie so 'n luukse plek verwag nie. Sy wonder of dit syne is of aan Allegretti behoort. Watse werk doen 'n mens as jy die dag nie meer vir iemand soos Allegretti wil werk nie? Hoe stap jy weg van soveel voordele af? Sy dink aan Clive wat sê elke mens het sy prys. Dis iets wat haar pa ook dikwels gesê het. En die feit dat jy nog nie jouself verkoop het nie, is nie omdat jy so goed is nie, dis waarskynlik net omdat niemand nog jou prys bepaal het nie. En dit, het haar pa gesê, moet jou nederig hou. Die gedagte dat jy nie beter is as ander nie.

Toe hy met die motorsleutels terugkom, hou hy 'n botteltjie water na haar toe uit.

"Dankie."

Op pad huis toe is sy nie seker of sy weer na die vorige aand moet verwys nie. Voordat sy egter behoorlik daaroor gedink het, praat sy.

"In verband met gisteraand . . . julle kan nie so onaangekondig my kamer binnekom nie. Behalwe dat ek geregtig is op my privaatheid, kon ek julle vir inbrekers aangesien het en dalk geskiet het."

"Die huis en sy inwoners se veiligheid is my verantwoordelikheid. Wat stel jy voor moet ek doen as ek vermoed hulle veiligheid word bedreig? Jou toestemming vra voordat ek die huis deursoek?"

"Bel my wakker of klop aan die deur en identifiseer julleself dadelik. Dit is wat ek sou gedoen het." Sy vermoed dis dalk wat hy in normale omstandighede ook doen, maar sy is seker hy wou haar onkant betrap.

"Ek wil juis nog met jou praat oor die feit dat jy gewapen slaap. Dit kan baie gevaarlik wees. Dis een ding om in die dag gewapen te wees, maar 'n mens is in die nag gedisoriënteer. Ek gaan nie smile as jy my werkgewer doodskiet omdat jy gedink het hy is 'n inbreker nie. Ek sal meer gerus wees as jy snags jou pistool in 'n kluis toesluit."

"Jy maak seker 'n grap. Solank my kliënt in die huis is, is haar veiligheid my verantwoordelikheid. Ek gaan nie nog kluise oopsluit as daar probleme kom nie."

"Wat gaan ek sien as ek laas nag se opnames van die sekuriteitskameras terugspeel?

Ellie kyk skeefweg na hom en moet haarself keer om nie te lag nie. Sy is seker hy het reeds die opnames bekyk en niks gesien

232

nie. Waar sy op die trap gestaan het, kon die kamera haar beslis nie optel nie en dit was buitendien te donker daar. Hy vat 'n kans.

"Hopelik sien jy wat die alarm getrigger het."

"En dit was nie jy nie?"

Ellie kan nou nie meer die lag keer nie. Sy skud haar kop. "As die monitors wys dat dit wel ek was, moet jy my asseblief sê, want dan loop ek in my slaap. En wie weet wat ek dán nog alles doen."

Hy lag nie, maar hulle is by die hek en sy sê haastig dankie en klim uit. Haar hande bewe liggies toe sy die voordeur oopmaak.

Hoofstuk 22

Hulle trek op die kop halfsewe weg. Vanoggend ry hulle met die luukse Land Cruiser. Sy ken nie die sekuriteitsbeampte wat bestuur nie. Clara sit dadelik haar kussing reg en maak haarself gerieflik agter in die voertuig. Sy het 'n ligte kombers saamgebring wat sy oor haarself trek.

"Jammer, maar ek het 'n bietjie te min slaap ingekry."

Ellie draai die radio sagter.

"Nee, moenie sagter draai nie. Dit sal my nie pla nie. Ek hou daarvan om in geselskap te slaap. Jy moet onthou waar ek vandaan kom was ons altyd baie mense in die huis, en die huise was nie so groot nie."

Die son begin net oor die berge opkom toe hulle by Goodwood verbygaan. Ellie wonder of haar ma al wakker is. Oor die radio lees 'n nuusleser die eerste bulletin van die dag. 'n Vissersboot word by Saldanha vermis, 'n kind in Manenberg is in bendegeweld doodgeskiet, 'n bekende sakeman van Musina word met renosterstropery verbind. 'n Motorbom het naby 'n moskee in die noorde van die Siriese hoofstad, Damaskus, ontplof. Die Springbok-rugbyspan is reg vir die naweek se kragmeting teen die Britse Leeus. Die weer oor die skiereiland gaan mooi wees, met miskolle later vanmiddag oor die Suid-Kaapse kusgebiede.

Die adres waar hulle moet wees, is 'n enorme huis in Franschhoek. Die straat is vol voertuie geparkeer. Mense loop heen en weer. Sommige dra kameras, ander dra groot fotografie-weerkaatsers. Daar is 'n spyseniering-koeltrokkie. Klere word op groot relings ingestoot.

Clara het verduidelik dat dit iets te doen het met die polowedstryd waarheen hulle Saterdag kom.

Die huis se binnekant lyk soos 'n skoon skilderdoek, met net hier en daar 'n kwashaal. Alles is wit. Die meubels, die bekleedsels, die vloere, die plafonne. In die ingangsportaal staan 'n bloedrooi abstrakte beeld op 'n voetstuk, in die sitkamer hang twee reuse-skilderye langs mekaar. Albei is ook abstrakte werke, in skake-rings van grys, blougroen en donkerblou.

Op die koffietafel is 'n smaraggroen langwerpige glasbak. Ver-der kan Ellie nie enige kleur gewaar nie. Sy sal graag die eienaars wil sien, en die res van die huis.

Clara verdwyn in een van die kamers waar haar grimering en hare gedoen sal word, en Ellie stap deur die skuifdeure op die breë stoep uit. Die gemakstoele en lêstoele om die swembad is ook in wit oorgetrek, maar met 'n blou streep in.

Teen die een kant van die stoep het die spyseniers twee tafels met eet- en drinkgoed uitgepak. Ellie kry vir haar 'n koppie koffie en 'n muffin en gaan sit in die ander hoek op een van die gemak-stoele.

Dis na sewe die aand toe hulle uit Franschhoek ry. Clara haal dadelik haar selfoon uit en bel 'n nommer.

"Lovey, ek is jammer, maar ons het nou net klaargemaak. Nee, ons het nie eers nog na die tyd geparty nie." Sy raak stil. "Ek sal sien hoe ek voel wanneer ons daar kom, maar ek belowe nie. Ek het nie môre iets aan nie. Ons kan lekker laat slaap en iewers gaan lunch, of sommer net by die huis bly." Sy sug toe sy die selfoon terug in haar handsak gooi. "Ek weet nie waar hy soveel energie kry nie. Ek is amper veertien jaar jonger as hy, en hy maak my moeg. Wil wragtig hê ek moet nou nog klub toe kom."

Nadat hulle 'n entjie in stilte gery het, begin Clara praat.

"My pa het ons gelos toe ek vyf jaar oud was, en my boeties drie en een. My ma het ons alleen grootgemaak. My ouma het my ma en haar susters alleen grootgemaak. Ons familie is arm aan mans. Veral mans op wie 'n mens kan staatmaak."

Ellie weet nie wat sy moet antwoord nie. Sy kry die meisie jammer, want dit klink of sy iets probeer verduidelik. Dalk nie net haar eie situasie nie, maar ook waarom haar tannie by 'n man soos Nazeem Williams bly.

Is dit eintlik maar waaroor liefde gaan? Versorging.

"Ek weet mense skinder oor my en Enzio, maar ek is lief vir hom. Hy kyk mooi na my."

In daardie woorde lê die antwoord, dink Ellie.

Net voor hulle die Kraaifontein-afdraai kry, is daar skielik blou ligte voor in die pad en die beampte verminder spoed. Clara sit orent.

"Wat is dit?"

"Dit lyk soos 'n padblokkade," sê Ellie en voel hoe die woorde in haar kop eggo. Die band oor haar bors trek weer styf.

Hulle val in die ry voertuie in en beweeg stadig vorentoe. Sommige motors word beduie om aan te ry, ander word afgetrek. Hulle word deur twee jong polisiebeamptes met flitse afgetrek.

Toe hulle stop, kom albei nader gestap en hulle lig met die flitse in die motor. "Naand. Lisensie, asseblief."

Die beampte haal sy lisensie uit, en gee dit vir die polisieman wat dit in die flitslig bekyk. Die een wat met sy flits op die voertuig se nommerplaat skyn, praat oor 'n radio.

"Kan u vir ons agter oopsluit?"

Die bestuurder druk die sluitkonsole op sy deur, en die een polisiebeampte maak die agterdeur oop. Ellie sien oor haar skouer hoe hulle met die flitse heen en weer skyn. Die een stap om na Ellie se kant en maak die deur oop.

"Kan almal vir ons uitklim, asseblief?" Hy kyk na die bestuurder. "Sal u net daar by die tafel gaan blaas."

Ellie en Clara klim uit en bly staan langs die voertuig terwyl die sekuriteitswag saam met een van die polisiebeamptes tot by 'n gazebo stap waar 'n tafel staan.

Ellie kyk hoe twee hanteerders hulle snuffelhonde nader bring en hulle stap om die voertuig. Word selfs beveel om agter in te spring. Sy wonder effe benoud of Clara dalk kokaïen of dagga in haar handsak het. Dalk hou Allegretti in al sy voertuie 'n voor-raad.

Die volgende oomblik sien sy 'n bekende figuur agter een van die polisievoertuie uitstap. Dis een van haar pa se kollegas. Hy dra 'n koeëlvaste baadjie onder sy windjekker en sy wonder skielik of haar pa 'n kevlar gedra het. 'n Oomblik lank voel dit of haar bene onder haar wankel, maar sy kry dit reg om te bly staan. Hy stap tot by haar en Clara.

"He's clean," roep een van dié agter die toonbank.

"Mac, dis 'n verrassing. Hoe gaan dit?"

"Naand, kaptein. Dit gaan goed, dankie."

"Ek was jammer om te hoor jy het ons verlaat."

Ellie maak 'n gebaar met haar skouers.

"Hoe gaan dit met jou ma?"

"In die omstandighede gaan dit goed."

Hy kyk om die beurt na haar en Clara, en Ellie stel hulle aan mekaar voor.

Hy groet vriendelik en dit lyk nie of haar naam iets vir hom beteken nie.

"Alles hier reg, adjudant?"

"Dit lyk so, kaptein." Die jonger man gee die sekuriteitsbeamp-te se bestuurslisensie terug.

"Kom maak 'n draai as jy in die omgewing is."

Ellie knik en sy en Clara klim terug in die voertuig. Toe hul-le sit, begin Clara dadelik 'n SMS tik. Ellie sal wat wil gee om te weet vir wie dit is, en wat. Is dit 'n onskuldige boodskap of 'n waarskuwing? Sy voel 'n fladdering op die krop van haar maag. Die afgelope paar dae het dit gevoel of sy besig is om speletjies te speel. Sy het dalk hierdie oomblik nodig gehad om haar te herin-ner waarom sy hier is. Die dag wanneer jy die job aanvaar, is al die karakters gesigloos, maar mettertyd leer jy hulle beter ken. Jy sien dalk in 'n onbewaakte oomblik 'n emosie wat jy nie verwag het nie. En dit kan jou soms laat twyfel aan die rede waarom jy daar is.

Haar pa het altyd gesê mense verwag die duiwel sal homself kom voorstel, horings, doopnaam, pedigree, die lot, en dit is waarom mense hom nie herken nie. Elke mens het 'n pa en 'n ma, 'n verlede, 'n kwesplek. Sommige se herinneringe en belewenisse lê net so diep dat hulle dit self nie meer herken of onthou nie. Ander s'n is weer 'n veeg weg. En jy mag empatie hê, maar nooit jou job vergeet nie.

"Ek kan nie glo jy was in die polisie nie." Clara het die selfoon terug in haar handsak gesit en verskuif tot sy tussen die twee voorste sitplekke kan deurkyk. "You don't look the part."

"Hoe moet ek dan lyk?" Ellie sukkel nog om haar asemhaling onder beheer te kry.

"Ek weet nie. Sterker, dalk. Rowwer."

Ellie kry dit reg om effens te glimlag. "Dis 'n verkeerde persepsie wat bestaan."

"Mis jy dit?"

Ellie skud haar kop outomaties. "Nee, ek was gereed vir 'n nuwe uitdaging."

"Jy hou nie van Enzio nie, nè?"

Vader, wat 'n kinderlike ding om te vra, dink Ellie. Kan dit wees dat sy werklik so onskuldig is, of is dit 'n geslepe front wat sy voorhou? Sy hoop nie dis laasgenoemde nie, want sy kan nie help om van haar te hou nie.

"Ek ken hom nie."

"Hy is nie soos mense dink hy is nie. Hy is eintlik 'n baie nice mens."

"Hoe dink mense is hy?"

"'n Harde besigheidsman wat ander sal inloop om sy sin te kry."

"Waar hoor jy dit?"

"Ag, ek het al gehoor as uncle-hulle oor hom praat."

"Miskien ken hulle hom ook maar net nie goed genoeg nie."
Wat Ellie eintlik wil sê, is dat die pot beswaarlik die ketel swart
kan noem. Sy kyk vlugtig om na die meisie agter haar. 'n Mens
kan sien sy is moeg na die lang dag, maar sy lyk steeds pragtig.
Daar is iets weerloos aan haar en Ellie kan nie help om bekom-
merd oor haar te voel nie. Glo sy werklik Enzio Allegretti is 'n
nice ou en haar oom is haar beskermengel?

Toe hulle die stad inry, sit Clara lipstiffie aan, vee haar vingers
deur haar hare en skud dit 'n bietjie uit. Sy kyk op haar horlosie.

"Dis nou eers nege-uur. Miskien moet jy my maar by die klub
aflaai. Ons hoef nie lank te bly nie."

Allegretti is nêrens te sien nie, maar een van die kelners beduie
hulle na sy kantoor toe. Ellie loop saam met Clara die trap op.
Soos by die huis, klop sy en wag tot hy antwoord. Ellie bly staan
in die deur toe Clara binnegaan.

"Dis 'n lekker verrassing," laat Allegretti hoor toe hy haar sien,
en kom soen haar. Agter hom by die lessenaar sit Ken Visser,
en eenkant op een van die gemakstoele sit Gabriella Allegretti-
Visser. Haar een skoen is uit en haar voet rus op dié van Nick
Malherbe. Ellie dink aan Allegretti se waarskuwing dat Ken Visser
jaloers is.

Nick staan op en kom deur toe. Clara kyk oor haar skouer.
"Dankie, Ellie."

Ellie knik en draai om. Sy hoor die deur agter haar op knip
gaan.

"Hoe het dit gegaan?"

Sy draai om en sien dis Nick Malherbe wat die deur toegetrek
het en nou saam met haar teen die trap afstap. Hy moet naby haar
oor praat om homself hoorbaar te maak.

"Goed. Ons sou vroeër hier gewees het, maar daar was 'n pad-
blokkade op die N1."

Hy antwoord haar nie, baan net vir hulle 'n pad tussen die an-
der mense deur tot waar die geraas effe minder is.

239

"Het jy die idee gekry julle is gestop omdat dit een van Enzio se voertuie is?"

"Nee, dit het soos 'n roetine-blokkade gelyk. Hulle het baie motors gestop en heelwat mense moes blaas."

Hy knik en stap na waar Paul Smith naby die deur staan.

Ellie haal haar nuwe selfoon uit haar broeksak waar sy dit die meeste van die tyd bêre, en stap op die stoep uit. Sy bel eers vir Brenda, maar dié het niks om te rapporteer nie, behalwe dat daar 'n vrou was wat kom vra het of hulle privaat speurders ook is. Sy vermoed haar man verneuk haar en sy wil hom laat agtervolg.

"Wat het jy vir haar gesê?"

"Sy moet hom vanaand kaal inwag wanneer hy van die werk af kom. As hy nie belangstel nie, is daar beslis iemand anders."

Ellie lag. "Wat was haar antwoord?"

"Sy het gesê sy sal dit doen."

"Wat as hy vanaand eenvoudig net te moeg is? Dan het jy haar op 'n totaal verkeerde spoor gesit."

"Glo my, as sy hom vanaand kaal inwag en daar is niemand anders nie, sal hy nie te moeg wees nie."

"Solank een van hulle ons nie hof toe sleep as jy verkeerd is nie. En in die vervolg moet jy dalk maar net sê ons lewer nie sulke dienste nie."

"Trust my."

Toe hulle groet, bel Ellie vir Clive. Hy tel na drie luie op. "Hoesit?"

"Orraait en met jou?" Ellie draai haarself so dat sy kan sien as iemand op die stoep uitkom.

"Jy wil nie regtig weet nie."

"Ek het 'n interessante gesprek gehoor. Het jy tyd om te luister?"

"Laat loop."

Ellie vertel hom van die gesprek tussen Nick Malherbe en Allegretti.

"Hmm . . . so jy was reg. Allegretti en Visser se hande was in die cookie jar. Enige datums?"

"Nee, maar as jy vir my 'n meeluisterapparaat in die hande kan kry, kan ek dalk op nog 'n paar gesprekke in-tap. Allegretti en Malherbe is lief daarvoor om op die stoep te gesels. Dis net bokant die woonstel waarin ek bly."

"Ons kan probeer, maar as hulle dit tussen jou goed vind, is jy dood."

"Ek sal versigtig wees." Sy besluit om hom nie van die alarm te vertel nie. "Het jy al vir my agtergrond oor Malherbe?"

"Ja en nee. Daar is nie vreeslik baie oor hom beskikbaar nie. Joburg gebore en getoë. Na skool polisieman geword, op twee-endertig het die geld geroep en is hy security toe. Surprise, surprise. 'n Jaar of wat hier gewerk en is toe Engeland toe. Daar is nie juis iets beskikbaar oor daai tyd nie. Hy het eintlik maar weer op die radar verskyn toe hy twee jaar gelede vir Allegretti senior begin werk het."

"Getroud, kinders, familie?"

"Twee keer getroud. Sover ek kan agterkom nie kinders nie. Ouers is albei dood. Een broer wat in Australië woon."

"Wat dink jy behels sy job by die Allegretti's?"

"Hy het 'n reputasie dat hy nie teenstand duld nie, maar sover ek kon agterkom, het hy nog altyd gesorg dat sy hande skoon bly. Toe hy aangestel is, het hy blykbaar redelik skoongemaak onder die personeel en die hele security-span is deur hóm aangestel."

"Hou aan soek. Ek het 'n vermoede hy is meer as net die oppasser."

"Sorg jy maar net dat jou voetwerk reg is."

Sy bly stil, maar toe hy begin groet, keer sy hom. "Enige nuus oor my pa?"

"Nee. Altans nie sover ek weet nie."

"Sal jy vir my sê as jy iets hoor?"

"Mac, ek weet dis 'n tall order, maar jy moet asseblief nou eers op jou job konsentreer. As daar iets is wat jy moet weet, sal ek jou sê."

"Jy hoef my nie elke keer daaraan te herinner nie."

Clive sug hoorbaar. "Ja, ek moet. Hierdie soort job vat nie hostages nie en daar is geen medalje vir 'n tweede plek nie. Onthou dit."

"Ek moet gaan." Sy druk die selfoon terug in haar sak en bly staan nog 'n ruk buite. Dis altyd moeiliker nadat sy met Clive gepraat het. Die verlange na haar pa is dan feller. As sy net een keer met hom kon praat. Sy verbeel haar hy sou vir haar 'n plan kon gee. 'n Stap-vir-stap-patroon. Sy is goed met patrone. Dit is waarom sy graag volgens 'n resep kook. Sy haat verrassings.

Sy besluit om die volgende dag vir haar die een of ander vorm van 'n plan te probeer opstel. Sy sal eerder van 'n plan afwyk as wat daar glad nie een is nie. Voor sy instap, haal sy twee keer diep asem.

Hoofstuk 23

"Speak to me, Nicky. As jy bereid is om my wakker te bel, moet dit ernstig wees." Monica Blake klink nie deur die slaap nie.

Dis na middernag en Nick staan onder op die rotse voor die woonstel. Hy vertel haar van die gesprek met Allegretti en wat Paul hom vertel het.

"Hmm . . . interessant. Jy weet 'n mens behoort hulle eintlik te bewonder vir hulle aanhouvermoë. Raak hulle nie moeg vir al die scheming nie?"

"Dit lyk nie so nie."

"Jy klink moeg."

"Kort nag, lang dag." Hy vertel van die alarm.

"Ek het vir jou die een en ander oor juffrou McKenna uitge-vind. Derdegeslag-geregsdienaar. Oupa was polisieman in Dublin. Katoliek. Daar is bewerings dat hy bande met die IRA gehad het. Pa het as jong man Suid-Afrika toe gekom. Sy is 'n enigste kind. Ma woon in Goodwood. Pa is onlangs in 'n padblokkade doodge-skiet. As dit nie vir 1994 en regstellende aksie was nie, sou John McKenna baie naby die top gaan draai het. Was 'n fenomenale cop. Sommige beweer egter hy was op sy gelukkigste op straat en sou nie goed in 'n kantoor geaard het nie."

"Wat van haar? Getroud, kinders? Waarom het sy bedank? Hét sy bedank of is dit 'n ploy?"

"Sy hét blykbaar bedank. Almal sê die ding met haar pa het haar sleg getref. Daar was blykbaar 'n uitval met van haar seniors ook. Was in 'n verhouding . . . ook 'n polisieman. 'n Kaptein Greyling. EEM."

Nick rol die naam in sy mond rond en stoor dit dan êrens in sy agterkop. Om die een of ander rede klink dit bekend . . .

"As jy sê sy wás in 'n verhouding, beteken dit die verhouding is ook nie meer nie?"

"Blykbaar nie. Stel jy belang?"

"Moet ek jou antwoord?"

"Nicky, waarom krap sy aan jou? Give me the worst case scenario."

"Soos ek dit sien, is daar een van drie moontlikhede. Eerstens dat sy nie bedank het nie en met 'n undercover op besig is. Van al die moontlikhede is dit die gevaarlikste, want dit beteken iemand anders gaan dalk voortydig die plug op Allegretti trek en jare se werk gaan daarmee heen wees. Verder kan ek nie nou bekostig om so 'n moontlikheid in te reken in my besluite nie. As die shit die fan strike, gaan ek nie van die veronderstelling kan uitgaan dat sy 'n cop is nie. Wat beteken sy word dalk collateral damage."

"En die ander twee moontlikhede?"

"Sy hét bedank en werk vir Williams. Dit bied ook probleme, maar dis nie onoorkomelik nie. Dit beteken ek hoef haar nie in te reken nie. Die derde opsie is dat sy legit is. Net nog 'n ex-cop wat security doen. Wat ook eintlik net probleme inhou, want ek het nie nou die tyd om aan ander se veiligheid te dink nie."

"Maar jy koop nie laasgenoemde nie?"

"Nee, maar ek kan ook nie vir jou redes gee nie. Dis meer 'n gevoel as iets anders."

"Kan dit wees dat jy effens paranoïes is met die einde wat nou in sig is?"

Die wind kom van die see af en elke keer as daar 'n brander teen die rotse breek, klink dit soos 'n sweepslag. Hy voel die seesproei op sy gesig en proe die sout op sy lippe. "Ek was nog nooit die paranoïese soort nie."

"Wil jy hê ek moet amptelike voelers uitsteek?"

"Nee, onthou wat met my voorganger gebeur het toe julle amptelik navraag gedoen het. Voordat hierdie nes van korrupsie in die topbestuur opgeklaar is, vertrou ek niemand nie."

"OK, maar as dit blyk dat sy 'n probleem is, moet jy praat sodat ons haar betyds kan uithaal. Daar is maniere hoe ons haar vir 'n ruk kan laat verdwyn tot ons meer inligting het. As hulle nie hul huis in orde kan kry sodat 'n mens 'n normale werkverhouding met hulle kan hê nie, kan ons nie verantwoordelik gehou word vir hulle mense nie. It is sad but true. Hoe lank waarsku ek nou al teen al hierdie verskillende bene en arms en koppe en agterente? Geen mens kan so werk nie. Daar is geen koördinering nie. Niemand verstaan die groot prentjie nie."

Hy wag tot nog 'n brander se sweepslag stil raak. "Laat weet maar as jy nog iets uitvind. Intussen sal ek my kontakte in Limpopo en Zim bel en hoor of iemand iets weet."

"Onthou net ons soek Allegretti en Visser se hande binne-in die cookie jar. Hoorsê-getuienis gaan ons nêrens bring nie."

"Wil jy my my job leer?"

"Just saying. It's crunch time en jy moet sorg dat ons fondasies stewig staan."

Hy groet, kyk nog 'n rukkie hoe die seesproei die lug in waai voor hy terug woonstel toe stap. Die woonstelblokke se ligte weerkaats in die water en verlig die paadjie. By die laaste draai gewaar hy twee figure agter 'n rots. Sy hand gaan onwillekeurig na waar sy Z88 onder sy blad sit. Dan hoor hy die kreune en asems wat jaag en hy weet nie of hy jaloers moet wees of hulle jammer kry nie. Was daar werklik nêrens anders waarheen hulle kon gaan nie? Hy hoop hulle het darem 'n kombers, anders gaan hulle redelik vol sand wees.

Hy is besig om die woonstel se voordeur oop te sluit, toe die van *Greyling* in die regte lêer in sy brein oopmaak. Hy staan 'n oomblik lank stil. Fok. Een van die polisiemanne wat by Allegretti was na Richard doodgeskiet is. Waarom sal iemand van EEM betrokke wees by 'n moord, tensy hulle vermoed daar is 'n groter prentjie agter? Hy stap in, maak die deur agter hom toe en bly staan weer stil. As sy voorgevoel oor Ellie McKenna reg is, is dit een van die slordigste operasies wat hy al in sy lewe gesien het. Kan hulle so desperaat vir 'n bietjie goeie press wees?

Hy haal weer sy selfoon uit sy sak en stuur vir Monica 'n SMS: *Kyk of jy enige verbintenis tussen Greyling en Williams kan kry. Moenie vra nie. Dis waarskynlik 'n baie lang shot, maar dit kan nie kwaad doen nie.*

Die antwoord kom: *OK, maar gaan slaap nou.*

Hy gaan stort. Daarna klim hy in die bed, maar die slaap wil nie kom nie. In sy gedagtes begin hy 'n prentjie teken. McKenna, Greyling, Williams. Sy kopvel gaan sommer aan die jeuk. As sy vermoedens ooit bewaarheid word, hoop hy hy en Greyling kry 'n oomblik alleen. Die arrogante bliksem.

Hy teken verder aan die prentjie in sy gedagtes. John McKenna. Hy het eintlik gelieg toe hy gesê het dat hy hom al ontmoet het. John McKenna was 'n spreker op 'n kongres waar hy was. Toe vars uit die kollege. Die ouer man het om drie redes 'n indruk op hom gemaak. Die eerste was sy rooi hare, tweedens het hy nog nooit sulke liggroen oë gesien nie. As kind het hy albasters gehad wat daardie kleur was.

Derdens het hy van al die sprekers die meeste sin gepraat. Hy het hulle nie probeer beïndruk met sy meerdere kennis nie, maar hulle die hele oggend toegelaat om mét hom te praat. Vrae te vra. Van hom te verskil.

Sy het haar pa se oë. Hy kan homself skop. Hoe kon hy nie vroeër 'n moontlike prentjie gesien het nie? Nou het hy gatkant eerste ingedonner en haar behoorlik op haar hoede gestel. Hy staan op en gaan drink water. Hy het nie tyd vir hierdie shit nie. Dalk moet hy haar sommer net uit die prentjie haal en klaarkry. Die enigste probleem is dat hy dan nie sal weet vir wie sy werk nie. Dis miskien tyd vir 'n besoek aan Fast Security en dit kan dalk ook nie kwaad doen om 'n vriendelike gesprek met Nazeem Williams te hê nie.

Dis elfuur die volgende oggend toe Nick eindelik Fast Security se kantoor in Darlingstraat vind. Hy het deur Clara die adres gekry. Sy moes haar oom bel om dit vas te stel. Dit neem omtrent 'n halfuur voor hy parkeerplek naby kry. Hy is nie vanoggend in 'n goeie bui nie en het nie lus vir ver stap nie. Hy moes lankal gekom het. Is hy besig om konsentrasie te verloor? Fokus hy op die oomblik te veel op die eindstreep? Hy klim uit die Range Rover, sluit die deur en stap nader. Hy lui die deurklokkie en wag. 'n Jong vrou met 'n groot kneusmerk aan haar gesig maak die deur oop. Toe sy sien hy kyk, vee sy haar hare effens oor die letsel. Iemand het haar geslaan.

"Kan ek help?"

"Ek hoop so. Ek is op soek na die eienaar van die maatskappy?" Hy glimlag en hoop maar hy lyk vriendelik.

Sy sluit die hek oop en hy stap binne. Probeer ongemerk rondkyk.

"Die eienaar is in Johannesburg by die maatskappy se hoofkantoor. Die Kaapse bestuurder is nie op die oomblik hier nie, maar as jy jou naam en kontakbesonderhede los, sal ek seker maak sy kry dit."

"Miskien kan jy sommer vir my die hoofkantoor se telefoonnommer gee, dan skakel ek hulle direk."

"Seker." Sy haal 'n visitekaartjie uit die laai en gee dit vir hom. Daar is 'n niksseggende kenteken in die linkerhoek, 'n adres in Sandton, die naam van die maatskappy en 'n naam. Malcolm Brink. Met 'n telefoonnommer.

"Dankie. Ek sal hom bel." Hy probeer steeds rondkyk sonder dat dit té ooglopend is. "Julle het mooi kantore."

"Dankie."

Sy is beslis nie die praterige soort nie en hy besluit dis tyd om te gaan. Hy wil nie hê sy moet agterdogtig raak nie. Hy lig die kaartjie. "Ek sal hom bel."

"Maak so."

Hy is by die deur toe sy weer praat. "Wil u hê ek moet vir my bestuurder sê u was hier? As sy dalk wil bel en hoor of jy reggekom het."

Sy is nie daaraan gewoond om mense as "u" aan te spreek nie, dink hy toe hy sy kop skud. "Nee wat, dankie, ek is seker hy sal my kan help."

Buite op die sypaadjie staan hy 'n oomblik lank stil terwyl hy na die kaartjie kyk. Hy luister terselfdertyd of hy stemme uit die kantoor hoor. Hy sal wat wil gee om te weet of sy op die oomblik besig is om iemand te bel.

Hy skakel die nommer op die kaartjie. Dit lui 'n paar keer voor iemand optel.

"Brink, goeiemôre."

"Meneer Brink, dis Hendrik Claassen in Kaapstad. Ek is op soek na sekuriteit vir 'n buitelandse kliënt. Hy gaan 'n maand lank in die Kaap wees. Is julle beskikbaar?"

"Môre, meneer Claassen. Ek is ongelukkig nie nou op kantoor nie, maar ek is seker ons sal 'n plan kan maak. Waarom stuur jy nie vir my 'n e-pos met die datums en jou kliënt se vereistes nie? Dan kan ek 'n voorlopige assessering doen en terugkom na jou toe. Sodra ek die datums het, kan ek solank kyk of ek enige beamptes in die Kaap het wat gedurende daardie tyd beskikbaar is." Hy gee 'n e-posadres.

"Dit is eintlik vir sy vrou en ek het gewonder of jy dalk 'n vrouebeampte beskikbaar het."

"Vrouebeamptes is ongelukkig skaars en die een wat ek in die Kaap het, is op die oomblik reeds gekontrakteer. Maar stuur vir my die inligting en ek kyk wat ek kan doen."

Nick het intussen in die Range Rover geklim en het nou lus om sy kop teen die stuurwiel te kap. Die ou mis nie 'n beat nie. Gisteraand was hy bereid om 'n ledemaat te verwed alles is nie pluis nie. Die nag het 'n bietjie soberheid gebring, maar hy was steeds oortuig as hy lank en diep genoeg krap, gaan hy op iets afkom. Hy hou nie daarvan dat sy prentjie besig is om al valer te word nie. Hy sal eers sy besoek aan Nazeem Williams 'n bietjie uitstel. Daar is dalk 'n ander manier hoe hy agter die kap van die byl kan kom.

Ellie sit buite die haarsalon in Kloofstraat terwyl Clara haar hare laat versorg. Sy kyk op haar horlosie. Clara moet halfeen in die Waterfront wees vir middagete saam met Allegretti. Van hulle laatslaap-planne het daar blykbaar toe nie veel gekom nie. Allegretti het dinge gehad wat hy moes doen en is vroeg klub toe.

Dit het gedurende die nag weer 'n bietjie gereën en die lug is koel. As dit nie binnekort somer word nie, sal sy vir haar winterklere by haar huis moet gaan haal. Terwyl sy na die verbygangers kyk, bel sy haar ma. Sy voel skuldig omdat sy nie op die oomblik by haar kan uitkom nie.

Daar is nie antwoord by die huis nie en sy bel haar ma se selfoon. Sy antwoord eers toe Ellie dit al oorweeg om die oproep te staak.

"Ek het nou begin bekommerd raak oor Ma."

"Weet jy hoeveel keer deur die jare het jy en hy nie julle telefone geantwoord wanneer ek gebel het nie?"

"Dit was waarskynlik omdat ons besig was om te werk en nie kon antwoord nie."

"Hmm, dit was altyd sy verskoning ook."

Ellie voel hoe haar nekspiere stywer span en sy het moeite om deur haar stram kakebeen te praat. "Hoe gaan dit met Ma? Ek is jammer dat ek op die oomblik skaars is, maar die nuwe werk se ure is nogal rof. Ek kry vir niks anders tyd nie."

"Dit gaan goed."

"Is Ma in die dorp?"

"Nee."

"Is Ma by tannie Vera?"

"Nee."

Die nekspasma is besig om in haar kop in te beweeg. "Is alles by die huis reg?"

"Ja. Die hond maak my net nog steeds mal. Miskien moet ek hom weggee."

"Moenie laf wees nie. 'n Mens gee nie 'n ou hond weg nie. Hy gaan hom dood treur."

"Ons het almal maar probleme."

"Het Ma gedrink?" Dis die een vraag wat Ellie geleer het om nie te vra nie, maar sy klink vreemd.

"As jy wil weet, ek is op 'n date. En ek kan nie nou verder met jou praat nie."

Ellie se hand sluit om die trapreling waarteen sy staan. "Wat bedoel Ma, op 'n date?"

"'n Gawe man het my vir middagete genooi en ek het ja gesê."

"Wie is hy en waar ken Ma hom vandaan?"

"Dit het niks met jou te doen nie."

"Ma kan nie ernstig wees nie. Pa is nog nie eers koud nie."

"Hy was lánkal koud."

Die telefoon word stil en Ellie staar lank daarna. Die golf breek oor haar kop, trek weg, breek weer. Oor en oor tot die deur oopgaan en Clara uitgestap kom. Sy maak 'n draai voor Ellie.

"Do you like? Sy het 'n paar meer highlights ingesit." Sy kyk op haar horlosie. "Hoeveel tyd het ons? Hulle kan my gou vir 'n Brazilian wax vat. Ek het gedink ek spoil vanaand vir Enzio. Hy werk so hard."

Ellie sukkel om te verstaan waaroor Clara praat. Dit neem 'n rukkie voor sy na haar horlosie kyk. "Ons behoort nog betyds te wees."

Clara draai terug en Ellie gaan sit in die motor. Sy maak die deur toe, want sy wil 'n paar oomblikke niks hoor nie. Sy wil verkieslik ook niks sien nie. Haar selfoon lui net toe sy die deur toe het. Toe sy sien dis Brenda, klim sy weer uit die motor en staan 'n entjie weg. Die motor is dalk gebug.

250

"Jis, wat is aan die gang?"

"Niks, ek bel sommer net om te chat."

Ellie vee oor haar gesig en soek tussen al die beelde en woorde in haar kop na iets om te sê.

"Is jy daar?"

"Ja, maar kan ek jou terugbel?"

"Ek sal vinnig praat. Hier was 'n ou wat na die eienaar van die maatskappy kom soek het."

Ellie gaan sit op 'n muurtjie. "Wat het jy gesê?"

"Niks, ek het vir hom een van die kaartjies gegee. Hy het gesê hy sal hom bel."

"Is dit al?"

"Weet jy hoeveel keer in my lewe is ek al gescrew?"

Ellie is nie seker sy het reg gehoor nie en antwoord nie dadelik nie.

"What are you not telling me?"

"Wat bedoel jy?"

"Nee, jy gaan nie nou die innocent speel nie. Anders vat ek my handsak en gee pad. Ek het dalk nie jou fancy geleerdheid agter my naam nie, maar as jy my heeltemal befok wil hê, moet jy maak of ek onnosel is. What's cooking?"

Ellie staan op en wens sy kan terug in die kar klim. Al hierdie geluide . . . Sy kry nie gekonsentreer nie. "Brenda, as jy vir my verduidelik wat gebeur het, kan ek jou dalk antwoord."

"Ek het jou klaar vertel. Nou vra ek jou wie hy was, want ek sal 'n baie belangrike working part van my wed hy was nie hier om die baas se naam en nommer te kom haal nie. Ek kyk nie van gister af in mans se oë nie. Hy was agter iets anders aan."

"Ek weet nie wie hy was nie. Hoe lyk hy?"

"Langerig, goed gebou, kort hare. Ek skat hom laat dertigs, vroeg veertigs. Op 'n manier aantreklik, maar nie pin-up material nie. Nice jean. Wit hemp. Effense scar langs sy een oog. Lyk of dit bietjie droop. Nie erg nie."

251

Ellie voel 'n krieweling op die krop van haar maag. "Ek kan nie met sekerheid sê wie dit is nie, maar dit klink soos Nick Malherbe. Hy werk vir Enzio Allegretti. Jy het my van hom vertel. Is jy seker hy het niks anders gesê nie?"

"Waarom sal hy na jou baas kom soek?"

Ellie sug. "Hy vertrou my nie."

"Het hy rede om jou nie te vertrou nie?"

Ellie kyk na 'n jong vrou in 'n kort rompie, bypassende baadjie en hoëhakskoene wat verby haar loop en 'n entjie verder in 'n man se omhelsing inloop. Hulle soen mekaar en stap oor die straat na 'n restaurantjie toe. Dit kon sy gewees het. Sy kon 'n professionele beroep gehad het en mense vir middagete ontmoet het. Mooi klere. In plaas daarvan sit sy nou op 'n sypaadjie en is besig om so óm die waarheid te dans dat sy nie meer seker is sy weet wat die waarheid is nie.

"Ek kom sien jou na werk. Dan kan ons praat."

"Ek like jou, maar ek is te lank in die land om sentimental oor enigiemand te wees, so if you can't come with the truth, don't bother. Dis nie asof ons twee oor mekaar gaan huil nie."

"Ek sien jou later."

Ellie haal haar ander selfoon uit haar sak, maar voor sy kan bel, kom 'n ander oproep deur. Dis Clive.

"Ons het 'n oproep gehad van iemand wat navraag doen oor werk. Ons kontak in Johannesburg het die oproep geflag. Hy sê iets het nie lekker geklink nie. Het jy 'n idee wie dit kan wees of was dit dalk net 'n random navraag?"

"Brenda het my nou net gebel. Iemand was by die kantoor. Gevra wat die eienaar se naam en nommer is. Aan haar beskrywing klink dit soos Nick Malherbe." Sy vertel hom van die alarm wat afgegaan het.

"Jissis, Mac. Waarom het jy my dit nie vroeër al vertel nie?"

"Ek het gedink ek het hom oortuig dat dit nie ek was nie. Ek dink steeds hy is net met 'n visvangery besig. Hy het my van die begin af nie vertrou nie en het dit gesê ook. Ek sal net 'n paar dae myself skaars hou, 'n bietjie onder sy voete uitbly. Met alles wat Allegretti en Visser beplan, het Malherbe nie rêrig tyd om op 'n witch hunt te gaan nie."

"Ek like dit nie, maar dis ook nie asof ek verwag het dit gaan plain sailing wees nie. Laat hom maar krap. Hy gaan nie sommer iets kry nie. Maar wees versigtig. Onthou wat ek jou gesê het – ek soek nie kak op my watch nie."

"Ek hoor jou."

Hulle groet en Ellie is verlig om Clara by die deur te gewaar. Sy stap nader. Om op 'n verdomde Donderdag tyd te hê om jou koekie te laat wax! Terwyl sy koud kry en moes hoor haar ma is op 'n donnerse date. Sy hoop dit was blêddie seer.

"Dankie. Nou is ek reg en Enzio is in vir 'n lekker surprise."

Ellie antwoord haar nie. Klim net agter die stuurwiel in en trek weg. Mense ly honger en is dakloos, wil sy sê, maar kry die woorde teruggesluk.

Enzio is reeds by die restaurant en tot Ellie se irritasie sit Nick Malherbe en nog 'n ander beampte by 'n ander tafeltjie van waar hulle 'n goeie uitsig oor die restaurant en die buitekant het. Daar is weer 'n fladdering op haar maag toe sy sien hy dra 'n denim en wit hemp. Sy wonder of hy nie omgee dat sy dalk uitvind hy is besig om rond te snuffel nie? Tot haar verbasing staan hy op en stap nader. En om alles te kroon, glimlag hy.

"Kom eet iets saam."

Sy moet haarself keer om agter haar te kyk. "Dankie, maar ek het 'n paar oproepe om te maak." En dan las sy op 'n ingewing by: "Ons is op die oomblik nogal besig by die kantoor en ek probeer tussenin ook al die administrasie gedoen kry." Terwyl sy dit sê, hou sy hom dop, maar hy knip nie 'n oog nie. Kyk nie weg nie, beweeg nie.

"Gaan maak jou oproepe. Ek bestel solank vir jou iets om te drink."

Ellie stap weg en gaan staan buite op die stoep, van waar sy op die hawe kan afkyk. Sy bel Clive se nommer.

"Wat is die kanse ons kry toegang tot Malherbe se selfoonrekords?"

"Wat wil jy daardeur bereik?"

"Ek wil doodseker maak dit is hy wat Johannesburg toe gebel het en dit kan nie kwaad doen om te weet vir wie hy nog gebel het nie."

"En wat maak jy as jy weet? Aanvaar dit is hy. Onthou ons het nie met 'n plan hier ingegaan nie, want ons weet nie wat ons werklik alles by Allegretti sal kry nie. So jou rol is op die oomblik net observasie, nie aksie nie."

"Op hierdie manier kan ons jare lank wag voor ons iets kry wat werklik die moeite werd is. Ek het 'n vermoede Malherbe kan ons dalk vinniger van 'n paar antwoorde voorsien . . ."

Clive wil haar in die rede val, maar sy keer hom. "Wag, luister eers na my. Dit help nie ons trace Allegretti se selfoonrekords nie. Ons weet hy is met allerhande truuks besig. Maar dit kan interessant wees om te sien vir wie bel meneer Malherbe. Hy en Allegretti sit nie aldag langs dieselfde vuur nie."

"Ek sal kyk of ek iets kan regkry, but don't hold your breath. As hy sy eie agenda het, sal hy waarskynlik sorg dat daar nie los drade is nie."

Hoofstuk 24

Nick hou haar dop waar sy voor teen die stoepreling staan. Daar is vandag aggressie in haar lyf. Hy sien hoe sy probeer om haar hande stil te hou, maar sy kry dit nie reg nie.

Hy stuur vir Monica 'n SMS. *Ek soek McKenna se selfoonrekords.*

Not so easy. Veral nie as ons met hierdie operasie onder die radar wil bly nie.

Alles is deesdae te koop sonder dat jy deur amptelike kanale hoef te gaan. Moenie dat ek jou jou job moet leer nie.

Laat ek kyk wat ek kan doen.

Toe Ellie na omtrent tien minute by Nick aansluit, is die ander sekuriteitsbeampte weg en wag daar 'n rock shandy vir haar. Hy is oplettend.

"Probleme?" Hy glimlag weer en sy voel hoe 'n krieweling langs haar ruggraat afgly.

"Is daar nie maar in enige job probleme nie?"

"Ek is bly ons kry die kans om te gesels. Ek dink ons twee het dalk op die verkeerde voet weggespring. Soos jy seker al agtergekom het, is Enzio nie altyd die maklikste mens om voor te werk nie. Hy volg graag sy eie kop. En met die skietery op sy motor en die sekuriteitswag se skietdood net daarna, was Clara se intrek effe ongeleë. Ek het nog nie eers behoorlik kans gehad om my voete in die Kaap te vind nie. As ek antagonisties oorgekom het, vra ek verskoning. Dit was nie teen jou persoonlik gemik nie."

Op enige ander dag sou sy die speletjie kon speel, maar nie vandag nie. Sy is moeg en wil huis toe gaan. Sy wil stort en wanneer sy daar uitklim, wil sy weer haarself wees. In haar eie huis. Sy wil op haar kitaar speel. Sy wil haar lêers om haar hê. In haar lêers is die wêreld swart en wit. Daar is nie halwe waarhede in nie. Die foto's in die lêers is staties en glimlag nie onverwags nie. Sy vertrou haar lêers. En sy wil met haar pa kan praat.

"Het jy iets gesnuif?" vra sy.

Hy lyk werklik uit die veld geslaan oor haar reaksie. "Ekskuus?"

"Cut the crap. Ons het nie op die verkeerde voet weggespring nie. Jy vertrou my nie en dit het niks met al die skietery te doen nie."

Hy gee 'n vreemde gemaklike lag en Ellie vermoed dit is die eerste eerlike oomblik wat daar al tussen hulle twee was. Die merkie teen sy oog maak 'n duik en trek sy een oog effens af. Sy het amper lus en vee met haar vinger daaroor. Die gedagte is skaars klaar gevorm, toe sy haar kop liggies skud. Die job smokkel inderdaad met 'n mens se kop. Op vele maniere.

Hy sit agteroor in sy stoel. "Wat sou jy gedoen het as jy in my skoene was? Eerstens vertrou ek nie sekuriteitsmaatskappye wat bereid is om vir mense soos die Allegretti's of Williamse te werk nie. Dit beteken gewoonlik hulle het al hulle eie nes bevuil en moet enige job vat wat na hulle kant toe kom. Die meeste sekuriteitsmaatskappye wat ek ken, in elk geval dié wat gesteld is op hulle goeie naam, is baie versigtig vir wie hulle werk. Tweedens, Nazeem Williams en Allegretti senior se paaie het al 'n keer of wat gekruis. Dis nie asof daar baie liefde tussen hulle is nie. Dit is dus nie net vir jou wat ek nie vertrou nie – ek het ook nog my bedenkinge oor Clara se bona fides. Om die waarheid te sê, ek word betaal om niemand te vertrou nie."

Sy laat hom klaar praat terwyl sy stadig haar rock shandy drink. Toe hy stilbly, kom vra die kelner wat hulle wil eet. Sy bestel 'n bordjie soesji en hy vra vir stokvis en chips.

"Ek werk nie vír Nazeem Williams nie. Ek werk vir Fast Security wat 'n kontrak met hom het om sy familielid op te pas. Sover ek weet, het sy geen rekord nie en word sy ook nie verdink van enige onwettige bedrywighede nie. Tweedens, jy lyk vir my soos iemand wat die verskil tussen reg en verkeerd verstaan. Waarom werk jy vir die Allegretti's, maar jy wantrou ander mense wat bereid is om vir hulle te werk?"

Hy kyk na waar Enzio en Clara sit. "Ek het arm grootgeword en vroeg besluit daar is niks edel aan armoede en swaarkry nie. En ek maak nie 'n geheim daarvan dat ek dit vir die geld doen nie."

"My pa het altyd gesê elke mens het 'n prys."

Hy knik. "Wat is joune?"

Sy speel met haar mes en vurk. "Ek glo nie dis 'n berekening wat jy voor die tyd maak nie. Dis waarskynlik eerder iets wat jy op 'n dag herken."

"Dis 'n interessante siening."

Hulle kos kom en hy kyk afkeurend na hare. "Dis 'n ander ding van arm grootword. Jy is bang om honger te ly. En daardie lyk altyd vir my na honger ly."

Ellie voel hoe sy glimlag en sy besef nou eers hoe styfgespan haar gesigspiere is.

"Jy is nie werklik 'n donkerkop nie, is jy?"

"Nee."

"Jy het jou pa se oë en waarskynlik dan ook sy haarkleur. Het die verandering iets met die job te doen?"

Vir 'n man wat tot nou toe net die nodige met haar gepraat het, is hy skielik net te praterig en sy vertrou nie die vrede nie, maar tog voel dit goed om vir 'n slag byna 'n normale gesprek te voer.

Sy trek haar skouers op. "Ek was waarskynlik maar net lus vir 'n verandering."

"Jy lyk nie na iemand wat van sulke drastiese veranderinge hou nie."

"Gebaseer op wat?"

"Jy is te noukeurig en presies. Verandering en verrassings is nie jou ding nie."

"Daar is seker altyd 'n uitsondering."

Hy beduie met sy kop na waar Allegretti en Clara steeds besig is om te eet. "Dink jy dis ware liefde?"

Sy kyk na die twee wat elke nou en dan na hulle selfone kyk en kort-kort 'n SMS stuur. Ellie dink weer aan Clara se verrassing vir Allegretti en sy keer haarself net betyds. As dit Clive was, het sy hom van die Brazilian wax vertel. Sy kan al hoor wat hy alles te sê sou hê. Dis ook op die punt van haar tong om hom te vra of hy na twee huwelike weet hoe lyk ware liefde, maar dan sal sy moet verduidelik waar sy aan die inligting kom.

"Bestaan daar nog so iets?" vra sy.

Hy kyk ondersoekend na haar. "Dis 'n siniese antwoord."

Ellie roer net haar skouers.

"Het jy nou die aand die alarm laat afgaan?" Hy glimlag terwyl hy dit vra en sy kan nie help om ook te glimlag nie.

"Wat dink jy?"

"Ek dink dit was jy. Wat ek nie heeltemal verstaan nie, is wat jy op die trap gedoen het. Tensy jy besig was om ons af te luister. Hét jy ons afgeluister?"

"Sal jy my glo as ek sê dit was nie ek nie?"

"Ek wil jou glo, maar ons kry geen ander verduideliking nie. Daar was nie miere in die sensor nie, ook nie 'n mot of ander insek nie."

"Toe ek laas gekyk het, kon motte vlieg."

"Ek dink nie hierdie een het weggevlieg nie."

"Wat is dan die nut om dit te ontken?"

"Jy begryp dit kan baie gevaarlik wees om mense af te luister en laatnag in die huis rond te sluip?"

Sy knik. "Dit is waarom ek dit nie doen nie."

Op daardie oomblik staan Allegretti en Clara op en Ellie en Nick staan ook vinnig op. Toe hulle op die stoep kom, staan die ander beampte ook reeds gereed. Ellie wonder waarom hy nie saamgeëet het nie.

"Kan ek jou 'n guns vra?"

Nick knik. "Shoot."

"Kan Clara saam met julle huis toe ry? Ek moet gou 'n draai

by die kantoor maak. Een van my beamptes het siek geraak en ek moet dringend 'n alternatiewe plan beraam of ons verloor die kontrak."

"Sy is welkom."

"Dankie."

Clara lyk nie veel gepla toe Ellie verduidelik dat sy net gou kantoor toe moet gaan nie. Dan kyk Ellie na Allegretti. "Kan ek asseblief die motor gebruik?"

"Be my guest." Hy lyk afgetrokke.

Tot Ellie se groot verbasing is Happy by Brenda toe sy daar kom.

"En as jy nou hier rondhang?"

"Nei, ek kom kyk maar net waarom jy so skaars is."

"Ek is besig." Sy wil hom vra of hy nuus het, maar bedink haar betyds. "Hoe gaan dit met jou?"

"Soos dit met 'n arm man kan gaan."

"Dis goed om jou te sien, maar ek en Brenda moet gou praat."

"Is reg." Hy maak egter nie dadelik aanstaltes om te loop nie en Ellie haal geld uit haar beursie. "Koop kos."

"Moet jy dit elke keer sê?" Hy neem die geld maar bly staan steeds. Versit net sy gewig van die een been na die ander.

"Was daar nog iets?"

Hy kyk na Brenda.

"I'm going nowhere. Jy moet maar sê wat jy wil sê."

Ellie skud haar kop en trek hom by die deur uit tot op die sypaadjie.

Hy skop-skop teen die randsteen. "Die mense praat oor jou."

"Wie is die mense en wat sê hulle?"

"Nei, dis maar so in general. Ek het net gedink ek moet jou dalk warn. Jy moet dalkies lig loop vir Reggie. Jy ken mos vir Reggie. Hy was die dag in die kar toe jy hier so vinnig saam met daai Golf weg is."

"Wat sê Reggie?"

"Reggie is mister Williams se broerskind en seeing that mister Williams nie self kinders het nie, sien Reggie homself as die prins. Ek scheme hy het nog altyd sy oog op die pragtige Clara gehad en like dit net niks dat sy en die Italian bymekaar is nie."

"Dit verduidelik nog nie waar ek in die prentjie kom nie."

"Reggie trust niemand nie. Veral nie as dit lyk of Mister Williams danig met hulle is nie."

"En meneer Williams is danig met my?"

"Ek sê maar net wat ek hoor. Dalkies nou nie danig mét jou op daai manier nie, maar hy trust jou miskien te veel na Reggie se sin." Happy gee 'n tree vorentoe en dan weer agtertoe. "It's complicated. As jy deel van daai wêreld is, moet jy maar wakker slaap, want loyalty is 'n woord met baie gate in."

"Dankie. Ek waardeer dit dat jy my kom waarsku het."

"'n Warning klink darem bietjie erg. Kom ons sê ek en jy het sommer net 'n bietjie local news geshare." Hy stap saam met haar terug na die ontvangsvertrek, kyk na Brenda. "Wederom, sister. It was nice meeting you."

Brenda kyk hom met 'n skewe kop aan, swaai dan haar wysvinger in sy rigting. "Toe ek laas gecheck het, was ons twee beslis nie related nie."

Hy lig sy hande. "Sister, you have some serious anger issues." Met die uitloop kyk hy oor sy skouer na Ellie. "See you."

Ellie draai na Brenda. "Ek het nie baie tyd nie. Kom stap saam met my."

"Waarheen?"

Ellie huiwer net 'n oomblik. "Ek moet gou by 'n apteek kom."

Hulle stap op die sypaadjie uit en Ellie sluit die deur en veiligheidshek.

"Brenda, ek soek iemand om net die telefoon te antwoord en bietjie admin te doen," begin Brenda praat toe hulle 'n paar treë geloop het. "Somehow I never took you for a blatant liar. En jy wil nie werklik apteek toe gaan nie."

"Ek het nie gelieg nie. Ons hét iemand nodig om die telefone te antwoord en die e-posse na te gaan. Ek het nie geweet iemand gaan kom rondsnuffel nie."

"En die storie wat die jongetjie jou wou kom vertel het? Waarom het jy buite met hom gaan praat?"

Ellie gee vir haar die agtergrond, vertel van Nazeem Williams en Reggie.

"En jy sê dit gaan eintlik maar net oor 'n bietjie mistrust?"

"Dis ingewikkeld. 'n Mens is nie altyd seker waarom die mense optree soos hulle doen nie. As jy ongemaklik is, sal ek iemand anders probeer kry om die kantoor te beman." Die windjie wat om die geboue waai, is besig om al kouer te word en Ellie wens sy kan by die huis kom en onder 'n kombers inklim. Behalwe, huis is nie huis nie.

"Ek is nie ongemaklik oor die ou kom snuffel het nie. Ek is ongemaklik dat jy vir my lieg."

"Ek . . ."

Brenda keer haar. "Jy lieg dalk nie . . . dis dalk meer 'n case of not telling everything. En dis lieg se familie. Dalk stieffamilie, but family it is. Maar ek is soort van gewoond aan die rustige dae, so ek sal nog 'n bietjie aanhang, maar ek promise jou, as jy my screw, gaan ek nie smile nie."

"Ek sal jou nie screw nie."

"OK."

Hulle begin terugstap.

"Ek weet jy was 'n cop en al daai dinge . . ." Sy kyk skeefweg na Ellie. "The little voice in my head says you are still one, maar dis 'n ander dag se praat daai. Wat ek wil sê, is dat ek dink jy is in over your head. Jy dink omdat jy help om skelms te vang, weet jy hoe hulle koppe werk, maar jy weet nie. Jy is te lig vir hierdie ouens. Daai wêreld is nie vir amateurs nie."

"En jy dink ek is 'n amateur?"

"Jy ken seker jou werk, maar jy is een van daai mense wat redes soek om mense te trust. Don't do that. Glo eerder almal is bad. Op daai manier kry jy soms 'n surprise. But to live in hope is to be constantly disappointed, want glo my die meeste mense is bliksems. Present company included."

Dit kan die koue wees, haar vreemde gesprek met Nick Malherbe, Happy se waarskuwing, die besorgde blik in Brenda se oë of die feit dat haar ma op 'n date gegaan het, maar Ellie wil skielik huil.

"Dankie dat jy die situasie vandag goed hanteer het. Ek waardeer dit en as daar weer so 'n voorval is, sal ek verstaan as jy jou goed wil vat en loop." Ellie gee vir Brenda die kantoorsleutel, groet en stap dan haastig na waar die motor geparkeer is.

Sy skakel die BMW aan, maar skakel dit eers weer af en bly sit 'n rukkie stil. Die trane sit steeds vlak. Sy het nog nie gehuil sedert haar pa dood is nie en nou wil sy op straat huil, oor iets wat iemand vir haar gesê het wat nie eers heeltemal waar is nie. Sy is nie 'n amateur nie. Ook nie goedgelowig nie. Dis net op die oomblik moeilik, want die een mens wat sy sonder voorbehoud vertrou het is weg en haar rug voel kaal en weerloos. Die volgende een op haar lys, Melissa, is off limits. Selfs Clive en Albert is nie nou opsies nie.

Sy skakel weer die motor aan en trek te vinnig weg. Die sterk enjin dreun toe sy om die eerste draai gaan. Sy wens sy kan sommer net 'n ent ry tot die brandgevoel agter haar oë bedaar. Dalk oor Chapmanspiek. Sy was baie klein toe haar pa die eerste keer met haar oor die pas gery het. Hy het stadig gery sodat sy mooi kon kyk na die see wat daar ver onder lê. Toe hulle aan die ander kant kom, het hy omgedraai en dieselfde pad teruggery. Hy het altyd gesê 'n mens kan eers sê jy ken 'n pad wanneer jy dit van albei kante af gesien het.

By die huis trek sy die motor in die motorhuis, draf sommer die trap op tot bo. Stemme kom uit die studeerkamer en sy los die sleutels op die kroegtoonbank. Daar is geen teken van Clara nie.

Sy het die Range Rover voor die huis gesien, so Clara kon seker nog nie vir Allegretti sy verrassing gee nie. Sy is net weer by die trap toe Nick Malherbe agter haar praat.

"Het jy reggekom by die kantoor?"

"Ja, dankie."

"Kon jy darem 'n ander beampte in die hande kry?"

"Dit lyk so. Dankie dat jy Clara saamgebring het."

Sy sien hoe sy blik oor haar gesig gaan en sy groet en draf weer die trap af tot in die woonstel.

Sy weet sy moet seker maak Clara is ongedeerd en wil nie weer uitgaan nie, maar sy het nie nou die krag daarvoor nie. Net eers onder die komberse inkruip en hoop sy word warm.

Nick kyk haar agterna. Hy kan nie glo hy het nog nie vroeër daaraan gedink nie. Die meeste mense is nie bestand teen basiese vriendelikheid nie. In normale omstandighede sou hy seker effens skuldig gevoel het, maar hy is lankal daar verby, anders sou hy nooit so lank in die job oorleef het nie. Jy doen wat gedoen moet word en glo jy sal eendag tyd kry om min of meer weer mens te word.

Hy sal graag wil weet of die vrou by die kantoor vertel het van die navraag. Is dit waarom sy ontsteld lyk? Besef sy dalk sy is nie opgewasse vir hierdie job nie? Wat die job ook al behels. Of is dit maar steeds daardie hartseer wat hy die eerste dag in haar oë gesien het?

Hy haal sy selfoon uit en stuur 'n SMS. *Jy kan rustig wees. Jou kliënt is veilig en hulle twee gaan nie meer vanaand uit nie.*

Dit neem 'n rukkie voor die antwoord kom: *Dankie.*

Hoofstuk 25

Ellie skrik wakker van harde geluide en sy sit verward regop. Dit klink soos stemme, maar sy kan nie uitmaak wat hulle sê nie. Sy kyk op haar selfoon. Dis twee-uur in die nag. Sy lê met klere en skoene op die bed in die woonstel. Die sagte kombers is tot teen haar ken opgetrek. Haar sy is seer en sy besef haar pistool is nog onder haar blad vasgemaak. Sy staan op en maak die deur oop. Die stemme weergalm teen die trap af.

"Komaan, lovey, kom terug bed toe. Jy kan nie nou bestuur nie. Waarheen wil jy in elk geval gaan?

"Let go of me!" Allegretti praat baie hard.

Ellie vee oor haar gesig. Wat sê haar kontrak oor huismoles? Gryp sy in? Maak sy die deur toe en sê môreoggend sy het niks gehoor nie? Sy sien egter Nazeem Williams se gesig voor haar en sy draf teen die trap op.

Allegretti sukkel om die hyser se knoppie te druk, terwyl Clara hom aan die arm beet het. Albei is kaal.

"For fuck's sake, Enzio, jy het nie eers klere aan nie."

"Dit het jou nie vroeër gepla nie."

Die hyser se deure gaan oop, maar Ellie stap voor hom in.

"Meneer Allegretti, as jy êrens heen wil gaan, sal ek jou neem. Trek net eers klere aan. Jy wil nie hê die polisie moet jou toesluit vir indecent exposure nie."

Ellie sien hoe hy sukkel om op haar gesig te fokus. "Wie is jy nou weer?"

"My naam is Ellie."

"Hallo, Ellie. My naam is Enzio. Dit sal nice wees as jy saam met my wil kom. Sy," hy beduie na Clara, "is in 'n bad mood en ek hou nie van bad moods nie."

Ellie neem hom aan die arm en probeer hom weg van die hyser af kry. "Waarheen gaan ons?"

"Ons moet eers by my klub aangaan en dan gaan ons vir my vriend Nazeem Williams kuier. As hy nie my oproepe wil antwoord nie, dan gaan praat ek maar sommer self met hom."

"Watse besigheid het jy hierdie tyd van die nag met uncle?"

Ellie weet sy moet nie kyk nie, maar voor sy haar kon kry, gaan haar blik af teen die meisie se kaal lyf. Dit was inderdaad 'n suksesvolle Brazilian wax. Bliksem, dit moet seer gewees het. Sy voel hoe sy liggies ril.

"Ek wil net met hom praat." Hy ruk sy arm uit Ellie se greep. Sy is te laat om haar balans te behou en val vorentoe sodat haar voorkop teen die muur se rand stamp. Dit sal haar leer om te wil kyk waar sy nie moet nie. Sy kry hom weer aan die arm beet.

"Lovey, ons kan môre na hom toe gaan. Kom nou terug bed toe," probeer Clara steeds paai.

"Ek keer jou nie. Ek en Elsa hier gaan nou eers iets saam drink." Hy kyk weer met sy ongefokusde blik na haar. "Jy het nie 'n bietjie coke nie? Myne is ongelukkig op. Dis waarom ons eers kantoor toe moet gaan."

Ellie skud haar kop. "Ek het ongelukkig niks." Sy kyk na Clara. Die kind lyk gehawend en sy klappertand. Dit moes 'n rowwe aand gewees het. "Waarom gaan jy nie terug bed toe nie? Ek sal by hom bly en kyk dat hy nêrens heen gaan nie."

"Is jy seker?"

"Ja. Gaan slaap. Ek vermoed hy gaan nou-nou uitpass. Wat het hy alles in?"

"Hy drink gewoonlik nooit so baie nie. Dit kan dalk ook net die kombinasie wees wat hom vanaand so vang."

Ellie voel hoe die ergerlikheid soos gal in haar opstoot. Sy verdedig hom wragtig nog steeds. Sy sê egter niks. Kyk net hoe Clara hom op die wang soen en dan haastig teen die trap opstap kamer toe.

Ellie wens sy kan ten minste net vir Allegretti 'n broek aantrek. Dié tyd van die nag het sy werklik nie lus om in 'n vreemde kaal man vas te kyk nie. Daar is nie eers iets soos 'n tafeldoek in sig nie. Op die ou end kry sy hom darem so ver dat hy op een van die banke gaan sit en sy plaas 'n kussing op sy skoot. Sy gaan sit oorkant hom.

"Het jy nie eers vir ons 'n joint nie?"

"Ongelukkig nie."

Hy probeer weer opstaan. "Let's go to the office. I have some very good shit there."

Sy druk hom terug op die bank. "Ons kan nou-nou ry."

"Williams is 'n bliksem. Maar kyk, as hy weet wat goed is vir hom . . ."

Die verleiding is net te groot om nie te vra nie. "Wat is die probleem?"

Hy probeer weer opstaan. "Wat drink jy?"

"Ek sal vir ons iets kry om te drink. Wat wil jy hê?"

Hy probeer oor sy skouer na die kroeg kyk. "I'm in your hands. Surprise me."

Ellie skink twee glase sodawater. In die een skink sy 'n bietjie whiskey. Net genoeg om die sodawater te verkleur.

Hy proe daaraan en trek 'n gesig. "Darling, do you want to poison me?"

"Van die tweede sluk af raak dit beter."

"Williams is 'n bliksem." Hy neem weer 'n sluk en sit terug op die bank. Gelukkig is die kussing nog in plek, dink Ellie.

"Wat is die probleem? Hy het dan vir Clara laat intrek." Sy drink klein slukkies sodawater en het lus om ook 'n gesig te trek. Sy kon wragtig vir haar iets beters geskink het as skoon sodawater.

"Ek het 'n deal vir hom, maar hy speel hard to get."

" 'n Besigheids-deal?"

Hy knik 'n paar keer stadig. "And a very lucrative one. Maar as hy nie na die tafel toe wil kom nie, gaan ons genoodsaak wees om self hardball te speel."

Dis verstommend dat 'n mens se brein selfs in hierdie toestand nog sekere selfbeskermingsmeganismes in plek het, dink Ellie. Hy kan dalk nie regop staan nie, maar hy weet hy moenie te veel van sy besigheid uitblaker nie.

"I love that girl, you know. I would never harm her."

"Clara?"

Sy oë is skeel toe hy opkyk. "The one and only."

Ellie se vel begin kriewel. Sy hou nie daarvan dat hy Clara se naam in dieselfde sin as Nazeem Williams en 'n besigheidstransaksie gebruik nie. Voor sy hom weer kan vra wat die probleem is, sak hy laer af teen die bank se rugleuning en Ellie moet vinnig die glas uit sy hand neem voor dit op die vloer val. Sy oë gaan toe en sy asemhaling word dadelik stadiger. Sy is nie seker of sy die veiligheidsmense buite moet gaan roep sodat hulle hom in 'n kamer kan gaan neerlê nie. Op die ou end tel sy sy voete op die bank en gaan haal 'n kombers in een van die gastekamers. Al is sy redelik seker hy gaan nie sommer weer vannag hier opstaan nie, maak sy haar maar op die ander bank gerieflik en luister hoe hy liggies begin snork.

Wat sal sy doen as sy moet weet hy het iets met haar pa se dood te doen gehad? Dis nie die eerste keer dat sy daaroor wonder nie, maar dis die eerste keer dat die gedagte nuwe moontlikhede inhou.

Ellie skrik wakker van 'n hand op haar skouer en sy gryp eerste na haar pistool, maar dan word dit uit haar hand geneem en sy hoor Nick Malherbe se stem.

"Jy moet werklik ophou om so gewapen te slaap. Jy is 'n blêddie gevaar vir almal om jou."

Sy sit regop. Allegretti lê nog op die ander bank en slaap.

"Wil jy my vertel wat het laas nag hier gebeur?"

Ellie smag na 'n koppie koffie. Haar mond voel droog en dit voel of sy nie haar oë kan oopkry nie. En sy het 'n hoofpyn. "Hy het te veel gedrink en wou in die nag klub toe ry. Clara het hom probeer keer. Ek het wakker geword van hulle stryery toe hy in die hyser probleem klim het. Sy is later terug bed toe."

"Wat makeer jou voorkop?"

Sy raak aan haar voorkop en voel 'n knop. "Ek het gestruikel en met my kop teen die muur geval." Sy staan op. "Is daar nog iets wat jy wil weet?"

"Waarom het jy my nie gebel nie?"

"Ek het nie gedink dis so 'n groot issue nie. Dis nie asof hy 'n gevaar vir homself of ons ingehou het nie. Hy was te dronk."

Sy rek haarself uit, stap verby hom, draai terug om haar pistool by hom te neem en stap dan stadig met die trap af. In die woonstel val sy op haar bed neer. Sy staan omtrent dadelik weer op en gaan skakel die ketel in die kombuisie aan. Sy moet koffie in haar lyf kry. Stort. En stadig en met 'n helder verstand deur hulle gesprek van die vorige nag gaan. Daarna moet sy vir Clive bel. Sy sal hom bel terwyl Clara met die tydskrif-shoot besig is.

Nick maak die deur agter hom toe en staan 'n oomblik stil. Huise verklap baie van hulle inwoners. Die sitkamer is netjies. Eenvoudig. 'n Blou glasbak op die koffietafel. 'n Kleurvolle geweefde deken oor die rusbank se rugleuning. Twee foto's op 'n koffietafel. Hy herken John McKenna se rooi hare en neem aan die vrou by hom is sy vrou. Hy buk effens om beter te kan sien. Sy lyk na haar pa. Op die ander foto is sy as jong meisie saam met 'n ligtekopmeisie. Hulle lag oopmond vir die kamera. Die son skyn op hulle en dit lyk of daar 'n vuur in haar hare smeul. Waarom sal 'n mens op 'n dag sulke hare wil kleur?

Hy is versigtig om aan so min as moontlik te raak, al het hy handskoene aan. Selfs al dink 'n mens jy sit iets op presies dieselfde plek terug, is dit selde die geval en iemand wat oplettend is en haar ruimte ken, sal dit dadelik raaksien.

Die kombuis is netjies, met net die nodige. Hy maak die kaste oop. Die gewone. Eetgerei, glase, opskepbakke, kastrolle. Die messegoed is in 'n laai.

Haar slaapkamer lyk min of meer soos die res van die huis, behalwe dat daar 'n paar skoene langs die bed staan. Netjies in gelid. Die duvet oor die bed is in skakerings van blou. Geen juweliersware wat aan allerhande staanders hang nie. Nie grimering wat rondlê nie. Die kitaar in die hoek van die kamer is 'n verrassing. Hy wonder of sy speel. Toe hy die klerekas oopmaak, glimlag hy. Haar klere hang in soorte bymekaar. Langsaan is netjiese hopies gepak. Die meeste van haar onderklere is eerder gekies vir gemak as enigiets anders. Behalwe vir 'n paar klein kantnommertjies. Maar geen seksspeelgoed, geen leerswepe en halsbande nie. Daar is wel 'n manstrui in haar kas. Die speurder s'n? En daar is 'n tandeborsel in die badkamer. Het sy maar net 'n ekstra een of is dit 'n oornaggas s'n? Daar is geen rekenaar in die studeerkamer nie. Hy het gehoop hy kry 'n rekenaar. Ook nie lêers nie. Geen aanduiding van die beroep waarin sy is nie. En dan gaan staan hy sommer net uit nuuskierigheid voor haar CD-rak. Sy het 'n baie wye musieksmaak. Haar boekrak is eweneens volgepak met 'n wye verskeidenheid leesstof.

Die trui en tandeborsel is die enigste teken dat daar dalk 'n kêrel is. Dit pla hom dat die huis so min verklap. Is dit omdat die huis met opset skoongemaak is, of is sy werklik net so 'n netjiese, geordende mens? Iemand wat spreekwoordelik nie weet hoe om haar hare te laat hang nie. En tog het sy 'n kitaar. En 'n paar stukkies sexy onderklere. Hy weet nie of hy teleurgesteld of verlig is dat daar nie geraamtes in die kaste is nie. Dalk eerder moerig, want hy het nie tyd hiervoor nie. Die rede waarom hy hier is, is om sy lewe makliker te maak. Hy wou antwoorde hê. Nie méér vrae nie.

Net voor hy die deur agter hom toesluit, bel hy 'n nommer en hoor hoe die alarm met 'n paar piepgeluide weer aanskakel. Die ouens is goed.

"Ek wil jou sien."

"Wat gaan aan?"

"Ek is nie seker nie, dis waarom ek met jou wil praat, maar nie oor die telefoon nie." Oor die feit dat sy 'n dringende behoefte het om 'n bekende te sien, swyg sy. Clive is bekommerd genoeg.

"Kan jy wegkom?"

"Nie regtig nie. Jy sal my hier êrens moet ontmoet. Clara is die hele dag met 'n tydskrif-shoot besig by 'n studio in Buitengrachtstraat. Oorkant die straat is 'n klein koffiewinkel. Ek sal daar vir jou wag."

"Maak net seker jy het nie 'n tail nie."

'n Uur later gewaar Ellie vir Clive. Sy is verbaas dat sy hom herken, want hy dra 'n bril en 'n vals snor. En 'n bandanna om sy kop gebind. Sy begin lag.

"Jy lyk soos 'n kruising tussen 'n verwarde nerd en 'n ou verdwaalde hippie."

Hy skuif oorkant haar by die tafel in. "Alles om jou gat te cover. Jy lyk sleg. Is die lewe in die fast lane toe nie so glamorous nie?"

Sy vertel hom van haar nag.

"Jissis, al daai geld en dan raak hulle ook maar net so gesuip soos die res van ons. How sad."

"Die enigste verskil is, dít waarop hulle gesuip raak, is aansienlik duurder as dit waarmee die res van ons maar tevrede moet wees."

Die kelner kom en albei bestel 'n koppie koffie en 'n geroosterde toebroodjie. Ellie sit so dat sy die ingang na die ateljee kan dophou. Sy het seker gemaak daar is geen agterdeure nie. Van waar sy sit, kan sy ook die brandtrap langs die gebou sien.

Terwyl hulle vir hulle kos wag, vertel sy hom wat Allegretti die vorige nag alles kwytgeraak het.

"Jy kan nie die ramblings van 'n dronkgat te ernstig opneem nie."

"Dis waarskynlik die énigste woorde wat ek ernstig moet opneem. Van sy filters mag dalk nog aan gewees het, maar hy is kwaad vir Williams en dit het niks met Clara te doen nie. Maar Clara kan dalk deel van die prentjie word. Ek moet by my bord uitkom. Ek soek my lêers. As ek tyd het, sal ek die antwoorde daar kry."

"Not gonna happen. Jy kan nie met enige brokkie inligting betrap word nie."

Sy vat die servet en haal haar pen uit. Clive skud sy kop. "Praat met my. Laat ek hoor hoe jou kop loop."

"Ek praat makliker as ek prentjies voor my het."

Sy skryf name neer en trek heen en weer strepe tussen die name.

"Waarom sal hy sê hy sal nooit vir Clara seermaak nie . . . En wat wil hy van Williams hê? Barkov het hom bedonner. In ruil daarvoor het hy Barkov se huis en twee van sy mense moer toe geskiet. Mang skiet toe op Allegretti se motor, en iemand skiet een van Allegretti se mense dood. Barkov soek hulle konneksie met Jonathan, maar hulle wil hom eers nog 'n les leer. Waar pas Williams in hierdie prentjie in?"

"Behalwe as hy deel is van Visser se plan waarvan Allegretti gepraat het."

"Aha, maar wat is plan B? Dit is waarom ek my lêers nodig het. Ek moet gaan kyk of daar al transaksies tussen hulle was en waarom is daar bad blood tussen ou Allegretti en Williams."

"Ek sê weer, ek soek nie eers 'n tissue by jou met 'n naam op nie."

"Dan dink ek is dit tyd dat ek vir uncle Nazeem en aunty Mavis gaan kuier. Ek het belowe ek sal hulle op hoogte hou met Claratjie se doen en late."

"Wat dink jy gaan jy bereik?"

"Ek weet nie, maar soos een van Williams se trawante sê, soms moet 'n mens maar die boom skud. Jy weet nooit wat uitval nie."

"Jy kan nie vir Williams gaan sê jy vermoed daar is 'n slang in

271

die gras en dat jy bekommerd is oor Clara nie. Voordat jy klaar gepraat is, het hulle haar in 'n klooster gesit en die sleutel weggegooi. En waar bring dit ons?"

"Ek moet vir Albert sien. Hy ken Williams die beste."

"Wil jy die official weergawe van hom sien, of wil jy jou boyfriend sien?"

"Ek wil met hom oor Williams praat." Ellie hou haar gesig niksseggend. Sy kan nie vir hom sê hoe alleen sy voel nie.

"Hulle is op die oomblik baie besig. Gee my kans dat ek sien wat ek kan doen." Hy kyk na haar. "Hoe dikwels praat julle met mekaar?"

"Ek het hom nog net een keer gebel. Hy was baie opgewonde oor sy nuwe TV."

"Dis nie sommer net 'n TV nie. Jy moet dit sien."

Sy skud haar kop. "Hy sal ook nooit geld hê nie. So vinnig soos hy spaar, so vinnig kry hy dinge om dit op te spandeer."

"Ek weet nie waarvoor hy gespaar het nie, maar die ding moes 'n lelike duik in sy savings gemaak het. Daai goed kos seker hier by die R40 000."

Ellie skud weer haar kop. "Waarop werk hy op die oomblik?"

"Sover ek weet, is hy nog besig met die saak van Barkov se twee trawante wat dood is en Allegretti se veiligheidswag."

"Is daar nog geen verdere inligting oor my pa nie?"

Hy steek sy hand uit en vryf haar hare deurmekaar. "Sorry, girl."

Toe sy hom nie antwoord nie, sit hy terug op sy stoel. "OK, wat is ons plan van aksie nou?"

"Julle moet probeer uitvind wie in Mpumalanga en Limpopo al betrokke was of daarvan verdink word dat hulle so 'n operasie sal doen. Gaan deur my lêers. Daar is 'n paar name. Dis egter baie belangrik dat niemand met daai besending neuk nie. Al moet julle 'n persoonlike escort daarvoor reël, maar dit moet toegelaat word om sy volle pad te loop. As ons gelukkig is, kry ons een van ons goeie vriende in die proses raakgetrap. Jy moet my belowe jy sal sorg dat daar 24/7 oë op daai vrag is."

"Ek sal my bes doen, maar ons praat hier van baie oë en dit verhoog altyd die risiko dat iemand kan praat."

"Ek haat dit dat 'n mens deesdae feitlik niemand meer kan vertrou nie. Dis onmoontlik om so te werk."

"Ek stem, maar dit gaan nie oornag verander nie, so ons moet probeer om die risiko so klein moontlik te hou."

"Verder soek ek nog inligting oor Malherbe. Hy is skielik net te vriendelik en behulpsaam."

"Wat van Brenda?"

Ellie kyk vraend na hom.

"Jy sê sy vermoed alles is nie kosjer nie. Is dit tyd dat ons haar laat gaan?"

"Nee, ek dink dis tyd dat ek haar vertel wat aan die gang is. Malherbe gaan nie ophou krap tot hy iets gekry het nie. Ek wil haar voorberei. Ek wil haar amptelik deel van die operasie maak."

"Dink jy nie jy vertrou haar te veel nie?"

Ellie dink aan Brenda se woorde van die vorige dag. "Dalk, maar ek is bereid om die risiko te loop."

"OK, maar maak seker sy verstaan die gevolge as sy praat." Hy staan op. "Ek moet loop. Pas jouself op, en moenie stupid goed doen nie. Wag ook eers met jou kuier by Williams tot ek tyd gehad het om iets vir jou en Greyling te reël."

"Dankie dat jy gekom het." Sy is traag om hom te laat gaan. "Sê groete vir Albert."

Hy raak aan haar skouer. "Sterkte."

Sy soek na die servet, maar toe sy dit nie op die tafel kry nie, besef sy hy het dit saam met hom geneem. Sy bel vir Brenda, gee vir haar die adres van die koffierestaurant en vra dat sy haar daar ontmoet.

'n Halfuur later sak Brenda oorkant haar neer. "Het ons nou oornag BFF's geword dat ons mekaar elke dag moet sien?"

"BFF's?"

"Best friends, forever."

Ellie lag. "Ek sal nie so aanmatigend wees nie. Ek weet mos jy gaan nie oor my huil nie."

Brenda glimlag effens. "Jy moet ook nie altyd na alles luister wat ek sê nie."

"Ek wil jou iets vertel en ek gaan jou nie beledig deur jou te waarsku wat die gevolge kan wees as jy hieroor praat nie."

"Ek weet wat jy my wil vertel, maar carry on."

Toe Ellie klaar die belangrikste detail geskets het, sit Brenda 'n rukkie stil. "Waarom het jy my gekies? Het jy gedink as die shit die fan strike, is my lewe minder werd as een van julle mense se lewens?"

"Nou beledig jy my," antwoord Ellie.

"Maar jy kan verstaan hoe dit lyk."

"Ek het jou gesê daar was iemand anders, maar haar man is verplaas. Dis die waarheid. Toe stap jy die kantoor binne en ek sien hoe jy lyk . . . en ek voel skuldig omdat ek nog nooit so gelyk het nie."

"Het ek jou al gesê ek haat charity?"

Ellie knik. "Maar hierdie is nie 'n handout nie. Jy doen my 'n guns."

Brenda vou haar arms voor haar. Maak dit weer los en vroetel 'n oomblik met die pakkies suiker in die middel van die tafel. "While we are being honest, ek het van die begin af geweet iets is nie lekker nie. So ek kan jou seker nie blame nie. Ek het geweet."

"Hoe het jy geweet? En as jy weet, wat is die kanse dat enige van die ander partye my glo?"

"Mense is lui en sien dikwels wat hulle wil sien. In my job het ek nie die luxury nie. As ek mense verkeerd opsom, is die kanse goed dat ek nie lewendig daar uitkom nie."

"Nick Malherbe, die een wat by jou was, is nie lui nie en hy vertrou my nie. Daarom wil ek hê jy moet my dadelik laat weet as jy hom enigsins naby die kantoor gewaar." Ellie bly stil en kyk na die vrou voor haar. "Brenda, ek sal jou nie kwalik neem as jy wil gaan nie."

"And miss all the fun?"

"Hierdie is allermins pret."

"That was a joke. Jy kan my niks van daai wêreld vertel nie. Jy moet onthou ek was al in baie van die huise teen daai berg. I know who they are behind the walls and the guards. Die vraag is of jy weet waarvoor jy in is?"

"Ek het 'n baie bekwame span mense wat my help. Dis darem nie of ek alleen in die ding is nie."

"Jy kan 'n army ook hê, maar as daai deure toegaan, is dit net jy, and that can be a very lonely and scary place."

"Ek sal versigtig wees." Ellie vra of sy iets wil eet, maar sy sê nee, sy moet terug kantoor toe gaan.

"They can't do without me for too long."

Ellie kyk haar glimlaggend agterna. Maar êrens in haar voel sy seer vir die vrou. Is die lewe veronderstel om so moeilik te wees?

Hoofstuk 26

"Het jy my e-pos gekry?" wil Monica weet toe sy Nick die aand oor Ellie se selfoonrekords bel.

"Verstaan jy as ek sê sy is té skoon? Haar woonstel, haar selfoonrekords. Die manier hoe sy haar job doen. Sy is werklik een van die soort mense wat geen chaos in haar lewe het nie, of sy is 'n baie goeie operator. Wil jy vir my sê sy het nog nie eers een keer 'n oudkollega gebel nie?"

"Miskien is dit moeilik om kontak te hê na wat met haar pa gebeur het. Dalk verwelkom sy die verandering en is maar te dankbaar sy is daar weg."

"Speel jy duiwelsadvokaat of glo jy dit werklik?"

"Ek wil nie hê jy moet onnodige energie op haar mors nie. Hou jou ore en oë oop en as jy dink sy is 'n bedreiging, maak ons 'n plan. Ek het intussen mense instruksies gegee om vir my in Mpumalanga en Limpopo te soek na moontlike swak plekke. As Allegretti die waarheid gepraat het, en hulle gebruik nie hierdie keer 'n middelman nie, gaan dit dalk ons groot kans wees. When the going gets tough . . . Daai klein ouens praat gewoonlik met die eerste tekens van moeilikheid."

"OK. Ek moet gaan. Ons praat weer."

Ellie staan buite die klub om 'n bietjie uit die ergste geraas te kom toe 'n Volkswagen Golf stadig verbyry. Sy kan sweer dis Reggie in die passasiersitplek. Hulle gaan draai 'n entjie verder, ry weer stadig verby en stop 'n entjie verder. Albei klim uit, maar hulle kom nie nader nie. Sy weet nie of hy haar tussen die ander mense gesien het nie en sy probeer 'n donker kol kry van waar sy kan sien wat hulle doen. Reggie steek 'n sigaret aan terwyl dit lyk of die

ander een iets uit 'n bottel drink. Sy dink aan Happy se waarsku-
wing. En tog het sy lus om nader te stap en te kyk wat hulle doen.

"En as jy hier in die donker staan?"

Sy skrik toe Nick Malherbe agter haar praat. Voor sy kan dink,
trek sy hom nader totdat hy ook buite die ligkol staan. "Sien jy
die twee ouens by die Golf? Dis twee van Williams se manne. Die
korter een is Reggie Williams, Nazeem se broerskind. Die een
wat homself as die kroonprins sien. Hy het blykbaar 'n ogie op
Clara en is baie moerig vir sy oom dat hy haar toegelaat het om
hierheen te trek."

Hy kyk verby haar. "Wat dink jy doen hulle hier? En het jy hul-
le al vantevore hier gesien?"

"Nee, dis die eerste keer. Ek weet nie of Reggie sommer net
wil voel hy doen iets nie."

"Is hy en Clara nie familie nie?"

"Aangetroud, nie bloedfamilie nie."

"Wil jy hê ek moet iemand nader stuur?"

Ellie kyk na waar die twee jong mans steeds teen die motor
staan. "Nee, ek sal hier buite bly. Laat ek eers sien of hulle 'n plan
het."

"Is al jou probleme by die kantoor opgelos?"

"Ja, dankie. Ek het iemand gekry en ons kliënt is tevrede."

"Het jy al 'n aanduiding hoe lank Williams jou gaan benodig?"

"Nee, maar ek gaan hom heel waarskynlik volgende week sien,
dan sal ons seker besluit."

"Ek hoop jy sê vir hom sy is in baie goeie hande." Hy glimlag.

"Is sy?" Ellie glimlag ook.

"Wat moet ek doen om jou te oortuig?"

"Vir my sê of jy dink jou baas het bymotiewe of nie."

"Bymotiewe wat Clara betref?" Hy skud sy kop. "Dit lyk nie so
nie. Ek kan nie vir jou sê ek dink dis tot die dood hulle skei nie,
maar hy lyk heel erg oor haar."

"Vertel my van Visser en sy vrou."

"Wat wil jy weet?"

"Ek dink nie Enzio is opgewasse teen Visser nie. So wat gaan gebeur as Visser dink Clara is in die pad?"

"Nou bespiegel jy darem wyd. Daar is geen rede waarom Clara in iemand se pad is nie. Wat dink jy doen die mense vir 'n lewe?"

Sy kyk met meer aandag na hom. "Jy wil seker nie hê ek moet jou antwoord nie."

"Wys my die besigheisman of -vrou wat nog nie 'n paar rand onder 'n tafel deur gemaak het nie, of besigheid met iemand gedoen het wie se hande dalk nie so skoon is nie, en ek wys jou 'n engel. Besigheid is oor die algemeen nie 'n gentleman's game nie. 'n Mens het nie altyd die luukse om op die moral high ground te bly nie."

Ellie wonder of sy hom moet antwoord. Hoe lank kan hulle twee so naby aan die afgrond dans voordat sy verkeerd trap en haarself te pletter val? Aan die een kant is dit verleidelik lekker om te kyk hoe ver sy kan gaan, maar aan die ander kant weet sy sy speel met vuur. Die feit dat hy blykbaar besluit het om die spreekwoordelike "good cop"-rol te speel beteken nie hy is minder gevaarlik nie. Inteendeel.

Sy kyk weer na waar Reggie en die ander een nou oor die straat gestap het en op die bushokkie se bankie oorkant die klub se ingang sit. "Ek dink ek moet vir Clara huis toe neem. Ons kan haar by die kombuisdeur uitneem. Ek dink nie hy sal iets doen nie, en dis dalk eerder Enzio wat versigtig moet wees, maar ek sal meer gerus wees as sy by die huis is."

"Ek sal vir Paul vra om julle met sy kar te vat. As ons nou enige van die ander karre vat, gaan hulle sien. As jy haar roep, sal ek sorg dat hy sy kar omvat kombuis toe."

"Dankie."

Vir die eerste keer vandat Ellie haar ontmoet het, lyk Clara vanaand of sy te veel gedrink het. Sy is op die dansvloer toe Ellie binne kom en wil niks hoor van huis toe gaan nie.

"I'm having fun. Wat moet ek by die huis gaan doen?"

"Julle moet môre vroeg Franschhoek toe gaan vir die polo-wedstryd."

"Dis nog lank na môre toe. Come join us. Laat ek jou aan my vriende voorstel."

"Waar is Enzio?"

"Waar dink jy? Hy en Ken is al die hele aand in die kantoor besig. Ek is aangesê om myself te kom besig hou. Daai bitch van 'n Gabriella mag daar wees, maar ek word soos 'n kind uitgestuur. Well, let them do their boring work or whatever they do." Sy roep 'n kelner nader en bestel 'n rondte baie duur shooters.

Dit neem Ellie 'n uur om haar by die huis te kry en toe is sy steeds soos 'n moedswillige kind.

"Kom drink iets saam met my. Anders gaan ek alleen drink en ek hou nie daarvan nie."

"Jy weet julle moet môreoggend vroeg opstaan?"

"Ek het iets wat ek kan drink om wakker te word." Sy praat stadiger as gewoonlik, asof sy nie seker is hoe om elke woord uit te spreek nie.

Ellie skink vir hulle albei 'n glas lemoensap in. Sy sal vir Clara sê daar is vodka by.

Na die eerste sluk kyk Clara egter skepties na die glas. "Jy is nie 'n goeie barman nie. Maak die volgende een sterker." Sy skakel die televisie aan. "Oh nice, *Fashion Police*. I love them."

Ellie kyk na die skerm. Drie vroue en 'n man in 'n bloedrooi pak klere is besig om een of ander celebrity se rok te bespreek.

"Ek wil ook so 'n rok hê. I must tell Enzio I want one for my birthday."

"Wanneer verjaar jy?"

"Die dertigste November. Ons gaan vanjaar 'n groot party hou. Ek is klaar besig met die invites."

"Nooi jy jou familie ook?"

Sy kyk na Ellie, neem 'n sluk lemoensap en kyk eers 'n rukkie na die televisie voor sy antwoord. "It's complicated. Ek sal met hulle 'n aparte party hou."

Dis nie net die partytjie se gastelys wat ingewikkeld is nie, dink Ellie. Hierdie meisie se hele lewe is waarskynlik ingewikkeld.

"Vertel my 'n bietjie van Reggie. Hy lyk baie tuis in jou oom-hulle se huis."

Clara glimlag stadig. "Ag, ou Reggie. Hy was so 'n nice ou toe hy jonger was. Ons was great friends." Sy kyk agter haar asof sy iemand daar verwag. "Can I tell you a secret? Reggie was my first."

"Jou eerste wat?"

"I lost my virginity met hom. Ek was sestien en hy negentien. Maar uncle weet dit nie, so jy moet niks sê nie."

Ellie sien in haar gedagtes vir Reggie buite die klub en sy wonder of Clara aldag besef hoe ingewikkeld haar lewe wérklik is.

Voordat Ellie kan antwoord, lui Clara se selfoon. Sy sukkel eers om dit op die koffietafel raak te vat en dan kyk sy na Ellie. "I don't believe it. Dis Reggie." Sy antwoord: "Hi, Reg, hoe's dinge?" Sy luister. "Wat meen jy waar's ek? Ek's by die huis." Clara raak weer stil. "Ellie het my huis toe gebring. Through the kitchen. How should I know? Hei, hoekom gee jy my 'n harde tyd oor hoe ek by die huis gekom het. You're not my father."

Ellie sit doodstil.

"Fuck you, Reggie. Why are you doing this? Ek is besig en kan nie sommer net elke dag rondkuier nie. I am going to hang up now. Jy is vanaand sommer net 'n doos." Clara gooi die selfoon terug op die koffietafel. "Waarom dink hy ek moet by hom report oor waar ek is en hoe ek da gekom het? The nerve."

"Wat wou hy weet?"

"Waar ek is. En toe ek sê ek is by die huis, sê hy ek lieg. Ek is nooit by die klub weg nie."

Ellie voel hoe haar nekhare rys. Sy wonder of dit die eerste keer was dat Reggie die klub dopgehou het. "Wat het hy nog gesê?"

"Ek verbeel my ek is nou beter as hulle. Dis waarom ek nie

meer daar kom nie. En ek is 'n hoer vir Enzio." Sy sluk die laaste lemoensap, staan dan wankelrig op en gaan skink vir haar nog iets om te drink. Hierdie keer is dit sonder lemoensap. Ellie besluit om haar te laat gaan. Sy kan haar ook net so ver beskerm en dan moet sy die gevolge van haar dade dra.

"Het jy en Reggie iets aan gehad voordat jy vir Enzio ontmoet het?"

"Hy is 'n nice ou, maar hy is te jonk vir my. Ons het deur die jare soms saamgeslaap. Ek weet hy het 'n crush op my, maar ons het al daaroor gepraat en hy verstaan daar kan nooit regtig iets serious tussen ons wees nie. Ek weet nie wa vanaand se call vandaan kom nie."

Ellie weet nie of sy wil lag of huil nie. Asof die kind se lewe nie deurmekaar genoeg is nie, het sy nog vir Reggie ook êrens in die skaduwees en sy is verbaas dat hy vanaand vir haar kwaad is. Sy is seker Clara is nie 'n dom meisie nie. Het almal in die familie haar net nog altyd so spesiaal behandel dat sy nie 'n benul het hoe lyk die wêreld werklik nie? Sy glo dit nie. Dalk het al die aandag haar net so bederf dat sy deesdae nie werklik omgee vir ander se gevoelens nie.

Ellie hoor die motorhuisdeure en staan op. "Enzio is hier."

Clara staan ook op. "Sê vir hom ek het gaan slaap, en hy moet my nie kom pla nie. He can sleep in one of the guest rooms. Daar is baie van hulle." Clara stap so vinnig as wat sy in haar toestand kan teen die trap op. Ellie staan op en is net by die trap na haar woonstel toe die hyser oopmaak. Nick Malherbe is saam met Enzio. Enzio groet afgetrokke en stap verby haar. Ellie besluit Clara kan haar eie boodskap vir hom gee.

"Is alles reg?" Nick staan net binne die portaal voor die hyser.

"Ek weet nie." Sy kyk agter haar om te seker te maak Enzio is al buite hoorafstand.

Nick beduie na die trap. Hulle kan in die woonstel praat. "Wat drink jy?"

"Ekskuus?"

"Wat drink jy? Ek is moeg en kan vanaand doen met 'n night-cap. En ek sal nie vir Nazeem Williams vertel jy drink terwyl jy tegnies aan diens is nie."

Sy huiwer.

"Komaan, juffrou McKenna, ek is dors en moeg. En ek gee jou my woord."

"Whiskey met ys. Sonder water of soda."

Sy staan by die skuifdeur toe hy onder in die woonstel kom. Sy neem 'n klein slukkie, lig dan die glas en kyk na die amber in-houd. "Ek wil liewer nie weet wat hierdie sopie kos nie."

"Is jy 'n kenner?"

"By default. Dit was een van my pa se ware passies. By gebrek aan ander kinders het hy besluit om my vroeg al te leer om dit te waardeer."

"Waarom lyk jy bekommerd?" Hy gaan sit op een van die ge-makstoele. Sy huiwer en gaan sit dan oorkant hom. Behalwe vir die gesprek in die restaurant, het hulle twee nog nooit werklik met mekaar gepraat nie. En nou sit hy gemaklik agteroor asof hulle twee ou vriende is. Sy skakel die rooi liggie in haar kop aan en herinner haarself hy is nie 'n vriend nie. Hy is beswaarlik 'n kennis.

"Onthou jy die twee ouens wat vanaand buite die klub was?"

Hy knik.

Sy vertel hom dat Reggie gebel het en wou weet waar Clara is. En dat hy haar nie wou glo dat sy al by die huis is nie.

"Hy sê sy is nooit uit die klub uit nie. Wat beteken hy het die klub dopgehou. Volgens haar het hulle twee 'n seksuele geskie-denis."

Toe hy wil praat, keer sy hom. "Ek weet sy is my verantwoor-delikheid, en ek vertel dit nie vir jou omdat ek wil hê jy moet iets doen nie. Ek wil eintlik net hê jy moet begrip hê as ek in die vervolg strenger is oor haar veiligheid. Hy sal niks aan haar doen

282

nie, want hy weet Nazeem Williams sal geen genade hê nie. Ek wil verkieslik net onaangename situasies probeer vermy."

"Ek is bly jy het my vertel, want dit raak Enzio tog. Wat ek wil weet, is hoe het hy geweet sy is by die klub?"

"Ek het daaroor gewonder en kon net twee moontlikhede kry. Eerstens het hy iemand in die klub wat hom laat weet wanneer sy daar is, of hy agtervolg ons."

"Kyk jy vir voertuie wanneer jy bestuur?"

"Ja."

"Ek hou nie van die idee dat hy dalk 'n konneksie binne die klub het nie. Gaan jy vir Williams vertel van die oproep?

"Ek weet nie." Sy neem 'n sluk, rol die whiskey stadig oor haar tong voor sy dit sluk, kyk dan na hom. "Wat sou jy gedoen het as jy in my skoene was?"

"Vra jy my raad?" Hy lyk verbaas.

"Jy is langer in die job as ek."

"Moet dit nie nou al vir Williams noem nie. Laat ons hom eers 'n paar dae lank dophou en kyk wat sy plan is. Hy is dalk sommer net jag . . . jaloers en probeer haar bietjie rattle."

"Hoe gaan jy hom laat dophou?"

"Ek het 'n ou wat baie goed daarmee is. Die jong Williams sal nooit weet nie."

"Sal jy my sê wat jy uitvind?"

"Ja, ek sal jou vertel."

Dit raak stil tussen hulle en hy betrap hom dat hy haar oor die kitaar wil vra. Hy keer homself gelukkig betyds. Hy kan hom net indink wat haar reaksie sal wees as sy moet weet hy was in haar huis. Dan is daar nog die paar stukkies kantonderklere ook.

"Is daar werklik niemand wat omgee dat jy op die oomblik sulke onmoontlike ure werk nie?"

"Nee."

"Nie eers vriende nie?"

"Hulle is gewoond daaraan dat ek nie vaste ure werk nie."

"Mis jy nie jou job nie?"

Ellie het lus om te lag. "Mis jy dit?"

"Wat?"

"Om 'n cop te wees?"

"A, natuurlik het jy my agtergrond laat nagaan." Hy glimlag. "Waarom het jy my nie sommer net gevra ek moet jou oor my-self vertel nie?"

"Seker om dieselfde rede waarom jy mý nie gevra het nie."

Hy lag hardop en die letsel teen sy oog duik in. "Miskien moet ons voor begin. Is daar nog iets wat jy oor my wil weet? Onthou net, ek gaan nie oor my werkgewer praat nie."

"Waarom is jy weg uit die polisie? Jy het jou opleiding in 1994 begin, en selfs daarna, met regstellende aksie, het jy baie vinnig die leer geklim."

"Ek het jou gesê geld is vir my belangrik."

"Is daar iets tussen jou en Gabriella Visser aan die gang?"

"Nee."

Sy draai haar kop skeef.

"Dink jy werklik ek sal in Ken Visser se slaai krap?"

"As jy vir die Allegretti's kan werk, is jou persepsie van gevaar waarskynlik nie soos die res van die bevolking s'n nie. Waarom het jou huwelike nie gehou nie?"

"Die eerste een was nie heeltemal die mens wat sy voorgegee het om te wees nie. Die tweede een was presies die mens wat sy voorgegee het. Daar was geen verrassings nie."

"Jy kies 'n vrou en dan los jy haar as sy dieselfde mens is as wat sy voorgegee het om te wees! Nou het ek alles gehoor."

"Ek gee vir jou die eenvoudige antwoorde. Natuurlik is dit meer kompleks as dit. En ek het haar nie gelos nie. Dit was 'n gesamentlike besluit."

"Wat sal jy doen as jy weet Allegretti se motiewe met Clara is nie so suiwer nie? Sal jy haar waarsku?" Ellie hou hom dop terwyl hy die vraag oordink.

"Clara betaal nie my salaris nie."

"En as haar lewe in gevaar is?"

Hy neem twee slukke na mekaar, kyk 'n oomblik na haar. "Wat wil jy hê moet ek vir jou sê?"

"Die waarheid."

"Die waarheid is nie altyd so eenvoudig nie. Dit hang van 'n paar dinge af. Dinge wat ek nie nou kan voorsien nie."

Sy antwoord hom nie en hulle sit 'n rukkie in stilte voor hy die laaste whiskey sluk en opstaan. "Dankie vir die gesels. Sien jou môre."

Ellie kyk hom agterna toe hy wegstap. Hy het nie vir haar soos 'n man gelyk wat sal val vir die grootoog-vrouetruuk van "gee my raad, want jy weet meer" nie, maar blykbaar is hy ook maar net 'n man. Tog kan sy nie die gevoel afgeskud kry dat sy op haar hoede moet wees nie.

Toe sy in die bed lê, dink sy aan al die mense wat sy ontmoet het sedert sy hier woon en werk. Sy kon nog altyd mense redelik vinnig opsom. Op die oomblik voel dit egter asof sy sukkel om elkeen vasgevat te kry. Dis asof elkeen verskillende mantels dra en net sodra sy voel sy het een vasgevat, glip dit weg en sit sy met 'n ander een in die hand.

Sy lê lank wakker, maar sy gee nie om nie. Dit voel of sy deesdae weer net snags in haar eie vel kan klim. Bedags speel sy die rol so goed as wat sy kan en hoewel dit by tye makliker voel, het sy hierdie alleentye baie nodig. Al is dit net sodat die trane kan loop. Ongehinderd en stil. Sonder 'n gesnuif en 'n gesnik.

Hoofstuk 27

Ellie is verbaas oor hoeveel mense by die polotoernooi op Val de Vie is. Hulle is net na nege uit Bantrybaai weg. Sy en Nick Malherbe voor in die Range Rover en Allegretti en Clara agterin. Agter hulle, in 'n Land Cruiser, ry nog twee sekuriteitsbeamptes.

Allegretti is stil en afgetrokke en sit dikwels met sy foon in die hand, besig om boodskappe te stuur en te ontvang. Clara doen dieselfde. Ellie wonder of Allegretti toe gisteraand in een van die gastekamers geslaap het.

Hulle kry 'n parkeerplek, klim uit en stap saam na die klubhuis toe. Die vroue is oor die algemeen baie deftig aangetrek. Dié van hulle wat nie ontwerpersuitrustings dra nie, is beslis uit eksklusiewe boetieks geklee.

Clara het vanoggend laat weet Ellie moet verkieslik nie haar gewone swart langbroek dra nie.

As jy nie iets anders het nie, kom kyk in my kas.

Asof sy in een van daardie nommer-dertig-kledingstukke sal pas. Op die ou end het sy 'n wit linnerok aangetrek. Die enigste een wat sy saamgebring het. Haar pistool is teen haar bobeen vasgegespe. Aangesien sy selde rokke gedra het wanneer sy aan diens was, het sy nog nie baie haar pistool daar gedra nie en dit voel half ongemaklik aan die begin. Die rok klok effens uit na onder en sy het heen en weer voor die spieël gedraai om seker te maak dis nie sigbaar nie. Sy verkies haar pistool onder haar armholte of in haar sy. Dis asof 'n mens net meer in beheer voel.

Terwyl hulle nou tussen die ander mense deur stap, is sy bly sy het nie haar gewone werksklere aangetrek nie. Sy sou beslis nie kon wegraak nie. En al kom haar rok uit 'n afdelingswinkel, voel sy net meer onsigbaar.

Allegretti groet mense toe hulle by die klubhuis aankom, terwyl Clara dadelik vir haar 'n glas sjampanje by een van die kelners neem, dit vinnig wegsluk en toe nog een neem. Sy is sigbaar bly toe sy 'n bekende gewaar en hulle twee groet met die nodige lugsoene en op- en af kykery, komplimente en glimlagte.

Ellie begin die omgewing verken. Vergewis haar van al die uitgange, die badkamers, die potensiële probleemareas. Nou en dan gewaar sy Nick Malherbe tussen die mense. Hy lyk verbasend tuis in sy ligte chino en navy sportbaadjie met die kraakwit hemp onderaan. Weer 'n nuwe mantel, dink sy. Vandag is hy die country gentleman. Al is daar 'n pistool onder sy blad vasgemaak.

Ellie staan buite onder een van die groot sambrele. As sy nie aan diens was nie, het sy haar aan al die mense verkyk. Die meeste van die vroue lyk asof hulle uit 'n salon gestap het. Hulle is van hulle kroontjies tot hulle gepedikuurde voete 'n toonbeeld van goeie versorging. Sy is seker hulle hakke kry nooit tyd om droog te word nie en hulle hande word nie dikwels in koue water gedruk nie. Dit is 'n liefdadigheidsgeleentheid en die tema is wit en pienk. Hier en daar het iemand hulle nie aan die voorskrif gesteur nie, maar oor die algemeen is almal in die regte skakerings. Selfs 'n klomp van die mans dra pienk, al is dit net 'n sakdoek in die baadjie se bosak. Sy is nie baie op hoogte met die who's who nie, maar tussen die mense herken sy elke nou en dan 'n gesig wat sy al in 'n koerant of tydskrif gesien het. Kelners dra onophoudelik skinkborde met drank en snoephappies heen en weer. Die eetgoed lyk asof dit deur ontwerpers gemaak is. Sy mis vir Melissa. En ook haar pa. Hy het altyd interessante maniere gehad om na die lewe te kyk.

"Een van die eerste dinge wat 'n mens in hierdie job moet leer, is om nie jou emosies op jou gesig ten toon te stel nie."

Ellie kyk op na Nick Malherbe wat langs haar kom staan het. "Ek was nie bewus daarvan dat ek besig is om iets ten toon te stel nie."

"Dit is waarom dit belangrik is om daardie skill so vinnig moontlik aan te leer."

"En wat lees jy in my uitdrukking?"

"Jy dink dis 'n mors van geld en jy dink die vroue is almal net verlengstukke van die mans se beursies."

"Dis 'n vreeslike seksistiese uitspraak."

"Ék het nie gesê hulle is nie."

"Ek ook nie."

Hy glimlag. "Ek kon sweer dis wat ek gehoor het."

"Jy lyk gemaklik in hierdie omgewing."

"Enige mens kan in enige omgewing inpas . . . dit lê in 'n mens se kop en het byna nooit iets met die omgewing of die mense te doen nie."

Ellie kyk na 'n groepie vroue wat met hulle perfek gegrimeerde monde aan langsteel-sjampanjeglase teug.

"Ek stem nie saam nie."

"Jy sal nie, want jy wíl nie." Hy glimlag skeefweg. "Terloops, jy lyk baie mooi vandag. Net jammer van jou hare. Ek wonder steeds waarom jy dit gedoen het."

Ellie voel hoe die alarmpie vir die soveelste keer in haar kop afgaan. Sy weet nie hoe hy dit reggekry het om hulle aanvanklike stram verhouding om te swaai dat dit soms byna intiem voel nie. Dalk is dit net haar verbeelding. Sy het lanklaas vreemde mans ontmoet, wat nog te sê lang gesprekke met hulle gehad.

"Dankie."

Voor hulle verder kan praat, sit Gabriella haar hand deur sy arm en trek hom sonder 'n woord eenkant toe. Ellie kyk hulle agterna. Dis nie net Clara se lewe wat ingewikkeld is nie. Die volgende oomblik keer sy haarself net betyds om nie uit te roep nie, toe haar selfoon teen haar bobeen begin vibreer. Sy dra vandag net die ongelyste selfoon saam met haar. Dis maar goed sy het nie planne om later deur 'n man uitgetrek te word nie. Hy sal omtrent 'n verrassing kry as hy moet sien wat alles teen haar bobene vasgemaak is. Ellie lig die rok se spleet effens weg om die selfoon in die hande te kry.

"Waar is jy?" Dis Clive.

"Naby die Paarl by 'n polowedstryd."

"Fok, as ek ooit weer aarde toe kom, wil ek ook geld hê. Kan jy praat of moet ek jou later bel?"

"Ek kan praat."

"Die polisie in Limpopo het net na middernag 'n vragmotor buite Makhado by 'n padblokkade voorgekeer. Daar was vyf renosterhorings in kratte versteek. Die bestuurder van die vragmotor beweer hy het niks daarvan geweet nie. Hy het net opdrag gekry om 'n vrag Johannesburg toe te neem."

"Ag, bliksem tog! Het ek nie vir jou gesê julle moet wakker slaap nie? Die kanse is goed dit was Allegretti-hulle se vrag en nou sal ons nie weet nie."

"Niemand het gedink hulle sal so vinnig beweeg nie. Ons ouens daar op die grond was nog besig om te probeer uitfigure waar hulle dit sou kon kry."

Ellie skop na 'n graspol wat net effe hoër as die res is. Tot die grasperke lyk of hulle gereeld gemanikuur word. "Mang gaan niks hiervan hou nie en hierdie keer skiet hy dalk nie net op Allegretti se voertuig nie, maar op die mense ín die voertuig. Donner, Clive, dit was so 'n goeie geleentheid." Dan wonder sy of Allegretti al die nuus gekry het. "Waar het jy dit gehoor?"

"Een van ons ouens het my laat weet."

"Dink jy Allegretti weet al?"

"Dit hang af hoe goed sy netwerk is."

Ellie onthou hoe vies Clara die vorige aand was omdat Allegretti en Ken Visser die hele tyd in die kantoor was en hoe hy laataand afgetrokke gelyk het toe hy by die huis gekom het. Lees sy weer te veel in die gebeure? En vanoggend het hy kort-kort na sy selfoon gekyk, maar hy doen dit dikwels.

"Ek moet gaan. Laat weet my as jy iets meer hoor."

Ellie druk die selfoon weer onder die band teen haar bobeen in, voor sy omdraai en begin soek. Sy is seker sy sal aan Allegretti se uitdrukking kan agterkom as daar iets fout is. Sy het die hele tyd 'n oog op Clara probeer hou en is bly om te sien sy staan steeds op dieselfde plek tussen 'n groepie jongmense. 'n Entjie verder gewaar sy vir Nick Malherbe en Gabriella Visser. Sy sal darem baie graag wil weet wat presies tussen hulle twee aan die gang is. Dit neem egter omtrent tien minute voor sy Allegretti in een van die tente opspoor. Hy is druk in gesprek met twee ander mans. Sy een hand rus liggies in sy broeksak terwyl hy met die ander een 'n glas vashou. Op die oog af lyk dit of hy lekker kuier. In die ander hoek van die tent is Ken Visser ook aan die gesels. Gebruik hulle geleenthede soos hierdie om allerhande transaksies te beklink? Ontspan hulle en gesels ook maar oor onbenullighede? Sy kan amper nie dink dat mense soos hulle ooit werklik oor onbenul-lighede gesels nie. Die soort sakebedrywighede waarmee hulle besig is, vra sekerlik ure se beplanning.

Sy draai om en maak seker sy kan steeds vir Clara sien. Dit lyk of sy 'n lekker dag het, want sy is beslis die middelpunt van die groep se aandag. En dis duidelik dat die meeste van die jong mans aan haar lippe hang en Clara is 'n ervare flirt. Die jong mans is baie nader aan haar ouderdom en hoewel sy die aandag geniet, is nie een van hulle werklik 'n bedreiging vir Allegretti nie. Clara is dalk jonk en soms naïef, maar sy weet dat liefde 'n mens ook net so ver kan bring.

Die res van die middag probeer Ellie so goed moontlik vir Allegretti en Visser in die oog hou. En tussendeur maak sy seker sy kan nog vir Clara ook sien. Nou en dan kyk sy darem na die ruiters wat ewe behendig hulle perde heen en weer op die veld stuur. Sy is nie 'n perdekenner nie, maar selfs sy kan sien dat dit nie sommer net enige perde is nie. Polo staan nie verniet bekend as die sport van konings nie. Sy wonder of sy in hierdie wêreld sou kon aanpas. Die gedagte is nog nie eers behoorlik deur haar kop nie, toe voel sy 'n moegheid oor haar sak. As sy na die vroue kyk, lyk dit nogal na moeite en sy sal nooit op daardie hakke kon loop nie.

Ellie is dankbaar toe Nick Malherbe net na vier kom sê Allegretti wil huis toe gaan. Hy en Clara is albei op pad terug stil in die motor. Albei bly doenig met hul selfone.

Hulle het net voor die motorhuis gestop toe Allegretti se foon lui. Hy antwoord en dan skreeu hy 'n kragwoord. Met sy een hand beduie hy vir hulle om uit die motor te klim. Voor Ellie behoorlik die plan kon oordink, skakel sy haar selfoon se opnemer aan en laat sak dit ongesiens 'n entjie onder die sitplek in. Sy sal later die selfoon kom uithaal. Die hekwag het intussen die motorhuisdeure oopgemaak en Ellie stap saam met Clara binnetoe.

"Het jy 'n lekker dag gehad?" vra sy toe hulle in die hyser klim.

Clara glimlag. "Ja, op die ou end was dit nie te sleg nie. Ek haat dit net as Enzio so afwesig is. Ek is sommer lus en gaan slaap vanaand by die huis. 'n Nag alleen sal hom dalk net goed doen."

"Laat weet my wat jy besluit, want dan wil ek ook huis toe gaan. Dit sal my eintlik pas, want ek het 'n paar goed wat ek by die kantoor ook moet gaan doen."

"OK. Let's do it. Ek is in elk geval nie vanaand lus vir Enzio as hy in 'n mood gaan wees nie. Ek gaan vir my 'n oornagsak pak. Ons kan Maandag terugkom."

Ellie draf die trap af na haar woonstel toe, haal dadelik haar ander selfoon uit en bel Clive se ongelyste nommer. Sy stap op die balkon uit toe dit begin lui. "Clara wil tot Maandag by Williams-hulle gaan kuier. Kan jy reël dat ek oor die naweek die mense sien wat ek moet sien?"

"Gaan huis toe. Ek sal kyk wat ek kan reël."

Ellie gooi 'n paar stukke klere in haar tas. Maak seker die woonstel se vensters is toe en stap dan teen die trap af. Sy hoop Allegretti is klaar gepraat sodat sy haar selfoon uit die voertuig kan kry. Die voordeur gaan oop toe sy haar hand uitsteek om dit oop te maak. Dis Allegretti. Die man wat die hele dag netjies gelyk het en gesellig gekuier het, lyk asof hy in 'n kwessie van 'n paar minute deur 'n oorlog is. Sy hare is deurmekaar, sy das sit skeef, sy gesig lyk soos 'n donderwolk. Waar hy gewoonlik heel vriendelik met haar is, loop hy haar nou byna onderstebo sonder om verskoning te vra. Toe sy by die deur uitstap, sien sy hoe Nick Malherbe met die Range Rover by die hek uitry. Sy het vergeet hy gebruik die Range Rover. Sy hoor Brenda se stem wat sê hierdie is nie die wêreld vir amateurs nie. En Clive wat haar meer as een keer gewaarsku het om gefokus te bly. As hy die selfoon in die voertuig vind en sien die opnemer is aangeskakel, is sy in groot moeilikheid. Sy voel hoe haar hart vinniger klop. Daar is egter nie tyd om nou te wonder oor alles wat dalk verkeerd kan loop nie.

Sy is net in die woonstel toe sy stemme bo in die huis hoor. Allegretti en Clara is besig om op mekaar te skree. Sy gaan staan op die trap om beter te hoor.

"Gaan en sê sommer vir jou oom jy is 'n spoilt little bitch wat nie weet wat die woord 'dankbaarheid' beteken nie. Kyk ook sommer of hulle so bly lyk om jou te sien as wat jy jou verbeel."

"Hulle is lief vir my. Dis baie meer as wat ek van jou kan sê."

"Shame, don't hold your breath, darling. Die feit dat jy oor die berg getrek het, pas hulle soos 'n handskoen, ongeag wat hulle sê."

"Ellie!" roep Clara. Ellie skrik en gee twee treë terug op die trap. "Let's go. Ek het genoeg van bastards in my lewe gehad."

Ellie gryp haar oornagtas en haal Clara by die voordeur in. Hulle ry met Ellie se motor.

Op pad Rondebosch toe sit Clara stil langs haar en toe Ellie een keer vlugtig na haar kyk, sien sy hoe sy met die agterkant van haar hand oor haar wange vee. Ellie wonder of sy nooit sal ophou om vir die meisie jammer te wees nie. Die selfversekerde jong vrou wat die hele dag omring was deur mense wat haar be- wonder, is weg. Langs haar sit 'n hartseer kind.

'n Entjie van die huis af laat sak Clara die sonskerm en begin haar grimering opknap. Daarna trek sy haar vingers deur haar hare en sluk die een of ander pil.

Reggie maak die deur oop en Ellie sien die verbasing op sy gesig en dan vir 'n vlietende oomblik 'n trek van selfvoldaanheid.

"Wat gaan aan? Die ou man jou uitgeskop?"

"Fokof, Reggie." Sy draai na Ellie. "Thanks, ek sal met jou praat."

Voor Ellie kan loop, kom Nazeem die portaal in. Hy lyk ook verbaas. "En nou?"

"Kan ek nie eers meer kom kuier nie? Ek was lus vir aunty se kos en nou interrogate julle my." Sy soen hom op die wang. "En ek dog uncle is lief vir my."

"Ek is net verbaas." Hy kyk na Ellie. "Baie dankie dat juffrou haar gebring het."

"Dis 'n plesier." Sy kyk na Clara. "Laat weet maar hoe laat ek jou Maandag moet kom oplaai."

Toe Ellie omdraai, stap Nazeem Williams saam met haar buitentoe.

"Is daar iets wat ek moet weet?"

"Nee, ek dink sy het werklik net huis toe verlang."

"Is alles verder nog onder beheer?"

"Alles lyk vir my onder beheer. Eintlik weet ek nie wat ek daar maak nie, want die sekuriteit is werklik baie goed en hulle kyk baie mooi na haar."

"Ek is bly om dit te hoor, maar ek sal meer gerus voel as juffrou maar nog 'n rukkie aanhang."

"Sy is 'n oulike meisie en ek werk lekker saam met haar." Ellie sluit haar motordeur oop. "Ek gaan ook vir die res van die naweek huis toe, maar het my selfoon byderhand indien u my nodig kry."

Hy skud haar hand. "Dankie. Ek is bly ons paaie het gekruis."

Hoofstuk 28

Ellie trek weg en begin dadelik 'n plan bedink hoe sy die selfoon in die hande gaan kry. Selfs al is dit op sag gestel, is die kans steeds daar dat Nick Malherbe daarop kan afkom. Haar hande voel klam op die stuurwiel en sy haal 'n paar keer diep asem en blaas dit stadig uit. Sy moet haarself onder beheer kry voor sy by die woonstel is.

Sy moet die interkom in die portaal drie keer druk voordat hy antwoord. Sy hoor musiek in die agtergrond.

"Hallo, dis Ellie McKenna. Kan ek gou inkom, asseblief?" Sy het op pad besef sy kan nie vir hom oor die interkom sê haar selfoon lê in die voertuig nie, want dan gaan haal hy dit dalk self vir haar.

Die deur klik oop en sy stap in die gang af. Die voordeur staan oop toe sy daar kom, en hy is besig om sy hande aan 'n vadoek af te vee. Sy herken hom byna nie. Hy dra 'n kniebroek en T-hemp en is kaalvoet. Die musiek is nou sagter. Dit klink soos Bruce Springsteen.

"Dis 'n verrassing."

"Ek is jammer om te pla, maar ek vermoed my selfoon het in die Range Rover uit my handsak geval, want ek kry dit nêrens nie. As ek net gou kan gaan kyk, asseblief."

Hy stap terug in die woonstel in en kom met die sleutel terug. "Ek kan gou vir jou gaan kyk."

"Dis nie nodig nie, ek kan ruik jy kook kos."

"Niks kan brand nie. Ek is nou terug."

Ellie maak of sy hom nie hoor nie en begin praat terwyl sy agter hom aanloop. "Clara en Enzio het baklei en sy is vir die res van die naweek na haar oom-hulle toe."

Hulle is in die hyser en hy draai na haar. "Waaroor het hulle baklei?"

"Ek weet nie. Sy het my net geroep en gesê hulle twee het baklei en dit sal hulle goed doen om 'n dag of twee onder mekaar se voete uit te kom."

"Waar is sy nou?"

"Ek het haar by haar familie gaan aflaai."

"En Enzio?"

"Toe ons daar weg is, was hy by die huis. Het daar iets gebeur wat hom ontstel het? Want hy het nie in 'n baie goeie bui gelyk nie." Ellie probeer haar stem neutraal hou, terwyl sy voel hoe straaltjies sweet in haar nek afloop.

Hulle stap in die parkeergarage uit en sy rek haar treë om by hom te bly. "Sy is nog baie jonk en ek weet nie of sy altyd verstaan hoe veeleisend die grootmenswêreld is nie. Ek kan my indink dat iemand soos Enzio voortdurend aan die werk is. Om op daardie vlak besigheid te doen vereis seker meer as net 'n ag-tot-vyf-dag." Ellie bly praat in die hoop dit lei sy aandag af sodat hy nie té oplettend is nie.

'n Entjie van die Range Rover af druk hy die ontsluitknoppie en Ellie stap nog vinniger. Sy is 'n halwe tree voor hom by die voordeur. Maak dit oop en lê met haar bolyf oor die sitplek waar sy gesit het. Sy voel-voel anderkant die sitplek, kyk dan onder dit in voordat sy effe terugleun en haar hand langs die sitplek insteek. Die sweet stroom teen haar rug af en dit voel of sy enige oomblik gaan ophou asemhaal. Die oomblik toe haar hand om die selfoon vou, maak sy haar oë toe en stuur 'n skietgebed die lug in.

"Dankie tog. Ek het begin dink dis gesteel of ek het dit verloor." Sy kyk na die skerm. "Gelukkig het niemand my gesoek nie. Baie dankie."

"Ek neem aan as Clara by haar familie is, is jy ook die naweek af."

"Ja. Ek is nogal bly, want ek het werk om te doen en ek moet 'n slag by my huis uitkom."

"Kom eet saam met my. Ek maak altyd te veel kos vir een."

Ellie voel hoe haar hart weer vinniger begin klop, maar nie op 'n aangename manier nie. Dit klink soos 'n onskuldige uitnodiging, maar sy vermoed wat hom betref is min dinge onskuldig. Dit was 'n lang dag en sy het nie vanaand energie vir hierdie speletjie nie. Én sy moet by die huis kom sodat sy kan hoor wat Clive en Albert gereël het. By die gedagte aan Albert voel sy onverwags opgewonde. En nie net omdat sy met hom oor Nazeem Williams en Allegretti wil praat nie.

"Ek..."

"Ek is 'n baie goeie kok en ek is seker jy het nie kos by die huis nie. Ons kan vroeg eet en jy kan voor nege by die huis wees."

Ellie kyk op haar horlosie. Dis sewe-uur. Sy sluk haar beswaar. "Dankie. Dis vriendelik van jou." Sy stap saam met hom terug woonstel toe, die selfoon styf in haar hand. "Sal jy my net verskoon dat ek gou my ma bel? Ek het haar soort van belowe ek sal dalk nog vanaand 'n draai kom maak."

Hy beduie na die groot skuifvensters. "Jy gaan die beste ontvangs daar kry." Sy sien hom om die toonbank stap en hy raak weer doenig by die stoof. Daar hang hemelse geure in die lug en sy besef sy is honger. Sy was lanklaas in 'n kombuis waar daar gekook word.

Sy skakel Clive se nommer. "Hallo, Ma. Ek is jammer, ek gaan 'n bietjie laat wees, maar ek kom beslis nog 'n draai maak. Ek sal bel wanneer ek uit die Kaap wegry."

"Is alles reg?" Clive klink bekommerd.

"Ja, ek eet net gou." Ellie druk die foon dood en gaan sit by die toonbank tussen die leefvertrek en die kombuis.

"Ek gaan nie aanbied om te help nie, want ek kan nie juis kosmaak nie. Of altans, ek kan kosmaak, maar verkieslik van 'n resep af."

"Improviseer jy nooit?"

"Ek dink teen hierdie tyd weet jy ek hou van orde."

Hy stoot 'n glas oor die toonbank na haar toe. "Ek het nie Enzio se verskeidenheid nie, maar hierdie een is nie sleg nie."

Sy ruik aan die whiskey en voel hoe die seerplek in haar weer oopgaan. Sy ruik haar pa tussen die geure in die glas. 'n Oomblik lank draai sy die glas in die rondte, want sy weet sy sal nie nou kan sluk nie. Toe sy uiteindelik 'n sluk neem, het sy lus en krul in 'n hopie op.

Ahmed was reg. Almal wat haar gewaarsku het was reg. Hierdie was 'n groot fout en as haar pa nog geleef het, sou hy nie kon glo sy het so 'n onnosel besluit geneem nie. Hy het sy lewe lank probeer om haar goeie oordeel te leer. Om nie oorhaastig besluite te neem nie. Om te konsentreer. *Dít is die dinge wat jou uit die gevaar gaan hou. Nie hoe vinnig of akkuraat jy kan skiet nie. Of hoe vinnig jy kan hardloop nie. Goeie oordeel en die vermoë om te konsentreer op dit waarmee jy besig is.*

Ellie kyk nog 'n rukkie na die glas en toe sy opkyk, hoop sy haar gesig verklap nie haar emosies nie.

"Dankie. Jy sal maak dat ek allerhande redes begin uitdink om hier 'n draai te maak."

"Was die selfoon eintlik net 'n verskoning om vanaand hierheen te kom?"

Ellie glimlag. "Wat dink jy?"

"Ek weet nie. Met jou is ek dikwels nie seker nie. En gewoonlik lees ek mense nogal maklik."

Sy wil sê dit maak twee van hulle, maar sy is nie seker hy is besig om die waarheid te praat nie. "Ek sal dit as 'n kompliment beskou. Vroue hou oor die algemeen nie daarvan dat mans hulle te deursigtig vind nie."

"Wat dink jy sou jou pa gesê het oor die feit dat jy vir Nazeem Williams werk? In Enzio Allegretti se huis?"

Dis asof hy met 'n staalborsel oor haar baie teer vel vee. Sy neem eers 'n sluk en sit dan effens terug op die hoë kroegstoeltjie. "Ek kan seker vir jou sê hy sou begrip gehad het dat ek nie in die polisiemag kon aanbly nie, maar ek weet nie. Dalk het hy verstaan, dalk glad nie. Dit is egter 'n vraag waaroor ek op die oomblik nie wil dink nie. Ek vermoed ek sal dan moeilik weer een voet voor die ander een kan sit."

"Het julle 'n goeie verhouding gehad?"

"Ja. My ma het begin drink toe ek veertien jaar oud was, maar selfs voor daardie tyd was ek en my pa maar altyd min of meer 'n span."

"Waar is jou ma deesdae?"

"In hulle huis. Sy sal dit seker verkoop sodra die boedel afgehandel is, want sy wil nie meer daar woon nie."

"En julle twee?"

Ellie neem weer 'n sluk. "Ons probeer."

Hy begin tamaties in skywe sny. Stadig, ritmies. Asof hy die wêreld se tyd het.

"Waarom is jy nie getroud nie? Jy is tog 'n aantreklike, intelligente vrou. Steek jy die een of ander flaw weg?"

"Ek was lank terug verloof, maar dit het nie gewerk nie. En sedertdien het ek seker net nog nie weer iemand ontmoet wat troumateriaal is nie."

"Hoe lyk goeie troumateriaal?"

Sy trek haar skouers op. "Die feit dat ek nie getroud is nie moet vir jou sê ek is nie 'n kenner nie."

"Was dit 'n gesamentlike besluit?" Die mes raak stil en hy kyk op.

"Nee. Hy het besluit dit gaan nie werk nie."

"Was dit 'n verligting of was jy tevrede met julle verhouding?"

Ellie dink nie iemand het haar dit al ooit gevra nie. "Dis seker maklik om nou te sê ek is verlig, maar toe dit gebeur het, was dit baie swaar. Ek het gedog hy is die een saam met wie ek gaan oud word."

Nick kyk na die vrou voor hom. Hy was werklik verbaas om haar vanaand te sien, maar is nie seker of hy die selfoonstorie glo nie.

Het dit werklik uit haar handsak geval, of het sy dit met opset in die motor gelos? Indien dit laasgenoemde is, wat sal haar motief gewees het? Hy is redelik seker sy is nie hier omdat sy alleen is nie.

Hy is bly hy het oor haar pa gepraat. Dit is haar swak plek en sy is minder op haar hoede wanneer sy oor hom praat.

Nick gee vir haar 'n avokadopeer en 'n messie. Sy neem dit en begin sonder 'n woord die avokadopeer afskil en in skyfies sny. Dit lyk of sy die vrug dissekteer. Elke bruin kolletjie word noukeurig uitgesny. Elke skyfie dieselfde dikte as die vorige een.

"Dink jy Clara gaan terugkom?" Hy staan met sy rug na haar toe terwyl hy 'n bak uit die oond haal.

"Ja. Tensy Enzio besluit hy wil haar nie terughê nie."

"Wat beplan jy om met jou afnaweek te doen?"

"Ek moet my ma sien, wasgoed was, kantoor toe gaan. Niks opwindend nie."

Hy haal borde en messegoed uit en sit die bak tussen hulle op die toonbank. Dis wors.

Ellie glimlag toe sy die res van die kos sien. Mieliepap met 'n tamatiesmoor en 'n mengelslaai.

"Dis nie heeltemal wat ek in gedagte gehad het toe jy gesê het jy is 'n baie goeie kok nie."

"Jy het nog nie my pap en wors geproe nie."

"Jy moet onthou ek is 'n gebore en getoë Kapenaar."

"Soveel te meer rede waarom jy my pap en wors moet proe."

Nick kyk hoe sy versigtig begin eet. Netjiese happies. Hy wens die knaende gevoel dat alles nie pluis is nie, wil weggaan. Hy kyk na die selfoon wat langs haar op die toonbank lê. Die kanse is goed dat die foon ook skoon is, soos haar huis, maar 'n mens weet nooit. As hy net geweet het dit lê in die Range Rover.

"Ek is beïndruk met jou musieksmaak."

"Wat het jy gedink luister ek?"

Sy trek haar skouers op. "Ek het nie daaroor gedink nie. Ek was net verbaas toe ek dit hoor."

299

"Wat luister jy?"

"Te veel om op te noem. Ek kom uit 'n baie musikale familie. My pa en sy hele familie kon en kan musiek maak."

"En jy?"

"Ek speel kitaar en klavier. 'n Bietjie orrel. My pa het soms by sy kerk as orrelis afgelos. Ek het graag saam met hom gegaan."

Dit verklaar die kitaar in haar kamer. Nick wens hy kon op sommige ander vrae sulke maklike antwoorde kry. Onder andere oor kaptein Greyling.

Sy voeg by: "Jy was seker op jou dag 'n goeie ondervraer toe jy nog in die polisie was. Jy kry dit reg om mense aan die praat te kry sonder dat hulle dit eintlik besef."

"Voel jy ek het jou ondervra?"

"Nee, maar ek besef ek is nog die hele tyd besig om vrae te beantwoord. Gewoonlik deel ek nie so maklik persoonlike inligting nie."

"Ek is jammer dat jy voel ek ondervra jou. Ek sal my sosiale vaardighede moet opskerp. Op die oomblik is daar min geleentheid vir gewone sosiale verkeer. Dit lyk my ek is verroes."

"Dit het nie vandag so gelyk nie. Jy pas maklik in daardie omgewing in."

"Ek vind dit 'n interessante wêreld."

Hy het weer vir haar whiskey ingeskink en sy drink stadig daaraan. "Maak dit jou nooit bang nie?"

"Nie banger as wat ek in die polisie was nie. Ek het 'n redelike fatalistiese houding wat gevaar betref. Wat help dit ek is bang vir alles wat dalk kan verkeerd loop en dan ry 'n kar my om. Die lewe is een moerse risiko. Niks kan jou werklik daarteen beskerm nie."

"En tog sorg jy dat Enzio omring word deur mense wat swaar gewapen is."

"Ek gaan steeds na die beste van my vermoë voorsorg tref. Veral wanneer iemand my 'n salaris betaal."

"Daar is tog ander jobs ook wat goed betaal."

Hy glimlag vir haar. "Probeer jy my bekeer?"

Sy sluk die laaste whiskey, neem haar selfoon en staan op. "As ek ja sê, beteken dit ek reken jy is op die verkeerde pad. Ons ken mekaar nie goed genoeg vir my om so 'n uitspraak te maak nie. Dankie vir die kos. Dit was lekkerder as wat ek gedink het dit sal wees."

Hy staan ook op en stap om die toonbank. "Dalk is dit tyd dat ons mekaar beter leer ken."

Hy sien hoe 'n ligte blos op haar wange uitslaan, haar pupille vergroot vlugtig en dan kyk sy weg. 'n Oomblik lank speel 'n paar scenario's deur sy kop. Dan versplinter dit in beelde van Monica, Allegretti, Barkov, Mang, Williams. Die leuens wat tussen hulle twee lê. Maar dit was 'n lekker oomblik.

Ellie gee 'n sug van verligting toe sy haar motor aanskakel en wegtrek. Sy het lanklaas so buite beheer gevoel. Al waarop sy op die oomblik staatmaak, is haar sesde sintuig. Die een wat haar oor haar pa laat praat het, wat haar toegelaat het om van haar ma te vertel, van haar liefde vir musiek. Iets sê vir haar hoe meer sy deel, hoe kleiner sal sy agterdog word. Mense wat iets het om weg te steek, praat gewoonlik nie graag oor hulself nie.

Sy bel vir Clive. "Ek is op pad huis toe."

"Ek wag vir jou. Gooi iets in 'n oornagsak en klim agter oor die muur. Die bure is nie daar nie. Ek staan in daardie straat geparkeer."

By die huis gooi Ellie gou 'n paar stukkies klere in 'n oornagsak, sit weer haar alarm aan, sluit haar huis en klim oor die muur tussen haar en haar bure.

"Waar de hel was jy?" Clive skakel dadelik die bakkie aan toe sy inklim.

"By Nick Malherbe geëet."

Hy frons. "Moet ek bekommerd wees?"

"Ek gaan my nie verwerdig om jou te antwoord nie." Sy haal haar selfoon uit "Ek het 'n present vir jou." Ellie druk 'n paar knoppies en sy voel weer hoe haar mond droog word toe Allegretti se stem opklink.

"Jissis, hoe kon julle dit laat gebeur het! Jy het my oor en oor verseker alles is in plek. Waarom het julle nie van die fokken road block geweet nie? Waar is julle informante in die plaaslike tak?"

Dit raak stil.

"Ek wil nie verskonings hoor nie. Hierdie was veronderstel om 'n eenvoudige operasie te wees."

Dit raak weer stil.

"Dit was veronderstel om die laaste uitweg te wees. Jy weet as ons dit doen is daar nie omdraai nie."

Stilte.

"Nee, ek het jou gesê ek kon hom nog nie in die hande kry nie." Allegretti luister blykbaar weer. "Ék is nie die een wat nou al twee keer opgefok het nie. As ons voortgaan met hierdie een, gaan dit my call wees."

Dit raak weer stil en toe Ellie besef die gesprek is klaar, skakel sy die selfoon se opnemer af.

"Waar kry jy dit?"

Sy vertel hom wat sy gedoen het.

"Here, Mac, ek het jou gesê jou job is net observasie. As Malherbe goed in sy job is, is hy nie onder 'n kuiken uitgebroei nie. Dit was 'n onnodige risiko."

"Ek het 'n gevoel Clara is op 'n manier in die prentjie en ek wou weet wat aangaan. Ek weet ek is nie werklik aangestel om haar op te pas nie, maar sy is 'n kind wat betrek word by dinge waarmee sy niks te doen het nie. Ek kan ook nie net toekyk hoe sy dalk misbruik word nie."

"Dis waarom ek dink dis tyd dat ons jou dalk daar uithaal. Iets klink ook nie vir my lekker nie en solank ons nie weet wat aangaan nie, is dit onverantwoordelik om jou daar te hou."

"Jy kan my nie nou terugtrek nie. Ons is dalk juis nou op die punt van 'n deurbraak. En ek sal my oë en ore oophou."

"Jy kan maar jou ore en oë oophou soos jy wil, ek het al gesien hoe die shit die fan binne minute tref en voor jy jou oë kan uitvee, is als verby. In hierdie job kry jy nie noodwendig 'n behoorlike aanloop nie. Dinge gebeur sonder 'n plan en ek dink nie jy is al opgewasse om dit te hanteer nie. En die feit dat jy 'n gevoel oor die meisie ontwikkel het, is ook nie goeie nuus nie. Die kanse is goed dat jy met jou emosies gaan reageer as die kak kom."

"Dankie vir die mosie van wantroue."

"Dis nie 'n mosie van wantroue nie. Dis blêddie common sense."

"Waarheen gaan ons?"

"Ek het 'n huis in Houtbaai vir jou en Greyling gehuur. Ek sal jou weer môrenamiddag kom oplaai."

Nick parkeer die Range Rover in die systraat en stap om die hoek. Haar motor staan in haar oprit. Daar brand lig in die huis. Sy is toe nie na haar ma toe nie.

Toe sy by hom weg is, het hy net 'n oomblik gehuiwer voor hy die motorsleutels gegryp het. Die kanse was goed dat hy haar nie gaan inhaal nie, maar hy moet iets probeer doen om daardie knaende stemmetjie stil te kry.

Hy was net anderkant die Pick n Pay in Seepunt toe hy haar motor gewaar. Dis die voordeel van die Range Rover wat hoër op sy wiele is. Sy was haastig, maar tot sy verbasing nie op pad Goodwood toe nie.

Nou kyk hy na haar huis waar die ligte brand en die motor in die oprit staan. Hy wonder wat sy sal doen as hy klop. 'n Paar voertuie staan in die straat geparkeer, maar nie een is reg voor haar huis nie.

'n Lig word afgeskakel. 'n Ander een gaan aan. Miskien het sy besluit dis te laat om na haar ma toe te gaan. Hy stap terug na sy voertuig. Hy het werklik nie tyd hiervoor nie, veral nie terwyl Allegretti lyk of hy besig is om die plot te verloor nie. Hy skakel die voertuig aan en trek weg. By die kruising moet hy wag vir 'n wit bakkie met 'n man in. Dis Saterdagaand. Oral is mense besig om te ontspan. Net hy jaag soos 'n donnerse idioot agter sy neus aan.

"Ek dink jou vriend Malherbe is so pas by ons verby." Toe Ellie regop wil kom, druk Clive haar weer plat. "Nie nou nie."

"Waarom dink jy dis hy?"

"Silwergrys Range Rover. Registrasienommer klop met die een wat ons het. Wat sal hy vanaand in jou buurt maak? Het julle twee onafgehandelde besigheid gehad? Vertrou hy jou nie, ondanks die feit dat julle twee buddies geword het?"

"Ek weet nie wat hy hier maak nie. Dis nie 'n geheim dat hy my nie vertrou nie. Miskien wou hy kom kyk of ek by die huis is."

"Mac, dis normaal om gevoelens te ontwikkel wanneer 'n mens so nou saamwerk, maar jy moet versigtig wees. Daai ou werk nie vir Allegretti omdat hy 'n nice mens is nie."

Ellie antwoord nie. Daar is 'n brandgevoel op die krop van haar maag. Na nog 'n paar blokke sê Clive sy kan regop sit en sy draai haar effens dwars en kyk by die venster uit. Saterdagaand. Wat doen gewone mense nou weer op 'n Saterdagaand?

"Jy moet die oproepe na jou selfoon na die ongelyste een divert. Ek moet joune in jou huis gaan terugsit. As Malherbe dit in sy kop kry om jou selfoon te trace, moet hy dink jy is by die huis."

"Wat is die kanse hy doen dit?" Ellie weet nie waarom sy iesegrimmig voel nie.

"Ek weet nie, maar ek is nie bereid om 'n kans te waag nie."

Na nog 'n halfuur se ry draai Clive van die teerpad af en hulle skud 'n paar honderd meter oor 'n grondpad bergop.

"Wie se plek is dit?"

"Ek weet nie. Ons het dit by 'n agentskap gehuur. Ons het eers 'n hotel of gastehuis oorweeg, maar daar is kameras en personeel."

Voor tussen die bome sien sy ligte en Clive stop agter 'n vreemde Subaru.

"En die kar?"

"Dis Greyling se nuwe wiele. 'n Mens kan sien hy hoef nie 'n vrou en kinders te onderhou nie."

Ellie kyk 'n oomblik stil na die motor voordat sy uitklim. Die voordeur gaan oop en Albert kom uitgestap.

"Wat de donner het van julle geword?"

"Oponthoud." Dis Clive wat antwoord. Dan kyk hy na Ellie. "Selfoon."

Sy druk die knoppies om haar inkomende oproepe na die ander selfoon toe te herlei, gee die foon vir hom, en Albert neem haar oornagsak.

"Tensy iets voorval, sien ek jou môrenamiddag."

Ellie knik. "Dankie."

Hulle kyk die bakkie agterna en dan tel Albert haar op en draai met haar in die rondte. "Bliksem, maar ek is bly vir hierdie bonus." Hy soen haar.

"Wanneer het jy vir jou 'n nuwe kar gekoop?"

"Laas week. Het ek jou nie gesê nie?"

"Nee, jy het my net van die TV vertel."

"Waarom is jy moerig?" Hy druk met sy voet die voordeur agter hulle toe en sy stap agter hom aan tot in 'n gesellige ruim slaapkamer waar hy haar tas neersit.

"Ek wonder net waar kry jy soveel geld."

Hy gee 'n tree terug, vou sy arms en kyk na haar. "Wat impliseer jy?"

"Ek impliseer niks. Ek vra net waar jy skielik soveel geld kry."

"Ek is dalk nie so slim soos jy nie, maar ek is nie 'n idioot nie. En ek ken jou."

Ellie lig haar hande op. "Albert, ek is moeg. Dit was 'n blêddie moeilike drie weke en ek gaan nie nou met jou baklei nie. Dis jou geld, jy kan daarmee maak wat jy wil."

305

Hy loop nader, sit sy hande weerskante van haar gesig en soen haar. "Sorry, babes. Dit was vir my ook drie moeilike weke en ek wag al van sesuur af vir jou om te kom." Hy laat sak haar agteroor op die bed. "Kom ons vergeet nou eers van alles daar buite."

Ellie probeer haar kop stilmaak, maar dis moeilik. Selfs al reageer haar lyf toe hy aan haar raak. Haar kop loop allerhande draaie en om die een of ander rede lei dit haar altyd terug na die Range Rover wat vanaand in haar buurt was.

Sy het Albert al gespot dat hy seker die wêreldrekord hou vir 'n man wat 'n vrou die vinnigste uit haar klere kan kry. Sy sien hy het nog nie sy vaardigheid verloor nie en toe sy kaal langs hom lê, maak sy met alle mag die stemme in haar kop stil. Albert is werklik. Hy is deel van haar rêrige wêreld. En sy het nodig om weer met daardie deel van haar te konnekteer.

"Dis Saterdagaand, Nicky. Have a bloody heart. Dis tyd dat jy weer 'n lewe kry." Monica sug.

"Hou op kla, ek is die een wat verontrief word, nie jy nie."

"Ek neem aan jy bel my nie omdat jy na my verlang het nie."

"Jy moet vir my die McKenna girl se selfoon laat trace."

"Nou?"

"Ja, en môre weer."

"Wat gaan aan?"

"Ek weet nie. Ek het net 'n voorgevoel."

"Waar is sy veronderstel om te wees?"

"Haar voertuig is by haar huis."

"Waar is die mooie juffrou Veldman?"

"By haar familie. Sy en Allegretti het 'n fight gehad."

"Waarom klink jy nie meer opgewonde nie? As die verhouding skipbreuk gely het, is jy sommer eensklaps ontslae van twee klippe in jou skoen."

"Ek dink nie dis so eenvoudig nie. Hier is iets anders aan die gang en daarvoor het ek vir McKenna en Clara terug by Allegretti in die huis nodig. Trace net vir my daai selfoon en laat hulle dit die res van die naweek ook dophou."

"Enigiets anders?"

"Nee, behalwe dat ek vermoed Allegretti en Visser se plan om Mang happy te hou het nie gewerk nie, want hy het gister 'n oproep gekry wat hom baie ontstel het. Ek sal hom maar vanaand laat stoom en môre gaan kuier. Hy hou van praat en as hy die moer in is vir Visser, huil hy dalk op my skouer."

"Sterkte. Ek praat weer later met jou."

Hoofstuk 29

Ellie sukkel om die volgende oggend wakker te word en toe sy haar oë oopmaak, weet sy nie waar sy is nie. Sy skrik toe sy van 'n lyf langs haar bewus word. Vir 'n vlietende oomblik dink sy aan Nick Malherbe en sy word yskoud.

"Ek het begin dink jy gaan nooit wakker word nie."

Ellie voel hoe haar lyf ontspan. Dis Albert se stem langs haar. Wat op aarde het haar laat dink dis Nick Malherbe? Sy moet miskien maar 'n ander job kry. Hierdie een is beslis besig om met haar kop te smokkel.

Hy trek haar nader en sy voel sy ereksie.

"Ek dink nie Clive het bedoel om vir ons 'n sexathon te reël nie. Jy weet ons het nog 'n klomp dinge waaroor ons moet praat?"

Hy tel haar tot bo op hom en begin haar in die nek soen. "Praat maar, ek luister."

"Asof jy nou 'n woord sal hoor wat ek sê."

"Dit hang af wat jy sê."

"Nazeem Williams en Allegretti . . ."

Hy soen haar stil. "Dis 'n baie vervelige onderwerp." Voor sy verder kan praat, swaai hy haar onder hom in. "Ek het eers 'n bietjie soet saam met die suur nodig."

Ellie soen hom en glimlag toe hy kreun. Sy weet hy lê ook soms wakker oor sake, maar oor die algemeen kry hy dit makliker as sy reg om sy werk en sy privaat lewe uitmekaar te hou. Sy aard te veel na haar pa.

Dit is Sondagoggend halfelf toe Nick by Allegretti se huis aankom. Patrice het so pas vir hom ontbyt gemaak en hy sit en eet by die kroegtoonbank. Hy het óf die vorige aand hard gedrink óf hy het reeds vanoggend vroeg begin, besluit Nick, want hy lyk nie baie goed nie.

"As jy hier is om jou te kom verlekker omdat Clara weg is, kan jy sommer nou al omdraai."

"Wanneer is sy weg en waarom het jy my nie gebel nie?" Nick weet nie waarom hy Ellie se besoek aan hom stilhou nie.

"Gisternamiddag. Sy is na daai vark van 'n Williams toe."

"Wat het gebeur?"

"Ons het 'n fight gehad. Sy verstaan nie dat my werk stresvol is nie. En gister was nie 'n goeie dag nie."

Patrice kom hoor of Nick saam wil eet, maar hy vra net vir 'n koppie koffie. Hy het die orige pap en wors geëet nadat hy vroegoggend gaan kyk het of Ellie se motor nog in haar oprit staan. Volgens Monica het hulle haar selfoonsein daar opgespoor. En sedert gisteraand was sy nog nie weg nie.

"Wat het gister gebeur? Is dit iets waarmee ek kan help?"

Allegretti neem nog twee happe voordat hy die bord terugstoot, om die toonbank loop en vir hom iets skink om te drink.

Nick besluit om nie iets te sê nie.

"Ek sukkel om te besluit of jy lojaal genoeg is sodat ek jou kan gebruik."

Nick neem sy koffie by Patrice. "Ek dink nie ek kan jou daarmee help nie. As jy my na twee jaar by julle familie se bedrywighede nog nie vertrou nie, sal jy dit seker nooit kan doen nie."

"Ek het op die oomblik iemand nodig wat ek kan vertrou, maar dit kan nie by die ou man uitkom nie."

"Glo dit of nie, maar jou pa het my hierheen gestuur om te sorg dat julle veilig is, nie om vir hom stories aan te dra nie. Ek het jou al gesê hy het sy eie informante."

"Ek sal nog vandag probeer om 'n ander plan te maak, anders het ek 'n job vir jou. But if you screw this one up, I will kill you myself. En dis nie sommer net 'n dreigement nie. I want you to know that before you say yes."

"Ek verstaan."

Allegretti haal 'n sakkie kokaïen uit 'n laai in die kroegtoonbank. Gooi dit op die spieëltjie uit en sny twee lyne daarin. Hy kyk na Nick. "Dis Sondag. Join my 'n slag. Wat anders het ons twee om vandag te doen?"

Nick buk vooroor en snuif die een lyntjie op. Voel hoe dit sy bloedstroom tref en hy sit weer agteroor op sy stoel. Hy is te oud vir allerhande morele oordele en het lankal daarmee vrede gemaak dat elke mens sy eie besluite moet neem en daarmee moet saamleef. 'n Paar jaar gelede sou hy hierdie deel van die job dalk makliker kon doen, maar hy het nie meer lus hiervoor nie. Hy het selfsugtig geraak en wil self besluit waar en wanneer en aan watter gif hy homself wil oorgee. Dis tyd dat die job klaarkry.

Toe Allegretti net daarna 'n paar bottels drank van die rak afhaal, sug Nick onderlangs. Dit gaan 'n lang dag word.

"Wag, stadig. Begin voor. Waaroor is jy bekommerd?" Albert en Ellie sit in die huurhuis se sitkamer. Dis al na twaalf en Ellie het weer vir hulle toebroodjies gemaak. Sy is honger vir kos, maar Albert het blykbaar nie verder as brood gedink nie.

Sy kou klaar voor sy weer praat. "Allegretti en Visser skuld vir Mang. Hulle het probeer om 'n besending renosterhorings in die hande te kry, maar dit is in 'n roetine-padblokkade gekonfiskeer. Mang is besig om al moeiliker te raak. Hulle gaan iets drasties moet doen om hom tevrede te stel. Volgens die opname van Allegretti se gesprek is daar nog een opsie en dit het iets met Williams te doen. En my gevoel sê vir my ook met Clara. As jy my vra, is dit tyd om Clara daar uit te haal. As ek verkeerd is, het ons niks verloor nie."

"Ek hoor wat jy sê, maar as jy reg is, het ons juis vir Clara in Allegretti se huis nodig. Dit is dalk ons beste kans om hom en Visser in die hande te kry. As hulle iets beplan wat Clara insluit, sal ons reg wees. Jy is daar en sal die situasie kan bestuur."

"Ek kan nie daardie verantwoordelikheid dra nie. Wat as ek nie die situasie kan bestuur nie?"

"Babes, jy is nie verantwoordelik vir haar keuses nie. Moenie vir my sê daai girl het nie van die begin af geweet waarvoor sy haarself dalk inlaat nie."

"Sy is 'n kind, Albert. 'n Kind wat sonder 'n pa grootgeword het en haar lewe lank soek na mans op wie sy kan staatmaak. Op die oomblik is Allegretti vir haar so 'n man. Jy kan dit nie teen haar hou nie."

"Jy kan nie nou toelaat dat jou emosies met jou weghardloop nie. Daai mense is niks van jou nie en jy het geen verpligting teenoor enigeen van hulle nie. Jy het 'n job om te doen en dit is waarop jy moet fokus."

Ellie smag na koffie, maar Albert het ook nie koffie onthou nie.

"Wat gaan ek vir Williams sê as daar iets met Clara gebeur?"

"Dink jy Williams weet nie wat die risiko is nie? My bliksem, jy is darem slimmer as dit. Daai mense verstaan maar te goed die game wat hulle speel."

"Dit kan vir jou ook gevaar inhou as iets met haar gebeur? Hy het jou vertrou om iemand te kry wat haar kan beskerm."

"Of dit kan beteken hierna skuld hy my. As hy belangrike inligting nie met my deel nie, kan ek nie verantwoordelik gehou word as iets verkeerd loop nie. Jy moet hulle koppe verstaan as jy met hulle wil werk."

"Ek wil nie hê daar moet iets met daai meisie gebeur nie. Wie haar oom ook al is en watse swak oordeel sy ook al in mans het, sy is onskuldig."

"En ek sê weer, sy is nie so onskuldig soos sy lyk nie. Jy leef saam met hulle in daai huis. Dink jy werklik soet meisietjies sal kans sien vir so 'n lewe?"

"Jy kan haar nie met ander meisies vergelyk nie."

Sy oë vernou merkbaar en hy vou sy arms voor sy bors. "Sê vir my hierdie is net 'n effense meltdown en nie iets waaroor ek bekommerd hoef te wees nie. Hierdie is 'n kans van 'n leeftyd. Moet asseblief nie dat sentiment dit opneuk nie. Ek sou jou nie aanbeveel het as ek gedink het jy gaan vou nie. En moet asseblief nie vir Barnard van al jou vrese en vermoedens vertel nie. Hy is goed in sy job, maar hy is soms te versigtig, en 'n mens het nou groot balls nodig."

"Ek is nie besig om te vou nie. Ek is besig om met jou al die moontlikhede deur te praat, soos ons veronderstel is om te doen. Ek wil nie later hoor dat ek dinge van julle weggehou het nie. As jy vir my sê julle sien nie potensieel groot probleme nie, glo ek jou en dan gaan ons aan."

"Babes, hierdie mense speel al jare lank hierdie speletjies met mekaar. Die een oomblik dreig hulle mekaar of skiet op mekaar, net om die volgende oomblik saam besigheid te doen."

"Hulle skiet nie net op mekaar nie. Hulle skiet mekaar gereeld dood." Ellie stoot die bord eenkant toe. Sy het skielik haar lus vir die toebroodjie verloor. 'n Mens kan ook net soveel brood eet.

"Dis nie jou verantwoordelikheid nie. Hou gouer jy dit besef, hoe makliker sal die job wees."

Ellie kyk op haar horlosie. Dis nou eers halftwee. Sy wonder of Clive haar nou sal kan kom haal as sy hom bel.

"Hei, dis nie nodig om suur te word nie. Kom ons los nou die gepratery en geniet die laaste paar uur." Hy kom sit langs haar en tel haar op sy skoot. "Smile 'n slag. Ek besef nou jy het van gister-aand af nog nie een keer gesmile nie."

Ellie staan op. "Ek gaan gou 'n rukkie slaap."

"Wil jy rêrig nou slaap?"

"Ek slaap op die oomblik nie in normale omstandighede nie. My een oog bly maar so half oop, want ek weet nooit wat kan gebeur nie."

Hy maak sy mond oop om iets te sê, maar maak dan net 'n gebaar met sy hande.

Ellie word wakker van stemme. Sy voel effe gedisoriënteer en moet eers 'n rukkie stil lê om te weet waar sy is en wie se stemme dit kan wees. Toe sy in die sitkamer kom, sit Clive by Albert.

"Is jy reg om te gaan?"

"Ja, gee my 'n minuut om my goed te kry."

Sy is besig om haar toiletsakkie te pak toe Albert agter haar kom staan en sy arms om haar sit. "Babes, ek weet dis moeilik en jy is bang, maar ons kan nie nou uittrek nie. Hierdie is werklik 'n kans in 'n leeftyd. Byt net nog 'n rukkie vas. As dinge verloop soos dit nou lyk, gaan ons binnekort 'n groot slag slaan."

"Ek is nie vir myself bang nie. Ek wil net nie hê Clara moet in die proses seerkry nie."

"Elke operasie het sy kwota collateral damage. Ons moet vrede daarmee maak, anders kan ons nie hierdie job doen nie."

"Was my pa ook collateral damage?"

Hy tree terug. "Jy is nou net lus om moeilik te wees. Ons is nie besig om oor jou pa te praat nie."

Sy rits haar oornagsak toe en dra dit na waar Clive in die sit-kamer wag. Hulle is al by Clive se bakkie toe Albert uit die huis kom, haar vlugtig soen en sy hand in 'n groet lig toe Clive weg-trek.

"Wat is dit met julle twee?"

"Wat bedoel jy?"

"Dit was 'n redelik ysige groet."

"Sommer net 'n meningsverskil."

"Iets wat jou werk kan affekteer?"

Ellie kyk na hom. "Bliksem. Hoe lank werk ons twee nou saam en om die een of ander rede het ek nie gedink dis die antwoord wat ek sal kry nie."

"Dan verstaan jy nog glad nie die job waarmee jy op die oom-blik besig is nie. Die beste ding wat ek op die oomblik vir jou kan doen, is om seker te maak jou kop is helder en dat jy die job kan doen. Enigiets anders sal nalatigheid aan my kant wees."

Sy antwoord Clive nie en is bly toe hy haar 'n blok van haar huis aflaai. Sy loop weer deur die bure se erf en is dankbaar toe sy haar huis se deur agter haar toemaak. Hoe graag sy ook al vir haar 'n glas whiskey wil inskink en in 'n warm bad wil klim, sy moet eers 'n draai by haar ma gaan maak. Sy probeer haar elke dag of twee bel. Soms antwoord sy, soms nie. Hulle gesprekke is nog nie gemakliker nie en as dit van haar afgehang het, het sy haar nou net gebel, maar haar pa se stem praat haar al harder aan.

Daar staan 'n vreemde kar in die oprit en Ellie moet in die straat parkeer. Toe sy die voordeur oopsluit, hoor sy stemme uit die kombuis. Sy kan nie besluit of sy moet roep of net sag nadergaan nie. Op die ou end probeer sy haar maar hoorbaar maak soos sy in die gang af loop.

'n Onbekende man sit saam met haar ma by die kombuistafel. Op die tafel staan 'n oop bottel wyn, amper leeg. Voor elkeen staan 'n bord met 'n toebroodjie. Dit voel vir Ellie of sy van gister af al omring is deur toebroodjies.

"Ma."

Sy kyk op en Ellie sien die blos op haar wange en die effense té blink in haar oë, maar sy is redelik netjies aangetrek en haar hare is beslis onlangs gedoen.

"Nee, magtig, man, jy kan mens nie so skrikmaak nie. Waarom klop jy nie?"

"Ek het nie geweet Ma het kuiermense nie."

"Jy kan steeds klop." Haar ma kyk na die man wat intussen halfpad uit sy stoel opgestaan het. "Janus, dis Ellie."

Hy vee sy hande aan mekaar af voordat hy groet. "Aangenaam. Rika het my al vertel sy het 'n dogter. Wat sy my nie vertel het nie, is dat die dogter net so mooi soos die ma is."

Ellie trek haar hand uit sy greep. Sy hoop sy het verkeerd gehoor. Haar ma gee 'n regte giggellaggie en die blos op haar wange verdiep.

Janus trek ewe galant 'n stoel vir haar uit. "Kom sit. Ek is seker ons het nog 'n bottel wyn êrens. Rieks, hoe lyk dit? Was daar dan nie nog 'n koue enetjie in die yskas nie?"

Ellie is seker sy het in die verkeerde huis ingestap, of hierdie is 'n baie absurde droom.

"Ek wil nie nou iets drink nie, dankie. Ek het net kom kyk hoe dit met Ma gaan."

"Dit gaan goed."

"Waar is Douglas?"

Haar ma raak aan haar hare en kyk dan weg. "By die bure. Hulle was op soek na 'n hond."

"Het Ma die hond vir die bure gegee?"

"Ek het jou gesê hy maak my mal."

"Ma is nie ernstig nie! Hoe kan Ma hom vir vreemde mense weggee?"

"Moenie vir jou hoog en heilig hou nie. Jy wou hom ook nie gehad het nie."

"Ek kán hom nie neem nie, daar is 'n groot verskil. Ek woon nie eers op die oomblik by my eie huis nie."

"Het jy jou huis verloor?"

"Nee, ek woon by die mense vir wie ek werk."

"Jou mammie het gesê jy was in die polisie, maar dat jy nou 'n sekuriteitswag is," onderbreek Janus hulle. "Ek moet jou en my seun aan mekaar voorstel. Hy het baie kontakte in die sekuriteitsbedryf. Julle sal lekker kan gesels."

Ellie voel hoe 'n hoofpyn agter haar oë begin klop.

"Waarom het Ma nie vir my gesê Ma het vir Douglas weggegee nie?"

"Jy het nooit gevra nie. En moenie ongeskik wees nie. Janus het met jou gepraat."

Ellie staan op, kyk na Janus. "Verskoon ons asseblief net gou. Ma, kan ons asseblief alleen praat?"

Dit lyk of haar ma gaan bly sit, maar dan staan sy tog stadig op.

Ellie neem haar aan die arm en loop met haar kamer toe. Sy bid die heelpad dat daar nie tekens van Janus in die kamer is nie.

Die kamer is netjies en yskoud. Ellie ril. Janus is dalk nog nie sigbaar hier nie, maar haar pa is ook nie meer nie. Ellie druk die kamerdeur toe.

"Dat ek my in my eie huis so vir my kind moet skaam. Ek het jou wragtig beter as dit grootgemaak."

"Die gevoel is wederkerig. Wat dink Ma doen Ma? Pa se as staan nog in die kas. Ons het hom nog nie eers gaan strooi nie."

"As jy na Janus verwys, het dit niks met jou te doen nie." Sy lig haar linkerhand op. "As jy dit dalk nog nie weet nie – ek is nie meer 'n getroude vrou nie en kan kuier met wie ek wil en wanneer ek wil."

Ellie kyk na die vinger waar die merk van 'n ring nog in die vel ingekeep is. Hoe de donner haal jy sommer net drie-en-dertig jaar van jou vinger af en skink met dieselfde hand vir 'n ander man wyn?

"Wat weet Ma van hom? Vir al wat Ma weet, is hy 'n aartsskelm. Laat ek ten minste net eers navraag oor hom doen."

Haar ma lag hardop. "Here, behoed my. As ek die polisie nodig het, sal ek hulle bel. Jy gaan nie die cop hier kom speel en op my gaste spioeneer nie. Ek verbied jou sommer om hier te kom."

Ellie voel hoe 'n draad in haar te styf span. Sy moet hier uitkom.

"Ma, ek wou werklik vanaand net kom kuier het. Ek het gehoop ons kon sommer net 'n bietjie gesels, maar ek gaan nou loop. Ek sal weer op 'n ander dag kom. Onthou asseblief net dat ek nie geld het nie. As Ma al Pa se geld spandeer het, of vir ander mans gegee het, gaan daar nie meer wees nie."

Haar ma maak die deur oop en stap uit. "Moenie moeite doen om weer te kom nie. En terwyl jy nou loop, vat sommer jou pa se as saam. En onder in die kas is 'n boks met van sy goed."

Ellie haal eers weer behoorlik asem toe sy voor haar huis stop. Sy laai die boks uit die kattebak, sluit haar huis oop en gaan sit dit in haar kamer op die vloer neer. Sy haal die klein kissie uit en staan 'n lang oomblik onseker daarmee in haar hande voordat sy dit in haar kas bêre. Sy hoor al hoe mor hy omdat hy in 'n kas gedruk word. As hy 'n keuse gehad het sou hy seker terug Ierland toe wou gaan, maar hy het dit nooit gevra nie. Daar was ook nêrens 'n briefie met so 'n versoek nie. Sy kan onthou dat hy een-keer gesê het hy wil vir die vier windrigtings gestrooi word. Op 'n mooi plek waar dit groen is. Hy was nooit een vir dor woestyn-lande nie. Sy Ierse bloed het gesmag na groen weivelde en water.

"Tot dan moet jy eers in die kas bly," praat sy hardop terwyl sy badkamer toe loop, die badkrane oopdraai en twee groot kerse aansteek. Toe sy in die water insak, gee sy haarself oor aan die gewigloosheid.

Hoofstuk 30

Nick hoor die voertuig teen die bult opkom en tree net terug in die donkerte van 'n struik voor die motor vinnig om die draai kom en by haar oprit inswaai. Die deur gaan oop, sy klim uit, haal 'n groterige karton uit die kattebak, sukkel om die kattebak toe te kry. Kry dit uiteindelik reg, laat val haar motorsleutels en hy hoor hoe sy hardop vloek. Sy moet die karton eers neersit om die huis se voordeur oop te sluit. Tel dan weer die karton op en steier daarmee deur die opening. Hy sien hoe sy met haar voet die deur agter haar toeskop. Hy sal baie graag wil weet wat in daardie boks is. Miskien moet hy gaan klop. Die een of ander verskoning uitdink. Die gedagte word egter doodgebore. Hy het dalk vandag hopeloos te veel saam met Allegretti gedrink en gesnuif, maar hy kon nog altyd 'n helder kop behou. In hierdie job is dit lewensgevaarlik as jy dit nie kan doen nie.

Hy hou die huis dop. Roep die binnekant in sy verbeelding op en kyk hoe die ligte aangaan. Haar slaapkamer. Na 'n ruk die lig net agter haar kamer. Sy is in die badkamer. Toe die lig afgaan, wag hy om te sien of hy beweging agter die gordyne in haar kamer gewaar, maar dan sien hy die flikkering teen die badkamerruit. Sy het kerse aangesteek. Vroue steek nie kerse aan om te stort nie. Sy moet in die bad wees en sy beplan om 'n rukkie daar te wees. Hy kan in en uit wees voor sy weet hy was daar. Dalk is daar 'n paar antwoorde in die karton.

Hy weeg die moontlikhede op. Hy was dalk nugter genoeg om die voertuig op die pad te hou, maar hy weet nie hoe rats hy vanaand sal wees nie. Voordat hy kan besef wat aangaan, gaan die voordeur oop en sy kom uit. Klim in haar motor en trek haastig weg.

"Fok." Hy kan nie dadelik uit sy skuilplek kom nie, maar sy is skaars om die hoek toe hardloop hy so vinnig moontlik na waar sy voertuig in die systraat geparkeer is, val homself amper dood oor 'n boomwortel, maar kry die voertuig oop en aan die gang voor sy deur nog toe is. Hy haal haar in voor sy by Rhodeslaan kom. Die strate is redelik stil en hy moet rem om haar eers kans te gee om by die stopstraat weg te trek. Hy het een van Allegretti se ouer motors wat by die klub geparkeer staan gaan haal. Hy is nie seker of sy al ooit onder in die klein parkeergarage was nie. Indien wel hoop hy sy herken nie die BMW nie.

Ellie vloek so ver soos sy ry. Sy was nog nie eers behoorlik nat nie toe Clive bel en sê Zondi wil haar sien. Hy het vir haar 'n adres in Nuweland gegee waar sy haar moet kry. Die gevoel van gewigloosheid is verby en in die plek daarvan is 'n swaarte. 'n Drukking, asof sy iets dra.

Sy is nog nie op die M5 nie toe haar selfoon weer lui. Dis Clive.

"Wat nou?"

"Jy het 'n tail. Ry na die naaste garage met 'n geriefswinkel en koop iets. Verkieslik iets wat lyk asof dit nood was. Jy weet, vrouegoed of so."

"Ek gaan nie nou tampons by 'n donnerse garagewinkel koop nie."

"As hulle daai winkel se CCTV footage gaan kyk en jy het met 'n pakkie kougom daar uitgestap, kan jy maar jou goedjies pak. Ook nie melk of brood of so iets nie. Daarsonder kan 'n mens nog klaarkom. As hulle jou so vinnig opgetel het, beteken dit hulle het jou huis dopgehou."

"Waar is jy?"

"'n Entjie agter jou."

"Kan jy sien wie dit is?"

"Nee. Wit BMW. Ouerige model."

In plaas daarvan om op die M5 te draai, swaai Ellie in die volgende straat af en probeer onthou waar die naaste geriefswinkel is. "Wat wil Zondi hê?"

"Sy gaan vir twee weke oorsee en wou ons saam sien voor sy gaan. Ons sou dit in die week gereël het, maar iets het voorgeval en sy vertrek nou al môre Johanesburg toe. Ek sal maar kyk of ek haar nie môre op die lughawe kan sien voor sy vlieg nie. Ek vermoed sy wou seker gemaak het ons almal is nog waar ons moet wees."

"Fok, en daarvoor sleep julle my uit die eerste rustige bad wat ek in drie weke kon neem. Sê vir haar ek is fine en sy hoef nie bekommerd te wees nie."

"Ek sal by jou bly tot jy terug by die huis is."

"OK, dankie"

Nick moet vinnig rem trap toe sy nie die oprit na die M5 vat nie, maar by die volgende straat afdraai. Dis een ding om in sy toestand te bestuur, maar sy brein en ledemate sukkel 'n bietjie met die vinnige opdragte. Toe hulle 'n paar oomblikke later voor die Engen se geriefswinkel stop, is hy bereid om sy voortande te wed sy was nie op pad hierheen nie. Niks wat sy in daardie winkel koop kan so belangrik wees nie. Veral nie nadat jy vir jou 'n bad ingetap het én kerse aangesteek het nie. Hierdie som klop op geen manier nie, maak nie saak watter kant toe hy dit maak nie. Hy stop oorkant die straat en toe hy in sy truspieëltjie kyk, gewaar hy die wit bakkie. En sy wollerige brein sê vir hom die bakkie was al 'n rukkie lank agter hom. Dis te donker om die registrasienommer te sien en hy probeer kyk of hy die een of ander uitstaande kenmerk aan die bakkie kan sien, maar dis 'n doodgewone Isuzu. Dubbelkajuit. Die bakkie het ook afgetrek en dit lyk of die bestuurder gaan bly sit.

Nick skud sy kop. Hy is nie besig om te hallusineer nie. Iets is aan die gang, maar hy is net nog nie helder genoeg dat hy dit behoorlik kan deurdink nie. Maar die stemmetjie en die krieweling is daar en dis al wat hy nodig het. Die vraag is nou, is die bakkie op sy spoor of op haar spoor? 'n Ander stemmetjie sê hy moet by die huis kom. Sterk koffie drink, 'n koue stort vat, iets eet en dan alles terugspeel en behoorlik daarna kyk. Die probleem is net as hy nou huis toe gaan, sal hy nie weet hoe hierdie toneel verder gaan ontwikkel nie. Wat as iemand op haar spoor is? As hulle iets aan haar wou doen, het hulle sekerlik nie nodig om te wag dat sy haar huis verlaat nie. Dis nie so moeilik om daar in te kom nie. Tensy hulle dit soos 'n ongeluk wil laat lyk. Hy haal sy selfoon uit en bel vir Monica.

"Ek het jou brein nodig."

"Ek dink nie jy is is behoorlik bedraad vir my brein nie, maar laat ek hoor waarmee kan ek help?"

"Ek is wasted nadat ek die hele dag saam met Allegretti moes kuier om seker te maak hy jaag nie allerhande kak aan nie."

"Waar is jy? Is jy in die moeilikheid?"

"Ek weet nie." Hy vertel haar van waar Ellie by die huis gekom het. "My eerste vraag, wat kan so dringend wees dat 'n mens uit 'n bad opstaan waarin jy pas geklim het én jy het kerse aangesteek?"

"Sigarette, selfoontyd, kos, brood, melk, tampons."

"Sal jy vir enige van bogenoemde uit 'n bad opgestaan het?"

"Nee, maar mense verskil. Sy haat dalk swart koffie of bitter tee. Dalk moet sy dringend 'n oproep maak en haar selfoontyd is op."

Voor hy haar kan antwoord, kom Ellie met 'n klein pakkie uit die winkel, klim in haar motor en trek weg.

"Nicky, is jy daar?"

"Ja, wag, sy is weer in haar kar. Ry ek agter haar aan of wag ek en kyk wat doen die bakkie?"

"Volg haar, maar sodra jy seker is sy is by die huis, ry jy aan en kyk wat maak die bakkie. Hoe wasted is jy?"

"Jy wil nie weet nie. Hou net jou selfoon aan tot ek by die huis is, want as die spietkops my nou aftrek, sluit hulle my vannag toe en dan sal jy vinnig 'n oproep of twee moet maak."

"My skat, as jy in hierdie toestand op die pad gaan, is dit jou verantwoordelikheid. Wat het jy in elk geval by haar huis gaan maak en moenie vir my lieg nie?"

"Ek het 'n voorgevoel."

"Ek is bekommerd oor jou."

"Geen rede nie." Hy bly stil. "Sy is in haar huis."

"Sien jy die bakkie?"

"Nee."

"Gaan huis toe, maar bly op die foon dat ek kan seker maak jy bly wakker. Julle maak my oud voor my tyd. Ek was besig om na my gunstelingopera op die TV te kyk."

"Terwyl ek my gat af werk."

"Waar is Allegretti nou?"

"Aan die slaap, en ek het vir Patrice gesê hy moet hom dophou en my bel as hy dalk wakker word, maar ek twyfel. Daai man het groot probleme en dit is besig om hom bloots te ry."

"Het hy niks laat val nie?"

"Nog nie, maar ek dink dis nou nie meer lank nie. Visser is besig om groot skroewe aan te draai en dan is daar nog Mang ook wat happy gehou moet word."

Sy sê iets, maar op daardie oomblik gewaar hy weer die wit bakkie 'n paar voertuie agter hom. "Die bakkie is terug."

"Skud hom af, maar moet in Vadersnaam nie iemand in die proses doodry nie. Ek sal op die lyn bly."

Nick kyk in die truspieël. Die ou is goed. Hy weet hoe om sy afstand te hou. Die maklikste is om vir 'n verkeerslig te wag. Hy kry sy kans toe hulle Coen Steytler-boulevard nader. Hy trap rem toe die lig oranje word, ry stadiger, maar net na die lig rooi slaan, trap hy die petrolpedaal en skiet oor die kruising. Twee motors toet, maar toe hy in sy truspieël kyk, sit die bakkie nog agter die motor wat tussen hulle was. Hy ry so vinnig as wat hy kan klub toe. Parkeer die BMW en vat die Range Rover.

Teen die tyd wat hy by die woonstel inloop, voel dit vir hom hy het 'n marathon gehardloop. Hy weet hy moet eers eet en stort, maar die bed lyk nou te aanloklik. Sy oë het net toegegaan toe hy van Monica onthou. Hy vat die selfoon.

"Is jy nog daar?"

"Ja. Sê asseblief jy is by die huis sodat ek kan ontspan."

"Ek is by die huis."

"Ek gaan nie vir jou preek nie, want ek weet jy luister nie nou nie, maar ek hoop jy weet ek is nie happy nie. Dit was werklik 'n onnodige risiko. And not to be repeated."

"Iets is nie lekker nie. Ek dink nie sy is wie sy sê sy is nie."

"Then do something about it, Nicky. Iets meer as om net voor haar huis uit te kamp."

Hy prewel iets en druk dan die foon dood. Hy haat komplikasies, veral as hy soveel moeite gedoen het om iets haarfyn te beplan.

Hy lê 'n rukkie, te moeg om op te staan, maar sy brein is nou weer aan die gang. Na 'n ruk staan hy op, stort, maak vir hom 'n bakkie Woolworths-kos warm en terwyl hy dit eet, gaan hy stadig deur die gebeure. Toe hy klaar is, skakel hy Ellie se nommer. Hy haal 'n paar keer diep asem om van die ergste moerigheid ontslae te raak. Hy sal sommer net vriendelik gesels en hoor of sy 'n lekker naweek gehad het. Vir haar sê Allegretti beplan om Clara môre te gaan haal. Die telefoon lui en lui. Wat as die bakkie deel van 'n span was en die ander deel is na haar huis toe? Sy antwoord eers toe hy 'n tweede keer bel.

"Waarom antwoord jy nie jou telefoon nie?" Al sy goeie voornemens is daarmee heen.

"Omdat ek in die verdomde bad is. Wat wil jy hê?"

"Wie is jy?"

"My fok, sê asseblief vir my jy het nie gebel om dit te vra nie. En jy beskou jouself as goed in jou job."

"Ek vra weer, wie is jy en vir wie werk jy?"

"Ek gaan nou die telefoon neersit."

"Jy is besig om met vuur te speel en jy gaan jou vingers lelik verbrand. Waarskynlik ook nie net jou vingers nie."

"Is dit 'n dreigement?"

"Ja."

"Ek sal dit so aan meneer Williams oordra."

Nick vloek onderlangs. "Dis 'n vriendelike waarskuwing."

"Wat is dit wat jy vir my wil sê? Sê dit asseblief en kry klaar. Ek kan nie elke paar dae hierdie gesprekke met jou hê nie."

"Jy het 'n verskuilde agenda."

"So het jy al gesê."

"Jy het nou die verkeerde perd opgesaal en ek sê weer, jy gaan seerkry."

"Ek het kennis geneem van jou vriendelike waarskuwing. Was daar nog iets? My badwater word koud."

"Enzio gaan môre vir Clara haal."

"Ek sal hom môreoggend bel en met hom reëlings tref." Sy druk die selfoon dood, kyk na die badwater en besluit sy is skoon genoeg. Terwyl sy haar afdroog, voel sy die ligte bewing in haar en toe sy haar slaapklere uit haar kas haal, kyk sy na die kissie. Dis asof sy verwag om hom iets te hoor sê, maar al wat sy hoor is haar eie asemhaling.

Hoofstuk 31

"Ek het jou nodig. Hoe laat kan jy hier wees?" laat Allegretti hoor toe sy die volgende oggend bel.

"Oor 'n uur."

"OK. But not a word to Clara."

Ellie sê sy sal niks sê nie. Daarna bel sy vir Brenda. "Hoe was jou naweek?"

"Nie so opwindend soos vroeër nie. Jy is besig om my lui te maak."

"Ek is gisteraand agtervolg. Hou asseblief hierdie week jou ore en oë oop. Ek sal die een of ander tyd 'n draai daar kom maak."

"I don't do funerals. Ek dog ek sê ma net, vir in case jy planne het, so wees maar versigtig."

"Ek sal my bes doen."

"O, ja, daai anner jongetjie, Happy, was weer hier. Sê hy moet dringend met jou praat."

"As jy hom sien, sê hy moet vir jou 'n boodskap gee. Of hy moet my bel."

'n Uur later stop Ellie voor Allegretti se huis. Agter in die kattebak is 'n tas met klere vir ingeval sy nie weer vandag 'n kans kry om huis toe te gaan nie. Sy sug toe sy die Range Rover sien. Sy het gehoop hy is vandag met ander dinge besig.

Voor sy nog haar kar gesluit het, gaan die garagedeur oop en die swart Maserati ry uit. Nick Malherbe is agter die stuur en Allegretti sit agter. Hulle stop en Ellie klim voor in.

"Good morning, sweetheart."

Ellie groet agtertoe en knik dan in Nick se rigting.

"Ek wil solank vir Clara haar verjaardagpersent koop en het jou hulp nodig. Jy ken haar en sal weet waarvan sy hou."

Ellie wil vir hom sê sy is heeltemal die verkeerde mens om te vra, maar sy telefoon lui en hy begin praat. Sy kyk vlugtig na die man langs haar. Dit wil voorkom of hy 'n rowwe aand agter die rug het. Daar is sakkies onder sy oë en hy lyk blekerig. Sy hoop hy voel soos hy lyk.

Ellie is verbaas toe hulle na 'n ruk voor 'n woonstelblok in See-punt stop. Sy sien nou eers agter hulle was nog 'n voertuig met twee sekuriteitsbeamptes in. Sy wonder hoeveel petrol mors die mense in 'n maand.

Die ouens spring rats uit en staan reg toe Allegretti saam met haar en Nick Malherbe uitklim. Die drie van hulle stap alleen bin-netoe waar die deurwag vriendelik groet en die hyser se knoppie vir hulle druk.

Die woonstel waarin hulle uitstap, is nie so blink en nuut soos Allegretti se huis of die woonstel waarin Nick Malherbe woon nie, maar is ook ruim en baie smaakvol gemeubileer.

"Ah, Enzio, long time no see." Die man wat nader kom, is klein en sy skat hom iets in die sestig.

"How is your father? You must give him my regards."

"He is doing well. I will tell him."

Allegretti wys na haar. "Miss McKenna. She is Clara's personal assistant, and I suppose you remember Nick."

Die man steek sy hand na haar uit. "Miss McKenna, I am Josef Abrahams." Dan skud hy ook Nick se hand en sê: "I didn't know you're a Capetonian these days, Nick."

"Just visiting. I don't know how you can willingly stay in a place with weather as foul as this." Nick beduie na die vensters waar die reën in strale afloop.

Die ouer man lag en beduie dan na 'n tafel. Toe hulle nader stap, sien Ellie dis vol houers met diamantringe. Sy het in haar lewe nog nie sulke groot stene gesien nie.

"You said she is still quite young, so I tried to find rings that will suit a young woman."

Allegretti gaan sit by die tafel en beduie vir haar om ook te sit. "Wat dink jy?"

"Ek is nie 'n kenner nie."

Hy lag. "Jy hoef jou nie oor die kwaliteit te bekomer nie. Josef verkoop net die beste stene. Van watter design sal sy hou?"

Ellie kyk stadig deur al die houers en wonder wat die ringe kos. En dan raak sy ongekend kwaad. Waarom moet sy 'n aartsskelm soos Allegretti help om 'n walglike groot diamantring vir 'n meisie te koop wat nog nie eers weet wie en wat sy is nie? En dit met geld wat hy op allerhande onwettige maniere gemaak het. Terwyl haar pa by 'n padblokkade doodgeskiet is, deur mense soos Allegretti. Haar gedagtes vloei van die een na die ander en voor sy haar kom kry, dink sy aan die verloofring êrens in 'n laai by haar huis. Sy voel hoe 'n naarheid saam met die kwaadwees in haar opstoot en sy moet diep asemhaal. Asof die grootte van die steen enige waarborg gaan bied.

Nick hou haar dop en sien hoe haar skouers agteroor trek en haar asemhaling stadiger word. Sy was nie in 'n goeie bui toe sy in die kar geklim het nie, maar op die oomblik is sy sigbaar beneuk.

Hy was verbaas toe Allegretti sê hy het haar gevra om saam te kom.

"Waarom vra jy nie vir Gabriella nie?"

"Is jy befok? Sy sal op die ring spoeg."

Na 'n paar minute wys Ellie na 'n groot steen met twee langwerpige steentjies weerskante. "Ek dink sy sal hiervan hou."

"A good choice. The yellowish stones are young and playful."

Allegretti knik. "Then it's a deal."

Nick sien hoe sy opstaan en voor die venster gaan staan. Haar skouers steeds sigbaar gespanne. Hy sal êrens deur die dag tyd maak om skadebeheer te probeer toepas. Gisteraand se oproep was 'n fout.

Toe hulle na 'n ruk terug in die kar klim, raak Allegretti aan haar skouer. "Thanks. Ek waardeer dit. Nou het ek nog een guns om te vra. Ek wil nie hê sy moet voor vanaand by die huis wees nie. En wanneer jy haar gaan haal, wil ek hê jy moet vir haar 'n pakkie saamneem. Dis 'n rok wat ek wil hê sy moet aantrek."

Ellie wonder hoeveel Allegretti gesnuif het, want sy oë blink besonder baie en hy kan nie 'n oomblik lank stil wees nie. Hy vroetel onophoudelik. Vee aan sy neus, vroetel in sy broeksak, kyk na sy selfoon.

"Wat as sy nie wil terugkom nie?"

Dit raak stil in die motor en dan begin Allegretti lag. 'n Lag waarin 'n soort desperaatheid weerklink. "Nice one. My dear, I trust you to have her home by tonight. Dressed and ready for the night of her life."

By die huis gaan haal sy haar tas uit haar motor se kattebak en is verbaas toe Nick Malherbe dit in die voorportaal by haar neem en teen die trap opdra tot in haar kamer.

"In verband met gisteraand . . ."

Ellie wag dat hy voortgaan.

Hy glimlag skeefweg. "Jy kan dit vir my makliker maak."

"Deur wat te doen?"

"Te sê jy het dit reeds vergeet."

"Jy het my gedreig."

"Ek was so hoog soos 'n kite nadat ek Enzio die hele dag ge- selskap moes hou."

"Is daar nie 'n spreuk wat sê in wyn lê die waarheid nie?"

"Ek het nie net wyn ingehad nie."

"Ek is nie meer lus daarvoor om die hele tyd op eiers rondom jou te loop nie. Ek is bang om asem te haal, ek slaap sleg, want jy kan enige oomblik by my kamer inbars en my van allerhande dinge beskuldig. So, nee, ek is nie lus om dit vir jou makliker te maak nie. Inteendeel, ek het eintlik glad nie lus om met jou te praat nie. Ek het 'n job om te doen en elke keer wat jy my van die een of ander ding beskuldig, trek dit my aandag af en ek kan dit nie bekostig nie. Nazeem Williams betaal my nie om sloppy te wees nie."

"Ek is jammer. Soos ek sê, dit was nie my beste dag nie. Ek sal in die vervolg probeer om my paranoia beter te beheer."

Ellie sug. "Ek verstaan dat jy 'n moeilike job het en ek wil nie met jou ruil nie, maar ek dink jy besef ook dat myne nie elke dag te maklik is nie. Hierdie is my eerste groot kontrak, en hoewel dit grootliks is soos ek in my opleiding geleer het, is dit ook heeltemal verskillend. Ek is nie eers behoorlik seker waarom ek hier is nie. Teen wie moet ek my kliënt almal beskerm? Dalk teen haar eie kêrel, dalk teen jou. Wie weet. Ek kla nie, want dit is 'n job en ek is dankbaar daarvoor, maar dit is wragtig nie aldag maklik nie."

Hy steek sy hand na haar uit. "Ek is jammer ek het jou bona fides bevraagteken en net vir die rekord, ek is nie 'n gevaar vir jou kliënt nie. So wat my betref kan jy ontspan."

Sy huiwer voor sy sy hand neem. "Dankie. Dit help al." Dan glimlag sy. "Jy lyk nie baie goed nie."

"Ek sal nou vir Patrice gaan vra om vir my 'n toebroodjie te maak. Daarna behoort ek my vrolike self te wees."

Sy maak haar skouersak oop en haal 'n houertjie pille uit. "Neem twee na ete. Dit werk vinnig en behoort jou lewer 'n kickstart te gee."

"Dankie. Ek sal dit vir jou teruggee. Moet ek vra wat jy met lewerpille in jou handsak maak?"

"As ek ooit op 'n eiland uitspoel of in die woestyn verdwaal, wil ek reg wees vir alles."

Hy skud sy kop. "Jy is 'n vreemde mens." Hy begin teen die trap opstap, stop en kyk terug. "Is jy OK?"

"Ja, waarom vra jy?"

"Dit lyk of jou naweek ook nie te maklik was nie."

"Dit was nogal uitputtend." Toe sy nie verder uitbrei nie, stap hy verder en sy begin haar klere uitpak. Sy het dit 'n oomblik lank oorweeg om hom te vra waarom hy Saterdagnamiddag naby haar huis was, maar daarteen besluit. Sy kan dit dalk steeds later gebruik. Het hy werklik gedink die oomblik as hy sy breë skouers aanbied, gaan sy vir hom van haar naweek vertel? Hoe arrogant kan 'n mens wees?

"Hier is Clara se rok." Allegretti hou 'n plat wit boks na haar uit. "En hierdie een is vir jou."

"Wat is dit?"

"Tonight, my dear, you are going to party with us and no excuses. Ek sal self vir Williams bel as jy bang is dis teen die reëls. Clara sal jou hier wil hê."

"Meneer Allegretti, ek kan nie geskenke aanvaar nie."

"O, for God's sake, moenie so suburban wees nie. Jy is nie besig om 'n wet te oortree nie."

"Dit kan soos 'n omkoopgeskenk lyk en my baas gaan nie daarvan hou nie."

Hy lag uitgelate en Ellie wonder of daar nog kokaïen in die Kaap oor is teen die tempo waarmee hy vandag daardeur gaan.

"OK, die rok bly myne. Jy leen dit net, want ek wil nie vanaand in iemand vaskyk wat lyk of sy my enige oomblik gaan arresteer nie." Hy knipoog. "Vanaand gaan ons groot party hou."

In haar kamer maak Ellie die boks oop wat blykbaar vir haar bedoel is en snak na haar asem. "Bliksem!" Die man het óf sy roeping gemis óf hy is net baie oplettend. Sy lig die ragfyn kledingstuk tussen die sagte papier uit. Dis 'n diep seegroen en sy hoef nie in die spieël te kyk om te weet dis die kleur van haar oë nie. Maar dit is nie wat haar asem wegslaan nie. Ook nie die feit dat die rok 'n hele paar sentimeter bo haar knie gaan sit nie. Dis daardie knap bostuk wat haar laat staar. As sy in haar lewe nog nooit cleavage gewys het nie, gaan sy dit vanaand doen. Of sy een het of nie. Watse onderklere dra 'n mens by so 'n verdomde rok?

Haar selfoon lui en toe sy sien dis Clara, sug sy. Om die een of ander rede het sy gehoop Clara bel nie.

"Hallo Ellie. Jammer ek bel nou eers, maar ek het eers 'n girls-oggend gehad. Ek en twee van my cousins het ons hare en naels laat doen en vir facials gegaan. Nou is ek reg. Jy kan my maar kom haal."

Sy is bly Clara het haarself laat mooimaak, want sy het gewonder hoe sy dit kon voorstel sonder om die meisie agterdogtig te maak. Clara sou haar egter nooit vergewe het as sy haar toegelaat het om vanaand nie op haar beste te lyk nie.

"OK, maar ek kan nie op die oomblik kom nie. Ek is gou by die kantoor. Ek sal jou eers vanaand kan kom haal."

"Moet ek eerder vir Nick bel?"

"Nee, hy en Enzio is blykbaar vandag baie besig."

"Ek kan seker maar nog 'n bietjie kuier. Die klomp is so bly om my te sien. Hulle praat my ore van my kop af."

"Ek sien jou dan later."

'n Uur later stop Ellie voor die kantoor. Brenda sluit oop.

"En as jy so uitasem lyk?"

Ellie vertel haar van die rok en die partytjie.

"Ek het nou gou gejaag om vir my 'n paar high-heels te koop. Ek kan seker nie met my gewone skoene gaan nie. Nou sal ek die res van die maand blêddie droë brood moet eet."

"Ai, life can be such a bitch. Dis so onregverdig van hulle om van jou te verwag om vanaand 'n nice rok aan te trek en sommer net 'n bietjie jou hakke op te skop."

"Jy verstaan nie. Ek is nie in 'n party mood nie."

"Wie is ooit? Ma' dit kan 'n interessante aand wees."

"Is alles reg hier?"

"Nothing to complain."

Ellie kyk na die papiere langs die rekenaar. "En dié?"

Brenda kyk weg en Ellie kan sweer sy lyk verleë. "Ek doen 'n typing course."

"Regtig? Waarom is jy skaam daaroor? Ek dink dis 'n goeie plan."

331

"Jy klink nou nes 'n Jehovah wat so pas 'n sondaar uit die kake van die duiwel gered het en die pad hemel toe beduie het. Dis waarom ek jou nie wou sê nie. Don't make a big thing out of this. Wat anders kan ek met my tyd hier doen?"

Ellie skud laggend haar kop. "Was Happy weer hier?"

Sy het skaars die vraag gevra of die deurklokkie lui. Happy staan voor die deur toe Ellie oopmaak.

"Jis, jis. Gedog jy kom nooit nie."

Ellie sluit die deur oop en hy kom in. Wuif met sy hand in Brenda se rigting. "Sister."

Sy ignoreer hom.

"Waarom soek jy my?"

"Jy kan darem vra hoe dit gaan."

Ellie gaan sit op een van die stoele, beduie na die ander. "Jammer, sit asseblief. Hoe gaan dit met jou?"

"Dit kan seker altyd beter, maar ek is nie 'n man wat graag kla nie. En met jou?"

"Dit gaan goed, dankie."

"Behandel hulle jou nog goed daar bo teen die berg?"

Ellie wil hom vra hoe hy weet waar Allegretti se huis is, maar hy sal waarskynlik net een van sy vae antwoorde gee. Hy loop wyd en ken die Kaap soos die palm van sy hand.

"Hulle behandel my darem nog heel goed."

"Dis nice om te hoor. Ek worry nogal oor jou."

Ellie sien die vinnige glimlag, maar toe sy in sy oë kyk, is daar 'n vreemde erns.

"Dankie, Happy. Ek waardeer dit."

Hy kyk weer na Brenda, maar sy is op die rekenaar besig. "Is dit safe om hier te praat?" Hy fluister.

Ellie gaan draai die radio harder en kom sit langs hom.

"Die storie loop dat Williams-hulle op 'n groot vrag perlemoen sit."

"Waar hoor jy dit?"

332

"Die mense sê so."

"Dis interessant." Ellie keer haarself betyds, maar brand om hom uit te vra.

"Ek het sommer net gedink jy sal dit interesting vind, seeing that he is your boss. Ma miskien het jy dit allie tyd geweet."

"Meneer Williams bespreek nie sy persoonlike sake met my nie en hy is ons kliënt, nie my baas nie."

"OK." Hy bly sit en Ellie haal geld uit haar handsak. "Dié is my persoonlike geld, so moet dit asseblief nie mors nie."

"Ek het nie gekom vir geld nie."

Ellie druk die noot in sy hand. "Dis nie vir die inligting nie. Kom ons sê dis vir jou verjaardag."

"My verjaardag is eers oor 'n rukkie."

"Maak nie saak nie."

Hy staan op. "Dankie."

"Ons doen nie hand-outs hier nie. Jy kan my help om 'n kas te skuif. Ek wil agter die kas skoonmaak," sê Brenda toe hy opstaan.

Ellie kyk na haar. "Watse kas wil jy skuif?"

"Die een in jou office."

"Dis nie jou job om die kantoor skoon te maak nie."

"Ek weet, ma ek is seker ek het vanoggend 'n kakkerlak sien hardloop toe ek ingekom het. Ek is nie lus om in 'n infected plek te werk nie."

Ellie kyk op haar horlosie. "Ek kan jou nie help nie. Ek moet hardloop."

"Is reg. Enjoy vanaand. And try and get lucky. And if you do, enjoy it. Jy lyk hopeloos te stressed out."

Ellie skud haar kop en waai oor haar skouer toe sy by die deur uitloop.

Clara is soos 'n klein dogtertjie toe Ellie by haar kom en vir haar die boks gee en sê Enzio het gevra sy moet dit aantrek.

"Holy shit! He bought me that dress! Onthou jy ek het jou die rok in die magazine gewys? I just love him."

Ellie kyk na die wit-en-goudkleurige enkellengte rok met die lang spleet teen die been. Clara se vel gloei teen die materiaal. Sy bly staan onder in die portaal terwyl Clara teen die trap opdraf met die rok oor haar arm.

Halfpad teen die trap op draai sy terug. "Waarom is jy so ge-dress? Gaan jy uit?"

"Ja."

"Jy lyk baie nice, maar sit nog 'n bietjie make-up aan. Jy het goeie features, maar jy doen niks daarmee nie. Toemaar, sodra ek klaar is, wys ek jou."

Sy weet sy het nie ure voor die spieël deurgebring nie, maar sy het gedink die eindproduk is darem 'n bietjie beter as "nice".

"Juffrou McKenna. Ek het nie geweet jy is hier nie." Nazeem Williams kom van êrens in die huis. Ellie sien hy dra nie meer die voetstut nie, maar hy loop tog nog effens mank.

"Meneer Williams, noem my asseblief sommer Ellie."

Hy neem haar aan die arm en lei haar tot in die televisiekamer waar hulle die eerste dag ook gesit het. Die huis is vanaand besonder stil.

"Hoe gaan dit met jou?" Hy gaan sit op sy stoel.

"Dit gaan goed. Ek sien die voetstut is af." Net soos sy wonder of Allegretti iets met haar pa se dood te doen het, so wonder sy oor Williams. By Allegretti kry sy egter nooit hierdie vreemde rilling nie.

Hy draai sy voet eers een kant toe en dan na die ander kant. "Dit sal my leer dat ek op my ouderdom moet kyk waar ek loop. Ek neem aan jy het vir Claratjie kom haal."

"Ja, sy het gebel en gevra ek moet haar kom haal."

"Gebede word ook nie altyd dadelik verhoor nie. Ek moet seker maak geduldig wees."

Ellie wonder of sy moet sê van die ring, maar besluit daarteen.

Hoe meer sy 'n rede daarvoor probeer kry, hoe minder verstaan sy haar besluit. Dit voel net nie reg nie.

"Dit lyk my sy is tog gelukkig saam met meneer Allegretti."

"Clara is gelukkig by wie ook al haar bederf."

En wie het haar so gemaak? dink Ellie. Nie sy self nie.

"Is dit nie maar 'n universele behoefte nie? Iemand om jou soms te bederf."

"En wie bederf jou?"

Ellie glimlag. "Ek is op die oomblik 'n bietjie te besig om daaraan te dink."

"Ek wil hê jy moet weet Clara is baie erg oor jou en ons waardeer wat jy vir haar doen. Dit was 'n goeie dag toe ek jou opgespoor het." Hy lig homself uit die stoel. "Waar is my maniere? Kan ek vir jou iets gee om te drink?"

"Dankie, dit sal lekker gewees het, maar ek dink sy is seker amper klaar en ek moet nog bestuur."

"'n Ander keer dan. Verskoon my net gou, asseblief."

Ellie kyk in die vertrek rond en hoop nie Reggie is hier nie. Sy is nie vandag lus om weer geskud te word nie. Williams is egter nie lank weg nie. Toe hy terugkom, sit hy 'n wit koevert op die koffietafel neer. "'n Bederfie vir jou. Ek weet hoe hard jy op die oomblik werk."

"Dis nie nodig nie."

"Ek weet, maar dis vir my lekker. Vra my vrou. Ek hou daarvan om die vroue in die familie te bederf."

Dis vir Ellie interessant dat hy nie die koevert vir haar gee nie, maar op die koffietafel neersit. Sy moet dit self neem.

Sy huiwer voor sy dankie sê, dit optel en in haar handsak druk.

Op daardie oomblik stap Clara die vertrek binne en Ellie en Williams bly stil. Ellie staar na die meisie. Allegretti het nie net 'n oog vir 'n mooi vrou nie, maar beslis ook vir hoe om hulle nog mooier te maak.

Clara draai in die rondte. "Is dit nie die most beautiful rok wat julle al ooit gesien het nie?"

Ellie staan op. "Jy lyk pragtig."

Williams staan ook op en Clara stap nader, soen hom op die wang en glimlag. "Baie dankie vir die lekker kuier, uncle. Stuur groete vir aunty Mavis. Sê ons maak gou weer so."

"Soet wees, Claratjie, en kyk agter jouself. En onthou waar jy vandaan kom."

"Ek maak so, uncle."

"En bel 'n slag jou ma."

Sy waai oor haar skouer. "Ek sal."

Op pad Bantrybaai toe kan Clara skaars stilsit. "Gaan ons uit of waarom moet ek my so gedress het?"

"Ek weet nie."

"Waarheen gaan jy?"

"Na 'n party toe."

"Dink jy hy het my gemis? Hy moes seker, want waarom anders sal hy vir my so 'n geskenk koop? Ek het my flippen doodverlang na hom."

Ellie luister na die meisie se opgewonde gebabbel.

Die hele straat voor die huis is vol motors geparkeer toe hulle daar kom.

Clara klap haar hande teen mekaar. "Dis net Enzio wat op 'n Maandagaand 'n party kan hou en dan sê niemand nee nie. I love it."

Die hekwag maak die hek oop en Ellie ry tot binne-in die motorhuis. Clara is uit voor die motor nog behoorlik afgeskakel het. Maar dan steek sy vas en krap in haar handsakkie. "Wag, ek het jou gesê jou make-up is nie heeltemal reg nie."

"Clara, ek lyk soos 'n voëlverskrikker as ek te swaar gegrimeer is."

"Staan stil, en maak jou oë toe."

Ellie voel hoe sy iets aan haar oë doen.

"Maak oop. Hmm . . . much better. Jy het sulke mooi oë. Hulle kort vanaand net 'n bietjie smokiness. Jy moet jou aand geniet."

"Dankie, maar ek gaan eers saam met jou op."

In die hyser bekyk Clara haarself van alle kante af in die spieël. Sy hou haar hande uit. "Kyk hoe bewe ek. 'n Mens sou sweer ek het hom nog nooit ontmoet nie."

Tot Ellie se verbasing het Clara haar nie in 'n voëlverskrikker verander nie en sy is aangenaam verras om te sien watter verskil 'n bietjie donkergrys om haar oë kan doen. Sy kan met alle eerlikheid sê sy lyk vir haarself mooi.

Die deure gly oop en dis net mense waar jy kyk. Kelners loop heen en weer met skinkborde drank en happies kos. Die mans dra oor die algemeen almal donker pakke en al die vroue se rokke lyk soos ontwerperstukke. Musiek pols oor die luidsprekers en Clara begin groet, maar Ellie sien hoe haar blik onseker deur die mense soek.

Terwyl hulle nog deur die mense beweeg, gewaar Ellie vir Nick Malherbe waar hy met iemand staan en praat. Hy kyk op en dit neem 'n lang oomblik voor sy herkenning in sy oë sien. Hy sê vir die persoon by hom iets voor hy nader stap.

"Ek het geweet ek is nie verkeerd nie."

"Oor wat?"

"Dat jy nie is wie jy sê jy is nie."

"En wie is ek?"

" 'n Visioen."

Ellie lag. "As dit bedoel was om 'n pick-up line te wees, moet jy werklik aan jou skills werk. Dis pateties."

Clara draai om van die mense wat sy besig was om te groet en soen Nick se wang. "Waar's Enzio?"

"Ek dink hy is nog in die kamer. Ek was nou net op pad om hom te gaan roep, want ek is nou moeg om namens hom met die mense te gesels."

"Ek sal hom gaan roep." Clara trippel weg.

"Dink jy sy vermoed iets?"

"Ek dink nie so nie."

"Jy lyk werklik baie mooi en die opmerking was opreg bedoel."

"Dankie." Sy beduie met haar kop in die rondte. "Siende dat jy hieraan gewoond is."

'n Kelner kom verby en Nick haal twee glase sjampanje van die skinkbord af en gee vir haar een. Hy klink sy glas teen hare. "Cheers."

Ellie neem 'n sluk en proe die effense brandgevoel van die borreltjies. Sy het gelees hoe meer borrels, hoe beter is die produk. Met haar tweede teug besluit sy hierdie een bestaan waarskynlik nét uit borrels. Geld is sekerlik nie alles nie, maar die hel weet, dit kan darem 'n paar lekker dinge koop.

Daar is 'n geruis om hulle en toe Ellie opkyk, kom Allegretti en Clara teen die trap afgestap. Hand aan hand. Ellie kan van 'n afstand sien hoe blink Clara se oë en toe sy haar hare effens agtertoe vee, is die ring aan haar linker-ringvinger.

"Ladies and gentleman, may I present the future Missus Allegretti."

Daar is 'n oomblik lank stilte en dan klink 'n gejuig op. Clara laat sak haar kop teen sy skouer en Ellie voel hoe die trane agter haar oë brand. Die arme kind.

Sy kyk nog vir hulle toe iemand tussen haar en Nick indruk, die sjampanje by hom neem, met een sluk drink en dan kliphard laat hoor: "What a fucking joke. Sê vir my jy het nie geweet nie."

Ellie sien dis Gabriella Allegretti-Visser, geklee in 'n rok wat soos 'n handskoen pas. Dalk 'n handskoen wat effe klein is, en sy sal haar linkerarm wed sy dra geen onderklere nie. Nie bo of onder nie.

"Gabby, het jy al vir Ellie ontmoet?"

Gabriella kyk skeefweg na Ellie en dan weer na Nick. "Let's get out of here, voor ek naar word."

"Ek kan nie nou hier weggaan nie."

Sy sit haar arms om sy nek en soen hom op die mond asof hulle twee stokalleen is en nie omring deur 'n huis vol mense nie. En nog haar man ook.

"Please don't make me angry tonight. I had a hell of a week."

Ellie begin haar so onopsigtelik moontlik uit die voete maak. Sy kry 'n plek naby die trap van waar sy hopelik net 'n toeskouer kan wees.

Sy sien hoe veral die vroue om Clara draai en die ring behoorlik bekyk word.

"Ellie!" Clara sien haar en kom haastig nader. Gooi haar arms om Ellie se nek en druk haar. "Ek kan nie glo jy het alles so stil gehou nie. En Enzio sê jy het hom gehelp om die ring uit te soek. I love it, I love it. Dit is die mooiste ring wat ek al ooit gesien het."

"Baie geluk. Mag julle werklik gelukkig wees."

"You are a very good liar. Ek het jou geglo toe jy sê jy is op pad na 'n party toe."

"Ek moes iets uitdink."

Iemand raak aan Clara se skouer en sy dartel verder. Dis die blêddie probleem met sprokies, dink Ellie wrewelrig. Dogtertjies word nooit geleer dat 'n diamantring nie 'n man noodwendig in 'n prins verander nie. Dit maak nie saak hoe mooi die prinses is of hoe duur haar rok nie. En daai glasskoentjies breek alte maklik.

Hoofstuk 32

"Smile, it's a party."

Ellie kyk op en is verbaas om te sien dis Ken Visser wat langs haar staan. Hy glimlag nie.

Ellie weet nie of sy veronderstel is om iets te sê nie.

"Waarom dink jy verloor mans so maklik hul koppe oor 'n stukkie jong vleis?"

"Dis miskien 'n vraag vir 'n man en nie vir my nie."

"Wat mans dikwels vergeet, is dat seks seks is. En dis oral beskikbaar. Daar is geen rede waarom 'n mens duisende daarop moet spandeer nie."

Ellie voel hoe sy al warmer word, maar sy gaan hom nie die bevrediging gee om te sien hoe kwaad hy haar maak nie.

"Girls soos daai hou vir hulle soos bedreigde spesies, maar jy kan hulle baie goedkoper optel as wat Enzio op die oomblik betaal." Hy trek sy vinger teen haar arm af. "Wat is jou prys?"

Ellie tree weg en hy lag, maar sy oë bly koud.

"Miskien is die vraag nie wat jou prys is nie, maar wie dit betaal. Dit het dalk tyd geword dat ons twee 'n bietjie daaroor gesels."

Ellie kan nie die hoendervleis keer nie en is bly toe Nick langs haar praat.

"Jammer om julle te onderbreek, maar ek het jou gou nodig, asseblief." Nick neem Ellie aan die arm.

"Wat is die probleem?"

"Die polisie is by die hek. Hulle wil met Enzio praat. Daar is blykbaar nuwe getuienis oor die moord op Richard."

Ellie kyk op haar horlosie. "Hulle kies darem ook hulle tyd goed. Wat wil jy hê moet ek doen?"

"Kyk om jou. Driekwart van die gaste het al te veel gesnuif. En hulle is nie baie diskreet nie. As ek nou daai hek oopmaak, is die narkotika-squad binne 'n uur hier met 'n lasbrief. Ek wil hê jy moet met hulle gaan praat. Ek sal Enzio môreoggend self inneem en hy kan al hulle vrae beantwoord. Sê vir hulle dis sy verlowingspartytjie. Hulle sal eerder na jou as na my luister."

Ellie klim saam met hom in die hyser. "Ek kan nie belowe ek sal hulle kan oorreed nie. So, jy moet maar intussen aan 'n plan B dink en ek hoop jy is goed met planne."

"Waaroor het jy en Ken gesels?"

"Niks belangrik nie."

Hulle stap saam by die voordeur uit en oor die oprit na waar die hekwag net buite die waghuisie staan.

"Do I open the gate?"

"No, I first want to talk to them." Ellie moet haar treë rek om by Nick te bly. Sy voel effens wankelrig op die hoë hakke.

"Ek sal hierdie kant bly. Te veel testosteroon kan dinge soms bemoeilik."

Ellie stap in die huisie in en wag dat die wag vir haar die buitedeur oopsluit. Sy stap alleen buitentoe, maar stop in haar spore. Albert en Martin Vermaak staan langs Albert se nuwe Subaru. Albert kyk op en sy sien hoe sy oë rek.

"Fokkit! Living the good life, nè?"

"Albert, wat maak julle dié tyd van die aand hier?"

"Ons het nuwe getuienis oor die moord op die sekuriteitswag en moet met Allegretti praat."

"Ek is seker dit kan tot môre wag. Ek sal hom persoonlik na julle toe bring, maar hy en Clara het vanaand verloof geraak. Gun hulle die aand."

Albert hou sy arms in die lug. "Hei, ek doen net my job. Dis nie asof ek hierdie tyd van die aand uit is op 'n joyride nie."

"Ek weet julle doen julle job, en daarom gee ek my woord dat hy julle môreoggend sal kom sien. Sê net hoe laat."

"Agtuur by die kantoor."

Ellie skud haar kop toe sy na Albert kyk. "Have a heart."

"Ons kan dit nou doen en dan kan julle almal môreoggend laat slaap."

"Hy sal agtuur daar wees."

"Hoe gaan dit verder met jou?"

"Goed. Hoe gaan dit by die kantoor?"

"Soos dit daar kan gaan."

"Mac, ek kon nie verstaan hoe jy sommer net so kon bedank nie," val Vermaak hulle in die rede, "maar donner, nou verstaan ek. Jy het met jou gat in die botter geval. Laat weet my as hier vir my ook 'n job is."

"Moenie dat my klere jou vanaand flous nie. Dis net nog 'n job en dis nie aldag maklik nie."

Hy kyk na die huis teen die berg. "Dit mag so wees, maar jou uitsig is 'n damn sight beter as myne en terwyl ek vanaand die laaste bietjie dooswyn in die huis gedrink het, is ek seker jy hoef jou nie te bekommer oor waar jy môreaand 'n dop gaan kry nie."

In die waghuisie kyk Nick na die monitor. Hy hoor hoe die ander een fluit en dan sien hy hoe Greyling se oë rek en hoe hy Ellie op en af kyk terwyl sy nader stap.

Hulle staan naby genoeg dat die interkom dele van die gesprek kan optel, maar die seebries is net sterk genoeg om van die woorde weg te waai.

Hy gee eintlik nie soseer om wat daar gepraat word nie. Hy wil vir Greyling en haar bymekaar gesien het en hy is nie teleurgesteld nie. Of is hy? Daar is spanning tussen hulle. Hulle monde kan allerhande woorde praat, maar hulle lywe sê 'n ander ding. En die manier hoe Greyling se blik kort-kort oor haar gaan, spreek boekdele. Hy kyk hoe sy na 'n ruk omdraai, en kan nie glo toe Greyling se hand vlugtig aan haar raak nie. Asof hy besef wat hy doen en sy glips wil regmaak, neem hy haar aan haar arm.

"Agtuur. As ek weer hierheen moet ry, gaan ek nie smile nie."

Nick druk die pause-knoppie, laat loop dan die opname effens terug en kyk weer. Dis nie 'n terloopse aanraking nie. Hy voel hoe hy warm onder sy kraag word. Dis om van fokken mal te word en hy is gatvol vir hierdie sirkus.

Hy sien hoe Greyling haar agterna kyk en dan kom sy stem duidelik oor die interkom. "Sê vir Malherbe ek het nie gedink hy is die soort wat agter vroue se rokspante wegkruip nie."

Ellie klop en die wag maak oop. Nick staan reeds op die oprit toe sy deur die huisie stap.

"Ek neem aan jy was suksesvol."

"Hy moet môreoggend agtuur by hulle kantore wees."

"Dit gaan nie maklik wees nie, maar ek sal hom daar hê." Hy probeer sy stem so neutraal moontlik hou, terwyl Greyling se laaste woorde nog in sy ore weerklink.

Sy antwoord hom nie en hulle klim saam in die hyser. As hy weet hy sal die hyser weer aan die gang kry, het hy nou, soos in die flieks, die noodstop gedruk, die baie mooi en baie duur rok van haar lyf af geruk en op die vloer van die hyser met haar liefde gemaak. Hoewel liefde maak nie hier die regte term is nie. Hy is nie seker wat die regte term ís vir wat hy met haar wil doen nie. Hy het net 'n intense behoefte om haar deurmekaar te sien. Om êrens in die té perfekte mondering 'n kraak te sien. En as daar nie 'n kraak is nie, sal hy die bevrediging hê dat hy haar hare deurmekaar gemaak het en haar lipstiffie gesmeer het. As hy gelukkig is, versplinter daardie glashelder oë dalk vir 'n vlietende oomblik.

Hulle stap bo uit die hyser en hy vra vir die eerste kelner wat hy gewaar om vir hom 'n glas whiskey te gaan haal. Dan haal hy diep asem en kyk na haar. "Wat sal jy drink?"

"Ek sal saam met jou 'n whiskey drink, dankie."

Ellie wonder waarom hy skielik stram klink. Dalk het hy Albert se laaste opmerking gehoor. Sy wonder of hy geweet het wie by die hek is.

"Ek weet ek het dit al vir jou gevra, maar het jy dit werklik nog

343

nooit oorweeg om die job te laat vaar en iets anders te doen nie?"
Die kelner kom met die twee glase whiskey en hy neem eers 'n
sluk voor hy haar antwoord.

"En dan gaan doen ek wat?"

"Ek weet nie. Maak jou eie besigheid oop. Word 'n konsultant.
Daar is deesdae baie moontlikhede. Jy kan selfs terug polisie toe
gaan."

"Weet jy wat is een van die grootste voordele van hierdie job?"

"Die geld."

"Behalwe die geld. Een van die grootste voordele, indien nie
die heel grootste nie, is die feit dat jy weet wie jy kan vertrou en
wie nie. Ek verstaan die job. Ek het die laaste tyd in die polisie nie
meer altyd my job verstaan nie. Ek het nie meer geweet wie ek
kan vertrou en wie nie. Soms het ek my doodgewerk om 'n saak
behoorlik te ondersoek, net om in die hof agter te kom die oor-
treder het 'n ooreenkoms gesluit of dat ek nie die volle prentjie
gegee is nie. Nee dankie. Gee my dan eerder hierdie job." Hy
maak 'n gebaar met sy hand. "Jy kan nie stry nie – hier is 'n stuk
eerlikheid wat jy op min plekke gaan kry."

"Ek is nog nie lank genoeg in die job dat ek met jou kan saam-
stem of verskil nie. Ek sal maar moet aanvaar jy is reg. Dit hang
seker ook af hoe 'n mens eerlikheid definieer."

"Vergeet van definisies. Dis tydmors en jy gaan jouself net vas-
knoop. Eerlikheid is eerlikheid. What you see is what you get."

Ellie raak vlugtig aan sy arm. "Moenie jou ontstel oor kaptein
Greyling se opmerking nie."

"Waarom dink jy ek is ontsteld?"

"Ek kan mos sien jy is moerig."

"En jy dink dis oor Greyling se opmerking?"

"Wat anders?"

Hy kyk na haar tot sy wegkyk en onseker 'n tree terug gee.

"Omdat ek môreoggend so vroeg moet opstaan."

Sy glimlag. "Ek is jammer. Dit was óf vanaand óf aguur

môreoggend. Ek dink jy onthou nog die speletjies wat die ouens speel. Ek kan my voorstel jy het dit ook maar gespeel."

Hy kyk na die kuiltjies in haar wange en die fyn strooisel sproete op haar neus. Hy verstaan dalk vir die eerste keer in sy lewe wat die woord "karma" beteken. Dit wat jy saai, sal jy maai. What goes around, comes around. Payback time. Sy is die heelal se manier om hom terug te kry vir alles wat hy in sy lewe ver-keerd gedoen het. Hy het vanaand 'n vreemde behoefte om haar te beskerm, sonder dat hy weet teen wie. Die kanse is egter goed dat hý die een is wat beskerming nodig het en dat sý die gevaar is.

Hy antwoord haar nie en Ellie kyk na die partytjie wat vol-stoom rondom hulle aan die gang is. Hier is duidelik nie vanaand 'n nodigheid vir diskresie nie, want van waar sy staan kan sy 'n paar plekke sien waar mense besig is om kokaïen te snuif. By die klub gebeur dit nog agter toe deure, maar vanaand is dit net tus-sen vriende. En die vriende doen lustig mee.

Sy drink stadig aan haar whiskey en voel hoe die hartseer onge-vraag op die krop van haar maag kom nesmaak. Sy moet vir haar 'n ander drankie kry, maar dis asof sy nie haarself kan help nie. Soos die dae verbygaan en haar pa se teenwoordigheid al verder terugskuif, kom sy agter sy soek naarstigtelik na dinge om aan vas te hou. Dinge waaraan sy hom hier kan vasknoop voordat hy vir ewig wegglip.

Sy sien hoe Gabriella met 'n ander man dans en hom toelaat om haar baie styf vas te hou terwyl sy hande vrylik oor haar lyf gaan. Sy kyk na Nick langs haar om te sien of hy dit ook raak-gesien het. As hy wel het, wys hy dit nie en sy wonder weer oor hulle twee.

Toe 'n kelner met eetgoed verbykom, neem Ellie sommer twee porsies. Sy sal nie die hele aand so kan staan en dit op 'n leë maag nie. Dis opmerklik hoeveel stadiger die eetgoed verdwyn, terwyl die drankkelners nie kan voorbly nie. Geen wonder die meisies is almal so maer nie.

Ellie is met haar vierde happie besig toe Gabriella weer vir Nick om die hals kom val en hom daar wegsleep. Ellie is verlig, want sy het nie meer geweet waaroor om te praat nie. Sy weet nie of hy net ingedagte was en of hy dit met opset gedoen het nie, maar op alles wat sy gesê het, het hy hoogstens 'n een-woord-antwoord gegee.

In 'n stadium kom haal 'n jong man haar om met hom te dans. Hulle dans om die swembad. Dis koud buite, maar dit reën nie meer nie. Die gasbranders wat oral rondom die swembad aangebring is, kry nie heeltemal die koue luggie getemper nie. Dit lyk egter nie of iemand anders dit agterkom nie. Daar is baie min orde aan die dansery en toe Ellie later agterkom sy is besig om met 'n wildvreemde man te dans, draai sy om en gaan soek nog kos. Sy loop kombuis toe. Hopelik kan sy sommer daar vir haar 'n bordjie pak en woonstel toe neem.

Sy is besig om deur die eetkamer te loop, toe sy die stemme hoor.

"Ek het jou gesê ek is besig om dit te handle. Gee my 'n week. As ek dit nie gedoen het nie, kan ons jou plan volg, maar tot dan is dit hands off. I know what I'm doing."

"Jy weet wat jy doen se gat. Kyk hoe lyk jy! Daai girl het jou so styf om haar vinger gedraai, jy kyk skoon skeel. Dit was nooit die plan nie. So, ek sê jou wat . . . jy het twee dae. Daarna wil ek niks hoor nie." Dis Allegretti en Visser se stemme.

"Moenie my probeer screw nie. I have told you I will handle this and I will. As jy intussen enigiets probeer doen, sal ek jou persoonlik uitvat. Capiche?"

Ellie staan doodstil. Nie seker of sy moet vorentoe of agtertoe nie. Agtertoe is dalk die beste. Sy weet nie waar die stemme vandaan kom nie. En sy is so honger. Dalk moet sy net aan die beweeg bly. Of 'n stoel soek en die res van die aand daar sit. Clara fladder soos 'n eksotiese skoenlapper tussen die gaste rond. Raak hier, glimlag daar. Dans uitgelate met wie ook al beskikbaar is. Nou en dan gewaar Ellie vir Enzio. Hy lyk soos 'n pa wat trots toekyk hoe sy kind die hoofrol in 'n konsert vertolk. Van Gabriella en Nick Malherbe is daar nie 'n teken nie.

Sy gaan sit buite by die swembad onder een van die gasbranders. 'n Kelner kom vra of sy nog iets wil drink en sy bestel die duurste whiskey wat sy op die rak gesien het. Toe hy dit bring, drink sy klein slukkies en gee haar oor aan die heimwee.

"Ek kan jou ongelukkig nie hier los nie. Dit gaan nog kouer word voor die son opkom."

Ellie maak haar oë oop. Nick Malherbe staan langs die stoel waarop sy uitgestrek lê. Sy moes aan die slaap geraak het.

"Is die party verby?"

"Behalwe vir 'n paar vasbyters wat ek nog moet baby-sit, want teen dié tyd is hulle tot enigiets in staat." Hy sak op die stoel langs haar neer.

"Is Clara OK?"

"Sy en Enzio is al lankal kamer toe."

"Dankie. Ek het gedink ek kom sit net 'n rukkie."

Sy skrik toe hy onverwags aan haar been raak en dan sy hand effens teen haar bobeen laat opgly. "Ek glo dit nie. Jy is wragtig gewapen."

Sy klap sy hand weg. "Ek is seker jy is ook."

Hy lig haar rok se soom effens. "Wat sou jy gemaak het as jy vanaand 'n ou beter wou leer ken het?"

"Ek het nie sulke planne gehad nie."

"Beplan jy altyd sulke dinge? Het jy nog nooit op 'n ingewing gereageer nie?"

Sy trek haar rok se soom weer af. "Nee."

"Nog nooit 'n one night stand gehad nie?"

Sy skud haar kop.

"Is dit teen jou geloof?"

Ellie lag. "Nee, teen my persoonlikheid."

"Dan is dit maar goed ek het myself ingehou."

Ellie weet sy moet dalk nie vra nie, maar die plek waar hy aan haar been geraak het, voel warm en die rok voel soos sy teen haar vel. Haar ledemate is ontspanne en lui en dis net laat genoeg in die nag dat haar brein nie meer elke woord weeg en herweeg nie.

"Wat wou jy doen?"

"Jou bed toe neem."

Die hitte begin op die krop van haar maag en versprei vinnig van daar af na die res van haar lyf.

"Wat het jou gekeer?"

Hy swaai sy bene op die stoel en strek homself uit. "Ek kan nie onthou nie."

Sy soek na iets om te sê, maar gee na 'n oomblik moed op. Kyk dan maar net saam met hom na waar 'n paar gaste by die kroeg kuier. Hoe hulle nog kan regop staan, is vir haar 'n raaisel. En sy was in haar lewe al by 'n paar hardebaard-parties. Hierdie mense laat haar kollegas egter soos amateurs lyk.

"Jy en mevrou Visser . . ."

Hy draai sy kop effens. "Wat van ons?"

"Gee haar man nie om nie?"

"Dit klink of jy dink ons doen iets waaroor hy dalk nie gelukkig kan wees nie."

"Ek oordeel nie. Ek vra maar sommer net."

"Ek meng nie graag werk en plesier nie."

"En tog wou jy my vanaand bed toe geneem het."

"Nie verlede tyd nie. Ek wíl jou bed toe neem. En ons twee werk nie saam nie."

"Jy en Visser werk ook nie saam nie."

"Maar ek werk vir Gabriella se familie."

Dit voel vir Ellie of die gasbrander skielik aansienlik hoër ge-draai is en sy swaai haar bene van die stoel af en sit regop.

"Jy kan my nie nou alleen los nie. Dis amper vyfuur. As ek vir Enzio agtuur gespit en gepolish by jou vriende wil hê, moet ek hom amper al gaan wakker maak."

"Ek sal by jou sit, maar dan moet jy vir my gaan koffie maak en iets bring om te eet. Ek is rasend honger."

Hy staan stadig op. Klap liggies op haar been waar die vuurwapen vasgemaak is en skud sy kop.

Sy kan nie glo toe hy 'n rukkie later met 'n pot koffie en 'n heerlike bord toebroodjies terugkom nie.

"Is Patrice al wakker?"

"Ek het jou al gesê ek is 'n baie goeie kok."

Hulle begin in stilte eet.

"Hoe goed ken jy vir Greyling?" wil hy weet.

"So goed soos 'n mens die ouens in 'n ander afdeling ken. Hy en my pa het per geleentheid saam aan 'n saak gewerk. Dis waar ek hom die eerste keer ontmoet het."

"Wat kan jy my van hom vertel?"

Ellie skink melk in haar koffie en gooi 'n teelepel suiker in. Roer dit eers stadig om én neem 'n sluk voor sy antwoord.

"Wat wil jy weet?"

"Enigiets. Persoonlikheid, sterk punte, swak plekke."

"Ek ken hom nie so goed nie. Sover ek weet, is hy 'n goeie speurder. Hy werk baie hard. Die ouens reken hy is soms roekeloos. Neem onnodige kanse. Ander sê hy kry dinge gedoen."

"Persoonlike lewe? Is daar 'n vrou? Kinders?"

"Hy is nie getroud nie en ek dink nie daar is kinders nie."

"'n Meisie?"

"Ek weet nie." Ellie kyk na hom, maar kyk vinnig weer weg. "Waarom skielik die belangstelling?"

"Hy gaan vandag die lewe vir Enzio probeer moeilik maak en dit beteken hy gaan my lewe moeilik maak. Ek wil voorbereid gaan."

"Ek is jammer ek kan jou nie meer help nie. Ek weet nie eers watse nuwe inligting hulle het nie."

"Waarom ondersoek die Valke 'n moord op 'n sekuriteitswag?"

"Die enigste rede waaraan ek kan dink, is as dit deel van 'n groter ondersoek is."

"Soos byvoorbeeld 'n ondersoek na Enzio se bedrywighede."

Sy knik.

"Iets spesifiek waarvan jy weet?"

"Ek het jou tog al gesê iemand soos hy is permanent op die radarskerm. Enige beweging trek aandag."

"Sal jy my sê as jy iets meer weet, of sal jou gewete jou nie toelaat nie?"

"Ek sal jou sê. Ek gaan nie namens jou na inligting soek nie en ek gaan nie my oudkollegas melk nie, maar as iets by my verbykom, sal ek jou sê."

Ellie kyk uit oor die see en besef die donkerte van die nag is besig om te breek. 'n Mens kan al die horison sien. Dis besig om dag te word en om hulle ontwaak die wêreld. In die huis is dit nou vir die eerste keer sedert gisteraand doodstil. So stil dat sy êrens 'n seemeeu kan hoor. Hulle lê steeds in die hittekol onder die gasbrander. 'n Klein eiland in die koue oggendlug. Sy oorweeg dit om hom van haar en Ken Visser se gesprek te vertel, maar besluit daarteen. Dalk later. Sy moet eers probeer uitwerk wat hy bedoel het.

Nick kyk op sy horlosie. "Ek moet seker gaan stort en aantrek."

"Moet jy terug huis toe?"

"Nee, ek het al geleer om sulke tye 'n oornagsak in die motor te gooi." Hy staan stadig op, strek homself lank uit en gaap. "Dankie vir die geselskap, dit was lekker."

Hy stap weg, maar stop en kyk oor sy skouer. "Ek weet nog nie wat jou antwoord sou wees nie."

"Ek ook nie, en nou sal ons seker nooit weet nie."

Hy kreun, draai om en kom soen haar teen haar voorkop. Klap weer op die pistool teen haar bobeen. "Hierdie is 'n prentjie wat baie lank by my gaan spook."

Ellie hoor haarself lag. 'n Vreemde klank wat sy baie lanklaas gehoor het. 'n Onbevange, speelse klank. Sy staan ook op en voel hoe die seelug aan haar rok se soom pluk, teen haar bene waai. Sy kan nie onthou wanneer laas sy so mooi en begeerlik gevoel het nie. En jonk. En effe uitasem.

Hoofstuk 33

Dinsdagoggend halftien stap Nick en Allegretti die klub binne. Enzio praat in verskillende tale.

"Fok, as ek hom in die hande kry!"

Nick is so kwaad dat hy homself met moeite inhou, maar hy weet as hy ook nou begin skel, werk hy Allegretti net nog meer op. Na 'n groot gesukkel was hulle agtuur by Seepunt se polisiekantoor, net om te hoor Vermaak is nog nie daar nie. En hulle weet nie wie Greyling is nie. Na 'n uur se wag op die harde stoele het iemand aangebied om Vermaak te bel. Sy antwoord was dat iets anders voorgeval het. Hy kan nie kom nie. Enzio het dadelik begin vloek en dreig, terwyl hy self gevoel het of hy 'n galaanval kan kry.

"If they want to play hardball, I'll give them a game they'll never forget." Allegretti gaan sit agter sy lessenaar. "Maar nou het ek eers ander dinge om te doen en dis waarom ek jou nodig het."

Nick gaan sit ook.

"Nicky, as jy hierdie een opfok, moet jy nie eers terugkom nie. En as jy vir die ou man vertel, voer ek jou vir die visse. This is between the two of us. Hierdie is jou een kans om vir my te wys ek kan jou vertrou en dat daar plek vir jou kan wees wanneer ek oorneem."

"Ek gaan jou nie weer probeer oorreed dat jy my kan vertrou nie."

"Ek wil ook nie raad of kommentaar hê nie. Ek gaan vir jou sê wat gedoen moet word en dit is soos dit gaan wees."

"Ek luister."

"Ek het nodig dat Clara vir 'n paar dae verdwyn. Ek het reeds vir haar 'n storie vertel en sy is baie opgewonde daaroor. Visser kan nie hiervan weet nie en daarom trust ek nie een van die ander nie. Ek vermoed hy betaal van hulle om my dop te hou."

Nick skud sy kop. "Begin van voor af."

"Ek het jou al gesê ons moet dringend vir Mang happy kry. Die besending renosterhorings is in 'n padblokkade gekonfiskeer. Ek weet Williams sit op 'n kakhuis vol perlemoen wat reg is om verkoop te word. Ek het hom 'n goeie deal aangebied om dit aan my te verkoop, of ten minste dat ek die middelman is sodat ons Mang van ons rug af kan kry, maar hy wil nie eers met my praat nie. Hy het net laat weet hy het reeds 'n koper. Visser het lankal gesê ons moet Clara gebruik, maar dit gaan 'n fokop wees. Daarom wil ek haar uit die prentjie hê. Sy plan is om haar te ontvoer en haar vrylating te ruil vir die perlemoen. Williams gaan ons doodmaak, maar ek het nie meer 'n ander plan nie. Mang se dreigemente raak al erger. Nou het ek my eie plan bedink. As ek Clara kan wegkry en haar vir 'n paar dae êrens hou, kan ek maak asof ek nie deel van die ontvoering is nie en haar veilig terugbring. En hoop Williams is dankbaar genoeg dat hy bereid is om 'n deal te doen."

"Jissis, Enzio. Ek kan verstaan dat jy gedruk voel, maar besef jy as dit nie werk nie het jy vir Williams, Visser én Mang wat jou bloed soek. Wil jy rêrig daai risiko loop?"

"Wat anders kan ek doen? I've racked my brain. We need this deal very badly. En solank ek dit beheer, kan ek sorg dat Clara veilig is."

"En wat maak ek met die McKenna girl?"

"Sy kan nie weet nie, want dan bel sy dadelik vir Williams. Wat haar betref moet dit business as usual wees. Sê Fritz moet my êrens heen neem en ek was nie gerus dat hulle twee alleen so ver ry nie. Daarom moet jy hulle neem."

"Waarheen neem ek hulle?"

"Ek het 'n huis in Blouberg gehuur. Onder 'n ander naam."

"Wat dink hulle gaan maak hulle daar?"

"Ek het vir Clara gesê ek het 'n fotograaf geboek om foto's van haar te neem vir haar portfolio."

"Glo sy jou?"

"Sy is 'n sweet girl."

"Enzio, die ontmoeting, die intrek, die ring en verlowing . . . was dit alles deel van hierdie plan?"

"Nee. Ek weet jy glo my nie, maar die aand toe ek haar by die klub gesien het, was sy net 'n baie mooi meisie. Ons het die aand 'n great tyd gehad en dit was eers die volgende oggend dat ek gehoor het wie sy is." Hy hou sy hande op. "OK, granted, ek dink die feit dat sy Williams se niece is het dalk iets daarmee te doen gehad dat ek haar weer uitgenooi het, maar hoe beter ek haar leer ken het, hoe meer het ek genuine van haar gehou. I mean, what is there not to like? Het jy gisteraand die ander mans dopgehou? They drooled like a pack of old bulldogs. Ek het nie exactly nou al beplan om verloof te raak nie, maar ek wou vir Williams wys ek kyk mooi na haar en ek hou haar nie sommer net aan vir 'n speelding nie."

"Wat maak jy as haar lewe nie vir Williams soveel werd is soos 'n vrag perlemoen nie?"

"Ek kan nie nou daaraan dink nie."

"Jy weet Visser gaan jou nooit hiermee laat wegkom nie."

"You know what . . . dit het miskien tyd geword dat ons hulle uit die besigheid kry. Hulle is soos bloedsuiers. En my suster lyk goed in swart. Ek is seker haar hart sal nie te seer wees nie."

"Wat sê jy?"

"Accidents happen."

Nick staan op en begin heen en weer in die kantoor stap. Sy brein probeer so vinnig moontlik die inligting orden. Hy probeer verskillende scenario's voorsien. Kyk waar in Allegretti se beplanning is gate. Op die oomblik voel dit soos een moerse gat, maar as hy dit vir hom sê, moet hy met 'n alternatief vorendag kom en hy kan dit nie doen nie. Die plan hoef nie eers verkeerd te loop om verreikende gevolge vir baie mense te hê nie. Hy wil nie in Ellie McKenna se skoene wees as Williams hoor wat gebeur het nie. Hoe gaan sy bewys sy was nie deel van die plan nie?

"Laat ek 'n bietjie hieroor dink en seker maak ons mis nie iets nie."

"Jy kan dink, maar hulle moet vanaand nog weg wees, anders het ek nie beheer oor wat Visser gaan doen nie."

Ellie weet nie waarom sy gedink het Clara gaan die hele dag omslaap nie. Miskien omdat sy voel asof 'n trein háár getrap het. Die vroegoggend-energie het teen tienuur soos mis voor die son verdwyn en toe Clara haar halfelf bel, het sy lus gehad en sê sy is siek.

"Ek moet vir die familie gaan wys. Ons het hulle gisteraand gebel en jy moes hoor hoe mooi het Enzio met uncle gepraat. He is such a sweetie."

Clara sit voor by haar in die motor en bly nie 'n oomblik stil nie. Sy herleef elke oomblik van gisteraand oor en oor. Kyk onophoudelik na haar ring, praat oor trourokke. Plekke vir 'n wittebrood. Hoe moeilik dit gaan wees om strooimeisies te kies.

Ellie wonder of die ring werklik al hierdie dinge insluit en of dit haar eie afleidings is. Het Enzio werklik gesê hulle gaan trou, of was dit een van daardie oop aankondigings wat nie 'n vervaldatum het nie?

"Ek gaan jou ook een van my strooimeisies maak."

"Dis baie gaaf van jou, maar ek is nie goed met sulke dinge nie. Jy het genoeg niggies en vriendinne wat 'n baie beter job sal doen."

"Maar jy is ook soos 'n vriendin vir my."

"Ek sê maar net . . . jy hoef nie verplig te voel om my in te sluit nie." Dis soos 'n rankplant, dink Ellie. Een van daardie wat net al weliger groei. Met die eerste leuen wat jy vertel, plant jy die saad en elke leuen voed die eerste een. Tot jy nie meer behoorlik deur die ranke kan sien nie. Jy kan amper nie meer die begin sien nie.

Die huis is vol mense toe hulle daar kom. Van die mense moet tog sekerlik gewone beroepe hê, of is almal by Williams se bedrywighede betrokke? Is dit waarom hulle op 'n Dinsdagmiddag twaalfuur 'n huis kan vol sit? Tot Reggie is daar. 'n Reggie wat sigbaar ontevrede is en dis opmerklik dat hy nie vir Clara gelukwens nie.

"En toe steek die Italian 'n ring aan haar vinger en nou dink sy dit spel true love."

Ellie hoef nie eers op te kyk om te weet wie langs haar kom staan het nie.

"Ek dink dit sal vir haar lekker wees as jy saam met haar bly is."

"Waarom sal ek bly wees dat sy haarself prostitute vir iemand soos daai?"

"Reggie, dis 'n baie lelike ding om te sê en ek hoop nie jy herhaal dit voor ander mense nie."

"Hei, lady, jy het gister hier ingekom . . . jy weet niks nie. You do not get to preach to me. Ek sal van haar sê net wat ek wil."

"Moet asseblief nie jou vinger vir my wys nie. En jy is seker geregtig om te sê wat jy wil, maar ek is redelik seker meneer Williams gaan nie van hierdie soort praatjies hou nie."

"En jy gaan hom vertel?"

Ellie plant haar voete effens uitmekaar. "Ek sal."

"Dreig jy my?"

"Ja. Ek hou nie daarvan dat jy so van Clara praat nie. Sy het niks verkeerd gedoen nie. Dis jou probleem as jy nie van haar verloofde hou nie."

Dis dalk die moegheid, dalk die rankplant wat haar vandag wil verswelg, maar hoe meer sy vir haarself sê om stil te bly, hoe kwater raak sy. Of dalk is dit die uitdrukking in sy oë wanneer hy na Clara kyk. 'n Uitdrukking wat haar wat Ellie is bang maak. 'n Man soos Reggie is nie 'n goeie verloorder nie. As sy moet raai, is hy die soort wat reeds gespog het dat Clara eendag syne gaan wees.

"Verloofde!" Dit lyk of hy gaan spoeg.

"Dit is haar reg om te kies wie sy wil. Word groot en vat jou pak soos 'n man."

Sy sien hoe sy oë vernou. "Jy het 'n fucking nerve!"

Ellie draai om en stap weg.

"Nice girl wat in jou kantoor werk. Dalk moet ek 'n bietjie vir haar gaan kuier. Sy lyk vir my 'n bietjie eensaam so op haar eie daar."

Ellie wil omdraai, maar keer haarself. As sy dit doen, het hy gewen.

"Juffrou McKenna." Williams kom nader gestap.

Om die een of ander rede verseg hy om haar op haar naam te noem.

"As ek geweet het hy gaan haar vra om te trou, sou ek u gewaarsku het."

Hy glimlag skeefweg. "Ek is seker u sou." Hy kyk oor die vertrek na waar Ellie omring is deur niggies en tannies. "Wat sê 'n mens nou vir mekaar? Hy het darem gisteraand die decency gehad om ons te bel en self met ons te praat. Jy verstaan sekerlik net dat dit nie vir ons maklik is dat ons nie kon deel in so 'n groot geleentheid in haar lewe nie. Haar ma huil al van gisteraand af. Sy is nie eers seker of sy haar eie kind se troue sal kan bywoon nie."

"Ek het nie kinders nie, maar ek kan my indink dat dit moeilik moet wees. Ek hoop van harte julle sal 'n manier vind om hierdie dinge uit te stryk. Sy is baie lief vir haar familie en u is werklik die pa wat sy nie gehad het nie."

"Dankie, dis baie gaaf van u om dit te sê. 'n Mens kan net probeer. 'n Kind het ouers nodig. Dit is waarom daar deesdae soveel moeilikheid is. Die kinders word te veel aan hulle eie genade oorgelaat." Hy beduie na waar 'n paar jong mans eenkant staan. "Dis waarom ek my maar oor soveel van die jong mense ontferm. Hulle het leiding nodig. Dis belangrik dat 'n kind verantwoordelikheid leer. En dis wat ek hulle gee. Baie mense dink ek gee handouts, maar handouts help niemand nie. Ek glo aan harde werk en verantwoordelikheid. Dis waarom ek groot respek vir u het."

Ellie voel hoe haar keel toetrek en 'n rilling teen haar rug af gly, maar sy knik. "Dankie." Sy huiwer. "In verband met my kontrak. Ek neem aan ek sal nie verder benodig word nie."

Hy sug. "Dis moeilik vir my. My instincts sê ek moet maar nog 'n bietjie 'n ogie hou, maar ek weet ook ek kan dit nie vir ewig doen nie. Maar kom ek sê jou wat, bly maar nog tot die einde van die maand. Ek is seker Allegretti sal dit verstaan en dit sal my ook net 'n bietjie makliker laat slaap."

Mavis kom onderbreek hulle om te sê hulle moet kom kos skep.

"Ek is bly ek het nie julle kosrekening nie. Dit voel my elke keer wat ek hier kom is julle besig om 'n hele dorp te voed."

Mavis haak by haar in en lag. "Dis vir ons baie lekker om dit te doen. En Nazeem sal vir jou sê dit hou my uit die kwaad. Wat anders sal ek nou met al my tyd gedoen het? Kom, ek wil jou sommer aan my suster ook voorstel. Sy wil jou graag ontmoet."

Toe Ellie voor Clara se ma staan, weet sy waar Clara haar gelaatstrekke kry. Die vrou moes net so 'n mooi meisie gewees het. Sy is steeds aantreklik, maar die jare het sy spore op haar gesig getrap.

Sy neem Ellie se hande. "Ek wil ook net baie dankie sê, juffrou. Clara praat so mooi en met baie dankbaarheid van u."

"Sy is 'n baie oulike mens, mevrou, en ek is bly ek het die geleentheid gehad om haar te ontmoet."

"Sal hy mooi na haar kyk?"

"Hy lyk baie erg oor haar, mevrou. En in die tyd wat ek daar gewoon het, was hy nooit lelik met haar nie."

Die vrou vee haar oë af. "Solank hy net mooi na haar kyk."

Ellie is bly toe iemand vir die vrou 'n bord kos bring. Sy moet dringend vars lug kry. Sy soek die naaste buitedeur en haal 'n paar keer diep asem toe sy buite langs die swembad staan. En meteens is dit asof sy haar pa se stem vir die eerste keer weer helder en duidelik hoor. *Jy kan dit doen.*

Ellie haal haar selfoon uit en stuur vir Brenda 'n SMS. *Ek wil hê jy moet huis toe gaan en vir 'n paar dae nie kantoor toe gaan nie. As jy enige verdagtes opmerk of ongemaklik voel, bel my en gaan na die naaste polisiestasie en sê iemand pla jou.*

Wat het jy nou weer gedoen?

Ek het een van Williams se ouens kwaad gemaak.

Ek is nie bang nie.

Asseblief, Brenda. En as jy dalk vir Happy sien, sê hy moet my dringend bel.

OK Boss.

Dankie. Ek sal later vanaand met jou praat.

Daarna stuur sy vir Clive 'n boodskap. *Allegretti en Clara het gisteraand verloof geraak. Iets is aan die gang en ek vermoed al meer Clara is betrokke. Kyk of julle iets kan uitvind. Vra Albert om Williams te toets. Dalk praat hy met Albert.*

Sy staan nog 'n rukkie buite voor sy teruggaan. Gelukkig is daar soveel mense dat Mavis nie agterkom Ellie het nie geëet nie. Sy is nie op die oomblik lus vir kos nie. Haar sintuie staan op aandag en sy kry nie behoorlik gedink nie. Sy soek haar lyste en haar lêers. Sodra hulle by die huis kom, gaan sy 'n lys maak, al moet sy dit na die tyd opeet sodat niemand dit in die hande kan kry nie.

Hulle is besig om nagereg te eet toe Nick bel.

"Waar's julle?"

"Nog by Clara se familie. Hoe het dit vanoggend gegaan?"

"Vermaak het laat weet hulle kan nie kom nie. Iets het voorgeval."

Ellie hoor die ergernis in sy toon. "Jammer, as ek geweet het hulle gaan dit doen, sou ek jou gewaarsku het."

"Dis orraait. Ek bel eintlik om te hoor of Enzio jou al gesê het dat hy gereël het vir 'n photo-shoot met 'n bekende fotograaf.

Hy sê Clara kort nuwe materiaal vir haar portfolio. Julle moet vir twee dae pak. Ek bring julle vanaand weg."

"Waarheen gaan ons?"

"Die fotograaf moet nog met hom bevestig, maar dis blykbaar êrens in die skiereiland."

"Clara sal baie opgewonde wees, maar waarom kan ons twee nie sommer net self ry nie?"

"Dinge het 'n bietjie verander en ek vermoed van nou af sal jy én sy gewoond moet word daaraan dat hy julle nie sommer alleen sal laat ry nie. Sy is nou nie meer net Clara Veldman nie. Hy gaan nie onnodige kanse waag nie."

Ellie spreek met hom af om later te hoor hoe laat hulle ry en wat Clara moet saamneem.

Na nog 'n uur se kuier is sy verlig toe Clara begin groet. Ellie hou vir Reggie dop waar hy agterlangs staan. Hy kyk skielik op en toe hy sien sy kyk vir hom, trek hy stadig sy vinger oor sy keel.

Ellie dwing haarself om nie weg te kyk nie. Op 'n vreemde manier kan sy sy pyn aanvoel. Dit was nooit 'n gelykop stryd nie.

Sewe-uur die aand is hulle gepak en reg om te ry. Clara probeer Enzio ompraat om saam te gaan.

"Ek kan nie, lovey. Ek het 'n klomp werk wat ek die volgende paar dae moet doen."

Sy gooi haar arms om sy nek. "I am going to miss you terribly."

Hy glimlag en druk haar teen hom vas. "I hope so."

"Thanks, Ellie. As julle terug is, moet ons twee praat. Ek dink dis tyd dat jy vir my kom werk. Ek soek mense soos jy."

Ellie lag net en klim voor langs Nick in. Toe hulle by die hek uitry, sien sy die ander voertuig met die twee wagte wat agter hulle inval.

Sy kyk na Nick, maar hy is besig om in die pad te kyk. Hy was nie verkeerd toe hy gesê het Allegretti gaan nie meer kanse waag met Clara se veiligheid nie.

Ellie wil hom vra waarheen hulle gaan, maar Clara gesels opgewonde van die agtersitplek af. Sy dink nie die meisie het al sedert die vorige aand 'n minuut lank stilgebly nie.

Ellie is verbaas toe hulle 'n paar minute later onder die klub in die klein parkeergarage inry. Sy voel haar vel begin tintel, maar sy probeer kalm bly. Sy is seker sy sou aan Nick agtergekom het as daar probleme is.

Nick skakel die voertuig af, maak sy deur oop en kyk dan na Ellie. "Kan jy my gou help, asseblief?"

Die tinteling op haar vel gaan oor na iets wat soos 'n sirene in haar kop voel. "Wat moet ek doen?"

Hy het egter al om die voertuig gestap en maak haar deur oop. "Clara, ons is nou terug."

Die deur klap agter Ellie en sy trek haar arm uit sy greep. "Wat de hel is aan die gang?" Dan sien sy hoe die twee wat agter hulle gery het, hulle bagasie agter uit die Range Rover haal en in 'n ouerige wit BMW laai.

"Wat maak hulle?"

"Stap saam."

"Jy moet van jou kop af wees as jy dink ek gaan haar alleen hier los. Wat is aan die gang?"

"Sal jy my vertrou as ek vir jou sê dis vir julle albei se beswil om nie nou te veel vrae te vra nie en te maak soos ek sê?"

"Nie eers amper nie." Ellie se hand kruip na haar pistool wat onder haar baadjie teen haar lyf vas is.

"Laat sak jou hand voor daai twee dit sien en trigger-happy word."

"Ek wil weet wat aangaan."

"Enzio het rede om bekommerd te wees oor Clara se veiligheid. Hy wil haar vir 'n dag of drie wegsteek." Hy steek sy hand uit. "Ek wil julle selfone hê. Solank dit aan is, kan julle getrace word."

"Waarom vra jy nie net ons moet die fone afskakel nie?"

"Ek het nodig om te weet julle sal dit nooit aansit nie en ek kan dit net beheer as ek dit hou. Ek wil nie vir Clara ontstel nie, daarom is dit nodig dat jy die situasie verstaan. As jy rustig is, sal sy rustig wees."

Ellie kyk weer na die twee sekuriteitswagte.

"Moenie eers daaraan dink nie. Enzio betaal hulle en sy opdrag is om enigeen te skiet wat Clara se veiligheid bedreig. As jy nou 'n verkeerde beweging maak, sal ek jou nie kan help nie."

Ellie haal haar selfoon uit haar sak, skakel dit af en gee dit vir hom. "Ek gaan persoonlik toesien dat Nazeem Williams hiervan hoor."

"Is dit jou enigste selfoon?"

"Ja."

Hy begin haar deursoek en sy sprei haar bene en lig haar arms. "Moet ek my klere uittrek?"

Voor Ellie kan keer, haal hy vinnig haar pistool uit die skede onder haar arm.

Sy begin haar arm terugtrek om met haar elmboog na hom te kap, toe sy sien hoe een van die sekuriteitsbeamptes sy vuurwapen uithaal. Sy lig haar hande.

"Wat van jou bagasie?"

"Maak dit oop en kyk self."

"Besef jy ek is hier om julle veilig te hou?"

"Ek gee nie om waarom jy hier is nie. Dit wat julle nou doen, is nie kosjer nie en jy weet dit. Sy is nog my verantwoordelikheid en hierdie kom neer op ontvoering. 'n Dubbele ontvoering. Weet jy hoe lank gaan jy hiervoor sit?"

"Ek is bereid om my kanse te vat. Ek vra weer, is daar nog êrens 'n selfoon?"

Ellie stap tot by die BMW se kattebak, rits haar tassie oop en dop die inhoud uit. Sy voel hoe die sweet in straaltjies teen haar arms afloop terwyl sy haar toiletsakkie oopmaak. Hy beduie na 'n ander sakkie. Sy rits dit oop en twee tampons val uit.

"Moet ek die ander ook uitgooi?"

Nick skud sy kop en sy begin haar klere terugpak.

Ellie gaan maak Clara se deur oop. "Ek het 'n bietjie slegte nuus vir jou, maar jy sal vir die volgende dag of wat sonder jou selfoon moet klaarkom en ons ry van hier af met 'n ander kar."

"You must be joking. Weet jy hoeveel boodskappe kry ek nog en hoeveel reëlings moet ek begin tref? En dan wag ek om te hoor van 'n shoot."

"Clara, trust my. Dis beter so. Ek is seker al die boodskappe sal vir jou wag en as iemand jou dringend in die hande moet kry, sal hulle vir Enzio kontak."

"Iets is fout." Clara laat sak haar selfoon en kyk vir Ellie. "Is dit Enzio?"

Ellie hoor die paniek in haar stem. "Enzio makeer niks. Hy is 'n bietjie bekommerd oor 'n saketransaksie en wil net hê ons twee moet vir 'n paar dae rustig gaan wees."

"Daar is nie 'n shoot nie?"

Ellie kyk na Nick. Hy antwoord. "Sodra julle terug is. Hy het dit reeds gereël."

Clara gee haar selfoon vir Nick en hy skakel dit af.

"Dankie."

Dis donker toe hulle voor 'n huis in Bloubergstrand stop. Dit is aan die rand van die dorp op 'n groot erf gebou. Dis 'n mooi huis. Modern, maar smaakvol.

Ellie sit haar tassie neer en gaan maak seker Clara is reg. Sy is in die ruim hoofslaapkamer. Sy sit op die bed toe Ellie daar kom.

"Dink jy ek moet worry?"

"Nee, ek dink Enzio is net oorversigtig."

"Weet jy met watse deal hy besig is?"

"Nee, Nick het my nie gesê nie."

"Business can be so messy."

Ellie knik. "Daar is blykbaar iets om te eet in die kombuis."

"Ek is nogal moeg vanaand en na vanmiddag se ete is ek nie

rêrig honger nie. Ek dink ek gaan bad en in die bed klim. Nick sê hier is DStv. Ek sal kan *Red Carpet* kyk vanaand."

"Roep my as jy iets nodig het."

"Moenie vir Nick kwaad wees nie. Hy doen ook maar net sy job."

Ellie besluit om nie te antwoord nie. Sy stap oor die trapportaal na haar kamer. Onder in die huis hoor sy die televisienuus is aan. Sy moet met Nick gaan praat, maar sy moet eers haar emosies onder beheer kry, anders gaan sy foute maak. Sy sluit haar kamerdeur en maak haar tas oop. Haar ongelyste selfoon is onder in die sak met die tampons. Toe sy dit daar ingesit het, het sy maar gehoop hy is soos die meeste mans.

Sy wil eintlik met Clive praat, maar sy kan nie die kans waag nie. Daarom stuur sy 'n boodskap. *Probleme. Allegretti het Malherbe opdrag gegee om my en Clara vir paar dae te kom wegsteek in Bloubergstrand. Het iets te doen met 'n transaksie. Het ons selfone en my vuurwapen gekonfiskeer. Ek moet Williams waarsku, anders dink hy ek was deel hiervan.*

'n Antwoord kom byna dadelik terug: *Dink jy julle is in gevaar?*

Ek dink nie so nie, maar ek is redelik seker Allegretti sal dit nie gedoen het as hy nie redelik met sy rug teen 'n muur is nie, want hy weet Williams sal hom doodmaak as hy dit moet uitvind.

Moet eers niks doen nie. Laat ek eers 'n paar oproepe maak. Dis 'n moerse risiko om daai selfoon by jou te hê. Wat as hulle dit vind?

Ek sal versigtig wees.

Moet asseblief nie probeer dapper wees nie.

Ek sal nie.

Sy druk die selfoon terug onder die matras, maar nie te diep nie. Dan sak sy agteroor op die bed. Na 'n ruk kom sy agter haar ore bly gespits vir elke geluid terwyl sy verskillende moontlikhede oorweeg. Sy maak haar oë toe en skep in haar verbeelding 'n verhoog waarop sy haar karakters een-een laat opkom. Allegretti, Barkov, Mang, Williams, Jonathan, Visser. Al haar ou vriende. Vir

Jonathan laat sy sommer weer aan die ander kant afstap. In hierdie stadium het sy nie rede om te glo hy is betrokke nie. Barkov bly 'n moontlikheid, maar daar kom 'n groot vraagteken by hom. Sy skuif hom agtertoe. Allegretti het daardie aand in sy dronkenskap gesê hy het vir Williams 'n deal aangebied wat dié nie wil aanvaar nie. En dat hy nooit vir Clara sal seermaak nie. Visser het 'n plan waarmee Allegretti nie tevrede is nie, maar hy het nie 'n ander keuse nie. Ellie skuif vir Clara tot in die middel. Sal Allegretti haar gebruik om Williams af te dreig? Hy moet weet as hy dit doen, sal Williams nooit weer vir Clara naby hom laat kom nie. Gee hy nie om nie? Was die ring net 'n manier om haar tevrede te hou en vir hom wat Allegretti is 'n soort geloofwaardigheid te gee?

Allegretti en Visser gebruik vir Clara om Williams af te dreig. Dis die enigste moontlike verklaring. Sy weet nie waarom sy teleurgesteld voel nie. Het sy werklik gedink Allegretti het eerbare bedoelings met Clara? Sy is nie so 'n romantikus nie. Maar sy sien weer hoe Clara die vorige aand op die trap haar kop teen sy skouer gesit het en sy weet sy het tog namens Clara gehoop.

Ellie verbeel haar sy hoor 'n geluid buite haar deur. Sy draai haar kop, maar hoor niks nie. Net steeds die hond wat kort-kort êrens blaf.

Sy haal die selfoon uit. Stuur weer 'n boodskap vir Clive.

Wat is die plan?

Sy antwoord kom dadelik. *Greyling-hulle is besig om 'n plan te maak.*

Hou my in die loop.

Ek sal probeer. Dinge gaan dalk vinnig gebeur. Hou jou kop laag en moenie 'n held probeer wees nie.

Ellie wil vir hom sê sy het 'n verantwoordelikheid teenoor Clara, maar sy bedink haar. Nie hy óf Albert verstaan dit nie.

Nick kyk afgetrokke na die dag se nuusgebeure op verskillende TV-kanale in die leefvertrek toe sy selfoon lui. Dis Monica.

"Ek dink ons het probleme. Is dit moontlik dat julle adres uitgelek het?"

"Nee. Tensy Allegretti dit uitgelek het. Dit beteken Visser het hom, maar ek het 'n paar minute gelede nog met hom gepraat. Hy het nie geklink of daar moeilikheid is nie."

"Een van die ander beamptes?"

"Ek glo nie. Ek het hulle versigtig gekies."

"Jou twee vriendinne of Paul?"

"Ek het hulle selfone gekonfiskeer en ek het nie vir Paul gesê waarheen ons gaan nie. Monica, wat is aan die gang?"

"Ek het een kontak wat soms vir my inligting onder die tafel deur gee. Hy het vanaand laat vra of ek mense in Bloubergstand het, want hy het iets opgetel. Dis egter so diep dat hy net die rimpelings gevoel het. Kan dit jou voertuig se tracker wees?"

"Ons is hier met 'n ongelyste voertuig."

"Jou selfoon?"

"Dis off the grid."

"Nicky, ek weet nie wat aan die gang is nie, maar ek vertrou hom en as hy sê hy het iets opgetel, beteken dit julle moet dalk maak dat julle daar wegkom."

Hy druk die foon dood, sit 'n oomblik en stap dan teen die trap op. Haar kamerdeur is gesluit en hy klop sag.

Ellie antwoord na 'n rukkie.

"Ons moet gou praat."

"Kan dit nie wag nie? Ek is regtig moeg."

"Ongelukkig nie"

Sy sluit die deur oop en toe hy instap, sluit hy weer die deur agter hom. Hy beduie na die stoel voor die venster. "Sit."

Ellie gaan sit.

"Ek gaan jou een kans gee om te praat, en ek sal jou aanraai om baie mooi te dink oor wat jy gaan sê."

Ellie voel hoe haar handpalms begin sweet, maar sy probeer rustig asemhaal. "Wat is aan die gang?"

"Het jy 'n ekstra selfoon of die een of ander tracking device by jou?"

Sy gooi haar hande in die lug. "Here, hoeveel keer wil jy nog hierdeur gaan? Jy het my bagasie deursoek. Het jy een gekry?"

Nick loop na haar oornagsak en gooi die inhoud sonder veel seremonie op die bed uit. Krap tussen die klere deur tot hy blykbaar tevrede is. Dan maak hy die kaste oop, haal al die ekstra komberse en kussings uit en gooi dit op die vloer.

Toe sy wil opstaan, haal hy sy pistool uit en rig dit op haar. "Sit."

Ellie bly sit, maar dit voel of sy enige oomblik gaan ophou asemhaal. Hy ruk die beddegoed van die bed af, en dan keer hy die matras op die vloer om. Hy voel onder die bed, loop badkamer toe en sy hoor hoe hy al haar toiletware uitgooi. Toe hy terug in die kamer kom, beduie hy sy moet opstaan.

"Trek jou klere uit."

"Jy moet van jou kop af wees en het jy 'n idee wat Nazeem Williams aan jou gaan doen as hy hiervan moet hoor?"

"Trek uit."

Ellie staan op en begin haar hemp losknoop. Sy laat val dit op die vloer. Daarna volg haar denim. Sy skop dit effens eenkant toe terwyl sy uit dit tree. Sy staan in haar onderklere voor hom. Hy knip nie 'n oog nie. Beduie net sy moet omdraai. Sy draai stadig in die rondte met haar arms uitgesprei. Die koel luggie laat haar natgeswete vel saamtrek.

"Trek aan."

Hy kyk dat sy aantrek. "Skoene ook."

Sy trek haar stewels aan.

"Kom."

"Waarheen gaan ons?"

Hy antwoord haar nie. Neem net haar arm en stap met haar na Clara se kamer toe. "Ek soek geen histerie nie. Jy het vyf minute om haar op en aangetrek te kry."

"Wat van ons bagasie?"

"Los dit."

Die televisie is nog aan, maar Clara is vas aan die slaap. Ellie raak aan haar skouer. "Clara."

Dit neem 'n rukkie voor sy haar oë oopmaak. "Wat . . .?"

"Jy moet aantrek. Ons moet gaan."

Clara lek oor haar lippe, vee haar hare uit haar gesig en kom effens orent. "Nick?"

"Ons moet gaan en ons het nie baie tyd nie."

"Enzio. Het iets met Enzio gebeur?"

"Nee, niks het met hom gebeur nie. Ons moet net nou ry."

Ellie help haar orent en help dat sy sommer haar klere oor haar slaapklere aantrek.

"My goed . . ."

"Ons kan dit later kom haal."

Nick stap met hulle ondertoe en Ellie sien die ander twee wag reeds by die voordeur. Sy is verbaas om te sien hulle neem nie weer die BMW nie, maar klim almal in die Hummer.

Nick laat sit Clara voor by hom en vir Ellie agter tussen die twee beamptes. Hy trek vinnig weg.

"Waarheen gaan ons? Wat is aan die gang?" Clara krul haarself op die sitplek op.

"Enzio het gereël dat ons op 'n ander plek gaan wag."

Ellie se kop werk oortyd. Sy sien hulle is op pad terug stad se kant toe. Sy is nog besig om deur alle moontlike opsies te gaan, toe sy die twee voertuie weerskante van die pad gewaar. Dis net te toevallig vir hierdie tyd van die nag.

Voor sy kan reageer, klap die eerste skoot en sy voel hoe die voertuig swaai, maar Nick kry dit reg om dit in die pad te hou. Die twee voertuie trek byna gelyk weg en terwyl Nick die swaar Hummer onder beheer probeer hou, klap die volgende skoot.

Ellie hoor hoe Clara gil. Die twee mans weerskante van haar draai die vensters oop en begin skiet.

"Hou op!" skreeu Nick tot Ellie se verligting. Sy weet nie wie in die voertuie is nie, maar solank daar op hulle gevuur word, gaan hulle terugskiet.

Met twee bande wat pap geskiet is, sukkel hulle om weg te kom. Toe daar skielik ligte voor in die pad aangaan, is dit te laat om die Hummer om te swaai.

Ellie sien hoe Nick dit oorweeg om deur die versperring te probeer jaag, maar op die laaste nippertjie bring hy die voertuig met skreeuende remme tot stilstand.

Die ander twee voertuie stop reg agter hulle en 'n oomblik lank is daar 'n byna onwerklike stilte voordat deure oopgaan.

"Klim uit!" hoor sy iemand skree.

Ellie is nog nie halfpad by die deur uit nie, toe sien sy vir Albert. Sy soek na Clive, maar hy is nêrens. Daar is ook nie 'n teken van enige van die bekendes nie. Ook nie van Vermaak nie.

Dan gewaar sy vir Reggie en 'n alarm gaan in haar kop af.

Clara het hom ook gesien. "Reggie! Wat de fok maak julle?"

"Gaan klim in die kar," beveel hy. Hy het 'n semi-outomatiese geweer in sy hande.

"Vir wat? Is jy van jou donnerse kop af?" skree Clara. "Wag tot uncle hoor jy het ons amper vanaand doodgeskiet!"

Hy gryp haar hardhandig aan die arm en begin haar sleepdra na een van die motors wat agter die Hummer staan.

Ellie hardloop agterna. Sy tas instinktief na waar haar vuurwapen moes wees. "Los haar!" roep sy.

Reggie draai om en klap na Ellie, tref haar skrams teen die kant van haar kop. Sy val op die rand van die teer, maar kom onmiddellik weer orent.

Sy kyk terug en sien hoe Albert en van die ander vir Nick en die twee beamptes boei en agter in twee voertuie laai.

"Albert!" roep sy, maar Reggie het haar nou ook aan die arm beet en dwing haar in die motor in.

Sy skop vervaard na hom. Hy haak af en slaan haar vol in die maag. Haar wind is uit. Terwyl sy probeer om deur die pyn asem te haal, voel dit of sy in 'n nagmerrie vasgevang is.

Dinge kan soms so vinnig verkeerd loop dat 'n mens nie kans het om iets te doen nie, het Clive destyds gesê. Ellie kan nie glo wat besig is om te gebeur nie.

Clara skreeu nog eenstryk op Reggie, maar hy ignoreer haar en toe hy hulle albei in die motor het, klim een van die ander mans agter die stuurwiel in en hulle trek weg. Ellie sit vooroor gebuig en kan nie sien wat van Albert en Nick-hulle geword het nie. Clara sit agter tussen haar en Reggie. Die meisie is nou besig om na hom te slaan.

"Stop dit!" Hy vat Clara se hande vas. "Moenie my nog méér rede gee om jou te moer nie."

"Wag tot uncle hoor . . ." Sy begin snik en Ellie sit haar arm om die meisie terwyl sy steeds probeer om deur die pyn op die krop van haar maag asem te haal.

"Waarheen is die ander?" Ellie se stem klink vir haarself vreemd.

"Ek weet nie. Hulle is nie my concern nie."

Dit raak stil in die motor. Ellie weet nie hoe vinnig hulle ry nie, maar dit moet ver bo die spoedgrens wees.

Ongeveer 'n kwartier later draai hulle tot haar verbasing in haar straat in en stop voor haar huis. Reggie klim uit en kom maak die deur vir haar oop. Sy kyk vraend na hom. "Wat moet ek hier maak?"

"Dis jou huis. Doen wat jy wil."

"Wat van Clara?"

"Sy is nie meer jou worry nie."

"Ek het nie my huis se sleutel by my nie."

"Dis nie 'n probleem nie. Ek is seker jy kan 'n nuwe ruit bekostig."

Hy neem haar aan die arm en stap met haar om die huis tot op die stoep.

Ellie is nog besig om die laaste trap te gee, toe sy die arm om haar keel voel. Sy slaan na hom, probeer hom raak skop, maar hy lig haar van haar voete af en sy voel hoe dit donker om haar begin word.

Dan word sy bewus van iets wat soos vuur deur haar lyf sprei. Sy sak uit sy greep en tref die stoep se rand met haar kop. Sy probeer haar regterhand optel om die vuur te probeer keer, maar haar arm wil nie saamwerk nie.

"Wil jy wéér vir my sê ek moet my soos 'n man gedra?"

"Reggie, fok, brother, kom nou!"

Ellie hoor die stem êrens ver en dan word alles stil.

Hoofstuk 34

Die kantoor is so vol dat hulle skouer aan skouer staan. Wat dalk nie 'n goeie idee is nie, dink Nick, want die humeure loop hoog. Dis moeilik om op die gesprek te konsentreer, want almal praat gelyk. Die man agter die lessenaar is brigadier Ibrahim Ahmed. Langs sy mond spring 'n spiertjie en wanneer hy praat, is daar 'n fyn spoegreën voor sy mond. Op die oomblik is hy besig om op Greyling te skreeu. Die blonde man wat langs hom staan, is luitenant Clive Barnard, en was blykbaar die handler. Die vrou, brigadier Andile Zondi, praat onverpoos voort asof sy nie die res hoor nie. Sy skreeu om die beurt op elkeen.

"Húlle kom hier in, sonder om vir iemand iets te sê, en wanneer hulle opfok, raak dit ons skuld!" kom dit van Greyling.

Nick kyk na hom. "Praat jy van ons?"

"Na wie dink jy verwys ek anders? Waarom het julle nie die decency gehad om ons te laat weet julle is hier nie?"

"Omdat julle bekend daarvoor is dat julle dinge lelik kan opfok. Soos nou net weer bewys is."

Greyling gee 'n tree vorentoe en Nick voel hoe sy lyf in afwagting begin tintel. Hy het al sedert Dinsdagaand lus om 'n paar mense te donner, en kan voel hoe sy vuiste oop- en toegaan.

"Greyling, as jy vanaand in die selle wil slaap, moet jy vandag iemand slaan!" Ahmed se stem styg bo die ander uit. "Wat het ek jou gesê? Jy speel met vuur. Nie een keer nie, nie twee keer nie. En elke keer het jy my verseker jy weet wat jy doen, en dat ek jou kan trust! En nou sit ek met my vinger in my gat, en die mense in die groot kantore wil by my antwoorde hê. Wat stel jy voor sê ek vir hulle? Hulle moenie worry nie? Hulle kan jou trust?"

"This was the last time ever that you've used my people!" gaan

Zondi voort. "And you had the audacity to try and teach me *my* job!" Sy wys met haar vinger na Albert Greyling. "You bloody white men think you know everything."

"Keep race out of this fucking mess, I don't have time for that shit as well," sê Ahmed vir haar. "En Greyling, ek soek 'n verslag op my lessenaar voor ek vanmiddag huis toe gaan." Dan kyk hy na Nick. "En dieselfde geld vir julle. Waarom het julle nie kom sê julle is hier nie?"

"Daar het die laaste drie jaar te veel inligting in verkeerde hande beland," sê Nick en kyk reguit na Greyling. "Nou verstaan ek waarom."

"Sê jy ek is 'n snitch?"

"Jy kan jouself noem net wat jy wil."

Voor iemand kan keer, beweeg Greyling, maar Nick het dit gesien en draai sy bolyf. Die hou tref hom skuins teen sy skouer. Voor hy kan terugslaan, tree Clive tussenbeide en dwing die twee mans uitmekaar.

"Ek sluit so waar as wragtig vandag vir julle toe as julle nie nou ophou met julle kak nie!" sê Ahmed en kyk weer na Nick. "Ons soek alles wat julle het, en moenie eers begin om vir my te vertel dis julle saak nie. Ek gee nie 'n moer om wie se saak hierdie is nie. Julle het ongenooid my backyard ingekom, en nou sal julle doen wat ék sê."

"Net vir die rekord, dit ís ons saak en ons is nog nie klaar nie," praat Monica vir die eerste keer.

"Sy cover is geblaas. Wat gaan hy verder kan doen?"

"Ons het nog 'n paar opsies."

"Ek soek 'n verslag, en ek soek alles wat julle het. Dis nie onderhandelbaar nie. En oor vorentoe sal ons nog sien."

Monica kyk na Ahmed. "Ek weier om in hierdie sirkus te praat. Kry hierdie chaos opgeklaar en ons twee kan praat. En net vir die rekord, ek gaan geen inligting bekend maak voordat ek seker is julle het al julle gate toegestop nie. Julle kan nie eers na julle eie mense kyk nie, wat nog te sê na myne."

"Ek wil net sê ek het in my lewe 'n paar fokops gesien, maar nog nooit op hierdie skaal nie. Wie ook al hierdie operasie uitgedink het, behoort aangekla te word vir totale onbevoegdheid." Nick kyk na Greyling. "'n Freaking tweejarige kind kon vir julle sê dis 'n selfmoordoperasie."

Greyling tree weer nader, maar Ahmed kyk na hom en hy retireer.

"Menere, ek het genoeg gehoor." Monica tel haar handsak op. "Van waar ek staan, het julle ernstige probleme en ek wil julle nie verder ophou nie. Ons sal weer kontak maak." Sy beduie vir Nick dat hulle moet loop. Met die uitloop knik sy vir Andile Zondi. "Sterkte."

Nick en Monica sit oorkant mekaar in 'n woonstel in Tamboerskloof. Dit behoort aan Interpol en Monica woon gewoonlik hier wanneer sy in die Kaap is. Hulle het nou net teruggekom van Ahmed se kantoor en hy besef albei van hulle is traag om eerste te praat.

"Wat het gebeur?" breek Monica eerste die ys toe die stilte te lank raak.

"Ek het opgefok."

"As ek simplistiese verduidelikings en verskonings wou hoor, kon ek in daai kantoor tussen daardie klomp ego's gebly het."

Nick sit sy hande agter sy kop, laat sak hulle weer en kyk uit oor die see.

"Ek weet nie wat jy wil hoor nie. Ek het konsentrasie verloor."

"Dis voor die hand liggend. My vraag is hoekom?"

"Dinge het dalk te vlot verloop. Ons het die afgelope ruk sulke goeie vordering gemaak dat ek nie gedink het enigiets kan ons werklik ontspoor nie. Ek het hier en daar 'n hiccup verwag, maar nie op hierdie skaal nie."

"Tog was jy van die begin af bekommerd oor Clara en McKenna. Waarom het jy nie iets daadwerklik aan die saak gedoen nie?"

Nick vee sy vingers deur sy hare, sit vooroor en rus sy arms op sy knieë.

"Dis waarom ek sê ek het konsentrasie verloor. Gewoonlik evalueer ek 'n situasie redelik vinnig, maar met hulle twee was my voetwerk stadig. En dit help nie jy vra waarom nie. Ek weet nie. Die enigste rede waaraan ek kan dink, is dat ek nie wóú hê hulle moet 'n probleem wees nie. Die einde was so naby, ek wou net klaarmaak."

"Was dit die enigste rede? Die feit dat jy wou klaarmaak?"

"Wat suggereer jy?"

"Was daar in geen stadium 'n meer persoonlike rede ook nie?"

"Nee."

"Nicky, die deur is toe, dis net ons twee. Dit is belangrik dat ek verstaan wat hier gebeur het, want dis al hoe ek jou kan beskerm.

"Ek het nie jou beskerming nodig nie. Ek het 'n operasie opgeneuk en moet pa staan daarvoor. Dis 'n eenvoudige som. Ek was ernstig toe ek gesê het dit was een van die slordigste operasies wat ek in my lewe gesien het. Ek moet ongelukkig ook die vinger na myself wys."

"Ek stem saam, maar dit bring ons nog nie by 'n oplossing nie. Skrap ons die afgelope drie jaar se werk? Probeer ons skadebeheer toepas? Kry ons iemand anders om jou plek in te neem?"

"Ek wil teruggaan."

Sy skud haar kop. "Jou cover is geblaas. Jy gaan nie naby Allegretti nie."

"Ons is nog nie seker nie. Die kanse is dat hy nog glo ek is gearresteer."

"As jy teruggaan, beteken dit ons moet daai klomp in die kantoor vertrou om jou inligting te beskerm." Sy skud weer haar kop. "Iets waarmee ek glad nie gemaklik is nie, veral nie nadat ek jou en Greyling se skoolseungedrag gesien het nie."

"Hy . . ."

"Nick Malherbe, jy het nog nooit my intelligensie onderskat nie. Moenie nóú begin nie. Ons albei weet waaroor dit gaan."

Nick kyk weer see se kant toe. Hy is eintlik glad nie reg of lus om hieroor te praat nie. Die kwaad en teleurstelling lê al sedert Dinsdagnag bitter in sy mond. Dit is nie die eerste teleurstelling van sy lewe nie, ook nie die eerste keer dat hy 'n fout maak nie, maar hierdie een is besonder gallerig. Hy het baie opgeoffer om hierdie job te kry en hy was goed daarin. Hulle het hom nie gekies omdat hy middelmatig was nie. Hy was loshande die beste kandidaat.

Hy staan op. "Ek sien jou weer later."

"Waarheen gaan jy?"

"Slaap."

"Jy sit nie jou voete uit die woonstel sonder om my te sê nie."

Hoofstuk 35

Ellie maak haar oë oop en luister na die piep-piep-geluide en die sagte suising. Sy hoor dit elke keer wanneer sy haar oë oopmaak. Dit is die eerste geluide wat sy gehoor het toe sy die eerste keer wakker geword het, en teen dié tyd voel dit soos een van daardie nagmerries waaruit 'n mens gewoonlik nie kan wakker word nie. Een wat nie endkry nie.

Sy weet sy is in 'n hospitaal. Die hoekom en waarom lê nog effe weggesteek in die newel wat aan die rand van haar bewussyn hang. Selfs wanneer sy wakker is. Soms is dit asof daar beelde uit die newel na haar toe kom, maar voor sy dit behoorlik kan sien, verbrokkel dit saam met die res van haar werklikheid. Gesigte en stemme kom en gaan. Dit herinner aan die klub waar die flitsende ligte die werklikheid verbrokkel en met elke flits 'n nuwe werklikheid skep. Dalk ís sy in die klub.

Hierdie keer is dit asof die newel effe verder weg is, en sy bekyk haar omgewing. Sy lê op 'n bed in 'n kamer met 'n groot venster voor haar. Anderkant die venster is 'n toonbank en nog beddens. Langs haar bed is allerhande apparate, en dis hulle wat die geluide maak. By die bed se voetenent sit 'n blonde vrou met 'n uniform effe gebukkend oor iets wat soos 'n tafel lyk. Sy is besig om te skryf. Net buite die deur sit 'n man op 'n stoel. Dit lyk of hy ook 'n soort uniform dra, maar dit lyk nie soos die vrou s'n nie.

Aan die staander langs die bed hang drie sakkies waaruit verskillende vloeistowwe loop. Sy hou 'n rukkie die druppeltjies dop, hoe dit ritmies uit die sak in die buisie afloop, 'n rukkie daar bly, en dan weer losgelaat word. Sy kry ook bloed. Donkerrooi bloed. Sy wonder wie se bloed was dit, en hoe haar eie bloed die vreemde bloed ervaar. Is dit kouer as hare, soeter? Sy hoop die skenker is 'n gelukkige mens. Sy kan doen met gelukkige bloed. Sterk bloed.

Sy moes aan die slaap geraak het, want toe sy weer van haar omgewing bewus raak, is die helder ligte in die vertrek af en net 'n dowwe lig skyn by die bed se voetenent. Die vrou wat nou daar sit, het donker hare.

"Hallo. Jy is wakker."

"Ek is baie dors."

"Ons wil nie hê jy moet nou water drink nie, maar ek sal jou mond natmaak."

"Hoe laat is dit?"

"Twee-uur in die oggend." Sy vee met 'n ysblokkie oor Ellie se lippe, en Ellie lek met haar tong daaraan. "Weet jy waar jy is?"

"Ek neem aan dis 'n hospitaal, anders is ek deel van 'n eksperiment in 'n laboratorium." Haar tong voel swaar.

Die vrou lag. "Nee, dis ongelukkig niks so interessant nie. Jy is in 'n hospitaal."

"Hoe lank is ek al hier?"

"Twee dae."

"Wanneer het ek die eerste keer wakker geword?"

"Gistermiddag. Het jy op die oomblik enige pyn?"

Ellie skud liggies haar kop. Haar lyf voel styf, maar sy het nie pyn nie.

"Ons hou jou op die oomblik nog onder redelike sterk verdowing, sodat die lyf net eers kans kry om te rus."

"Het julle my geopereer?"

"Weet jy wat gebeur het?"

Ellie dink 'n oomblik lank. "Seker nie alles nie, maar ek het 'n vermoede."

"Jy moet probeer om weer 'n bietjie te slaap." Sy gaan sit weer by die bed se voetenent.

Ellie maak haar oë toe, en toe sy hulle weer oopmaak, is die vertrek helder verlig en anderkant die ruit loop mense heen en weer. Die gesig by die voetenent het weer verander.

"Hello, love, how do you feel today?"

"Ek is dors."

"I'll bring you some ice."

Ellie kyk na die bedrywigheid. Niemand staan ooit lank stil nie. Hulle herinner aan miere wat verward geraak het. Net die figuur by die deur roer nie.

Toe die suster terugkom, is daar 'n man by haar. Hy dra loshangende blou klere en 'n keppie op die kop.

"Goeiemôre, ek is dokter Brits, die chirurg wat geopereer het. Ek is bly om te sien jy is wakker. Hoe voel jy?"

In vergelyking met wat en wie, wil sy vra.

"Ek het al beter gevoel."

"Het jy enige pyn?"

"Dis hanteerbaar."

Die suster trek die blindings voor die venster en die skuifdeur toe.

"Ek wil jou verkieslik nou eers pynvry hou, so sê vir die suster sodra jy die pyn voel." Hy lig die beddegoed af en die suster help om die hospitaaljurk oop te vou. Ellie voel hoe haar vel liggies saamtrek van die koel luggie. Of dalk is dit van die twee paar oë wat na haar kaal lyf kyk. Hy raak hier en daar aan haar lyf, gee 'n paar opdragte aan die suster, en trek haar dan weer toe. "Alles lyk nog mooi. Daar is geen teken van infeksie nie en dit is altyd goeie nuus."

"Hoe lank moet ek hier bly?"

Hy glimlag en raak aan haar arm. "Jy gaan ongelukkig eers nog 'n bietjie hier by ons moet kuier."

Ellie wonder wat Brenda sou gesê het as sy hoor hy verwys hierna as 'n kuier. Brenda! Het iemand vir Brenda gesê wat gebeur het? En vir Clive, en . . .

"Waar is my goed?"

"Waarna is jy op soek?"

"My selfone. Ek moet iemand bel."

"Ons het alles vir jou familie gegee."

Ellie wil sê sy het nie familie nie, maar dit maak haar moeg om so baie te praat, en sy voel hoe haar lyf weer ontspan en sy haar oorgee aan die newel.

Toe sy weer wakker word, is die vertrek nie meer so helder verlig nie en het sy pyn. Pyn is dalk nie die regte woord nie. Dis asof 'n vuur stadig maar seker besig is om haar van binne af te verteer. Sy voel hoe die sweet op haar voorkop uitslaan en die naarheid in golwe oor haar stoot, maar toe die nuwe suster aan diens vra of sy pyn het, skud sy haar kop. Die newel het vir 'n rukkie oopgeskuif en alles lyk helderder. Die herinneringe is nie meer droombeelde met vae buitelyne nie. Dit het nou skerper kante. Snykante. Sy maak haar oë toe en probeer haar asemhaling onder beheer kry, maar dis moeilik. So tussen die vuur en die snykante.

"Is jy seker jy het nie pyn nie?" Die suster kyk na die sakkies en tik-tik aan die metertjie. "Die ding het gaan staan. Mens, jy moet vreeslik pyn hê. Wag, ek maak dit gou reg. Waarom het die alarmpie nie afgegaan nie?" Sy raak doenig met die meter en die sakkies. "'n Mens kan die goed ook net so ver vertrou soos jy hulle kan sien," brom sy onverpoos voort. "Jammer hieroor, jy sal nou beter voel."

Ellie wens sy kan vir haar sê sy wil nog eers 'n bietjie aan die pyn vashou, skerp kante en al. Dit is ten minste iets om aan vas te hou. Soms is dit lekker om in die newel weg te raak, maar soms is sy bang sy verdwaal daarin en dat niemand haar weer gaan vind nie.

"Jy kan nie so lyk as jou besoeker inkom nie. Hy sal dink ons kyk nie na jou nie."

"Wie is hier?"

"Jou broer. Hy was al 'n paar keer hier, maar jy het nog elke keer geslaap en ons wou jou nie wakker maak nie."

"My broer?"

"Ja, hy kom blykbaar van ver af, daarom het ons hom spesiale vergunning gegee om jou te sien."

"Ek . . ." Sy wil sê sy het nie 'n broer nie, maar haar mond is so droog.

"Daarsy, daar loop dit nou weer mooi. Die pyn sal nou-nou beter wees. Jy moet dadelik praat indien dit weer gebeur."

Ellie kyk na die vrou se besige hande. Sy het klein handjies, kort naels. Toe sy haar hand 'n oomblik op Ellie se voorkop sit, is dit koel. Sy voel hoe die newel weer oortrek, totdat sy nie meer vashouplek het nie.

Iemand raak aan haar hand en toe sy haar oë draai, staan Clive daar. Hy lyk oud. Kan 'n mens in drie dae so verouder? Hy dra 'n oorjas.

Sy neem sy hand en hy strengel sy vingers deur hare, terwyl sy sien hoe hy na woorde soek.

"Is jy my broer?"

Hy glimlag skeefweg en knik. Dan sak hy op die stoel langs die bed neer, maar los nie haar hand nie. "Here, Mac . . . ek is so jammer."

"Weet my ma?"

"Ja, sy was al hier, maar dit het haar vreeslik ontstel. Die dokter het gesê sy moet miskien eers 'n bietjie wag voor sy weer kom. Ek het gesê sy moet my bel wanneer sy wil kom, ek sal haar bring. "

"Moenie dat sy kom nie. Stuur vir haar groete."

Sy kyk na hom en wens sy hoef nie te vra nie. "Wat het gebeur?"

Hy vee oor sy gesig. "Hulle het gesê ek mag jou nie ontstel nie. Ek mag net hallo sê."

"Ek wil weet."

"Wat onthou jy alles?"

"Dalk nie alles nie, maar ek het 'n idee."

"Ons het jou selfoon getrace tot by die huis in Bloubergstrand. Ek het die adres vir Greyling gegee en gewag vir verdere opdragte. Hy het Williams gebel en gesê Allegretti het julle laat ontvoer, maar hy het die adres en Williams se mense kan saamgaan om julle te gaan haal. Jy kan dink hoeveel punte hy daardeur by Williams gescore het. Malherbe het intussen snuf in die neus gekry en met julle gevlug. Greyling en Williams se ouens het julle geskraap toe julle uit die straat draai. Hy het die ander laat weet en hulle het vir julle op die Weskuspad daar naby Rietvlei gewag. Die pad was verlate. Kan jy onthou wat alles daar gebeur het?"

"Ja, min of meer. Wat ek nie weet nie, is wat het met Nick Malherbe en die ander twee gebeur?"

"Greyling het hulle in hegtenis geneem vir ontvoering."

"Waar is hulle nou?"

"Dis waar die plot geweldig ingewikkeld raak. Malherbe is 'n cop wat vyf jaar gelede deur Interpol gewerf is om die Allegretti's te ondersoek en twee jaar gelede het hy die kans gekry om vir die ou man te begin werk."

Dit voel vir Ellie of sy nie die inligting behoorlik vasgevat kry nie en sy stoor dit eers êrens in haar geheue. Sy sal dit later verwerk.

"Albert?"

"Hy is tydelik geskors en daar sal 'n ondersoek wees."

"Dink jy . . ." Sy kry dit nie gevra nie.

"Ek weet nie wat om te glo nie. Ek dink hy was fokken onverskillig, en hopeloos oorywerig. Dit het sy oordeel aangetas."

"Brenda?"

Hy glimlag weer skeefweg. "Daai is 'n tawwe girl. Sy stuur groete en sê jy beter hier opstaan, want sy wil persoonlik jou gat skop."

"Sê vir haar ek skuld haar."

"Clara?"

"Blykbaar by die familie, maar wil met alle mag en geweld terug na Allegretti. Greyling probeer sy bes om 'n klag van ontvoering teen hom te kry, maar dis ingewikkeld met Malherbe en Interpol tussenin. Allegretti is op die oomblik in Johannesburg. Ek dink die Kaap het bietjie warm geword vir hom."

"Arme Clara."

Clive skud sy kop. "Arme Clara se gat. Kyk hoe lyk jy!"

"Ek was baie dom."

"Daaroor sal ek en jy op 'n ander keer 'n lang gesprek hê. Ek moet nou eers loop, want daai suster gee my nou al hoe lank die evil eye. Hulle soek 'n verklaring van jou oor wat by jou huis gebeur het. Williams se broerskind sê toe hulle jou by die huis af-gelaai het, het jy niks makeer nie. Die ander steun sy storie. Clara was so verward dat sy niks kan onthou nie. Kan jy onthou wat by jou huis gebeur het?"

Voor Ellie kan antwoord, loer die suster by die deur in. Sy lyk kwaai. "Ek is jammer, maar u sal nou eers moet gaan. Sy moet rus."

Clive raak aan haar skouer. "Jy hoef nie bang te wees nie. Hier is round the clock mense voor jou deur."

"Is dit nodig?"

Hy skud sy kop. "Ons is nog nie seker nie, dit lyk of jy dalk op die ou end die enigste een is wie se cover nie geblaas is nie. Ons gaan egter nie kanse waag nie." Hy kyk na die monitors en pype. "Het jy iets nodig?"

"'n Glasie whiskey sal nie sleg wees nie. Of maak dit sommer die bottel."

"Ek sal kyk wat ek kan reël." Hy druk haar hand. "Mac, niks wat ek sê gaan dit beter maak nie, en ek weet nie hoe ek met myself gaan saamleef nie. Jy het my vertrou om jou rug te cover, en ek het nie."

"Dit was nie jou skuld nie."

"Ja, dit was, maar ons kan 'n ander dag daaroor praat. Ek sal jou weer sien. Ahmed stuur ook groete. Hy wou al self kom, maar hy sou nie so lekker as jou broer kon deurgaan nie. Hy is natuurlik so befok dat almal blykbaar wye kringe om hom loop. Ek vermoed dis hy wat die ondersoek oor Greyling laat aanvra het."

Hy buk oor en soen haar op haar voorkop. "Shit, Mac, ek het big time opgefok."

383

Dan draai hy om, en sy sien hoe hy sy oë afvee toe hy by die deur uitloop en die oorjas uittrek. Hy wissel 'n paar woorde met die jong man wat by die deur sit, en dan is hy weg. Die gesels het haar moeg gemaak, en sy maak haar oë toe.

Die dae verloop met 'n redelik voorspelbare reëlmaat. Sy verbeel haar die newel is effens ligter en dat sy vir langer tye helderder kan dink. Die pyn is egter steeds net anderkant die newel. Soms gaan sy met opset daarheen, en sy onthou dat sy êrens gelees het van mense wat aan pyn verslaaf is. Die dokter kom maak minstens twee keer 'n dag 'n draai. Daar is ook ander dokters wat na die groot verslagkaarte kom kyk, soms iets neerskryf nadat hulle 'n paar woorde met haar gesels het. Clive kom elke dag, maar na die aanvanklike gesprek is dit asof albei sku is om weer te wyd te gesels. Dis makliker om die gesprekke te beperk tot die werklikheid binne die saal, en gewoonlik kyk hulle deur die venster na wat anderkant die ruit aangaan.

"Donner, maar daai vrou kan baie praat. As ek haar man is, los ek haar hier."

Ellie kyk na die pasiënt wat teen die oorkantste muur lê. "Hy kom kuier baie vir haar."

"'n Mens kry goeie mans."

"Hoe gaan dit met Ansie en die kinders?"

"Seker goed, anders sou ek dit al gehoor het." Hy speel met haar vingers. "Dis darem 'n mooi suster daai met die kort blonde hare."

"Ja, sy is nice ook."

"Ek dink nie ek sal van 'n male nurse hou nie."

"Ek dink ook nie jy sal nie."

"Wat sê die dokters?"

"Oor wat?"

"Sê hulle hoe lank jy nog hier sal moet bly?"

"Niemand het nog gesê ek kan gaan nie."

Hy kyk op sy horlosie. "Ek moet gaan. Is jy seker ek kan nie vir jou iets bring nie?"

"Daai whiskey wat jy elke keer belowe."

"Sodra jy nie meer soos 'n eksperiment lyk nie, bring ek vir ons twee 'n bottel." Hy soen haar voorkop. "Ai, Mac . . ."

Sy kyk hom agterna. Hulle twee sou nooit kon trou nie, maar as kollegas het hulle 'n baie besonderse verhouding gehad. Van die ander was jaloers op die band wat tussen hulle was. Al het hy by die beste van tye maar so half ongeërg teenoor haar opgetree. Dis waarom dit vreemd is om hom so te sien. Sy wil nie hê hy moet hom verwyt nie. Eendag wanneer haar woorde weer makliker kom, sal sy met hom daaroor praat.

Ellie is verlig dat haar ma nie weer kom nie, maar wanneer sy in die nag wakker word, is dit asof sy 'n kinderlike gemis ervaar. Sy droom soms. Deurmekaar drome, waarin haar pa dikwels is. Maar hy staan altyd met sy rug na haar toe. Soms draai hy om, maar dan kan sy steeds nie sy gesig sien nie.

Sy het nog nooit gehuil nie. Daar is dinge in die lewe waaroor 'n mens nie kan huil nie.

En toe stap Melissa op 'n dag daar in, en Ellie begin huil die oomblik toe sy haar sien. Melissa skuif die bedreling af en klim versigtig langs haar op die bed. Die suster kom in en begin praat, maar Melissa beduie met haar hand dat sy moet loop. Sy hou Ellie vas terwyl sy snik.

Dis eers toe die ergste snikke bedaar dat Melissa effe orent kom, maar sy klim nie van die bed af nie. Hulle praat egter nie, hou net mekaar se hande vas terwyl hulle vir mekaar kyk.

"Wie het vir jou gesê?"

Melissa vee haar oë met haar mou af. "Ek het gisteraand uit radeloosheid jou ma gebel, want ek kon sedert verlede week nie antwoord by jou kry nie, en Albert se selfoon is ook af, en ek het later nie meer geweet wie om te bel nie."

"Wat het my ma gesê?"

"Jy was in 'n ongeluk. Is dit so?"

"Mens kan dit seker so noem."

Melissa verskuif sodat sy regopper sit. "Wat het werklik gebeur?"

In haar gedagtes is sy al op elke moontlike manier oor die gebeure, maar gedagtes en woorde is nie dieselfde nie. Gedagtes is vloeibaar, dit het nie grense nie en beperk jou nie. Met gedagtes het jy ook nie 'n begin, middel en einde nodig nie. Gedagtes is soomloos. Hoe kies jy jou eerste woord as jy so iets wil vertel, en wat gaan die tweede en derde woorde wees? Woorde gee struktuur aan 'n storie wat moeilik is om weer af te breek.

"Ek was op die verkeerde plek op die verkeerde tyd."

"Jou ma sê hulle het die voertuig probeer hijack."

Ellie wil glimlag. Clive was kreatief met sy verduideliking.

"So iets."

"Watse beserings het jy?" Melissa beduie na die monitors. "Sover ek weet, koppel hulle nie 'n mens sommer net vir die grap aan dié goed nie, en verder is hulle blykbaar vreeslik bang jy kry infeksie. Die suster wat vir my die oorjas gegee het, het omtrent gekyk dat ek die velle van my hande afskrop."

Ellie kyk 'n oomblik lank na Melissa, voordat haar blik na die venster verskuif. Woorde is op die oomblik haar vyand.

"Ek is in my buik en bors met 'n mes gesteek. Hulle het gelukkig al die belangrike slagare en organe gemis."

Melissa skud haar kop en sit haar handpalm teen Ellie se wang. "My liewe vriendin." Haar oë blink van voor af, en Ellie voel hoe haar eie emosie soos 'n golf na haar toe aankom.

Voordat hulle verder kan praat, kom die suster binne en vra dat Melissa moet gaan.

"Ek sal weer kom." Sy soen Ellie op die wang. "Laat weet my as ek vir jou iets moet bring."

Terwyl die suster doenig raak met die monitors en nuwe sakkies vloeistof aan die staanders hang, wonder Ellie waarom 'n mens se eerste reaksie is om vir iemand in 'n hospitaal iets te bring. Gewoonlik eetgoed of blomme. Dit maak nie saak wat die pasiënt makeer nie. Blomme en eetgoed sal dit wees.

"Ek gaan strenger met jou besoekers wees, al is hulle familie. Hulle bly te lank en dit maak jou te moeg."

Ellie antwoord haar nie. Dis die kwaai een. Die een wat nie praatjies maak nie. Die een wie se hande harder vat. Teen hierdie tyd kan sy elkeen aan hulle reuk herken. Nie een se parfuum is ooit steurend nie. Dis asof hulle net weet hoeveel om aan te sit sodat dit nie 'n mens oorweldig nie. Hierdie een ruik egter na niks. Dis nie asof sy sleg ruik nie. Sy het net nie 'n reuk nie.

"Hoe laat is dit?"

"Net na ag."

Aan die begin kon sy nie dag en nag onderskei nie. Nou ken sy al die gesigte wat in die nag hier is, en wie in die dag kom. Maar dis nie net die gesigte nie. Sy het al die roetine agtergekom, en kan al aanvoel wanneer dit rustiger agter die ruit gaan. Die ligte word gewoonlik gedoof en daar is veel minder beweging.

Nog 'n suster kom die kamer in, hulle trek die blindings toe, en begin haar was. Sy maak haar oë toe en glip weg na 'n ver plek. Sy het nog altyd 'n gemaklike verhouding met haar lyf gehad. Haar seksuele verhodings met Chris en Albert was redelik ongekompliseerd. Nou het haar lyf iets los van haar geword. 'n Voorwerp waaraan gedruk en getrek word. Geraak word, oor gepraat word. Sy voel hoe hulle hande die effense growwe waslap oor haar laat gaan. Haar nek, om haar een bors, langs die verbande oor die ander een af. Haar sye, haar bene, voete. Dan word sy versigtig op haar sy gedraai en die proses word herhaal. Af teen haar rug, haar stuitjie, boude, bene, enkels. Sy ruik die seep. Dit ruik na suurlemoen en nog iets. Miskien kan Melissa vir haar 'n ander soort seep bring. Dalk help dit as sy nie elke dag na suurlemoen ruik nie.

Toe hulle klaar is, gooi hulle poeier onder haar arms en in haar

lieste. Die poeier ruik na vanielje. Suurlemoen en vanielje. Sy het
'n poeding geword.

Hulle trek vir haar 'n skoon jurk aan en trek haar bed skoon
oor. Sy is moeg toe hulle klaar is met haar, en is bly toe die kamer
weer skemer gemaak word.

Sy maak haar oë toe.

Nick kyk na die figuur op die bed, en die gesig teen die kussing.
Haar hare is agtertoe gevee en haar gesig lyk bleek en klein. Sy
maak nie eers 'n duik in die hospitaalmatras nie. Sedert sy in die
hospitaal opgeneem is, speel hy met die gedagte om te kom, maar
hy kon nog elke dag 'n rede vind waarom dit nie 'n goeie idee is nie.
Die redes is steeds daar, maar vannag het sy verskonings opgeraak.

"Kan ek help?" Hy kyk om. 'n Suster staan agter hom. 'n Diep
frons keep haar voorkop. "Dit is halfeen in die nag. U kan nie nou
hier wees nie. In elk geval laat ons net familie by haar toe."

"Ek is van die polisie. Ek los die beampte af. Hy het gou iets
gaan kry om te eet."

"Kan ek jou identifikasie sien?"

Nick het lus en sê vir die vrou iets onbehoorlik. Hy het nie
hierdie tyd van die nag lus om identifikasie uit te haal nie, maar
hy doen dit.

"Jammer, kolonel, maar ons het streng opdragte gekry. Ken u
haar?"

"Nee, nie regtig nie."

"Ek weet nie presies wat gebeur het nie, maar sy het baie seer
gekry, en is baie gelukkig om te lewe."

Nick lewer nie kommentaar nie en is bly toe die jong polisie-
man terugkom.

"Ek het geen probleem daarmee om vir hulle te sê jy is nog nie
reg nie." Dis 'n week later en Ellie word gerieflik gemaak vir
die onafwendbare ondervraging deur die verskillende misdaad-

agentskappe. Sy is nie meer in die intensiewe saal nie, en die hospitaal het een van hulle vergaderkamers beskikbaar gestel. Een van die dokters is besig om seker te maak sy sal die sessie kan deurstaan.

"Ek sal bly wees as dit agter die rug is."

"As jy voel jy raak baie moeg of jy voel nie lekker nie, laat roep jy een van die personeel en hulle bring jou dadelik terug kamer toe. Ek gaan nie dat al ons goeie werk ongedaan gemaak word omdat hulle ongeduldig is nie."

"Ek sal OK wees." Ellie laat toe dat hulle haar in die rolstoel help.

Sy weet nie wie sy verwag het nie, maar is effe verbaas oor wie in die vertrek vir haar wag. Brigadier Ahmed sit aan die een kop van die tafel. Hy staan op toe die rolstoel ingestoot word en kom skud haar hand. Hy sit sy hand op haar skouer.

"Mac, dis goed om jou weer te sien, hoewel ek dit in ander omstandighede sou verkies het."

Langs hom sit Clive. Dan is daar twee beamptes van die polisie se klagtedirektoraat. Brigadier Andile Zondi kom groet haar ook. Nick Malherbe staan op van waar hy oorkant die tafel sit, maar kom nie nader nie. Toe haar rolstoel aan die ander kop geparkeer word, sit almal weer. Ahmed stel die vreemdelinge bekend. Ook die vrou wat langs Nick sit. Monica Blake.

By 'n klein tafeltjie agter teen die muur sit 'n stenograaf wat ook 'n bandopname gaan maak.

Ellie moet eers haar naam sê en wat haar rol hier is. Sy moet bevestig dat sy ten tyde van die voorval in diens van die Suid-Afrikaanse Polisiediens was en besig was met 'n geheime operasie. Sy word gevra wie haar gewerf het vir die operasie, wie haar hanteerder was en wanneer laas sy met hulle kontak gehad het. Wat die aard van haar werk vir Nazeem Williams behels het. Was daar enige ander kontak buiten in werksverband tussen haar en Enzio Allegretti?

"Kan jy ons vertel wat die Dinsdag gebeur het?" wil een van die klagtedirektoraat se mense weet.

Ellie het probeer om daardie dag vir haarself te herroep en kry dit deesdae al makliker reg, maar daar is altyd 'n punt waar sy iets soos 'n kortsluiting ervaar. Asof haar geheue nie tot daar wil gaan nie. Aan die begin het sy probeer, maar agtergekom dit maak haar angstig. Nou lê daardie laaste stuk van die pad vir haar soos 'n braakland wat nog omgeploeg moet word. Dit gaan sweet kos.

Sy begin vertel waar sy die oggend vir Clara na haar familie toe geneem het. Tot waar hulle by die huis in Bloubergstrand aangekom het. Sy probeer haar stem egalig hou en haar hande stil op haar skoot, maar sy voel hoe haar naels in haar handpalms in sny. Hulle laat haar praat en stop haar net nou en dan as iemand 'n vraag wil vra of meer duidelikheid oor iets wil hê.

Toe sy begin vertel hoe Nick haar kamer deursoek het, voel sy hoe haar asemhaling vlakker word en sy dwing haarself om dieper asem te haal.

"Het u in daardie stadium wel 'n selfoon by u gehad?"

"Ja."

"Waarom kon kolonel Malherbe dit nie kry nie?" Dis Monica Blake wat vra.

"Toe hy aan die deur klop, het ek dit buite op die vensterbank onder 'n rankplant weggesteek." Sy kyk net vlugtig na Nick. Hy hou haar sonder enige sigbare emosie dop en knip nie 'n oog oor haar bekentenis nie. Ellie aanvaar hulle het hom reeds ondervra.

Toe sy verder vertel, voel sy hoe haar geheue al meer ompaaie wil loop. Sy moet haarself dwing om te fokus en stap vir stap die gebeure te herroep. Sy moet egter eers 'n bietjie water drink toe sy by die laaste gedeelte kom waar Reggie-hulle haar by die huis afgelaai het.

"Hoe seker is u dit was hy wat u aangeval het?"

"Daar was niemand anders by ons nie en ons het vroeër die dag 'n onderonsie gehad."

"Wat was die aard van die onderonsie?"

Sy vertel hulle.

"Het u dit as 'n dreigement gesien?"

Sy wens hulle wil ophou met die formele aanspreekvorm. Op die oomblik irriteer dit haar grensloos.

"Nie werklik nie. Hy was kwaad oor die verlowing. Ek het gedink dit is sy manier om van sy frustrasie ontslae te raak."

Hulle het baie vrae en sy kom agter hulle herhaal heelwat daarvan. Net in ander woorde. Die moegheid rem later aan haar, maar sy sit regop en probeer so logies moontlik die gebeure skets. Sy moet hiermee klaarmaak, want daar is 'n plek in haar kop waarheen sy moet gaan. 'n Plek wat sy nie langer kan ignoreer nie.

Hoofstuk 36

Ellie sak terug op die matras en haal diep asem. Die bed is sag en groot en vriendeliker as die hospitaal s'n.

"Wat wil jy drink?" Melissa het klaar haar tassie uitgepak en kom sit by haar voetenent.

"Jy gaan my nie die hele naweek bedien nie. Ek het nodig om sterk te word en ek gaan dit nie regkry as ek my soos 'n invalide gedra nie."

"Jy kan Maandag weer Superwoman word. Hierdie naweek gaan ek jou eers bederf. Jy is dit aan my verskuldig."

"Is jy seker Antonie en die kinders sal die naweek sonder jou kan oorleef?"

"Ja, dit sal hulle goed doen. Soos ek Antonie ken, het hy klaar sy ma gebel en is sy waarskynlik reeds op pad met 'n kar vol kos." Melissa raak aan Ellie se been. "Ek weet jy kan nie detail gee nie en ek wil ook nie regtig weet nie, maar hier is 'n polisiekar voor die huis. Hoe bekommerd moet ek oor jou wees?"

"Dis nie werklik nodig nie en hulle sal nie lank bly nie. Dit laat die klomp by die kantoor eintlik maar net beter voel." Ellie swaai haar bene van die bed af. "Kom ons gaan maak tee en drink dit op die stoep. Ek het 'n behoefte aan vars lug."

Dis 'n warm Novemberdag en Ellie sit haar voete op die stoepreling en lig haar gesig na die son toe. In die verte hoor sy die stadsgeruis, maar hier bo is dit stil. Selfs die groot verbypad is net 'n sagte suising. Die lug is vol voëlgeluide en hier en daar blaf 'n hond. Sy hoor die bure se agterdeur oopgaan en oomblikke later ruik sy die oupa se sigaretrook. Hy mag blykbaar nie in die huis rook nie.

"Ek moet na my ma toe gaan."

"Wil jy hê ek moet haar gaan haal?"

"Nee, laat ek maar na haar toe gaan."

Dit raak weer stil tussen hulle.

"Ek gaan vir 'n ruk weg."

Melissa laat sak haar beker. "Waarheen?"

"Ek weet nog nie."

"Sweetie, ek wil nie met jou argumenteer nie, maar is dit nie juis nou die tyd om op te hou hardloop en net 'n slag stil te staan nie? Dit voel my jy hardloop nog eenstryk deur vandat Chris die pad gevat het."

"Dis juis wat ek wil doen, maar ek kan dit nie hier doen nie. 'n Mens het baie tyd in 'n hospitaal om te dink en ek weet dis die regte besluit. Ek gaan my huis verhuur, net die nodigste inpak en ry. En moenie so bekommerd lyk nie. Ek sal terugkom en ek sal jou elke dan en wan laat weet ek is nog orraait."

"Dis 'n kak idee."

"Dis die beste wat ek nou het. Miskien moes ek dit lankal gedoen het."

"Jy het gehoor die dokter sê jy kan nog nie bestuur nie."

"Ek beplan nie om môreoggend te ry nie. Daar is nog 'n klomp papierwerk en ek moet nog 'n paar mense sien."

"Sal jy my eendag vertel wat werklik gebeur het?"

"Dit hang af of ek dit nog eendag gaan onthou." Ellie glimlag toe Melissa haar tong klap. "Dis nie só interessant nie."

"Alle stories hoef nie noodwendig opwindend of interessant te wees om vertel te word nie. Sommige stories moet vertel word juis omdat hulle so eenvoudig is."

Janus is by haar ma toe hulle later die middag in Goodwood kom. Hulle sit op die agterstoep. Daar staan 'n bottel wyn op die stoeptafel. Haar ma lyk soos 'n hond wat kwaadgedoen het toe sy Ellie gewaar. Sy staan op, sit weer, vat hier en los daar, raak aan haar hare en bloos effens. Ellie is seker as sy nou na haar ma se kamer gaan, sal daar tekens van Janus wees. Sy het egter nie die energie om daaroor te tob nie.

Soos die eerste aand toe sy hom hier raakgeloop het, verander Janus in die man van die huis wat stoele uittrek en drankies aanbied.

"Nie vir my nie, dankie," sê Ellie toe hy vir haar vra of sy saam 'n wyntjie gaan drink.

"Ek is so bly dit gaan beter met jou. Jou mammie het my vertel van die aaklige ondervinding wat jy gehad het. Wat word van die land as onskuldige mense nie eers meer by 'n robot kan stop sonder om aangeval te word nie?"

Ellie antwoord nie en toe hy vir Melissa wyn aanbied, sê sy ja. Hy staan op om nog 'n glas te gaan haal.

"Hoe gaan dit met Ma?"

Haar ma probeer haar fladderende hande bymekaar hou. "Dit gaan goed. Hoe gaan dit met jou?"

"Baie beter. Die dokters is tevrede dat alles reg is. Ek is maar nog net 'n bietjie swak, maar dit sal gou beter wees."

"Jy is baie bleek." Ellie weet nie wie die grootste skrik toe haar ma se handpalm teen haar wang rus nie. Dis egter net 'n sekonde of twee voor sy haar hand haastig terugtrek.

"Ek het net 'n bietjie son nodig."

Janus kom terug en Ellie voel hoe die ergernis ongevraag in haar opstoot. Is sy so kinderagtig dat sy nie haar ma geluk gun nie? Sy kan nie werklik onthou hoe haar ma gelyk het toe sy nog gelukkig was nie, maar op die oog af lyk sy op die oomblik tevrede. Selfs 'n bietjie opgewonde. Dit voel vir haar of haar ma haar pa se plek vir die eerste die beste man op 'n skinkbord aangebied het. Dít is wat haar ontstel. Nie die feit dat haar ma tevrede en selfs gelukkig lyk nie.

Sy het nodig om hom nog êrens te verbeel. Al is dit net in daardie kort oomblikke tussen wakker en slaap waar enigiets moontlik is.

"Wanneer begin jy weer werk?" wil haar ma weet.

"Ek is nog nie seker nie. Ek dink ek gaan eers 'n rukkie vakansie hou, maar ek sal ma laat weet wat my planne is."

"Maak maar so."

"Dis vir ons gerusstellend dat Ellie so 'n gawe vriendinnetjie het wat haar kan bystaan. Rika sê julle twee ken mekaar al vandat julle nog nie behoorlik opgeskote was nie."

Ellie sien hoe Melissa eers 'n groot sluk wyn neem voor sy Janus antwoord.

"Dis reg, ja. Hoe lank is julle al vriende?" Sy kyk van Janus na Rika McKenna en weer terug.

Janus glimlag breed. "Hoe lank is dit nou, Rieks? Twee maande? Seker al amper drie. Waar gaan die tyd ook heen?"

Haar pa is nog skaars drie maande dood. Ellie kyk na haar ma. Sou sy hom al voor haar pa se dood geken het? Haar ma kyk egter oor die agtertuin.

"Ma, ek moet gou 'n paar goed met Ma bespreek." Ellie kyk na Janus. "Sal julle ons asseblief net gou verskoon?"

Dit lyk of haar ma wil teëstribbel, maar sy staan dan tog traag op. Ellie stap sitkamer toe. Sy wil verkieslik nie sien wat in haar ma se kamer aan die gang is nie.

"Ek was by jou in die hospitaal." Haar ma gaan sit op die naaste stoel.

"Hulle het my gesê."

"Ek is jammer ek het nie weer gekom nie, maar jy weet ek is nie een vir hospitale nie en dit was aaklig om jou so te sien." Haar ma se stem glip effens.

Ellie gaan sit langs haar en neem haar hand. "Dis reg, Ma. Ek verstaan. Ek is jammer dat Ma my so moes sien."

"Daar is soveel werke wat jy kon gaan doen het. Jou onderwysers het altyd gesê jy is baie slim."

"Dit het darem nie iets met my werk te doen gehad nie, Ma. Dit gebeur met baie mense." Toe die woorde uit is, besef Ellie hoe maklik dit geword het om die waarheid heen en weer te draai. In die verlede sou sy dalk net stilgebly het, maar na die afgelope maand van leuens en halwe waarhede het die grense net so wyd geword.

"Dit kan so wees, maar soms trek 'n mens sulke dinge aan."

"Vertel my eerder hoe dit met Ma gaan."

"Ek het mos gesê dit gaan goed. Wat wil jy hê moet ek vir jou sê? Dat ek na hom verlang? Dat ek hom mis?"

"Ek is bly om te hoor dit gaan goed met Ma." Ellie huiwer. "Miskien wil ek net weet dat Ma hom nie klaar vergeet het nie."

Haar ma se skouers sak sigbaar. "Het jy al ooit daaraan gedink dat ek hom baie graag sal wíl vergeet, want as ek dit nie doen nie, sal ek nie weer kan opstaan en met die lewe aangaan nie?"

Ellie weet nie wat om te sê nie.

"En jy moet vrede maak met Janus. Hy is goed vir my. En die Here hoor my, ek verdien dit dat iemand goed is vir my."

"Pa was ook vir Ma goed."

"Op sy manier was hy, maar met Janus is dit makliker. Daar is geen kompetisie nie. Wanneer hy saans van die werk af kom, hang daar nie 'n wolk om hom nie. Ons kan uitgaan, ons kan dinge doen."

"Ek wil net nie hê Ma moet seerkry nie." Ellie wil graag vir haar sê sy is bly vir haar, maar die woorde steek in haar keel vas.

"Ek is 'n grootmens. En dit sal nie die eerste keer wees dat ek seerkry nie."

"Ek gaan 'n ruk lank weg, maar ek sal kom groet voor ek gaan en ek sal Ma bel en as Ma probleme het, sal ek kom. Ek moet net eers 'n bietjie wegkom tot ek weer sterk is."

"Dis goed so."

Sy vra nie waarheen nie, sy vra eintlik niks nie, besef Ellie.

"Ek wil Pa se as gaan strooi voor ek gaan."

"Ek wil nie saamgaan nie." Haar ma hou haar hande op. "En voor jy weer aan die skel gaan . . . ek kan dit nie doen nie en as hy hier was, sou hy dit verstaan het." Sy laat sak haar hande. "Ek het genoeg gehad. Ek is moeg van hartseer en ellende en slegte nuus en donker wolke."

Ellie sukkel om al die woorde teruggesluk te kry en toe sy en Melissa 'n halfuur later ry, voel dit of sy nie kan asemhaal nie.

"Kan jy dit glo!" Ellie laat sak haar kop teen die kopstut en kyk na die motors langs hulle op die pad toe sy klaar vir Melissa vertel het wat haar ma gesê het.

"Sal dit vir jou makliker gewees het as sy op 'n hoop gaan sit het en haarself aan drank oorgegee het?"

"Sy drink steeds en wat as hy nie besef sy het 'n probleem nie? Op die oomblik lyk dit my of hulle lekker drink-buddies is."

"Ten minste het sy iemand."

"Jy gaan my nie oortuig nie, so moenie probeer nie. As sy 'n boyfriend wil hê, is dit seker haar besigheid, maar sy is dit aan my verskuldig om saam met my sy as te gaan strooi. As sy dit nie vir hóm wil doen nie, moet sy dit vir mý doen. 'n Mens doen nie sulke dinge alleen nie."

"Ek sal saam met jou gaan."

Ellie maak net haar oë toe en by die huis gaan sy kamer toe en klim in die bed. Melissa kom lê later by haar en hulle raak so aan die slaap.

Hoofstuk 37

"Ek hoor jy het bedank." Ahmed kyk oor sy brilraam na Ellie. "Dis waarom ek eintlik hier is, brigadier. Ek het nie besef die nuus sal so vinnig versprei nie."

"Jy ken hierdie klomp. Waarom vat jy nie net onbetaalde verlof en kom terug wanneer jy gereed is nie?"

"Ek wil nie terugkom nie."

"Net soos ek gedink het jy het gat oor kop in die operasie ingeduik, so dink ek jy is besig om dit weer te doen."

"Dit sal nie my eerste verkeerde besluit wees nie. 'n Mens leer om daarmee saam te leef."

"Ek kan nie vir jou sê hoe jammer ek is oor die manier waarop hierdie hele ding verkeerd geloop het nie."

"Ek weet, en ek is jammer dat ons nalatig was. Ons was arrogant en sloppy."

"En ek moes na my gut feeling geluister het en Greyling se leash baie korter gemaak het."

"Baie dankie dat brigadier gereël het dat ek hom kan sien."

"Jy verstaan dat julle nie oor die saak mag praat nie?"

Sy knik.

"Ek wil nie julle gesprek afluister nie, en daarom soek ek jou woord dat dit net 'n persoonlike gesprek sal wees."

"Ek belowe."

"Weet jy waarheen jy gaan?"

"Nee."

"Jou ma?"

Ellie vee oor haar gesig. "Sy het 'n vriend."

Hy sak agteroor op sy stoel. "I didn't see that one coming. Hoe voel jy daaroor?"

"Hoe dink brigadier?"

Voor hy kan antwoord, is daar 'n klop aan die deur en Albert kom in. Ellie skrik toe sy hom sien. Hy is aansienlik maerder as toe sy hom laas gesien het en heelwat bleker.

Ahmed staan op. "'n Halfuur." Hy maak die deur agter hom toe.

Ellie sluk. "Teen hierdie tyd het jy seker al gehoor dat ek bedank het. Ek wou net kom groet het. Ek gaan weg."

"Babes . . ."

Ellie skud haar kop. "Dis verby, Albert. Miskien het ons albei nog altyd geweet dit was net 'n kwessie van tyd . . . ek weet nie. Al wat ek weet, is dat ek nie nou reg is vir 'n verhouding nie. Nie met jou of enige ander man nie."

Hy vryf sy vingers oor sy langerige hare en sy sien hoe sy oë verdonker.

"Jy weet as ek dit oor kon doen, sou ek dit anders gedoen het, maar jy weet ook dat alles nie my skuld is nie. Malherbe en daai vrou . . ."

"Ek het Ahmed belowe ons sal nie die saak bespreek nie en eintlik gee ek nie werklik meer om wie het wat gedoen nie. Jy is 'n goeie cop en ek hoop julle kry die saak opgelos. Dit sal jammer wees as dit jou loopbaan gaan beïnvloed."

Hy tree nader, steek sy hand uit, maar sy retireer.

"Fok, Mac . . . cut me some slack! Ek het gedoen wat ek gedink het die regte ding is."

Ellie tel haar skouersak van die vloer af op en draai om. "As daar van my goed by jou is, gee dit sommer by my ma af, of gee dit vir die welsyn. Of gooi dit weg."

Sy maak die deur oop en stap so vinnig moontlik in die gang af. Toe sy buite kom, staan sy eers 'n rukkie om haar asem terug te kry. Sy voel 'n arm om haar skouers en toe sy kyk, sien sy dis Ahmed.

"Ek wil weet waar jy is en hoe dit met jou gaan."

Ellie knik net en klim dan haastig in haar motor.

Sy het nog twee stopplekke voor sy môreoggend die pad vat. Al die papierwerk is afgehandel. Sy kry 'n aansienlike uitbetaling omdat sy aan diens beseer is, maar die ratte draai stadig en sy sal maar vir eers van haar spaargeld leef.

Ellie is verbasend kalm toe sy voor die huis stilhou, uitklim en die klokkie druk. Dis Elroy wat oopmaak. Sy oë rek sigbaar.

"Ek wil vir meneer Williams sien."

Hy staan met die deur in sy hand. "Ek dink nie dis 'n goeie idee nie."

Ellie druk die deur oop en stap by hom verby. Nazeem Williams en drie ander mans sit in die televisiekamer. Hy is besig om te praat en sit effens vooroor op die stoel, maar toe hy haar sien, sak hy terug teen die rugleuning. Dan lig hy sy hand en die ander drie verdwyn saam met Elroy in 'n ander vertrek in.

"Dis 'n onverwagse besoek."

"Ek is jammer dat ek nie gebel het nie, maar ek was nie seker of u my sou sien nie."

"Ek verstaan jy was in die hospitaal." Ellie hoor die "u" is weg.

Ellie knik. "Dis egter nie waarom ek hier is nie. Ek wil persoonlik kom verskoning vra dat ek nie vir Clara beter beskerm het nie. Dis 'n wending wat ek nie sien kom het nie. En tweedens wil ek u verseker Enzio Allegretti het haar nie ontvoer nie. Die feit dat hy ons laat wegneem het, was volgens my juis 'n manier om haar te beskerm."

Hy maak sy mond oop, maar sy gee hom nie kans om te praat nie. "U het daardie eerste dag vir my gesê u soek iemand wat die konteks verstaan, so ons hoef nie daaroor te praat nie. Ons almal weet wie en wat die Allegretti-familie is, maar gedurende die tyd wat ek daar gewoon het, kon ek geen bewyse kry dat hy 'n gevaar vir Clara inhou nie. Inteendeel, hy het baie mooi na haar gekyk."

"Wat wil jy vir my sê? Dat ek haar na hom toe moet laat terug-gaan? En teen wie het hy haar probeer beskerm?"

"Ek sal my nie aanmatig om vir u voor te skryf wat om te doen nie en as u die een of ander verskil met Allegretti het, is dit u saak. Hy het dalk baie oortredings begaan en baie foute al gemaak, maar hy is nie skuldig aan ontvoering nie. Ek dink dis belangrik om dit te weet."

"Jy het my nog nie gesê teen wie hy haar wou beskerm het nie?"

"Ek is seker u kan die somme maak."

"Jy was baie dapper om hierheen te kom."

Sy trek haar skouers op en gee vir hom 'n koevert. "Ek wou dit ook persoonlik vir u kom gee het."

Hy maak dit stadig oop en trek die inhoud uit. 'n Dokument en 'n kleiner koevert. Hy kyk vraend na haar.

"'n Dokument om te sê ons kontrak is gekanselleer en aan-gesien ons nie ons job na behore uitgevoer het nie, skuld u die maatskappy niks. En die vyfduisend rand wat u my gegee het. Ek is beslis nie geregtig daarop nie."

Hy lees deur die kort dokument, druk dit saam met die kleiner koevert terug in die groot koevert en sit dit langs hom op die koffietafeltjie neer.

"Dis baie generous."

"Ek dink dis net regverdig."

"Wat as ek nie die kontrak wil beëindig nie?"

"U is welkom om die maatskappy te kontak. Ek het bedank, so ek sal u nie meer daarmee kan help nie."

"Daar is gerugte oor Malherbe."

Ellie wil haarself op die stoel verskuif, maar kry die impuls on-der beheer en bly sit doodstil. "Daar is gerugte oor my ook. Sulke tye is daar altyd allerhande stories. Die feit van die saak is dat hy waarskynlik 'n klomp mense se lewens gered het deur nie terug te vuur toe u mense op ons begin skiet het nie. Dit sou 'n bloedbad afgegee het. Sy hande is dalk nie baie skoon nie, maar ek dink nie hy is skuldiger as enige van die spelers in hierdie verhaal nie. Hy is ook maar net nog iemand wat op 'n groot vlak speel en lief is vir geld."

Sy oë vernou en hy glimlag effens. "Jy is 'n baie goeie advokaat. Wat betaal hulle jou?"

"My pa het my baie dinge geleer en een daarvan was 'n sin vir regverdigheid. Dit maak nie saak wie betrokke is nie. Elke mens is geregtig daarop. Ek het geen persoonlike belang by een van hulle nie. Ek wil net seker maak as hulle van iets beskuldig word, dat dit iets is waaraan hulle wel skuldig is."

Voordat hy haar kan antwoord, kom Clara die vertrek in en begin snik toe sy Ellie gewaar. Ellie staan op en sit haar arms om die meisie. Albert is nie die enigste een wat gewig verloor het nie. Clara was altyd skraal, maar nou is sy skoon benerig.

"Ellie, sê vir uncle dat Enzio my nie ontvoer het nie. Asseblief! Jy was daar. Jy weet wat werklik gebeur het. Ek was nooit in gevaar nie, behalwe toe die fokken Reggie-hulle op ons begin skiet het." Sy snik teen Ellie se skouer.

"Clara, ek en juffrou McKenna is besig om te praat en jy praat nie so lelik voor mense nie."

"Maar sy was daar. Sy is die enigste een wat kan sê wat daar gebeur het."

"Clara, jou familie het groot geskrik. Gee hulle kans om seker te maak jy is OK en na die omstandighede te kyk. Ek is seker julle sal 'n plan kan maak wat vir almal aanvaarbaar is." Ellie gee haar 'n drukkie en draai dan om.

"Waarheen gaan jy? Waar gaan ek jou kry wanneer uncle sê ek kan teruggaan?"

"Ek het bedank, maar daar is goeie mense beskikbaar. Jy sal weer iemand kry."

Toe Ellie uitstap, hoor sy hoe die jong meisie van vooraf begin snik.

By die voordeur praat Williams agter haar. "Wie was daarvoor verantwoordelik dat jy in die hospitaal beland het? Was dit een van mý mense?"

Ellie draai vlugtig om, steek haar hand uit. "Totsiens, meneer Williams. Stuur asseblief groete vir mevrou Williams. Sê ek sê dankie vir al die lekker kos."

Ellie het skaars 'n kilometer gery toe sy so begin bewe dat sy van die pad af moet trek. Sy maak die deur oop en klim uit. En dan gooi sy op. Dit voel of 'n paar goed binne haar losskeur en sy sukkel om deur die pyn asem te haal.

Brenda en Happy wag by die Eastern Food Bazaar en albei staan op toe hulle haar gewaar. Kom effens nader, steek vas en gaan sit weer.

"Bliksem, maar jy lyk sleg. Is jy seker die dokters het jou al gedischarge?" Brenda skud haar kop.

"Ek is reg en kort net 'n bietjie son." Ellie haal twee keer diep asem. "Ek kan nie lank bly nie, maar wou net kom groet en dankie sê. Ek het gehoor dat as dit nie vir julle twee was nie, was ek waarskynlik nie meer vandag hier nie."

Albei trek net hulle skouers op.

Ellie kyk na Brenda. "Wat ek nie weet nie, is waarom jy vermoed het daar is moeilikheid?"

"Ek kan seker sê ek het 'n feeling gehad, maar dit was niks so fancy nie. Jy het gesê jy sal my die aand bel en jy het nie. In general was jy nogal goed met daai soort promises."

Ellie kyk na Happy. "Wat het jou laat dink om na my huis toe te kom, en hoe het jy geweet waar ek woon?"

"Toe ons klein was, het ons aanmekaar goed verloor en my ma het ons gatvelle afgetrek, want ons het nie geld gehad om nuwe goed te koop nie. Sy het altyd gesê as 'n mens iets verloor het, gaan soek jy heel eerste by die plek waar dit supposed is om te wees." Hy lyk effens verleë, asof hy 'n venster oopgemaak het

403

wat nie vir ander se oë bedoel was nie. "En jou adres is nie exactly 'n state secret nie."

Ellie is moeg en kan net na hulle kyk. Waar begin sy al die drade van die halwe waarhede en leuens ontknoop? Is dit die moeite werd? Gaan sy ooit weer vir hom en Brenda sien?

"Ek gaan weg."

Hulle reageer nie dadelik nie en toe vra Brenda: "I suppose die security industry was toe nie so lekker soos jy gehoop het nie."

Ellie skud haar kop. "Dalk moet ek 'n rukkie wegkom van vuurwapens en mans met groot ego's."

"Always a good plan."

Ellie haal twee koeverte uit haar sak en sit dit voor elkeen neer. "Ek kan julle nie betaal nie. Dis sommer net."

Brenda staan op, vat die koevert en lig haar hand. "I have to run." Sy raak vlugtig aan Ellie se skouer. "See you."

Ellie staan ook op en Happy stap saam met haar tot by haar motor. Sy is reeds binne toe hy sy kop krap en van die een voet na die ander verskuif. "Kon die dokters alles regmaak?"

Ellie kyk weg, kyk terug na hom en skud liggies haar kop. "Nie heeltemal nie."

"Sorry."

"Dis nie jou skuld nie." Sy maak die deur toe, maar draai die venster oop. "Pas jouself op en gaan loer nou en dan hoe dit met Brenda gaan."

Hy lig sy hand. "I'll check you later."

Sy kyk in die truspieëltjie tot hy om die hoek is voor sy wegtrek. Sy kan nie onthou wanneer laas sy so moeg was nie. Teen hierdie tyd is Clive seker al by haar huis.

Hy staan langs sy bakkie, besig om 'n sigaret te rook. Sy sluit oop, gaan haal vir hulle twee biere in die yskas en maak die deur na die stoep oop. Hulle gaan sit en neem eers 'n paar slukke voor hy praat.

"Ek wil net sê ek verstaan, maar dit beteken nie dit maak dit makliker nie."

"Weet jy wat het ek die laaste tyd besef?"

Hy skud sy kop.

"Ek weet nie werklik wie ek is nie."

"Ag, kak. Jy klink nou net soos daai tydskrifte wat Ansie by die huis aanbring. Jy het meer common sense as om vir daar nonsens te val."

"Moenie so vinnig oordeel nie. Luister eers . . . Vandat ek my oë in die wêreld oopgemaak het, was my pa die stem in my kop. Toe begin my ma drink en ek word die kind in die klas wie se ma dikwels 'n verleentheid vir almal is. Dit maak dat 'n mens iemand raak wat jy nie noodwendig is nie, en dis nie asof jy dit beplan nie. Dis 'n instinktiewe beskermingsmeganisme. Toe kom Chris op die toneel en hy raak my wegkom van die huis af en voor ek my kom kry, begin ek drome droom en planne maak. En ek raak iemand wat enigiets sal doen om my drome te beskerm. Selfs myself verloën om hom gelukkig en tevrede te hou. Hy was skaars oor die laaste bult, toe stap Albert my lewe in. Vol energie, goeie seks, unfazed met wat by my huis aangaan. Toe sterf my pa en ek dwaal soos 'n verlore hond rond, gereed om in die eerste kar te klim wat my sal oplaai. En toe die kar stop, het ek nie vrae gevra nie, ek het geklim, want enigiets was beter as die gevoel van verlorenheid. Ek en jy weet ek was nie naastenby reg vir daardie operasie nie en daarom wil ek nie hê jy moet jouself te erg daaroor kruisig nie. Ek was nie eerlik met myself of met jou nie."

"Ek kan vir jou sê wie jy is. Dit gaan jou baie tyd en moeite spaar en dan hoef ek nie 'n nuwe partner te kry nie."

Sy glimlag. "Ek is seker jy kan, maar ek moet dit self gaan uitvind. Dalk is dit ook nie 'n geval van uitvind wie ek is nie, maar eerder wie ek wíl wees."

Hy sluk die laaste bietjie bier, sug en staan dan stadig op. "Ek

405

gaan liewer loop. Op my ouderdom het 'n mens nie meer baie energie vir 'n groetery nie. Laat weet my waar jy land en kyk na jouself. En mag jy gou uitvind wie jy is, sodat jy kan terugkom."

Ellie sit haar arms om sy nek en soen hom op die wang. "Ek gaan jou vreeslik mis."

"Ag nee, fok, Mac. Ek het nie nou lus vir huil nie."

Sy soen hom op die ander wang ook. "Jy mag maar oor my huil."

Hy soen haar voorkop, draai om en stap sommer langs die huis om voordeur toe. Oomblikke later hoor sy die bakkie.

Toe sy in die huis kom, draai sy die bad se krane oop. Haar hele lyf pyn. Sy trek haar klere uit, maar vermy die spieël en toe sy agteroor in die bad lê, maak sy haar oë toe. Na 'n ruk kom sy agter die wind het opgekom en sy hoor hoe die boom agter die huis se takke teen die dak krap. Sy moet iets by die voordeur gaan sit, anders fluit dit die hele nag onder die deur in.

Dit reën toe sy vroeg die volgende oggend opstaan. Al haar persoonlike goed is gepak. Die huis word met haar paar stukkies meubels verhuur. Melissa sal reël dat haar paar kartonne gestoor word. Sy laai haar tasse in die motor en wonder wat die dokter sal sê as hy moet sien wat sy nou doen. Hy het baie voorskrifte gehad. Moet nie te ver bestuur nie, moet niks swaar optel nie, rus baie, eet gesond, probeer ontspan.

Voor sy inklim, staan sy 'n oomblik met die kissie in haar hande. Sy kan net hoor wat hy sou sê as sy hom in die kattebak laai. Op die ou end sit sy die kissie langs haar op die sitplek.

Toe Kirstenbosch se hekke oopmaak, is sy die eerste besoeker wat 'n kaartjie koop. Die kissie is in 'n sak. Sy weet nie of daar enige reëls oor so iets is nie. As daar is, gaan sy dit vandag breek. Sy het in die hospitaal ook tyd gehad om aan 'n plek te dink en op die ou end het sy besluit hy sal tuis voel hier in die welige groenheid teen die berg. Waar waterstrome uit die berg vloei en die herfs dik blaartapyte oor die grond gooi. Hy het nog altyd van die reuk van klam grond gehou. 'n Sagte misreën sak in die klowe af. Sy het nie 'n reënbaadjie aan nie en sien hoe die druppeltjies blinksilwer op haar hemp kom lê.

Sy kies 'n paadjie wat teen die berg uitkronkel tot waar sy 'n waterstroom kry. Daar is soveel bome om van te kies. Sy lees die name op die stamme. Op die ou end kies sy 'n reuse-witstinkhout. Celtis Africana. Dit is gepas, besluit sy. Dat iets van sy aangenome kontinent oor hom waak. Sy maak die kissie oop en strooi die as om die boomstam. Hark dan met haar hande 'n paar blare en grond daaroor. Sy gaan sit plat op die grond en soek na iets om te sê, maar daar is nie woorde nie. Sy luister of sy dalk tog 'n fluistering hoor, maar daar is niks. Op die ou end tel sy een van die blaartjies op, steek dit in haar sak, raak aan die boomstam en draai dan om. Wanneer sy terug is, sal sy kom kuier.

Nick wag op die lughawe vir sy vlug Johannesburg toe. Allegretti senior het laat weet hy wil hom dringend sien. Enzio is reeds sedert die nag van die skietery in Johannesburg. Hy is die volgende oggend met die eerste beste vlug weg. Nick het hom derhalwe nog nie gesien nie en weet nie wat hy weet en wat hy vermoed nie. Van Ken Visser is daar ook geen spoor nie. Nick vermoed hy is dalk oor die grens Zimbabwe toe. Gabriella het hom 'n paar keer gebel om te hoor wat gaan aan en te sê sy moet hom sien. Hy het elke keer 'n verskoning gehad, tot sy hom een oggend 'n paar baie kras woorde toegesnou het. Sedertdien het sy nog nie weer gebel nie, maar hy weet dis net 'n kwessie van tyd voor sy dit weer doen. Teen dié tyd ken hy al die patroon.

"Ek hou nie hiervan nie," het Monica beswaar gemaak toe hy haar sê. "Dit kan 'n trap wees."

"Of dit kan vir my 'n geleentheid wees om terug te gaan en klaar te maak. En al kan ek nie teruggaan nie, oortuig ek hulle dalk dat ek moeg vir die job is en 'n verandering wil maak."

"Ek sê weer ek is nie gelukkig hiermee nie. As dit nog 'n openbare plek was, maar nou gaan jy huis toe."

"Dit stuur hopelik die boodskap dat ek niks het om weg te steek nie."

"Ek gaan jou twee ure gee. As jy my na twee ure nog nie gebel het nie, stuur ek 'n span in."

"Nou oorreageer jy. Ek sal bel sodra ek kan. Jy stuur niemand daar in nie."

"Sodra hierdie gemors opgeruim is, moet ons twee 'n slag gaan sit sodat ek jou kan vertel hoe werk die hiërargie."

Hy kyk op sy horlosie. Die tyd sleep vandag. Hy is haastig om by die huis te kom. Sy selfoon lui. Hy sien dis 'n ongelyste nommer en oorweeg om dit nie te antwoord nie, maar op die ou end is sy nuuskierigheid te groot.

"Meneer Malherbe, my naam is Nazeem Williams. Ons twee het nog nie ontmoet nie, maar ons het 'n gesamentlike kennis en ek bel u na aanleiding van 'n gesprek wat ek met haar gehad het."

Nick staan op en stap eenkant toe. "Ek is nie seker wie die kennis is na wie u verwys nie."

"Juffrou McKenna. Sy het kom groet voor sy weggaan. Ek moet jou sê ek het aanvanklik my bedenkinge oor haar gehad, maar sy blyk 'n interessante persoonlikheid te wees. Ewenwel, ek wil net sê as u nie te besig is nie, sal ek nogal graag 'n paar minute van u tyd wil hê. Van wat sy my vertel het, is ek in die skuld by u. U is blykbaar daarvoor verantwoordelik dat Clara veilig uit hierdie hele nagmerrie gekom het."

Nick is nie seker hy hoor die man reg nie. "Ek het maar net my werk gedoen."

"Dit is 'n baie belangrike eienskap in 'n persoon."

"Meneer Williams, ek is op pad Johannesburg toe. Ek nog nie seker wanneer ek weer terug in die Kaap sal wees nie, maar ek sal u kontak sodra ek 'n kansie kry."

"Maak so. En nogmaals dankie vir Clara."

Nick druk die foon in sy broeksak, haal dit egter dadelik weer uit, draai dit 'n paar keer in die rondte en bel dan haar nommer. *The number you have dialled does not exist.*

DIE EINDE
VAN *DUBBELSPEL*

ELLIE MCKENNA KEER TERUG
IN *EINDSPEL*

Dis skemeraand toe Ellie die dorpie inry. Ou huise en vrugte-boorde omsoom die breë straat. 'n Hond hardloop 'n entjie voor haar verby. Twee bejaardes staan oor 'n tuinhekkie met mekaar en gesels.

Die bordjie wat sê *Pub* is klein en dis eerder die paar gekleur-de liggies op die voorstoep wat haar aandag trek. Sy stop, klim uit en stap binne. 'n Hele paar tafels sit al vol mense. Ellie stap tot by die lang kroegtoonbak en gaan sit op die verste stoeltjie teen die muur.

Die man wat opkyk, laat haar aan Joe dink. Hy is net jonger, maar sy hare is ook aan die yl word en hy is net so groot en sterk gebou. Aan sy sy hang ook 'n vadoek.

"Wat sal dit wees?"

Ellie kyk na die rye bottels teen die muur. Sy huiwer by elk, oorweeg dit. As daar al ooit 'n goeie tyd was, is dit nou.

"'n Whiskey en ys." Sy hoef ook nie alles gelyk te doen nie. Sy het die wêreld se tyd om 'n ander smaak te ontwikkel.

Hy skink vir haar en toe hy dit voor haar neersit, bly staan hy.

"My geld was op witwyn en ek is selde verkeerd."

Ellie glimlag en skud haar kop. "Nie vanaand nie."

"Lang pad agter jou of voor jou?"

Sy neem 'n sluk. Laat sak haar skouers en haal diep asem. "Albei."

Hy steek sy hand uit. "Wynand Bruwer."

"Eleanor."

BEDANKINGS

Alhoewel die karakters in hierdie verhaal almal in my verbeelding gebore is, bestaan die wêreld waarin hulle hul begewe wél. Om daardie wêreld te kon beskryf, moes ek uiteraard gaan kers opsteek by mense wat veel meer daarvan weet as ek. Uit die aard van hul beroepe wil hulle graag anoniem bly. Ek kan dus net in die algemeen my groot dank en waardering uitspreek. Waar die storie oortuig, is dit deur hul toedoen. Die foute wat daar is, is myne.

Daar is veral een persoon wat, ten spyte van 'n baie besige en uitdagende werkskedule, altyd bereid was om nog vrae te beantwoord of om te lees. Ek sou graag wou sê hy is nou verlos van Ellie, maar ongelukkig sal hy nog 'n rukkie moet help om haar uit die moeilikheid te probeer kry!

My opregte dank weer eens ook aan:

- Die lesers, wat dit vir my moontlik maak om my passie uit te leef. Ek voel bevoorreg dat hulle deur die jare bereid is om saam met my soveel verskillende wêrelde te besoek en te ondersoek.
- Dr. Etienne Bloemhof, my uitgewer. Nie net vir sy kennis nie, maar ook vir oneindige geduld en ondersteuning.
- Michelle Staples, vir die treffende voorblad. Haar aanvoeling was weer eens verstommend akkuraat.
- Susan Bloemhof, vir die keurige bladuitleg.
- Eben Pienaar van NB-Uitgewers, vir die uiters bekwame manier waarop hy die bemarking hanteer.
- My vriende en familie, vir hul lojale ondersteuning.
- My gesin, wat elke keer kans sien om van voor af saam met my deur al die verskillende stadiums te worstel. Hul liefde en meelewing maak dit aansienlik makliker. 'n Spesiale woord van dank hier aan Deon, my goeie eggenoot, wat bereid was om te alle ure met my die Kaapse strate in te vaar, en vir 'n skryftafel uit die Sjinees se winkel op Jwaneng.